CLAUDIA SCHAUMANN

Sommer ist meine Lieblingsfarbe

GOLDMANN

Claudia Schaumann

Sommer ist meine Lieblingsfarbe

Roman

GOLDMANN

MIX
Papier | Fördert gute Waldnutzung
FSC® C014496

Penguin Random House Verlagsgruppe FSC® N001967

6. Auflage
Originalausgabe März 2024

Dieses Werk wurde vermittelt durch die
Literarische Agentur Gaeb & Eggers.
Umschlaggestaltung: UNO Werbeagentur, München
Umschlagmotive: © FinePic®, München
LS · Herstellung: ik
Satz: GGP Media GmbH, Pößneck
Druck und Bindung: GGP Media GmbH, Pößneck
Printed in Germany
ISBN: 978-3-442-49489-7

www.goldmann-verlag.de

Kapitel 1

Ava

Alles begann mit einer WhatsApp-Nachricht. Abends, müde, auf der Couch. Ich war sogar zu kaputt gewesen, um mir ein Glas von meinem Lieblings-Sauvignon-Blanc zu holen. Die Nachricht kam von einer unbekannten Nummer, ich wollte sie erst gar nicht öffnen. Wollte gar nicht wissen, wer da schon wieder etwas von mir wollte. Dass *er* es war, konnte ich ja nicht ahnen. Bis dahin war es ein stinknormaler Montag gewesen.

Drei Stunden zuvor hatte ich Len zum Tischdecken verdonnert. Im goldgelben Abendlicht stand mein Sohn mit blankem Oberkörper vor der Küchenvitrine und balancierte einen Stapel blau-weiße Royal-Copenhagen-Teller wie seinen Fußball auf der flachen Hand.

»Isst Papa mit?«, wollte er wissen.

Ich schnappte nach Luft.

Bevor ich etwas sagen konnte, beantwortete er seine Frage seufzend selbst. »Natürlich nicht.«

Klirrend ließ Len einen der Teller wieder in der weißen Vitrine verschwinden. Ich stand an der Spüle, stopfte tropfnasse Salatblätter in die Schleuder und zog unnötig heftig am Band, damit sie sich drehte. Ich war so müde. Überall Krümel. Kratzer auf der Eichenarbeitsplatte. Dreckige Kindersocken auf dem Boden. Mein Geduldsfaden war kurz davor zu reißen – genau wie der Seilzug der Salatschleuder.

Es rumste. Erschrocken schaute ich auf und sah, dass Len die übrigen Teller wie Frisbeescheiben auf die hellgraue Leinentischdecke warf. Dann riss er die Besteckschublade mit so viel Schwung auf, dass ich fürchtete, er würde sie gleich in der Hand halten. Oder der Schrank könnte ihn erschlagen. Mein Mittlerer bestand neuerdings nur noch aus Muskeln. Der sportlichste meiner Söhne war neun Jahre alt, gerade zwei Stunden beim Training gewesen und hatte noch immer Energie ohne Ende. Ich war 43, hatte den ganzen Tag gefühlt gar nichts gemacht, schon gar keinen Sport, und war todmüde.

Seit einer Ewigkeit wollte ich endlich mal wieder laufen gehen. Vielleicht würde ich mich anschließend besser fühlen. Aber der Alltag war auch ohne Joggen schon anstrengend genug.

Len wollte Fußballstar werden, da war er sich absolut sicher. Ständig erzählte er mir, was er sich mit seinen verdienten Millionen alles kaufen würde. Und er liebte es, sein Leben wie ein Sportreporter zu kommentieren. Manchmal auch meins.

»Ava Altmann, 43 Jahre, befindet sich in der heißen Endphase dieses Abendbrotmatches«, rief er aufgeregt. Die honigfarbenen Sommersprossen auf seiner Stupsnase leuchteten in der Abendsonne. »Gerade steckt sie in einem gefährlichen Zweikampf mit einer Tomate. Wer wird als Gewinner aus diesem Duell hervorgehen …?«

Ich schaute ihn träge seufzend an. Len imitierte perfekt den aufgedrehten Tonfall eines Reporters. Obwohl es in meinem Kopf dröhnte, musste ich lachen. Sein Grinsen mit den hübschen Grübchen war einfach ansteckend.

Ich ging zum Kühlschrank und holte noch ein paar weitere Tomaten aus dem Gemüsefach. Weil es heute Mittag nur für Fertigmilchreis gereicht hatte, sollte es wenigstens zum Abendessen ein bisschen was Gesundes geben. Aber kaum schnitt ich in die erste Tomate, spritzte sie ihr Innenleben an die Wand.

»Ein fieses Foul von Ava Altmann«, kommentierte mein Sohn. »Ihre Gegnerin liegt verletzt am Boden. Wird Altmann dafür vom Platz fliegen? Zumindest eine rote Tomatenkarte sollte ihr sicher sein.« Er lachte laut über seinen Witz.

»Du fliegst gleich – und zwar hier raus!«, drohte ich.

Dann schnappte ich mir seufzend ein Stück Küchenrolle und wischte die Flecken von den altweißen Metrofliesen. Jan würde durchdrehen, wenn er wüsste, dass die Fugen seiner liebevoll ausgewählten Kacheln rote Flecken hatten.

Ach, Jan. Durch das lichtgraue Sprossenfenster schaute ich über den Vorgarten und die grüne Wiese zu dem kleinen, rot geklinkerten Häuschen mit den bodentiefen Fenstern hinüber. Jan hatte seit zehn Jahren sein eigenes Architekturbüro im sanierten Schafstall, vorne auf dem Hof, direkt an der schmalen Deichstraße. Damit hatte er sich einen lang gehegten Traum erfüllt. Die großen Fenster ließen viel Licht herein, die alten Balken machten es gemütlich, und die modernen, glänzenden Büromöbel bildeten einen gelungenen Kontrast zum Landhausstil.

Jans Meisterstück aber war unser Haus. Es stand auf einer ehemaligen Streuobstwiese hinter dem ausgebauten Stall und sah mit seinen weißen Fachwerkbalken im Rotklinkergiebel, den Sprossenfenstern, den beiden Gauben und der weißen Holzveranda aus wie aus der Jahrhundertwende – dabei hatte Jan es eigens für uns entworfen. Ich liebte dieses Haus – von den grün-grauen Zementfliesen aus Marokko im Flur bis hin zu den weißen Holzschnörkeln am Dach. Aus unserem Schlafzimmerfenster in einer der Gauben konnte ich über den Deich und die weiten Wiesen bis hinüber zur Elbe sehen, die sich hier in Vierlanden, im äußersten Zipfel Hamburgs, gemächlich durch die Landschaft schlängelte. Im Frühling und Sommer hörten wir abends im Bett die Deichschafe mähen, und es roch nach Wiese. Jeder, der unser Haus zum ersten Mal sah, seufzte, weil es so schön war. Nur ich seufzte in letzter Zeit immer öfter, weil unsere Jungs es so heruntergerockt hatten.

Auch das Fenster vor mir war fettfingergetupft. Ich spürte eine drängende Unruhe im Bauch, alle Fenster mal wieder gründlich zu putzen, obwohl ich Fensterputzen hasste. Wann hatte ich angefangen, unser schönes Haus bloß noch als To-do-Liste zu sehen?

Jan und ich hatten oft darüber gesprochen, dass das Haus eines Architekten immer auch sein Werbeplakat war.

Ich starrte hinüber zu seinem Büro, und es kam mir vor, als könnte ich auf magische Weise durch Wände gucken. Hinter rotem Klinker, mattweiß verputzten Wänden und einem deckenhohen Aktenstapel in Popelbeige saß ganz sicher mein Mann und grübelte über einem Bauplan.

»So praktisch!«, hatte er anfangs geschwärmt, als er sich sein Büro bei uns auf dem Hof einrichtete. »Ich bin immer in deiner Nähe!«

In Wahrheit schien mir gerade nichts weiter weg als der ehemalige Schafstall dort drüben.

»Was gibt's heute?« Leo war so plötzlich hinter mir aufgetaucht, dass ich zusammenzuckte. Und bevor ich etwas sagen konnte, verdrehte mein Ältester die Augen und maulte. »Bloß Salat? Mann, Mama, ich hab so Hunger!«

Er hatte sich den ganzen Nachmittag in seinem Zimmer verschanzt. Eine Vier in Mathe plus eine Musikarbeit am nächsten Tag ergaben schlechte Laune. Ich konnte es ihm nicht verübeln.

Mein Blick wanderte über seine Hand, die ein paar Tomatenstücke mopste, über seine schmalen Arme und Schultern bis zu seinem Gesicht. Wo mein Sohn bis vor Kurzem zarte Pausbäckchen gehabt hatte, sprossen neuerdings ein paar Pickel. In seinem weißen Poloshirt hing der leicht säuerliche Geruch von Schweiß. Mein Großer wurde groß.

Ich schob ihn sanft zur Seite und rettete die übrigen Tomatenstücke in eine kleine Schale.

»Linus!«, rief ich. »Das darfst du zum Tisch tragen.«

Im Gegensatz zu seinen beiden großen Brüdern half

mir mein Jüngster noch richtig gern. Jetzt aber kam er auf nackten Füßen schluchzend angerannt und krallte sich an meinem Bein fest. Soweit ich seinem Schimpfen entnehmen konnte, wollte er im Flur mit Len kicken und durfte nicht. Ich hörte den Lederball auf die Fliesen platschen und überlegte, was wohl gleich kaputtgehen würde. Irgendwas ging immer zu Bruch. Heute war ich allerdings selbst zu kaputt, um etwas gegen die Ballerei zu sagen. Leo kickte nun auch mit, immerhin spielten sie nicht im Wohnzimmer.

Ich strich Linus über die weichen Haare und sagte: »Lass die Großen. Stell mal schnell die Tomaten auf den Tisch, dann spiele ich Fußball mit dir.«

Diese Vorstellung schien noch schlimmer zu sein als die Tatsache, dass Leo und Len ihn nicht dabeihaben wollten. Linus fing augenblicklich an zu kreischen, als hätte ich gedroht, seine Paw-Patrol-Plastikhunde ins Tierheim zu bringen. Ich beugte mich zu ihm runter, um ihm die Tomatenschüssel wieder aus der Hand zu nehmen, bevor ein Unglück passierte.

Zu spät.

Es rumste. Der Ball knallte gegen den Küchenschrank, prallte ab und erwischte meinen Arm. *Platsch* machten die Tomaten und landeten in einem stückigen See auf den Holzdielen. Leo und Len grinsten mich vom Flur aus an.

»Ähhhhh … Tschuldigung, Mama, war echt keine Absicht!«, rief Len.

Ich schielte auf die Uhrzeit am Backofen. Noch etwas über eine Stunde bis zur Couch. Wenn ich mich beeilte. Ich wedelte mit der Küchenpapierrolle, und meine beiden

Großen maulten. Sie wussten genau, dass sie die Sauerei selbst wegwischen mussten.

Ausgerechnet jetzt klingelte mein Handy. Ich schielte kurz drauf. Mein Vater. Auch das noch. Da konnte ich jetzt nicht drangehen. Den musste ich später zurückrufen.

»Söne Sweinerei!« Linus tapste begeistert im Tomatenmatsch hin und her.

Seine Brüder stritten sich um die Küchenrolle. Ich atmete tief durch und riss beiden ein Stück Papier ab. Dann hob ich Linus hoch und trug ihn ins Bad, um ihm die Füße zu waschen.

»Ich will gleich nichts mehr sehen, klar!«, rief ich beim Rausgehen.

Als ich wiederkam, war der Matsch noch da, bloß sorgfältig verteilt. Zwei zerknüllte, rosa angelaufene Küchenpapierstücke lagen daneben. Die meisten der kleinen Tomatenkerne steckten in den Dielenritzen – neben ein paar Sesamkörnern, Staub und Bastelglitzer. Die Ritzen erinnerten sich besser als ich, was meine Kinder und ich den ganzen Tag lang so trieben.

Von den großen Jungs war nichts mehr zu sehen. Und, noch ungewöhnlicher, auch nichts zu hören. Das Telefon hatte ebenfalls aufgehört zu klingeln, dafür meldete sich in meinem Kopf jetzt das schlechte Gewissen. Was, wenn meinen Eltern etwas passiert war?

Ich fröstelte. Von irgendwoher zog es.

Als ich in den Flur schaute, stellte ich fest, dass die Jungs in den Garten verschwunden waren und mal wieder vergessen hatten, die Haustür zu schließen. Aber statt wie sonst

Machtdietürzu! zu brüllen, war ich erleichtert, meine Kinder ausnahmsweise nicht mehr mit Tischdecken, Hausaufgaben oder Klavierüben nerven zu müssen.

Stattdessen trat ich hinaus und schloss für einen Moment die Augen. Hier in der Sonne war es warm. Unter süßen Ramblerrosenduft mischte sich die Würze von Lavendel. Ich hörte eine Biene brummen, und eine leichte Brise pustete mir die Haarsträhnen aus dem Gesicht. Die frische Luft tat gut.

Nur fünf Minuten, sagte ich mir, atmete tief ein und lehnte mich an den Türrahmen, nur fünf Minuten.

Dann aber fiel mir mein Vater ein, ich zog eilig das Handy aus der Hosentasche und rief ihn zurück.

Niemand ging ran. Also war es sicher nichts Dringendes, versuchte ich mich zu beruhigen. Hoffentlich nicht.

Seit meine Mutter vor einem Jahr einen Schlaganfall gehabt hatte, pflegte mein Vater sie rund um die Uhr, dabei war er bereits 86. Meine Eltern wohnten noch immer in ihrer großen Wohnung, vier Stunden Fahrzeit von Hamburg entfernt, und wollten keine Hilfe annehmen. Am Telefon allerdings jammerte mein Vater regelmäßig, wie traurig es war, dass meine Mutter kaum mehr gehen und sprechen konnte. Und wie anstrengend für ihn, sich um sie zu kümmern. Doch jedes Mal, wenn ich mich um eine mobile Pflege oder sogar ein betreutes Wohnen bei uns in der Nähe kümmern wollte, lehnte er ab.

»So einfach ist das alles nicht!«, klagte er.

»Ich weiß«, stimmte ich ihm zu, »aber es wird ja auch nicht einfacher, wenn wir nichts tun.«

Nach jedem dieser Gespräche hatte ich ein furchtbar schlechtes Gewissen.

Zurück in der Küche, setzte ich mich auf den Boden und begann träge, mit Daumen und Zeigefinger die winzigen Tomatenkerne von den Dielen zu pulen. Einen nach dem anderen. Jeder Kern neu und doch gleich. Wie die Tage in meinem Leben.

Seufzend lehnte ich mich mit dem Rücken an den Küchenschrank und entdeckte mein Spiegelbild in der Backofenscheibe gegenüber. Meine Jeans schnitt in meinen Schlabberbauch, mein Shirt hatte unappetitliche Flecken, und aus meinem Zopf hatten sich unordentliche Strähnen gelöst. Ich streckte mir selbst die Zunge raus und zog die Jeans ein Stück höher.

Plötzlich musste ich daran denken, wie Jan und ich den Bodenbelag unter meinem Hintern ausgesucht hatten.

»Auf jeden Fall Echtholz!«, hatte Jan gemeint, und seine meerblauen Augen hatten geleuchtet.

Ich hatte nie zuvor jemanden getroffen, den geölte Eiche so glücklich machen konnte. Genau das liebte ich an ihm. Jan sah mit seinen zerzausten dunkelblonden Haaren und dem Dreitagebart aus wie ein Surfer, träumte aber von einem Haus mit Echtholzdielen – und mit mir.

Im Küchenstudio stand ich bloß da und schaute zu, wie er mit dem Verkäufer sprach, der schnell von einem freundlich distanzierten Verkäufergesäusel zu einem ehrlich interessierten Fachgesprächston wechselte. Jan schwärmte von verschraubten Dielen, und der Verkäufer gab ihm recht.

Ich bewunderte beide – Jan und die Echtholzdielen mit den vielen Astflecken. Sie erzählten so viel über die Geschichte des Baumes. Ich bekam Bauchkribbeln bei der Vorstellung, was dieser Boden wohl in ein paar Jahren für Geschichten über uns erzählen würde. An Tomatenkerne hatte ich damals nicht gedacht.

Während die beiden Männer über Dielenbretter strichen, streichelte ich über den Rücken unseres Babys im Tragetuch. Es schlief. Leo war acht Wochen alt und das bravste Baby der Welt, außer man legte ihn in einen Kinderwagen. Dann brüllte er vom Deich bis Dulsberg. Es war okay, ich trug ihn gern, ich hatte ihn sowieso am liebsten ganz nah bei mir. Und oft trug ihn auch Jan. So viel Stärke und Verletzlichkeit auf einmal. Mir wurde jedes Mal schwindelig vor Glück, wenn ich meinen Mann mit unserem Baby vor der Brust sah.

Heute war das Baby von damals vierzehn und verputzte mir gegenüber die fünfte Scheibe Brot. Ich hatte die Jungs nach einer Weile dann doch zum Abendbrot gerufen, und nach der fünften Aufforderung waren sie endlich laut feixend hereingestürmt.

Len knabberte freiwillig an einer Möhre, und Linus bettelte nach Leberwurst. Als ich endlich ganz hinten im Kühlschrank welche fand und ihm eine Schnitte damit schmierte, biss er nicht einmal ab.

»Du musst doch was essen!« Seufzend strich ich ihm übers Haar.

Alle meine Jungs waren in dem Alter zart gewesen. Und ich hatte bei allen Angst gehabt, dass sie nicht genug aßen, sich nicht entwickeln, nicht groß werden würden. Heute war der Große größer als ich – trotzdem hatte ich beim Kleinsten immer noch Angst.

Linus kräuselte seine Nase. Das tat er immer, wenn ihm etwas nicht passte. Schon bei der Geburt hatte er eine tiefe Falte zwischen den Augen gehabt. Ganz so, als wäre er wütend – auf mich, auf die kalte Welt um ihn herum und auf die resolute Hebamme, die ich furchtbar unsympathisch fand, bis sie nach der Geburt ehrlich begeistert mit russischem Akzent jubelte: »Drrrrrei Jungz! Wunderrrrrbarrrr!«, noch bevor ich enttäuscht sein konnte, dass es wieder kein Mädchen war.

Bis heute hatte Linus eine feine blaue Linie über der Nasenwurzel. Ich fand sie wunderschön.

»Wenn du nichts isst, bleibst du für immer ein Baby!«, rief Leo mit schiefer Stimmbruchstimme und grinste ein mächtiges Großer-Bruder-Grinsen.

Ich warf ihm einen bitterbösen Blick zu, aber es war zu spät.

Linus lief rot an, kippelte vor Wut mit dem Tripp Trapp, der kippte nach vorn – und er landete mit der Nase in der Leberwurst.

»Du bist überhaupt kein Baby«, versuchte ich, ihn zu beruhigen, während ich rosa Wurstpaste aus seinem Gesicht wischte. »Du bist schon total groß.«

Aber Linus beruhigte sich nicht. Während Leo mir von einem Streit in der großen Pause und Len von seinem besten Tor auf dem Sportplatz erzählte, lief im Hintergrund lautstark Linus' Beleidigt-Beat.

Ich schielte zur Ofenuhr. Ein paar Happen noch, und wir hatten es geschafft. Endlich Schlafenszeit. Klavier üben konnten sie auch morgen. Ich konnte nämlich nicht mehr.

Gerade als ich sagen wollte: »Teller wegbringen und ab zum Zähneputzen!«, hörte ich hinter mir das Scheppern der Besteckschublade.

»Deckt ihr jetzt nicht mal mehr für mich mit?«, fragte Jan und holte sich einen Teller aus der Vitrine.

»Papa!«, riefen die beiden Großen fröhlich, und sogar Linus schniefte bloß noch.

»Schatz!«, sagte ich überrascht und versuchte zu lächeln. Ein Abend mit Jan auf der Couch wäre doch mal wieder schön.

Aber hätte er nicht bitte ein bisschen eher kommen können? Es roch nach verbranntem Toast. Ich stützte müde den Kopf in beide Hände – und hörte mir noch einmal die Schulhofgeschichten an.

Obwohl auch Jan kaputt aussah, bestand er aufs Klavierspielen (»Wir zahlen den Unterricht schließlich!«), putzte die Zähne nach (»Bei mir hat da leider keiner drauf geachtet!«) und bestaunte einen neuen Torjubel (»Das sind meine Jungs!«).

Als Küche und Zähne endlich sauber waren, alle ruhig in ihren Betten lagen und nicht mehr nach Wasser oder dem x-ten Kuss verlangten, als die Uhr über dem Ofen eine vorwurfsvolle 21:32 anzeigte und im Hintergrund die Geschirrspülmaschine rauschte, als ich auf dem Sofa zur Seite rutschte, um Jan Platz zu machen, rief der aus dem

Flur: »Sorry, Schatz, aber ich muss noch mal rüber ins Büro!«

Zerstreut lief er hin und her, offenbar hatte er mal wieder seinen Schlüssel verlegt. Früher hatten wir oft darüber gelacht, dass wir beide so chaotisch waren. Heute machte mich seine Sucherei wahnsinnig.

Jans Jeans war über seine schmale Hüfte gerutscht, ich konnte ein Stück seiner karierten Unterhose sehen. Hüpfend schlüpfte er in ein Paar rote Sneaker. Er machte sich nicht viel aus Klamotten: Jeans, weißes Poloshirt oder Hemd, je nach Anlass. Aber Sneaker hatte er gern. Mindestens ein oder zwei Paare lagen täglich im Flur herum – knallbunte Riesen in Größe 44, eilig neben die unzähligen bunten Kinderschuhe geschmissen.

»Wie jetzt?«, rief ich.

Jan zuckte stirnrunzelnd mit den Schultern, raufte sich das Haar, warf erst mir einen Luftkuss und dann die Haustür zu. *Rumms* – da saß ich mal wieder allein auf dem Sofa.

Draußen trug der dämmernde Himmel Rosarot über dem schwarzen Scherenschnitt der Bäume am Horizont. Vielleicht ahnte der was. Drinnen blickte ich müde über die verstreuten Legosteine und Sammelkarten unter dem Couchtisch.

Hunderttausendmal habe ich mich später gefragt, was wohl passiert wäre, wenn Jan nicht noch mal im Büro verschwunden wäre. Wenn wir nebeneinander auf der Couch gesessen und gemeinsam geschwiegen hätten, später eingenickt und irgendwann gemeinsam die Treppe hoch ins Bett gewankt wären.

Vielleicht wäre all das, was danach kam, nie geschehen. So aber griff ich um 21:46 Uhr nach meinem Handy und entdeckte zwischen 24 neuen WhatsApps in diversen Elternchats die Nachricht. *Seine* Nachricht. Ich war schlagartig hellwach.

Kapitel 2

Er

Das Erste, was ich von ihr sah, war ihr Lächeln. Die Lippen schmal und bonbonrosa, der eine Mundwinkel ein ganzes Stück höher als der andere. Ihr Lächeln hatte etwas unperfekt Perfektes, mit einem Grübchen bloß auf einer Seite. Den Kopf hielt sie ein wenig schräg, wie ein neugieriges kleines Mädchen.

Dann wanderte mein Blick ein Stück höher, bis zu ihren Augen – und mir blieb die Luft weg. Sie waren riesig, beinahe zu groß für ihr Gesicht, und strahlend blau. Sie funkelten im Scheinwerferlicht wie die Oberfläche eines Sommersees. Und: Sie lächelten ebenfalls.

Sie stand gleich vorne am Eingang der kleinen Discobar auf dem Kiez, in die mich meine Kumpels gegen meinen Willen hineingedrängelt hatten. Gefühlt stolperte ich gegen eine Wand aus Hitze, Schweiß und Rauch, der Boden klebte von verkipptem Bier, und aus großen Boxen wummerten Schlager. *Dein ist mein ganzes Herz* und *Ohne dich schlaf ich heut Nacht nicht ein*. Eigentlich unerträglich. Ich hatte in einen der Läden mit Indiemusik auf der anderen Kiezseite gewollt.

Jetzt aber setzte ich wie in Zeitlupe einen Fuß vor den anderen, um sie noch ein wenig länger betrachten zu können. Sie unterhielt sich mit einer anderen Frau, einer Freundin vermutlich. Ich schwappte mit der Menge weiter, ich konnte nichts dagegen tun. Aber genauso wenig konnte ich meinen Blick von ihrem leuchtenden Gesicht abwenden. Feine, überbelichtete blonde Haarsträhnen umrahmten es wie ein Gemälde, und bei jeder Bewegung wippte ihr zierlicher Zopf.

Mir war auf der Stelle klar, dass ich dieses Gesicht nicht so schnell aus dem Kopf bekommen würde. So wie man noch lange einen hellen Fleck sieht, wenn man direkt in die Sonne geguckt hat.

Dann, als ich exakt auf ihrer Höhe war, schaute sie lachend auf – offenbar hatte ihre Freundin etwas wirklich Komisches gesagt –, und genau in dem Moment trafen sich unsere Blicke. Sie lachte so herzlich, dass ich ihre perfekt geformten Zähne sah. Mein Herz machte einen dämlichen Hechtsprung, und auf meinem Gesicht breitete sich ein Lächeln aus, als hätte sie mich angesteckt.

Sie hielt mitten im Lachen inne und sah mir direkt in die Augen. Dann hob sie überrascht die Augenbrauen, legte den Kopf noch ein wenig schiefer und lächelte mich an. Ich war ihr aufgefallen. Mir lief ein Schauer über den Rücken.

Kapitel 3

Ava

Es klingt verrückt, aber die WhatsApp-Nachricht brachte mich so durcheinander, dass mit ihr eine neue Zeitrechnung begann. Ich fing an, alles in meinem Leben in ein Vor-der-Nachricht und ein Nach-der-Nachricht einzuteilen. Das erste Mal Duschen nach der Nachricht (irgendwie heißer als sonst), seit einer Ewigkeit mal wieder Wimperntusche (fast eingetrocknet) und die ersten gepackten Brotdosen (vor Aufregung die Butter vergessen). Ich bewegte mich wie auf Sprungfedern durchs Haus, lief nach oben, um einen Pulli für Linus zu holen und kam mit leeren Händen wieder herunter. Als Len mich bat, ihm seine Wasserflasche hinten in den Ranzen zu stecken, goss ich das Wasser in den Topf des Gummibaums und wollte die Flasche in den Geschirrspüler stellen.

»Mama!«, beschwerte sich Len, »was machst du denn da?«

Ja, was machte ich? Ich versuchte, mich genauso zu verhalten wie sonst auch. Es waren doch nur ein paar Worte. Aber diese Nachricht hatte mich mit der Wucht der Alsterfontäne, die ich seit einer Ewigkeit nicht mehr gesehen hatte, aus meinem Alltag geschleudert. Ich kam so selten raus aus unserem Dorf.

Als die Kinder endlich aus dem Haus waren, stand ich am Fenster, trank gierig ein Glas Leitungswasser und fragte mich, wie ich weitermachen sollte. Der ungemähte Rasen glänzte smaragdgrün in der Sonne. Überhaupt sah der Maimorgen da draußen viel bunter aus als sonst. Der Gartenzaun schien mich mit seinen spitzen weißen Holzzähnen regelrecht anzugrinsen, dabei brauchte er dringend einen neuen Anstrich. Himmel, was war bloß mit mir los?

Eilig öffnete ich den Metallriegel des Küchenfensters und schob es auf, um frische Luft hereinzulassen. Aber die schwere Süße des Flieders machte es nicht besser. Eine Biene taumelte brummend von Blüte zu Blüte, und ein überlanger Zweig der Kletterrose Rambling Rector drängelte sich an mir vorbei. Meine beste Freundin Sam hatte uns die Pflanze zur Hochzeit geschenkt, und sie machte ihrem Namen alle Ehre. Inzwischen war sie bis in den ersten Stock hochgeklettert. Noch schneller als die Kinder wuchs die. Entschlossen schob ich den piksenden Zweig wieder nach draußen und schloss das Fenster.

Es wurde auch für mich Zeit, in die Schule zu gehen. Lustlos setzte ich mich auf die unterste Stufe der Eichentreppe und schlüpfte in meine Sneaker.

Einen Moment später polterte Jan an mir vorbei die Treppe herunter. Ich beugte mich zur Seite, um ihm Platz zu machen. Während ich mir die Schuhe zuband, wartete ich darauf, dass er etwas sagte, aber er tastete bloß angestrengt ganz oben im Flurregal nach seinem Portemonnaie.

Ich hob die Augenbrauen. »Morgen, Schatz!« Es klang schlechter gelaunt, als es klingen sollte.

Er hielt seine schwarze Lederbörse in der Hand, schaute prüfend auf die Scheine, dann ins Kleingeldfach.

»Schatz …?«, wiederholte ich ein wenig lauter.

»Morgen!«, grüßte er leise zurück. Überrascht, aber gleichzeitig entschuldigend, so als hätte er mich doch gehört.

Unüberhörbar laut klingelte sein Handy. Er schob eilig das Portemonnaie hinten in seine Jeanstasche, räusperte sich, rief mit fester Stimme »Jan Altmann« ins Telefon und hob grüßend die Hand zum Abschied, bevor er laut redend das Haus verließ.

Mit einem Rumms knallte die Haustür zu.

Ich zuckte zusammen.

Bevor auch ich mich auf den Weg machte, tastete ich nach dem Handy in meiner Hosentasche und spürte ein sanftes Kribbeln im Bauch, als ich über seine glatte Oberfläche strich.

Wenig später saß ich auf einem viel zu kleinen Stuhl in einem ehemaligen Kunstraum der örtlichen Grundschule. Es roch nach Holz, farbverstopftem Abfluss und überreifem Apfel. Ich rutschte auf dem harten Stuhl hin und her, um die Position zu finden, in der ich so wenig Rückenschmerzen wie möglich bekommen würde. Ich war eindeutig zu alt hierfür.

Draußen auf dem Schulhof schwang eine Schaukel hin und her. Es sah aus, als genieße sie die Ruhe zwischen den lauten Pausen.

»Herzlich willkommen zu unserem Elternvertretertreffen!«, begrüßte Steffi gut gelaunt unsere kleine Runde.

Steffi war meine Mamafreundin im Dorf, und das, obwohl wir total unterschiedlich waren. Während ich kaum mit dem Haushalt hinterherkam, vertrieb sie neben ihrer Teilzeitstelle als Arzthelferin Naturkosmetik per Network-Marketing. Außerdem hatte sie ein Faible für Nageldesign. Mindestens alle zwei Wochen präsentierte sie mir neue Kunstwerke auf ihren frisch gefeilten Minileinwänden. Heute leuchteten ihre Nägel wassermelonenfarben, mit einem feinen grünen Streifen und winzigen schwarzen Punkten. Ich dagegen hatte gestern Abend vor Aufregung alle meine Nägel abgeknabbert.

Schnell versteckte ich meine Hände unter dem Tisch – bis Steffi mich blöderweise mit dem Protokoll beauftragte. Verdammter Mist!

»Erster Diskussionspunkt«, sagte Steffi, »der saugefährliche Zaun auf dem Schulhof.« Sie nahm einen Schluck Kaffee aus dem Einwegbecher der örtlichen Bäckerei und blickte mit hochgezogenen Augenbrauen anklagend in die Runde.

Steffi engagierte sich seit sechs Jahren in der Elternarbeit. Ich war genauso lange dabei. Gleich als Leo eingeschult wurde, hatte ich damit angefangen. Ich war damals so neugierig auf alles, was da kommen würde, und so stolz auf mein Schulkind.

Vielleicht war mein Engagement auch ein bisschen der Tatsache geschuldet gewesen, dass ich mich noch nicht von ihm lösen mochte. Denn plötzlich gab es keinen ausführlichen Bericht einer Erzieherin mehr, was er alles gemacht und gegessen und mit wem er sich gestritten hatte, sondern bloß sein gebrummtes »War okay« auf mein enthusiastisches »Und, wie war's in der Schule?«. Durch die Elternvertretung fühlte ich mich ihm näher.

Am Anfang fand ich das alles wahnsinnig aufregend und schnippelte bestens gelaunt alle zwei Wochen mit den Kindern Obst für den Schulkiosk. Leo sah mich, und – noch besser – ich sah Leo. Ab der dritten Klasse interessierte er sich dann immer weniger für mich, und auch ich fand das Schnippeln nicht mehr ganz so spannend.

Weil ich aber auf keinen Fall ein Kind bevorzugen wollte, stellte ich mich auch bei Len zur Wahl. Und im nächsten Jahr würde Linus in die Vorschule kommen. Verrückt, wie schnell die Zeit verging! Da musste ich wohl oder übel noch mal ran. Dabei hatte ich inzwischen weder Lust auf die Schnippelei noch auf die ellenlangen Diskussionen mit den anderen Elternvertretern. Aber es war, wie es war.

Und ich war offenbar nicht die Einzige, der es so ging. Torsten, der einzige Mann in unserer kleinen Runde, biss in sein Mettbrot. Ein beißender Zwiebelgeruch wehte herüber. Torsten saß die letzten Wochen hier gefühlt nur noch ab, weil sein Sohn nach den Sommerferien auf die Stadtteilschule gehen würde. Barbara Brockenmeyer malte sich mit Blick in einen kleinen Make-up-Spiegel ihre schmalen Lippen nach und zog dabei seltsame Grimassen. Nur Mareike, die neu in der Runde war, saß aufrecht da, nickte kräftig mit dem Kopf und schien Steffi recht zu geben.

»Ich finde, der Zaun ist okay«, rief Barbara, ohne den Lippenstift wegzulegen. »Die Kinder müssen eben einfach davon wegbleiben.«

»Aber Kinder sind doch Kinder!« Steffi stellte ihren Becher mit einem solchen Rumms auf den Tisch, dass ein paar Kaffeespritzer auf ihren Unterlagen landeten. *Leg dich nicht mit Zucker an – er ist raffiniert* stand auf den Einwegbechern unseres Dorfbäckers. Bei uns auf dem Land war Zucker noch nicht Staatsfeind Nummer eins.

Für Steffi war die Sache größer als ein Zaun. Es ging ihr ums Prinzip, nämlich um eine kinderfreundliche Welt für ihre Jungs. Für die kämpfte sie wie eine Löwin. Sie versuchte immer, ihnen alle Schwierigkeiten aus dem Weg zu räumen. Ich bewunderte ihre Energie.

Während Steffi sich darüber aufregte, wie gefährlich ein kaputter Zaun auf dem Schulhof war, über den die Kinder natürlich trotz Verbot drüberklettern und sich dabei den Hals brechen würden – *ratsch,* Steffi schnitt bei diesen Worten mit der flachen Hand die Luft vor ihrem Hals wie mit einem Messer durch –, dachte ich daran, wie Pinto mich geküsst hatte.

Ich schnappte nach Luft, weil ich plötzlich sein Aftershave riechen konnte. Ich sah sein Gesicht deutlich vor mir, hörte uns beide schnell atmen, vielleicht weil ich ihn geneckt hatte und grinsend vor ihm weggelaufen war. Er holte mich ein, und seine Augen funkelten, als er mich packte und an sich drückte und endlich küsste. Ich strich mir die Haare aus der schwitzenden Stirn.

»Hast du das?«, fragte Steffi.

Ich blinzelte, aber die Truppe vor mir wurde nur langsam scharf.

»Äh, was hab ich?« Erschrocken griff ich nach dem Blatt Papier vor mir, auf das ich dieses Mal, zum allerersten Mal, nicht die klitzekleinste Notiz für das Protokoll gemacht hatte.

Hastig versuchte ich, mir mit dem Blatt ein wenig frische Luft zuzufächeln – aber es knickte ein.

»Wo bist du denn heute Morgen?«, feixte Steffi, schob aber zum Glück gleich die nächste Frage hinterher: »Jetzt sag schon, was hältst du davon?«

Ich starrte hilflos auf ihre helle Haut, die roten Haare, den kleinen Silberring in ihrer Unterlippe und ihre große Oberweite, die sie täglich mit einer anderen wild gemusterten, weit aufgeknöpften und halb durchsichtigen Bluse betonte. Als ob ich dort lesen könnte, was ich sagen sollte.

Steffi war ein wenig jünger als ich, erst Mitte dreißig, hatte aber wie ich drei Jungs. Meine beste Freundin Sam und ich hatten ihr den Namen »Deichsheriffin« verpasst, was böser klang, als wir es meinten. Steffi wusste einfach immer über alles und jeden Bescheid, hatte zu allem eine Meinung und außerdem einen perfekten Putzplan, aka -fimmel, und daher stets ein beneidenswert sauberes und ordentliches Zuhause. Ab und zu, wenn unsere Mittleren miteinander spielten, blieb ich auf einen Kaffee. Den servierte mir Steffi zusammen mit dem neusten Dorftratsch auf ihrer schwarzen, blitzblank geputzten Küchenanrichte. Sie war erfrischend offen, sprach alles aus, was sie dachte, und brachte mich mit ihren Spitzen über unsere

Dorfmitbewohner regelmäßig zum Lachen. Ich hatte sie wirklich gern, auch wenn sie jedes Mal versuchte, mir eine Probierpackung ihrer Naturkosmetik aufzuschwatzen, die ich schon x-mal abgelehnt hatte, weil ich seit Jahren dieselbe Creme benutzte.

Beim Abschied nahm sie mich jedes Mal so fest in den Arm, dass mir beinahe die Luft wegblieb. Manchmal hatte ich Kopfweh von ihrem Erzähltempo, aber sie war diejenige im Dorf, die mir zuhörte, wenn die Kinder mir mal wieder den letzten Nerv raubten. Und sie war es auch gewesen, die trotz ihres dicht getakteten Alltags auf meine beiden Großen aufgepasst hatte, als ich mit Linus im Bauch plötzlich Wehen bekam. Ich war froh, dass ich sie hatte. Vor allem, weil Sam so weit weg in der City wohnte.

Jetzt schaute mich Steffi mit hochgezogenen Augenbrauen an. Mareike lächelte, Barbara bleckte ihre Lippenstiftlippen, und Torsten drehte sich eine Zigarette.

»Ja, also der Zaun, ich weiß auch nicht«, sagte ich schnell, »wie viel würde das denn kosten, den zu erneuern?«

Steffi boxte mir stirnrunzelnd in die Seite. »Mensch, Ava, wir sind längst nicht mehr beim Zaun. Jetzt sind wir beim Salat. Der hat nämlich immer braune Stellen. Darum überlegen wir, ob wir nicht gleich einen Antrag auf Bio-Essen stellen sollten.«

Bitte nicht die Essensdiskussion, dachte ich. Nicht heute. Die ging immer Stunden und endete im Streit.

»Also Bio, ja klar, meinetwegen«, sagte ich. »Wenn das alle wollen, ist doch gut.«

»Das ist es ja!«, warf Mareike ein und sah mich durch die runden Gläser ihrer Goldrandbrille streng an. »Wenn wir Bio fordern, werden sich etliche beschweren, dass das Essen zu teuer wird.«

Mareike war die Mama von Maja-Sophie aus Klasse eins. Beide trugen täglich Leinenkleider, jeden Tag in einer anderen Naturfarbe, immer im passenden Mama-Tochter-Look. Ihre braunen Haare mit den zarten grauen Strähnen darin trug sie meist streng aus dem Gesicht gebunden.

Steffi seufzte.

»Wann werden solche Leute endlich verstehen, dass einem die Ernährung seines Kindes einiges wert sein sollte?«, fragte Barbara Brockenmeyer.

Ihre Stimme hatte das Volumen einer Altistin in der Oper. Ich war mir nicht sicher, ob sie rein physisch überhaupt in der Lage war, leiser zu sprechen. Vielleicht lag es daran, dass Barbara bereits drei Kinder durch die Pubertät begleitet hatte. Wer wusste schon, ob ich in ein paar Jahren nicht auch klingen würde wie eine dauertrompetende Elefantin.

Ich kannte Barbara nur aus der Elternvertretung, wusste wenig über sie, außer dass ihr Mann ein wichtiger Kunde von Jan war. Drei ihrer vier Kinder studierten bereits. Nur Carl, der Nachzügler, war noch in der Grundschule. Und mit ihm Barbara, in all ihrer korallenroten Kaschmirpracht, bereit, bei ihrem letzten Kind noch mal alles zu geben. Ich hatte ein bisschen Angst vor ihr.

Mareike lächelte verzweifelt. »Es geht ja nicht darum, dass es einem nicht wichtig ist, sondern darum, dass sich einige Familien das schlicht nicht leisten können.«

Mareike wollte es immer allen recht machen. Den Armen, den Reichen, den Fürsorglichen, den Benachteiligten, den Veganern.

»Dann muss das Geld für diese Familien aus Spenden finanziert werden, basta!«, rief Barbara. »Denken wir uns eben etwas Schönes für das nächste Schulfest aus, um richtig viel Kohle zu scheffeln.«

Steffi seufzte erneut. »Hast du denn eine Idee, was das sein könnte, Barbara?«, fragte sie und zeigte dann auf Mareike, die sich schon seit einiger Zeit meldete.

»Wenn wir sowieso schon dabei sind«, schlug sie vor, »sollten wir vielleicht nicht nur über Bio, sondern gleich über vegan nachdenken.«

Jetzt stöhnte Torsten. »Ach nö, nicht die Nummer schon wieder! Für meinen David ist Fleisch sein Gemüse. Was anderes krieg ich in den Jungen nicht rein.« Er knüllte knisternd die Brötchentüte zusammen und zielte auf den Papierkorb.

Treffer.

»Ausgewogen und gesund schließt ja ab und zu Fleisch auch nicht aus«, warf Steffi ein.

»Mit solchen halben Sachen bekommen wir die Klimakrise nie in den Griff«, mahnte Mareike.

»Jetzt sind wir aber bei unseren Kindern und nicht beim Klima!«, rief Barbara.

»Das gehört doch zusammen!«, widersprach Mareike entschieden.

Ich starrte aus dem Fenster und dachte an Pintos weiche Lippen. Mir lief ein Schauer den Rücken herunter.

»Das macht Ava sicher gern«, hörte ich jemanden sagen, so laut, dass es selbst durch meinen rosa Gedankennebel zu mir durchdrang.

Ich schreckte auf.

»Barbara hatte gerade eine gute Idee«, klärte mich Steffi auf. »Sie meinte, dass wir mal ein Meinungsbild bei allen Eltern einholen könnten, bezüglich Bio und vegan. Und Barbara meinte, dass du vielleicht Lust hast, dich darum zu kümmern.«

Ich starrte Barbara erschrocken an. »Ähhh, was …?«, stotterte ich. »Aber warum ich?«

»Na ja«, Barbara schenkte mir ein schmales apricotfarbenes Lächeln, »du hast doch einen kleinen Sohn, der die ganze Grundschulzeit noch vor sich hat. Für dich lohnt es sich also noch richtig. Und du bist die Einzige, die zurzeit nicht arbeitet.«

Ich wusste nicht, was ich sagen sollte. »Also, ähm, ich …«

»Ach, danke, Ava!«, rief Steffi und griff mit ihren Melonennägeln eilig nach Handy und Schlüssel. »Und Ava, die Orga für den Tag der offenen Tür nächste Woche übernimmst du doch auch wieder, oder? Keiner kennt sich damit so gut aus wie du.«

Mareike nickte mir lächelnd zu, Barbara rauschte aus dem Raum, ließ aber einen übersüßen Maiglöckchenduft zurück. In Kombination mit Mett löste er leichte Übelkeit in mir aus. Torsten tippte sich flüchtig zum Gruß an die Stirn und verschwand ebenfalls.

Anscheinend war für die anderen alles klar. Und ich war viel zu durcheinander, um etwas zu sagen.

Draußen hakte sich Steffi bei mir unter und zog mich schnellen Klackerschrittes den schmalen Bürgersteig entlang. Ihr üppiger Busen waberte auf und ab.

»Jetzt sag schon«, raunte sie, »was ist denn heute mit dir los?«

»Ach nix, bisschen Kopfweh«, murmelte ich.

Steffi und ihr Lippenpiercing kamen grinsend näher. »Die brüllende Barbara war heute mal wieder die Krönung, oder?«, sagte sie leise. »Als ob die so viel zu tun hätte. Die rückt doch in der Firma ihres Mannes auch nur die Blumen zurecht. Na ja, egal, auf jeden Fall ist es superlieb von dir, dass du das mit der Umfrage übernimmst. Und den Tag der offenen Tür natürlich auch.«

»A-also ich …«, versuchte ich zu protestieren. »Also eigentlich …«

»Du machst das immer sooo schön!«, flötete Steffi. »Du hast einfach so viele gute Ideen. Diese tollen Girlanden, die du letztes Mal genäht hast! Die aus diesen alten Blumenstoffen. Erst dachte ich, das würde altbacken aussehen. Aber ne, das war echt richtig schön.«

Ich hätte mich ohrfeigen können, dass ich keinen vernünftigen Satz herausbrachte. Nicht mal ein einziges Wort. Dabei hätte ein *Nein* gereicht. Denn je mehr ich drüber nachdachte: Das, was Barbara Brockenmeyer mir da soeben eingebrockt hatte, das wollte ich nicht machen.

Steffi blieb stehen und tätschelte mir den Rücken. »Du, mach dir keine Gedanken! Ich helfe dir doch. Wenn du was brauchst oder Probleme hast, ruf einfach an.«

Ich musste wirklich fertig aussehen, auf jeden Fall legte

Steffi mir ihre großen Hände auf die Oberarme und schaute mich mitleidig an. »Manometer, deinem Kopf scheint's echt schlecht zu gehen! Aber zum Glück kannst du dich ja jetzt hinlegen. Ich muss mich beeilen, muss in die Praxis. Tschüss, Avi.«

Wie in Zeitlupe ging ich den schmalen Bürgersteig neben der kopfsteingepflasterten Dorfstraße entlang bis zu unserer Familienkutsche und ließ mich in den durchgesessenen Sitz plumpsen. Weiße Blütenblätter segelten von den üppig blühenden Bäumen über mir auf die Windschutzscheibe. Vom Kindergarten wehte leises Geschrei herüber. Eigentlich war doch alles gut.

Eigentlich …

Ich schloss die Augen und schnappte nach Luft. Dann holte ich mein Handy aus der Tasche und las noch mal seine Nachricht, obwohl ich sie längst auswendig kannte:

> Ava, wie geht's dir? Ich muss seit einigen Tagen verrückterweise ständig daran denken, wie verrückt wir aufeinander waren. Kuss, Pinto

Ich konnte nicht glauben, dass er *Kuss* geschrieben hatte. Ich konnte nicht glauben, dass er überhaupt geschrieben hatte. Er brachte mich total durcheinander. Und so langsam ahnte ich, dass er noch viel mehr durcheinanderbringen könnte. Was sollte ich bloß tun?

Kapitel 4

Ava

Ich tat, was ich zu tun hatte. Ich stellte eine Waschmaschine an, legte die Klamotten aus zwei Wäschekörben zusammen und verteilte sie in den Schränken. Ich räumte das schmutzige Geschirr in die Spülmaschine und goss die Stauden im Garten mit der cremefarbenen Henkelgießkanne, die aussah wie eine übergroße Kaffeekanne. Dann schnitt ich ein paar faustgroße Pfingstrosen, rosa Bartnelken und üppige Margeriten ab, um sie in einer bauchigen Vase zu arrangieren. Als ihr Duft mir in die Nase stieg, musste ich lächeln. So flirrend frisch und blumig roch es nur im Frühsommer, wenn man den langen Winter noch in der Nase hatte.

Anschließend machte ich mir einen Kaffee, stellte ihn neben den gezackten Schatten des Blumenstraußes auf den sonnigen Küchentisch und räumte noch schnell den Kühlschrank auf. Als ich fertig war, war der Kaffee kalt. Ich kippte ihn weg, und schon war es Zeit, Linus aus dem Kindergarten abzuholen. Auf dem Weg zum Auto verjagte ich zwei unserer Hennen aus meinem Staudenbeet.

Ich freute mich auf Linus' fröhliches Gesicht. Seine Pausbacken waren das letzte bisschen Kleinkindmäßige im

Haus. Und das würde ich heute verdammt noch mal so richtig genießen. Vor ein paar Tagen hatte ich im Internet ein Rezept für einen Kuchen mit Eiscreme entdeckt. Drei weitere Zutaten bloß. Vielleicht würde ich den heute mit meinem Kleinen backen.

Als ich ankam, spielte Linus gerade mit anderen Kindern in der Sandkiste. Ich beobachtete, wie er sich mit seinem Freund Luca unterhielt. Die beiden sahen sich ständig an und kicherten. Als er mich an der Abholpforte entdeckte, stampfte er wütend durch den Sand auf mich zu.

»Is will hier nis weg.«

In meinem Herz pikste es, aber dann hockte ich mich vor ihn. »Wie schön, dass du so einen Spaß hattest, mein Schatz«, sagte ich. »Du kommst ja morgen wieder. Jetzt darfst du mit mir nach Hause fahren.«

Er schüttelte empört den Kopf, sodass seine hellen Haare durch die Luft wirbelten wie ein zarter Tüllrock. »Will aber nis.«

Ich seufzte leise. Manchmal hatte ich das Gefühl, ich war zu alt dafür, eine geduldige Mama zu sein.

»Ach, Linu Lausemaus, wir machen uns das ganz schön zu Hause, okay? Ich dachte, wir backen einen Kuchen zusammen. Luca wird bestimmt auch gleich abgeholt.«

Kuchen schien ein Zauberwort zu sein. Auf jeden Fall guckte Linus nicht mehr ganz so sauer und lief zu seiner Erzieherin, um sich zu verabschieden.

»Was für einen Kuchen backen wir?«, fragte er, als er an meiner Hand neben mir her zum Auto hüpfte.

»Einen Eiskuchen«, raunte ich.

Linus blieb abrupt stehen. »Eiskuchen mag is nis«, sagte er entschieden.

Ich bückte mich, um ihm in die Augen zu schauen. »Doch, ganz sicher. Du magst ja Eis, und du magst Kuchen. Also magst du Eiskuchen bestimmt besonders gern.«

Das schien ihn zu überzeugen. Er hüpfte weiter, ließ sich ohne Murren anschnallen und rannte zu Hause fröhlich in die Küche.

Während ich die beiden Großen überreden musste, mit ihren Hausaufgaben anzufangen, sie dann zu überzeugen versuchte, dass die Zusatzaufgaben zwar Zusatzaufgaben hießen, aber auf jeden Fall gemacht werden sollten, wenn man ein guter Schüler sein wollte, und sie anschließend kontrollierte – bei Mathe achte Klasse tat ich nur noch so –, fragte Linus zehnmal, ob er schon mal das Eis für den Kuchen rausholen dürfe.

»Ja, dann hol es halt!«, antwortete ich beim elften Mal, während ich mit Len darüber diskutierte, ob man *ich träume* wirklich klein schrieb, obwohl es doch *der Traum* hieß.

Als die Hausaufgaben fertig waren – und ich mit meinen Nerven eigentlich auch –, hatte Linus das halbe Eis bereits mit den Fingern aus der Packung geschleckt. Ich wischte seine Hände und sein Gesicht sauber, stellte eine große Backschüssel auf die Küchenanrichte und ließ ihn die restliche Eiscreme in die Schale füllen. Die Sonne malte helle Punkte auf die hölzerne Küchenplatte. Linus sang vor sich hin. *O Tannenbaum*, wie ich schmunzelnd feststellte.

»Mmh, Mama, was wird das denn?«, fragte Leo, der plötzlich neben uns aufgetaucht war.

»Ein Eiskuchen«, antwortete ich und zog Linus' Hand aus dem zerlaufenen Eismatsch, »falls es noch einer wird.«

Linus hatte sich von mir auf die Küchenplatte setzen lassen, baumelte mit seinen kleinen, erdbraunen Nackefüßen an meine Hüfte und leckte seine Finger ab.

»Klingt spitze, Mamuschka!«, rief mein Großer, jetzt schon wieder aus dem Flur. Einen Moment später steckte er noch mal kurz den Kopf zur Tür herein, prellte seinen Fußball ein-, zwei-, dreimal auf den Dielenboden und verkündete: »Ich treff mich mit Freunden auf dem Fußballplatz.«

»Warte, ich will mit!«, Len sprang vom Tisch auf, an dem er Englischvokabeln üben sollte.

»Kannst du denn alle Vokabeln?«, rief ich ihm hinterher.

»Perhaps I can«, antwortete Len.

Dann hörte ich ein vertrautes Miteinanderkichern im Flur.

»Ich meine: *Of course I can*«, rief Len. »Tschüss, Mamchen, heb uns ein Stück Kukukuchen auf!« Dann knallte die Tür hinter ihnen zu.

Ich tippte Linus auf seine kleine Stupsnase. »Jetzt können wir beide in Ruhe Kuchen backen.«

Linus verschränkte seine kleinen Ärmchen und schob die Augenbrauen zusammen. »Will nis backen. Will auch zum Sportplatz und mit Leo und Len Fußball bielen.«

Ich strich ihm seufzend über die weichen Haare. »Aber Linus, du bist noch zu klein, um allein zum Fußballplatz zu gehen.«

Einen Moment fürchtete ich, er könnte vorschlagen, dass ich einfach mitgehen solle. Dabei hatte ich überhaupt keine Lust, einem Rudel vorpubertierender Jungs beim Kicken zuzusehen. Und dabei meinen Kleinsten zu trösten, den sie natürlich nicht mitspielen lassen würden.

Zum Glück tröstete sich Linus längst mit dem Eis an seinen Fingern. Ich ließ ihn staubend Mehl und Backpulver in die Schüssel kippen, und während er der Küchenmaschine beim Rühren zuschaute, wischte ich den feinen Mehlstaub von der Küchenanrichte, vom Fußboden und von Linus' Füßen.

Wir sahen durch die Backofenscheibe zu, wie der Kuchen goldbraun wurde. Linus drückte mit seiner kleinen Hand meine große, und ich steckte meine Nase in sein Haar und sog den köstlichen Duft von Vanille und einem Vormittag im Freien ein. Manchmal hatte ich das Gefühl, ich war genau im richtigen Alter, um das hier so richtig zu genießen.

»Du bist so zuckersüß!«, säuselte ich und küsste Linus' Nacken. »Ich könnte dich aufessen.«

Ich tat so, als knabberte ich an ihm, und Linus kicherte zufrieden. Plötzlich pupste er kräftig gegen meinen Bauch.

»Linus!«, rief ich empört und musste laut lachen.

»Mama, is bin so süß, is pupse Zucker.«

Als der Kuchen fertig und ein wenig ausgekühlt war, schnitt ich eine dicke, saftige Scheibe ab und legte sie Linus auf den Teller. Er biss hinein, verzog seinen kleinen Mund und kräuselte die Nase.

»Bäh, is mag keinen Eiskuchen!«

Ich aß das Stück, obwohl ich eigentlich gar keinen Appetit hatte. Dabei überlegte ich, ob ein Eiskuchenbüfett vielleicht eine schöne Idee für den Tag der offenen Tür wäre. Immerhin würde das schnell gehen. Jede Familie könnte einen Kuchen mit einer anderen Eissorte backen. Und es wäre etwas, was wir die letzten fünf Jahre noch nicht hatten.

Linus jammerte, dass er eeeendlich mit dem Nachbarskind spielen wolle, also ließ ich ihn ziehen. So hatte ich Zeit, den verdammten Hühnerstall zu putzen. Das war dringend mal wieder dran. Vorher versuchte ich aber noch kurz, meinen Vater anzurufen. Dieses Mal ging er sofort ans Telefon.

»Ja?«, meldete er sich.

»Papa, ich bin's«, flötete ich so fröhlich wie möglich. »Du hattest angerufen. Ist alles in Ordnung mit Mama?«

»Ach, Ava, du. Ach ja.«

Er lallte ein wenig und klang, als hätte er gerade geschlafen. Oder ein Glas Wein getrunken. Ich hoffte auf Ersteres.

Mein Herz wummerte nervös. »Papa, wie ist es denn?«

»Schlecht …«, sagte er leise. »Ava, deine Mutter ist wirklich sehr, sehr krank.«

Das stimmte leider. Seit ihrem Schlaganfall vor etwas über einem Jahr war meine Mutter ein Pflegefall. Und ich lebte seither täglich mit einem schlechten Gewissen.

Ich hielt kurz das Handy ein Stück von mir weg, schloss die Augen und seufzte leise. Dann holte ich Luft und zwang mich zu einem Lächeln.

»Ich weiß, Papa, ich weiß.«

»Sie ist doch gerade erst 75!«

Ich presste die Lippen zusammen. »Ich weiß, Papa. Das ist alles ganz, ganz doof.«

»Sie sagt fast nichts mehr. Liegt nur rum.«

»Das hat doch der Schlaganfall gemacht, Papa. Sie kann ihre rechte Seite nicht mehr bewegen.«

»Aber sie stöhnt immer nur und sagt, dass alles scheiße ist. Ich halte das nicht mehr lange aus.«

Ich kniff die Augen zusammen. »Soll ich kommen, Papa? Brauchst du Hilfe?«

»Nein, nein. Du hast genug zu tun.«

»Soll ich mich nicht doch um eine Pflegekraft kümmern, die dich unterstützt?«

Dieses Gespräch führten wir mindestens einmal die Woche. Er räusperte sich, schmatzte kurz, brummte. Ich schnappte leise nach Luft.

»Ich … ich … ich«, stotterte er. »Wir haben jetzt jemanden, die kommt jeden Morgen.«

»Eine mobile Pflege?«, fragte ich erleichtert. »Wirklich? Wie toll, dass du dich darum gekümmert hast!« Sofort hatte ich ein schlechtes Gewissen, dass ich ihm dabei nicht geholfen hatte.

»Ja, aber ich weiß nicht, ob das was is' … Die wäscht sie bloß kurz und ist ja auch so teuer. Und die hat eine pinke Jacke an, so eine … eine Bomberjacke. Die glänzt.«

Ich verzog das Gesicht. »Papa, das ist doch ganz egal, was die Pflegerin anhat. Ist sie denn nett?«

Wieder ein Brummen. Räuspern. »Jaja, nett ist sie.«

»Na, dann ist doch gut. Sagt bitte Bescheid, wenn ihr Hilfe braucht. Und ich komme euch ganz bald besuchen.«

»Du hast doch da bei dir genug zu tun. Und dann diese lange Fahrt. Ich will nicht, dass du hier herunterrast.«

»Aber wir müssen uns doch mal wieder sehen.«

»Jaja, irgendwann. Mach's gut.«

»Willst du mir Mama noch kurz geben?«, fragte ich schnell. Aber mein Vater hatte bereits aufgelegt.

Kurz überlegte ich, ob ich noch mal zurückrufen sollte. Aber höchstwahrscheinlich würde er sowieso nicht drangehen.

Also schnappte ich mir Eimer, Lappen und Drahtbürste und machte mich auf den Weg in den Garten. Auf dem geschwungenen Kiesweg blieb ich mit meinem Shirt an einer Ramblerrosenranke hängen. Vorsichtig machte ich mich frei und ging durch das knöchelhohe Gras bis zu den Hühnern.

Alle drei Hennen kamen sofort angepest und schauten mich mit ihren bernsteinfarbenen Knopfaugen erwartungsvoll an. Agnes, Annegret und Agatha wohnten hinten im Garten, in einem weißen Stall mit Walmdach unter einem knorrigen Apfelbaum. Dahinter lag unsere Obstbaumwiese und irgendwann, viele Wiesen, Windräder, Vororte und Autobahnkilometer weiter die Hamburger Alster. Heute zierten ein paar kleine, zerzupfte Wolken den knallblauen Himmel darüber.

Offiziell hatten wir die Hühner für die Kinder angeschafft, nachdem sie uns wochenlang mit Haustieren in den Ohren gelegen hatten. Irgendwann hatte ich dann

Hühner vorgeschlagen, weil ich die auf den Fotos in meinen Gartenzeitschriften immer so hübsch fand. Und weil sie weder laut bellten noch regelmäßige Spaziergänge brauchten und außerdem frische Bio-Eier legten. Die Kinder waren begeistert. Außer, als es ans Stallsaubermachen ging. Das übernahm ich ziemlich schnell allein. Ich hasste es. Die stickige, stinkige Luft stand in dem engen Stall, und ich konnte beim Schrubben nicht mal aufrecht stehen.

Henne Agatha kam vorbei, wackelte skeptisch mit dem Kopf und sah beinahe so aus, als würde sie sich über mich lustig machen.

»Boak!«, machte ich leise, und sie legte den Kopf noch schräger.

Während ich versuchte, mit der Drahtbürste die zementartige Hühnerkacke von der kleinen Holztreppe zu kratzen, tauchten plötzlich zwei weiße Adidas-Turnschuhe neben dem Stall auf. Jan hatte schlechte Laune, sein Schnaufen verriet ihn.

»Was machst du, Schatz?«, fragte er überflüssigerweise. Noch bevor ich »Kacke kratzen!« antworten konnte, redete er weiter: »Du kannst dir gar nicht vorstellen, was für ein nerviges Bauherrenpaar ich gerade habe. Wirklich unverschämt und unglaublich anstrengend!«

Ich seufzte. Jan hatte ständig nervige Bauherren. Eigentlich sprach er über nichts anderes als über nervige Bauherren. Bloß, dass ich dieses Mal ahnte, um wen es ging.

»Lass mich raten, es sind die Brockenmeyers?« Ich musste husten, weil die Stallluft so staubig war.

»Ich sage dir lieber nichts Genaues«, raunte Jan und atmete wütend aus. »Ich will dich nicht in eine komische Situation bringen.«

»Okay«, sagte ich nur. Ich fand die Situation bereits komisch.

Im nächsten Moment kratzte ich mir aus Versehen mit der Drahtbürste über die Haut. »Aua!«, jaulte ich und merkte, wie mir die Tränen kamen.

»Alles gut?«, fragte Jan und sah mich durch den Hühnerdraht an. Seine grau schimmernden Haare hingen ihm schlaff in die blasse Stirn. Unter den Augen hatte er dunkle Ringe. »Wieso musst du das hier überhaupt schon wieder machen?«, brummte er. »Sind ja schließlich die Hennen der Jungs.«

»Ich hatte nach dem Hausaufgaben-Fight einfach keine Kraft mehr für einen Hühnerstallputz-Fight.«

»*Pick your fights*, was, Schatz?«, sagte Jan, und ich konnte hören, dass er ausnahmsweise lächelte.

Genau das hatten wir früher immer gesagt, als unser Großer noch klein war. Und wir keine Ahnung hatten, was für Fights uns noch so picken würden.

Jan murmelte schon wieder wütend vor sich hin. Wahrscheinlich regte er sich noch immer über seine Bauherren auf. »Ich sag's dir, ich bin so müde!«, sagte er dann lauter.

Ich auch, dachte ich und schaute mich nach dem Lappen um. *Rumms* – mein Kopf knallte gegen das flache Stalldach.

»Brauchst du was?«, fragte Jan.

»Den Lappen!«, stöhnte ich.

Er reichte ihn mir und fragte dabei: »Kochst du heute Abend was?«

Ich schnaufte. »Es gibt Nudeln. Wie soll ich was Ordentliches kochen, wenn ich hier Kacke kratzen muss?«

»Ist ja schon gut! Ich wusste nicht, dass du auch schlechte Laune hast.«

»Ich habe überhaupt keine schlechte Laune!«, sagte ich.

Jan gurrte. Oder war es Agatha? Die stolzierte erhobenen Kammes an uns vorbei.

»Schatz, übrigens habe ich für übermorgen Abend zwei wichtige Kunden zum Grillen eingeladen. Könntest du dafür ein bisschen Fleisch und Brot besorgen? Kein großes Ding, bloß ein bisschen was Leckeres. Du machst das immer so nett. Und ich komme gerade nicht vom Schreibtisch weg.«

Ich seufzte. Ein voll gekackter Stall, drei Kinder, ein hungriger Mann, eine Elternumfrage, ein Tag der offenen Tür und jetzt noch ein Grillfest. Warum hatte eigentlich jeder ständig noch eine Aufgabe mehr für mich?

Ich dachte kurz an Pintos Nachricht. In diesem Moment, mit den Knien in der Kacke und meinem Handy drüben im Haus, kam sie mir ausgesprochen absurd vor.

»Es tut mir leid, Schatz!«, sagte Jan. »Danach wird es ruhiger im Büro. Ganz bestimmt.«

Das sagte er ständig.

»Wer kommt denn überhaupt?«, fragte ich seufzend.

»Jochen und Barbara Brockenmeyer.«

Ich griff nach der Drahtbürste. Brüll-Barbara. Nicht sein Ernst.

»Ach nö.«

»Ich weiß, du kannst sie nicht besonders gut leiden. Aber sie sind nun mal meine wichtigsten Kunden. Und eigentlich sind sie wirklich ganz lustig.«

War ja klar, dass es sich bei den anstrengenden Bauherren, über die Jan anfangs gestöhnt hatte, um die Brockenmeyers handelte. Trotzdem versuchte er sie mir jetzt als lustig zu verkaufen, damit ich nicht noch schlechtere Laune bekam. Na toll.

»Redest du jetzt nicht mehr mit mir?«, fragte Jan.

»Was soll ich denn sagen?«

»Weiß ich auch nicht.« Jan seufzte. Dann stapfte er zurück in Richtung Büro.

Als der Stall endlich sauber war, die Hennen gurrend auf ihren Stangen saßen und ich schnaufend das Haus betrat, stolperte ich als Erstes über zwei Paar Turnschuhe und ein Paar Torwarthandschuhe im Flur. Dann fand ich meinen Kuchen, zerrupft und durch die halbe Küche gekrümelt. Ich hätte weinen können.

»Juuuuuuungs!«, rief ich. »Spinnt ihr? Könnt ihr euch nicht Scheiben abschneiden, statt im Kuchen zu wühlen wie die Schweine? Und überhaupt: Macht das sofort wieder sauber!«

Meine drei Söhne sahen mich vom Sofa aus unschuldig an.

»Mama, chill mal! So lecker war der Kuchen jetzt auch nicht«, meinte Len lässig.

Erst schnappte ich nach Luft, dann nach meinem Handy, und dann schloss ich mich im Bad ein. Ich klappte den Toilettendeckel zu, setzte mich darauf und atmete tief aus.

Ich sehnte mich so sehr danach, mal wieder nur ich zu sein. Nicht bloß die *Mutter von* und die *Frau von*. Ich wollte laute Musik hören und sie in jeder Pore spüren. Prosecco trinken, bis alles um mich herum prickelte. Laut lachen und tanzen und mich mit Sam schweißnass und schwankend auf irgendeinem Kiezklo abpudern. Ich wollte Blicke auf mir bemerken und jemandem tief in die Augen gucken, und ich wollte das Knistern vor einem Kuss fühlen. Das davor war das kribbelndste. Ich wollte mich endlich mal wieder lebendig fühlen.

Mir geht's gut. Was machst du so?, tippte ich mit zitternden Händen in das Textfeld unter seine Nachricht und hielt die Luft an. Ich hatte das Gefühl, dass mein Herz bis in meine Fingerspitzen klopfte.

Draußen rief Linus nach mir. »Mama!« Und dann: »Mamaaaaaa!«

Deine Ava, schrieb ich ins Textfeld – und löschte es wieder.

Alles Liebe, Ava. Gelöscht.

Kuss, Ava. Um Himmels willen, nein!

Schließlich tippte ich *Gruß, Ava* und drückte schnell auf Senden, damit ich es mir nicht wieder anders überlegen konnte.

Es dauerte keine zwei Minuten, da schrieb er zurück. Ich knabberte nervös an meinem Ringfingernagel. Linus' Gebrüll klang jetzt ganz nah.

Ich würde dich gern sehen. Am Freitag um halb zehn in unserem Café? Dicker Kuss, Pinto.

Ich starrte eine ganz Weile aufs Display, während Linus gegen die Tür hämmerte. Mein Magen grummelte. Schließlich schob ich das Handy in die Hosentasche, schnappte nach Luft und schloss die Tür auf. Ich nahm Linus hoch und drückte meine Nase in sein Flauschhaar, aber er schob mich weg. Sein »Mamaaa!« hatte sich schon wieder erledigt. Ich stellte Nudelwasser an und hoffte, dass die Jungs mein Herz nicht so wild hämmern hörten wie ich.

Erst als das Wasser blubbernd hochkochte, gestand ich mir ein, dass ich an diesem Abend auf keinen Fall mit meinen Männern Nudeln essen wollte, als wäre nichts gewesen.

Kapitel 5

Er

Ich stand noch immer an exakt derselben Stelle auf dem klebrigen Linoleum des kleinen Kiezclubs und starrte in ihre Richtung, als wartete ich auf einen Bus.

»Bier?«, fragte mein Kumpel Philip.

Ich nickte beiläufig und verbog mich dann, um an ihm vorbeischauen zu können.

Durch die tanzende Menge konnte ich sie nicht mehr sehen. Einen schrecklichen Moment lang dachte ich, sie könnte gegangen sein. Doch dann entdeckte ich ihren schimmernden Zopf. Ich tat, als hörte ich Philip zu, indem ich ab und zu nickte, während er mir etwas Unverständliches ins Ohr lallte. Weil alle um mich herum tanzten, bewegte ich mich alibimäßig mit der Masse mit. In Wahrheit hielt ich mich an meinem Astra fest und dachte wie ein Irrer darüber nach, wie ich sie ansprechen könnte. Was um alles in der Welt ich diesen unglaublichen Augen Aufregendes erzählen könnte, damit sie bloß nicht aufhörten zu strahlen.

Ich ließ ihre wippende Zopfspitze nicht aus den Augen. Aber als ich mich endlich entschlossen hatte, zu ihr zu gehen, mit Herzklopfen bis zum Hals und ohne einen Plan, was ich sagen sollte, da torkelte eine Teenietruppe in Richtung Ausgang, und ich konnte nicht nur ihre seeblauen Augen sehen, sondern auch meinen Kumpel Björn, diesen Blödmann, der bloß kurz Zigaretten hatte holen wollen und ihr in diesem Moment etwas ins Ohr flüsterte, das sie so sehr zum Lachen brachte, dass sich ihre Nase auf hinreißende Weise kräuselte.

Kapitel 6

Ava

»Jetzt sag schon!«, drängelte Sam. »Warum rast du an einem stinknormalen Dienstagabend über drei Deiche und eine Autobahn bis zu mir in die Stadt?«

Wir hatten es uns auf den bunten Schaumstoffmatratzen auf ihrem Balkon gemütlich gemacht. Rosa Tupfen unter Sam, pinke Elefanten unter mir. Es war Jahre her, dass wir die gemeinsam bestellt, abgeholt und bezogen hatten. Damals hatte ich nur ein Kind und Sam noch keins. Die Polster hatten kaum in ihren kleinen Corsa gepasst, dafür exakt zwischen das Balkongitter und die Stuckfassade.

Sam hielt mir einen kleinen Goldrandteller mit bunten Macarons hin, sie liebte die Dinger. Ich normalerweise auch, aber heute bekam ich keinen knallbunten Krümel herunter.

Um uns herum flackerten Teelichter in kleinen Gläsern, über uns baumelte eine bunte Lichterkette, aus den rosa Gänseblümchentöpfen in den Metallhaltern an der Brüstung duftete es nach feuchter Erde, und die leisen Klänge von Sams Acoustic-Covers-Playlist wehten aus dem Schlafzimmer zu uns heraus. Es war herrlich friedlich. Von hier oben konnten wir das geschäftige Eimsbütteler Sommerabendtreiben drei Stockwerke tiefer ganz in Ruhe beobachten. Männer in Leinenjacketts und engen, knöchelkurzen Jeans sprachen aufgeregt gestikulierend in ihre Handys. Müttertruppen marschierten mit Kindern, Karren und jeder Menge buntem Kram vorbei, rotwangig, zerzaust und verschwitzt, als hätten sie gerade eine Schlacht überstanden. Eine alte Dame pfiff nach ihrem Pudel und ein paar pubertierende Jungs einem Mädchen hinterher, das mit geschmeidigen Bewegungen auf ihrem Longboard über den Asphalt surfte und ihnen den Stinkefinger zeigte. *Eimsbullerbü* nannte Sam ihr Viertel liebevoll.

Sams kleine Tochter Hermine, genauso alt wie Linus und seine beste Freundin, schlief bereits.

»Einfach nur so«, sagte ich. »Findest du nicht auch, dass wir uns viel zu selten sehen?«

»Doch!«, sagte Sam und nickte kräftig. »Aber das haben wir schon tausendmal festgestellt. Deshalb bist du trotzdem nicht sofort ins Auto gestiegen.«

Ich war geflüchtet. Hatte das Nudelwasser wieder ausgestellt, stattdessen Brot und Teewurst auf den Tisch geknallt und Jan angerufen, dass ich dringend wegmüsse. Im Flur bekam ich ein schlechtes Gewissen und stolperte mit einem Schuh in der Hand zurück in die Küche.

»Ist es okay, wenn ich spontan zu Sam fahre?«, fragte ich, während ich hüpfend in den zweiten Schuh schlüpfte.

Die Jungs hatten ausnahmsweise geschwiegen. Aber Jan hatte mich ernst angesehen und leise gefragt, ob alles in Ordnung sei. Ich hatte kurz gezögert und dann genickt.

»Sie braucht mich«, log ich und rief schnell »Tschüss!«, bevor ich es mir anders überlegen konnte.

Draußen wäre ich beinahe gegen einen Verandapfeiler gestolpert. Schnell sah ich mich noch einmal um und warf einen letzten Blick durch die Wintergartenscheibe auf meine Männer an unserem Esstisch. Ich küsste in die Luft, und mein Großer tat lächelnd so, als ob er den Luftkuss auffinge.

Jetzt saß ich auf pinken Elefanten und wollte Sam alles erzählen und doch nichts. Am besten begann ich mit den einfachen Dingen. Unten auf der Straße gab heulend ein Roller Gas.

»Die aus der Elternvertretertruppe haben mir schon wieder den Tag der offenen Tür aufgebrummt. Und so eine blöde Umfrage unter den Eltern soll ich auch machen. Rundmail schreiben, nachhaken, aufgeregte Fragen beantworten, Ergebnis auswerten. Ich sag es dir, ich habe so keine Lust mehr auf diesen Mist!«

Sam lachte. »Das glaube ich sofort. Ich habe nie Lust auf Eltern. Und Elternvertreter sind die schlimmsten.«

Sam war Grundschullehrerin und beschwerte sich bei jedem einzelnen unserer Treffen über *die* Eltern. Ich schaute offenbar erschrocken, denn sie lächelte milde.

»Also viele zumindest. Manche sind auch lieb und engagiert und eine echte Hilfe. Was ich nicht verstehe …« Sie griff nach ihrem schwappenden Glas Rosé, das auf der wackeligen Teekiste zwischen uns stand.

»Warum sagst du denn nicht einfach, dass du nicht mehr zur Verfügung stehst?«

Ich zuckte mit den Schultern. »Irgendwer muss es schließlich machen.«

»Aber du machst es seit Jahren.«

»Ich habe ja auch drei Kinder und keinen Job.«

Sam atmete zischend aus. »Sagen das die anderen?«

Ich nickte.

»Du sagst das, als wäre es ein Verbrechen. Meine Güte, Job ja oder nein, viele Kinder oder keins, stillen hü oder hott. Wieso befinden wir Frauen uns eigentlich immer in einem Wettbewerb, wer mehr zu tun hat? Und warum müssen wir Mütter ständig das Leben anderer Mütter bewerten?«

Sam hatte die Stillerei bei Hermine nach sechs durchpumpten Wochen mit Tränen in den Augen abgebrochen. Sie hatte sich furchtbar viele Sprüche dazu anhören müssen, und zumindest die ersten Wochen jedes Mal feuchte Augen bekommen. Heute war Hermine das aufgewecksteste und fröhlichste Mädchen, das ich kannte. Und das beinahe ungestillt.

Sam nahm einen weiteren Schluck Rosé, ich hörte sie schlucken. »Meine liebe Ava«, sagte sie entschlossen. »Ich weiß, jetzt mische ich mich ebenfalls in dein Leben ein, aber wenn du anfängst, spontan zu flüchten, solltest du vielleicht mal überlegen, was du wirklich willst.« Sie stellte das Glas mit so viel Schwung auf die Kiste, dass der Wein überschwappte.

»Ich hab doch genau das, was ich immer wollte«, flüsterte ich.

»In der Theorie vielleicht. Aber ist das, was du immer wolltest, immer noch das, was du willst?«

Ich schaute erschrocken in Sams wimperngetuschte Augen. Irgendwie ahnte ich, dass nichts mehr wie vorher wäre, wenn ich jetzt weiterredete. Aber zugleich hatte ich das Gefühl zu platzen, wenn ich es nicht tat. Ich holte tief Luft, griff in meine Hosentasche und tastete nach der kantigen Kühle meines Handys.

»Da ist noch was …«, sagte ich.

Kapitel 7

Er

Ich kam mir vor wie ein gescheiterter Agent in einem mittelmäßigen Spionagefilm. Im bunten Blinklicht trank ich betont lässig Schluck für Schluck mein abgestandenes Bier, tanzte ab und zu alibimäßig und lachte über Philips Flachwitze. Dabei schielte ich ununterbrochen rüber zu dieser Frau und fühlte jedes Mal, wenn Björn es wieder geschafft hatte, sie zum Lachen zu bringen, bitter schäumende Wut in mir aufsteigen.

Ich war sauer auf ihn, obwohl er eigentlich ein feiner Kerl war. Ich starrte auf sein kariertes Hemd, das er schwiegersohnmäßig in die Hose gesteckt hatte. Wie konnte es sein, dass sie ihn mir vorzog? Wahrscheinlich erzählte er ihr lauter lustige Geschichten aus der Grundschule, in der er arbeitete. Von niedlichen Kindern und seinem Engagement für Geflüchtete. Der Weltverbesserer Björn Blödmann. Da konnte ich mit meinem schnöden Büroalltag kaum mithalten. Ich hatte bisher nicht gewusst, dass Björn so seltsam blinzelte, wenn er flirtete. Ich hasste es. Gerade hasste ich ihn.

Philip reichte mir ein neues Bier, dabei war ich schon ziemlich voll. Mit jedem Schluck sah ich sie und Björn unschärfer. Ihr Lachen, ihr Leuchten und sein kahler Hinterkopf vermischten sich im flackernden Discolicht und blitzten bloß noch wie unscharfe Dias auf. Ich blieb stehen und trat wankend von einem Fuß auf den anderen. Ich tat mir selbst leid.

Als ich das nächste Mal müde zu ihr rüberschaute, war Björn nicht mehr da. Ich blinzelte. Aber wirklich, er war weg. Ihr Bild wurde schlagartig scharf. Eilig schaute ich mich um und entdeckte ihn, wie er sich durch die tanzende Menge in Richtung Klo kämpfte. Ich dachte nicht nach, ich drängelte mich einfach durch, fuhr mir durchs verschwitzte Haar, schob mir blitzschnell ein Kaugummi in den Mund und stand vor ihr.

»Hi!«, sagte ich, überrascht, wie rau meine Stimme klang.

»Hallo!«, sagte sie und lächelte mich von schräg unten erwartungsvoll an, wobei sich auf ihrer rechten Wange ein Grübchen bildete.

Ich schluckte. Sie grinste mir direkt ins Herz. Es fühlte sich an, als würde ich nach einer trüben Regennacht die Gardine aufziehen und mir strahlte die Sonne entgegen.

Kapitel 8

Ava

Sam nippte an ihrem Glas und befeuchtete ihre Lippen. »Rück schon raus!«, fordert sie mich auf.

Ich lehnte mich an die sonnenwarme Mauer des Altbaus. Eine Weile betrachtete ich die funkelnden Lichterkettenlichter vor dem schmalen Streifen graublauen Stadthimmels über mir.

»Ich würde so gern mal wieder für etwas brennen«, sagte ich seufzend. »Ich habe das Gefühl, alles köchelt bloß noch auf Sparflamme. Dabei rast die Zeit. Die letzten Wochen, Monate, Jahre fühlen sich an wie zusammengeschnürt.« Ich schnappte nach Luft.

Sam setzte sich aufrechter hin. »Aber dann mach doch einfach mal wieder was nur für dich! Jan steht dir dabei doch sicher nicht im Weg.«

Ich verschränkte die Arme hinter dem Kopf. »Jan ist total überarbeitet. Der verlässt sein Büro kaum noch.«

»Wie? Läuft es nicht mehr bei euch?«, fragte Sam erstaunt.

Ich brauchte einen Schluck Wein. »Doch!«, sagte ich schnell und hustete erschrocken. »Klar läuft es. Wie es eben so läuft. Ich fürchte eher, ohne mich läuft gar nichts. Wer soll denn den ganzen Scheiß machen, wenn ich was anderes mache?«

Sam stützte beide Arme auf ihre Oberschenkel. »Also, mal ehrlich, Ava, wir leben doch nicht mehr im 18. Jahrhundert. Das lässt sich doch alles organisieren.«

Ich stöhnte. »Ich fürchte, mir fehlt die Kraft dafür. Ich bin doch so schon immer so müde.«

Sam trank schnell noch einen Schluck Wein, und ich bekam plötzlich ein schlechtes Gewissen.

»Tut mir leid, Sam, ich hatte gerade vergessen, dass du immer alles allein managst und dir sicher auch ständig die Kraft fehlt.«

Meine Freundin hatte sich von Hermines Vater getrennt, als die Kleine zwei Jahre alt war. Er hatte es nicht mal geschafft, für seinen Job früh aufzustehen, geschweige denn für seine Tochter. Jetzt war er für mehrere Monate in Thailand und suchte sich selbst. Und schlief vermutlich aus.

Sam lächelte. »Ach du, alles gut. Wie gesagt, wir müssen hier keinen Wer-hat-es-schlimmer-Wettbewerb anfangen. Du bist grad nicht glücklich, also musst du was ändern.«

Ich erschrak. »Eigentlich bin ich glücklich …«, sagte ich leise.

»Eigentlich ist ein Scheißwort!«, erwiderte Sam. Dann stand sie auf, holte die Weinflasche, goss sich nach und wollte auch mir einschenken.

Ich legte schnell eine flache Hand auf mein Glas. »Für mich nicht mehr, ich muss ja noch fahren.«

»Du kannst auch hier schlafen«, schlug Sam vor.

»Aber das geht doch nicht«, sagte ich.

Sam sah mich mit hochgezogenen Augenbrauen an. Dann mussten wir beide lachen.

»Wir sind jetzt Anfang vierzig, Ava«, sagte Sam. »In uns sinkt langsam das Kümmerhormon Östrogen. Dadurch sprudelt die ganze Wut hoch, die wir jahrelang runtergeschluckt haben.« Sie klang wie eine engagierte Moderatorin auf Frau-TV. »Wir zweifeln, Ava, wir bekommen Aggressionen, wir denken über uns und unsere Beziehung nach. Plötzlich wird uns klar, dass wir, vor allem du, ein gutes Jahrzehnt damit verbracht haben, uns bloß um andere zu kümmern: um deinen Mann, deine Kinder, deine Eltern, die Elternvertretung …«

Ich stöhnte laut. »Um die ganz besonders!«

»Gleichzeitig müssen wir uns von dem Gefühl verabschieden, dass alle aufschauen, wenn wir in den Raum kommen.« Sie fuhr mit dem Zeigefinger über ihren Hals in Richtung Kinn und kniff sich dann in den Bauch. »Langsam fängt es überall an zu hängen.« Sie verzog das Gesicht, als hätte sie in eine Zitrone gebissen.

Ich lachte verzweifelt in die lauwarme Frühsommerabendluft. »Klingt schrecklich.«

Sam presste die Lippen aufeinander und nickte. »Ja, aber vielleicht kann es auch befreiend sein. Also, außer dem Bauchspeck. Vielleicht wird es Zeit, dass wir uns mal wieder fragen, auf was *wir* verdammt noch mal Lust haben.« Sie prostete mir mit ihrem klirrenden Eiswürfelglas zu, trank einen Schluck Wein und grinste verträumt in

Richtung Himmel. »Und zum Glück pfeifen sie manchmal noch …«

»Die Vögel?«, fragte ich irritiert.

»Die Typen!« Sam lachte laut. Dann schaute sie mich ernst an. »Also sag schon, Ava«, fuhr sie fort. »Was würdest du machen wollen, wenn alles egal wäre und du keinerlei Verpflichtungen hättest?«

Ich trank nachdenklich meinen letzten Schluck Wein, der bloß noch nach Eiswürfelwasser schmeckte. »Das ist es ja, ich weiß es nicht.«

Sam zupfte ein paar verwelkte Blüten vom rosa Gänseblümchen im Tontopf neben ihr. »Früher warst du verrückt nach alten Möbeln«, erinnerte sie sich. »Weißt du noch, wie du jedes Wochenende ein Teil auf dem Flohmarkt gekauft und angemalt hast? Früher wolltest du später einen Laden damit aufmachen.«

Ich grinste. »Was man halt alles so will mit Mitte zwanzig.«

»Ich fand, deine Träume damals klangen verdammt gut«, sagte Sam nachdenklich.

»Noch mehr als ein kleines Möbelgeschäft wollte ich eine große Familie«, erinnerte ich mich.

»Hm«, brummte Sam und schaute nachdenklich auf das Balkongitter. Oder hindurch.

»Die salbeifarbene Vitrine von damals steht sogar immer noch in der Küche«, fiel mir ein. »Allerdings habe ich sie für unser Haus weiß gestrichen.« Ich lachte laut, weil ich mich plötzlich an etwas erinnerte. »Jan meinte, die Farbe Kopfsalat passe nicht zu den Fliesen im Flur.«

Sam schnippte die verblühten Blumen über die Brüstung. »Ich fand, der Salbeiton tat der Seele gut.«

Nachdenklich stand ich auf, ging zur Toilette, sah mich im Spiegel an und fragte mich, was ich eigentlich wollte.

Ich wusste es nicht.

Dann holte ich mir eine Cola Zero aus dem Kühlschrank und setzte mich zurück auf den Balkon.

»Eigentlich hätte total Lust, mal wieder was zu streichen«, überlegte ich laut.

»Dann mach es!«, sagte Sam und blies andächtig den Rauch einer Zigarette in die Luft.

»Ich dachte, du rauchst nicht mehr«, sagte ich.

»Mach ich auch nicht.« Sie zuckte mit den Schultern. »Eigentlich.«

Wir schauten uns an und lachten.

Ich seufzte. »Wann bitte sollte ich das denn machen?«, fragte ich.

»Mach's doch einfach!«, sagte Sam. »Und mach was anderes dafür einfach nicht. Sonst ist alles erledigt, aber du hast nichts erlebt.«

»Aber Jan ist doch auch total überarbeitet«, flüchtete ich.

»Es geht doch hier aber um dich und nicht um Jan.«

Da hielt ich es nicht mehr aus. »Pinto hat geschrieben«, platzte es aus mir heraus. »Er will mich sehen.«

»Oh, verdammt!« Sam sah mich erschrocken an. »Vielleicht geht's hier doch um Jan.«

Kapitel 9

Ava

Augenringe waren Tratschtanten. Sie plauderten alles aus: Kummer, Kater, kaum Schlaf. Es war sechs Uhr, ich war nach dem Weckerklingeln müde vor den Spiegel gewankt und tat mir seither selbst leid. Wütend betrachtete ich mein zerknittertes Spiegelbild.

Worauf genau war ich sauer? Auf Jan? Auf Pinto? Oder auf mich? Ich hatte noch nicht auf seine Nachricht geantwortet. Um sechs Uhr morgens, todmüde und mit Augenringen bis zu den herunterhängenden Mundwinkeln kam mir das Ganze ohnehin total unwirklich vor.

Ich sah aus dem Fenster auf den Nebel, der geheimnisvoll über den weiten Wiesen hinter unserem Haus waberte. Erst die Sonne würde ihn später vertreiben.

Ich hatte die ganze Nacht kaum schlafen können. Aufgewühlt hatte ich mich von einer Seite zur anderen gedreht und vor meinen geschlossenen Augen immer wieder ihn gesehen. Er hatte mich in Gedanken so gierig angeschmachtet, dass ich ganz bestimmt rot wurde auf meinem zerknautschten Kopfkissen.

Müde streckte ich mir im Spiegel selbst die Zunge heraus. Dann schlüpfte ich eilig in einen zerknautschten Karorock mit Gummizug und ein weißes Shirt, die auf dem Badewannenrand lagen. Ich musste unbedingt Leo wecken, der heute Morgen duschen sollte, sonst würde es zu spät und alles noch viel anstrengender werden. Warum hatte ich gestern nicht daran gedacht, Jan zu fragen, ob er mit den Jungs aufstehen könnte? Aber sicher hatte er wie immer lange gearbeitet und musste gleich wieder ins Büro. Ich dagegen könnte mich ja später noch mal hinlegen. Also theoretisch.

Ich wankte die glatten Eichenstufen nach unten, öffnete die Tür zu Leos Zimmer und ruckelte an seiner Schulter. Der Raum roch nach Schlaf, Schweiß und Schuhen.

»Keine Lust!«, stöhnte Leo und drehte sich von mir weg zu seiner dunkelgrünen, mit Surfplakaten beklebten Wand.

»Ich auch nicht!«, sagte ich seufzend.

Als wir später wirklich losmussten in Richtung Kindergarten und Grundschule, brüllte Linus aus dem Klo, und Len kicherte albern.

»Was ist?«, fragte ich genervt und suchte mal wieder Linus' linken Schuh.

»Da drin …«, prustete Len, »… ertrinkt grad einer im Klo!«

Linus brüllte ohrenbetäubend.

Ich riss panisch die Tür zur Toilette auf.

Mein Kleinster stand schluchzend vor der Schüssel. »Willi is besissen!«, brüllte er. Willi war sein platt geliebter Stoffteddy.

»Verdammte Sch…!«, rief ich und spürte, dass mir Tränen in die Augen stiegen. Während ich mein Shirt straffer in den Rocksaum stopfte, schaute ich um die Ecke auf die Backofenuhr. In fünf Minuten mussten wir los – und niemand war fertig angezogen. »Wie kommt der Teddy in die Toilette?«, kreischte ich verzweifelt. »Len, hast du etwa …?«

»Mama, chill mal!«, sagte Len gelassen. »Linus musste groß, und dabei ist er reingefallen. Ich mach mich dann schon mal allein auf den Weg.«

Wenigstens einer von beiden würde also pünktlich sein.

Ich schloss die Augen. Vor lauter Müdigkeit, Wut und Gestank wurde mir übel.

»So eine Scheiße!«, fluchte ich.

»Sagt man doch nis, Mama!«, ermahnte Linus mich.

Ich hielt mir mit einer Hand die Nase zu und griff, ohne hinzusehen, mit der anderen in die Toilette.

»Alles okay, Schatz?«, rief Jan aus dem Flur.

Ich hatte den Teddy am Ohr gepackt, der Gestank war widerlich.

»Alles …?«, rief Jan erneut, dann flog die Klotür auf. Er starrte mich mit großen Augen an.

»Nein!«, zischte ich. »Nichts ist okay. Mir ist kotzübel. Ich stecke in der Scheiße. Kannst du mir vielleicht helfen?«

Er schob die dunkelblonden Augenbrauen zusammen wie zwei haarige Raupen und schaute mich verzweifelt an. Dabei wedelte er mit einer popelfarbenen Akte. »Schatz, oh Mann, es tut mir echt leid, ich habe in zehn Minuten einen Termin im Bauamt. Es geht um 500 000 Tacken. Und ich bin schon zu spät. Es … Ich … Tut mir echt …«

Ich drehte meinen Kopf weg und zog. Willi war wieder da. Er stank ekelhaft.

Jan beendete den Satz mit einem Türknallen.

Das war der Moment, in dem ich zum ersten Mal den Gedanken zuließ, dass ich auf all das keine Lust mehr hatte.

Die pünktlichen Mütter, die uns auf dem Weg zum Kindergarten ohne ihre Kinder entgegenkamen, schauten teils belustigt, teils vorwurfsvoll, als Linus und ich hektisch angerannt kamen. Die Sonne blinzelte durch die hellgrünen Blätter der alten Eichen. Es würde ein warmer Tag werden.

Steffi rumpelte in ihrem schwarzen BMW-Kombi auf der staubigen Kopfsteinpflasterstraße an uns vorbei, hupte, winkte und lächelte mir aufmunternd zu.

»Komm, beeil dich, mein Schatz!«, schnaufte ich.

»Will aber nis!«, maulte Linus. Er ging immer langsamer.

Vor der ehemaligen Gaststätte neben der Kita blieb er stehen. Hier wohnte seit Jahren niemand mehr, aber das ZDF hatte das rot geklinkerte Haus und damit unser Dorf für eine rührselige Vorabendserie gecastet und sperrte für die Dreharbeiten regelmäßig die Straße ab. Immer wieder prangte für ein paar Tage ein blau-weißes Polizeischild neben der Tür, und Linus fand es superspannend, Menschen in Uniform rein- und rausspazieren zu sehen. Das Schild wurde hinterher wieder abgeschraubt, und Linus konnte einfach nicht begreifen, dass es keine echten Polizisten waren, die dort ins Polizeiauto ein- und wieder ausstiegen. In seinem Alter war wahr, was man sah. Irgendwie beneidete ich ihn darum.

Die meisten Eltern waren furchtbar genervt, wenn die Filmcrew die Straße zum Kindergarten absperrte, die großen Laster alle Parkplätze versperrten und die Mitarbeiter in ihren dicken Daunenparkas vor dem Kindergarten rauchten. Wenn später die fertigen Folgen im Fernsehen liefen, erzählten trotzdem alle Dorfbewohner begeistert davon. Ich hatte die Filmcrew eigentlich ganz gern. Dank der Dreharbeiten sah man endlich mal andere Leute im Dorf. Und sie waren die ideale Ausrede, wenn ich mal wieder spät dran war. Leider wurde heute nicht gedreht.

»Wir haben keine Zeit, mein Schatz!« Keuchend bugsierte ich Linus in die Garderobe und zog ihm selbst die Sandalen aus und die Hausschuhe an, damit es schneller ging.

»Will nis!«, jaulte Linus, als ich ihn möglichst leise durch die dicke Eichentür der Elefantengruppe schieben wollte. Aus dem Gruppenraum hörte ich bereits den Gesang des Morgenlieds, der Begrüßungskreis war in vollem Gange.

Ich flüsterte Linus zu, dass ich ihn ganz bald wieder abholen würde, schob ihn kräftiger und schloss dann schnell die Tür hinter ihm. Zähne zusammenbeißend wartete ich ab. Da unterbrach das ohrenbetäubende Heulen meines Sohnes den Gesang.

Verdammt! Lautlos verzog ich den Mund zu einer Grimasse. Gleich darauf hörte ich die vorwurfsvoll tröstenden Worte seiner Erzieherin. Schnell lief ich die Treppe hinunter und flüchtete nach draußen.

Rosenduft lag in der Luft. Überall blühte und brummte es vor den alten, rot geklinkerten Fassaden mit dem weißen Fachwerk. Die Stockrosen, die sich an jeder Ecke zwischen

Häuser und Asphalt bohrten, reichten mir bereits bis zum Knie und hatten dicke grüne Kugelknospen. Unser Dorfkern sah aus wie aus einem verdammten Bilderbuch.

Zu Hause knallte ich die Tür hinter mir zu und lehnte mich für einen Moment von innen dagegen. Wie so oft hatte ich um kurz nach acht das Gefühl, bereits einen ganzen Tag hinter mir zu haben. Dabei hatte ich bloß dafür gesorgt, dass alle drei Kinder einigermaßen pünktlich zur Schule und zum Kindergarten kamen.

Ich ging in die Küche, und der Dielenboden knarzte unter meinen nackten Füßen. Die hellen Rechtecke, die die Sonne durch die Wintergartenfenster warf, fühlten sich warm an. Draußen brummte träge ein dicker Käfer, rumste immer wieder gegen die Scheibe. Ich atmete die ungewohnte Stille ein. Dann aber seufzte ich leise beim Gedanken an all meine To-dos.

Ich begann, die Geschirrspülmaschine auszuräumen, aber als ich mich dabei ertappte, wie ich die getöpferten Tupfenbecher in den Kühlschrank stellte, hörte ich auf, machte mir einen Kaffee und setzte mich in den Wintergarten. Vor mir in der Vase duftete violetter Flieder. An einigen Stellen begannen die sternenförmigen Blüten bereits braun zu werden, in der Vase hielten sie nie lange. Bald würde der Flieder auch draußen verblühen, und der Frühsommer wäre vorbei. Dann kam der Sommer, der Herbst, das nächste Jahr.

Ich sah mein Leben vor mir ablaufen wie einen Film in doppelter Geschwindigkeit. Jahre voller dreckigem Geschirr, Elternlisten und Grillfesten mit Kunden, die ich nicht leiden konnte. Plötzlich erlaubte ich mir, den Gedanken zu denken: *Es. Nervt. Mich. Alles. So. Sehr.* Und gleich danach: *Das kann doch nicht alles gewesen sein!* Und dann: *Aber verdammt noch mal, ich habe das doch alles immer so gewollt.*

In meinem Becher knisterte der Milchschaum. Ich trank einen Schluck Kaffee und sah mich um. Genau wie der Rest des Hauses war unser Wintergarten ein wahr gewordener Wohntraum. Jan hatte ihn aus Vintage-Holzfenstern an den Neubau angebaut. Monatelang hatten wir auf Flohmärkten und bei eBay gemeinsam nach Fenstern gesucht, bis wir alle zusammen hatten. Ich hatte es mir die ganze Zeit nicht wirklich vorstellen können, aber Jan hatte mit den Fenstern Tetris gespielt. Keins passte zum anderen – und doch passten alle zusammen. Er war so gut darin, sich Dinge auf dem Papier auszumalen.

Inzwischen war der Wintergarten mein liebster Raum im Haus. Auf der einen Seite wuchsen ein großer Gummibaum und andere exotische Pflanzen in grauen Betontöpfen, auf der anderen züchtete ich in einem verschnörkelten Holzblumenständer aus Schweden hellrosa Geranien. Ich hatte mich nicht zwischen Dschungel und Landlust entscheiden können. An der Wand über dem Tisch hing ein übergroßer Schwarz-Weiß-Druck. *Life is now* stand in fetten Buchstaben darauf. Ein Print aus einem Designershop, in dem Jan Prozente bekam. Ganz am Anfang hatte an der Stelle ein selbst gemaltes Bild von mir gehangen, aber irgendwie war es mir peinlich gewesen. Meine Kleckse passten nicht in dieses perfekte Haus. Und in unser Leben.

Ich drehte mich um, und mein Blick fiel auf die Vitrine in meinem Rücken, die mit der salbeigrünen Vergangenheit. Plötzlich hatte ich wieder den Duft von Farbe in der Nase. Ich erinnerte mich an das Kribbeln im Bauch und das Gefühl, mit einem Pinselstrich die Welt verändern zu können. Oder zumindest ein Stück davon. Früher hatte ich in Farben geträumt: Mohnrot, Taubenblau und Zitronengelb. Farben waren so viel mehr als Farben. Sie waren so aufregend. Jede hatte eine Geschichte zu erzählen. *Wer Angst vor Farbe hat, hat auch Angst vorm Leben*, hatte ich meinem Vater einmal erklärt, als ich meine winzige Cityküche gegen seinen Rat knallrot strich.

Heute schwiegen mich all die weißen Möbel um mich herum an.

Was wäre gewesen, wenn ich mich damals nicht für Jan, sondern für Pinto entschieden hätte? Der Gedanke nahm mir für einen Moment die Luft. Wo wäre ich dann jetzt? Wie wäre es mir ergangen? Wäre mein Leben vielleicht aufregender?

Trotz der Sonnenstrahlen auf meinem Bein fröstelte ich. Ich schlang beide Arme um mich und bohrte die Finger fest in meine Oberarme. Pinto hatte ich immer noch nicht geantwortet. Ich lehnte mich zurück und raufte mir mit beiden Händen das dünne Haar. Was um Himmels willen wollte ich eigentlich? Ich hatte doch alles. Ich verstand mich selbst nicht mehr.

Erschrocken zuckte ich zusammen, als Jan mich an der Schulter berührte. Keine Ahnung, wie lange ich einfach nur reglos dagesessen hatte.

»Ich muss los alles gut Schatz denkst du an das Grillzeug für morgen Abend?«, sagte er ohne Punkt und Komma.

Dann war er wieder weg.

»Ja, mache ich. Natürlich!« Ich seufzte.

Wenig später erinnerte mich das Klingeln meines Timers an das spontane Elternvertretertreffen, das Steffi gestern per WhatsApp angeordnet hatte. Genervt schnappte ich mir den Autoschlüssel vom Haken. Ich hatte keine Lust auf einen weiteren Vormittag auf zu kleinen Stühlen.

Draußen duftete es heute würzig nach Elbe. Sie schlängelte sich keine sieben Minuten Fußmarsch entfernt von uns durch die Wiesen.

Ich eilte den geschwungenen Weg durch den Vorgarten entlang und stolperte unter dem Rosenbogen beinahe über die Henne Agatha. Friedlich pickte sie zwischen den Steinen herum, und ihr schwarz-weiß getupftes Gefieder glänzte in der Sonne. Die hatte es gut. Niemand wollte etwas von ihr. Sie konnte einfach machen, was sie wollte. »Unser Terrazzoboden-Huhn«, hatte Jan sie getauft. Ich hätte gerade liebend gern mit ihr getauscht.

»Eiskuchen hat halt mal richtig viel Zucker!«, gab Mareike zu bedenken.

»Es ist nur eine Idee«, verteidigte ich mich. »Mal was anderes. Jeder könnte einen Kuchen mit Eis backen, dazu dekorieren wir mit Waffeln und Schirmchen. Wir hätten ein Motto. Aber mir egal. Meinetwegen kann auch jeder backen, was er will.«

Ich schob den Gedanken beiseite, dass Linus meinen Kuchen gar nicht gemocht hatte. Ich war froh, dass ich irgendwas vorschlagen konnte. Irgendwas, das irgendwie nach Konzept klang. Nach Gedanken gemacht. Bei Linus wusste man ohnehin nie genau, was er mochte. Was heute bäh war, konnte morgen yummie sein.

»Hast du denn schon eine Liste zum Eintragen gemacht?«, wollte Steffi wissen.

»Nein«, gab ich zu und schüttelte den Kopf. »Das habe ich noch nicht geschafft.«

Ihre hochgezogenen Augenbrauen verrieten mir, dass sie sich gerade fragte, was ich stattdessen gemacht hatte. »Ist nicht mehr lange hin!«, erinnerte sie mich vorwurfsvoll. »Wir müssen den Leuten auch noch ein bisschen Zeit zum Einkaufen geben.«

»Ich mache heute Nachmittag eine Liste fertig und hänge sie morgen im Schulflur auf«, versprach ich.

»Top!« Steffi lächelte und nickte mir zu.

»Die Info sollte aber auch noch per Handy kommen«, sagte Barbara Brockenmeyer. »Schließlich schleppt nicht jeder seinem Drittklässler den Ranzen noch bis vor die Tür.«

Ich hatte das Gefühl, sie guckte dabei Steffi an. Auf jeden Fall trug sie heute klunkergroße Schweißperlen auf der Stirn und wedelte sich mit einem Hochglanz-Modemagazin hektisch Luft zu.

»Vielleicht kannst du das fix übernehmen?«, schlug Steffi vor.

Barbara schnaubte. »Nein!«, platzte sie heraus. »Sorry, Kinners, aber das schaffe ich nicht. Im Laden ist die Hölle los. Man könnte meinen, die ganze Welt will sich vermählen. Außerdem tippe ich mir wegen des Hausbaus die Finger wund. Häuserbauen ist echt nix für Anfänger.«

Sah sie mich genervt an? Ich war mir nicht sicher.

»Und ich habe doch gar kein WhatsApp«, warf Mareike ein.

»Schon gut!«, sagte ich seufzend, um den Druck aus dem Raum zu nehmen. »Ich mache es.« Das würde ich schon noch hinkriegen.

»Du kannst mich gleich eintragen mit meinem Dattel-Haferflocken-Kuchen«, sagte Mareike eifrig.

»Also kein Eiskuchen?«, fragte ich nach und stöhnte leise. Obwohl es mir eigentlich total egal war.

»Ich kaufe beim Bäcker zwei Paletten Donuts mit Knallfarbenguss«, verkündete Steffi. »Da fahren die Zwerge drauf ab.« Sie zwinkerte mir zu. Dann schaute sie hektisch auf die Uhr und anschließend auf ihr Notizblatt. »Und jede Klasse soll sich etwas überlegen, was sie in ihrem Klassenzimmer zeigen will«, sagte sie. »Da müssen wir uns nicht drum kümmern. Aber wir können ja ein paar Spielgeräte mitbringen und auf dem Schulhof einen kleinen Parcours aufbauen.«

»Das kann Torsten machen«, rief Barbara und fächerte schneller.

»Wo ist der eigentlich?«, fragte ich. Bis jetzt war mir gar nicht aufgefallen, dass er fehlte.

»Sein Pieper ging heute Morgen«, erklärte Steffi wichtig. Als ich fragend guckte, fügte sie hinzu: »Notfall! Sven musste auch los.«

Steffis Mann Sven war wie viele andere bei uns im Dorf bei der Freiwilligen Feuerwehr.

Steffi raffte ihre Zettel und ihre Zigaretten zusammen. Ich schloss daraus, dass wir fertig waren, und stand auf.

Barbaras glänzender gurkenfarbener Rock raschelte feierlich, als wir nebeneinander die alten, ausgetretenen Stufen der Schultreppe hinunterstiegen. Steffi plapperte hinter uns in ihr Handy.

»Dein Gatte ist wohl sehr überarbeitet, was?«, fragte Barbara.

Ich hatte an Pinto gedacht und hörte erst hin, als sie ihre Frage wiederholte.

»Äh, was meinst du?«, fragte ich. »Aber ja, viel zu tun.«

Barbara presste beim Grinsen ihre schmalen apricotfarbenen Lippen aufeinander. »Hoffe bloß, dass er keinen Fehler macht, wenn er so viel Stress hat.«

Diese blöde Kuh!

»Da mach dir mal keine Sorgen«, sagte ich leise, obwohl ich ihr am liebsten an die knittrige Gurgel gegangen wäre. »Mein *Gatte* gibt beruflich alles. Er ist Profi.«

Was für einen oberflächlichen Quark redete ich da eigentlich?

Hinter mir hörte ich Steffi quietschen.

»Macht er auch mal was für sich?«, rief Barbara. »Sport oder so?« Aus ihrer Tasche war plötzlich Klaviermusik zu hören. *Für Elise.*

Ich warf ihr einen giftigen Blick zu. »Sein Sportprogramm besprichst du am besten direkt mit ihm. Und alles, was die Baustelle betrifft, ebenfalls.«

»Wie du meinst«, sagte Barbara und kramte im Gehen in ihrer großen Ledertasche. »Jochen und ich machen uns bloß ein bisschen Sorgen um ihn.«

Sie zog ihr Handy heraus. Ich schnappte nach Luft.

»Hallo, Schatz!«, flötete sie ins Telefon. Sie schaute mich mit hochgezogenen Augenbrauen an, hielt ihre Hand vor den Lautsprecher und zischte: »Zum Glück müsst ihr nicht hungern, bei den Preisen, die dein Gatte aufruft.«

Sie lachte kehlig, dann zwinkerte sie mir zu und rauschte davon. Was blieb, war ihr überzuckerter Duft.

Ich fing die schwere Eichentür auf, sog eine Portion frische Luft ein und flüsterte: »Blöde Kuh!«

»Was wollte Brüll-Barbara jetzt wieder von dir?«, fragte Steffi neugierig und nahm mir die Tür ab. Wir gingen hintereinander nach draußen.

Ich zuckte mit den Schultern. »Sie macht sich Sorgen um Jan«, sagte ich. »Hat ihm im nächsten Satz aber mal schön eine verbale Kopfnuss verpasst.«

Steffi schüttelte entsetzt den Kopf. »Diese Frau!«, raunte sie. »Lass dich bloß nicht ärgern!« Sie zog den Autoschlüssel aus ihrer Tasche. »Das wird ja echt ein Wahnsinnspalast, den die Brockenmeyers sich da hinstellen«, meinte sie. »Weißt du da was drüber?«

Ich schüttelte den Kopf. »Das bleibt alles in Jans Büro. Aber wie läuft's denn auf eurer Baustelle? Du erzählst gar nichts. Und Jan auch nicht.«

Steffi zuckte mit den Schultern, klimperte mit dem Autoschlüssel, drückte dann darauf, und ihr BMW-Kombi antwortete mit einem Klick.

»Redet ihr denn gar nicht miteinander, Jan und du?«, fragte sie und schaute mich ernst an. »Ich sag dir, sei froh, dass du ihn hast.« Ihr Busen bebte beim Luftholen. »Sven hat eben angerufen. Das Piepsen war ein Suizid. Schon der dritte in Vierlanden in diesem Jahr. Familienvater, Mitte vierzig, Midlife-Crisis.« Sie machte eine theatralische Pause. »Die Männer, so typisch. Nehmen sich einen Strick und verpissen sich.«

Ich starrte sie erschüttert an. »Wie schrecklich. Ich … ähm … Kannten wir ihn?«

Steffi schüttelte den Kopf. »Wir nicht. Gartenstraße 46, hinten in einem der Gewächshäuser.«

Während ich im Kopf die Gesichter der Dorfbewohner durchging, ließ sich Steffi ächzend in ihren schwarzen Autoledersitz plumpsen.

»Also immer dran denken, wir dürfen unsere Männchen nicht zu doll ärgern. Das können die in ihrem Alter nicht mehr ab!« Sie lachte laut, winkte und zog die Tür zu. Dann begannen ohrenbetäubend laute Bässe zu wummern. Steffi hupte und brauste davon.

Ich holte tief Luft. Plötzlich fragte ich mich zum ersten Mal, warum Pinto sich wohl gemeldet hatte. Nach so langer Zeit, einfach so. Ausgerechnet jetzt.

Was er wohl machte? Was er von mir wollte? War er wie ich verheiratet? War er glücklich? War er unglücklich? War ich vielleicht sein Strick?

Kapitel 10

Ava

Schlecht gelaunt warf ich wenig später ein paar Würstchenpackungen in meinen Einkaufswagen und schielte zur Fleischtheke. Jan hatte sich für das Grillen am nächsten Tag Steaks gewünscht. Extradick. Leider war die Schlange extralang. Ich hatte keine Lust, mich anzustellen. Und das ausgerechnet für Brüll-Barbara und ihren seltsamen Mann.

Steffi und ich hatten schon oft heimlich Witze über Jochen Brockenmeyer gemacht. Wirklich jeder im Dorf kannte ihn, nicht nur weil er mit seiner Firma »Party-Piraten« jede Dorffeier vom Feuerwehrfest bis zum achtzigsten Geburtstag ausstattete, sondern weil er auch äußerlich auffiel.

Er war der einzige Mensch, der offenbar noch ins Solarium ging, anders konnte ich mir seinen Vollmilchschokoladenteint nicht erklären. So viel Sonne gab es einfach nicht bei uns hinterm Deich. Seine dünnen Haare färbte er hellblond und kämmte sie über die Geheimratsecken. Die Spitzen schimmerten weiß. Irgendwie hatte er Ähnlichkeit mit einer Laugenstange.

Jochen Brockenmeyer nannte jeden »Schatzi«, außer Jan, den nannte er »Herr Architekt«, was aus seinem Mund irgendwie albern klang. Immer wenn ich mich bei Jan über ihn beschwerte, grinste dieser bloß und sagte, Jochen Brockenmeyer sei ein wenig seltsam, aber ansonsten ein lieber Kerl. Er habe das Herz am rechten Fleck. Ich hatte eher das Gefühl, er war wie einer seiner Folienballons: außen Plastik, innen Luft.

Ich wartete ewig in der Fleischschlange, zog dabei immer wieder mein Handy aus der Hosentasche und schaute fingernagelknabbernd darauf. Jedes Mal, wenn ich sah, dass Pinto sich nicht gemeldet hatte, versetzte es mir einen leichten Stich. Dabei hatte ich ihm immer noch nicht geantwortet. Ich fühlte mich ein bisschen wie mit achtzehn. Ich fröstelte. Es war kühl im Supermarkt.

Nachdenklich starrte ich auf die in Knoblauch eingelegten Nackensteaks, die meine Jungs am liebsten aßen. Und die Cevapcici waren im Angebot. Ich sollte ihm einfach absagen. Das war doch alles total bescheuert.

Ich öffnete den Nachrichtenchat. *Lieber Pinto, lieber nicht …*, tippte ich.

»Was darf es bei Ihnen sein, Frau Altmann?«, fragte der junge Verkäufer mit der lila Schürze hinter der Theke.

Ich zuckte zusammen. »Frau Altmann« klang gruselig alt – wie meine Schwiegermutter. Bevor ich etwas sagte, löschte ich schnell die soeben getippten Worte.

»Drei Steaks«, sagte ich dann, »bitte extradick!«

»So is' recht!«, rief hinter mir eine Stimme. »Du weißt, was Männer wollen.«

Ich drehte mich um und entdeckte Steffis Mann Sven hinter mir in der Schlange. Er trug die grüne Latzhose der Gartenbaufirma, für die er arbeitete. Seine Wangen glänzten fleischfarben. Ich spürte plötzlich eine kribbelnde Lust, ihn mit einem der Messer hinter der Theke zu piksen.

»Die Steaks sind für mich«, raunte ich und zwinkerte ihm grinsend zu. »Die lege ich mir auf Wangen und Stirn. Beef statt Botox, kennst du das nicht, Sven?«

»Ne«, brummte er und starrte mich hochgezogenen Augenbrauen an. Offenbar hatte er meinen blöden Witz nicht verstanden.

»Alles gut bei euch, Sven?«, hakte ich schnell nach, um freundlich zu sein.

»Jo.« Ein knappes Nicken.

»Und was machen die Jungs?«, fragte ich lächelnd.

»Jo.«

»Und Steffi?«

»Der geht's nicht so gut.«

Im nächsten Moment bekam ich die Fleischtüte mit den Worten »Bitte schön, Frau Altmann, lassen Sie es sich schmecken!« rübergereicht.

»Tschüss«, rief ich erleichtert. »Mach's gut, Sven! Vielleicht kommt ihr mal wieder zum Grillen vorbei?« Schnell warf ich die Tüte in meinen Wagen. »Oder auch du allein, wenn Steffi sich nicht wohlfühlt.« Ich rang mir ein Lächeln ab.

Er sah mich an, ohne zu blinzeln.

»Jo«, sagte er dann und hob zum Abschied kaum sichtbar eine Hand vom Wagengriff.

Auf dem Rückweg vom Supermarkt bremste ich an der Abzweigung von der Dorfstraße zur Autobahn ab. Ich guckte auf die Uhr. Eine Dreiviertelstunde hatte ich noch. Das war knapp, aber es könnte klappen. Plötzlich kribbelte es in meinem Bauch. Ich setzte den Blinker und stellte fest, dass er im Takt meines Herzens klick-klackte. Als ich wenig später auf den Parkplatz des Baumarkts einbog, war ich richtig aufgeregt.

Kurz darauf stand ich grinsend vor den Lackfarben. Ich hatte fast vergessen, wie viele Töne es gab. Mir wurde richtig warm. Schließlich griff ich nach einem mattrosa Farbstreifen, einem Ton zwischen Sommermorgenhimmel und frisch geborenem Ferkel, und ließ mir am Tresen genau diese Farbe anmischen.

»Viel Spaß damit!«, wünschte der grauhaarige Verkäufer im karierten Hemd, als er mir die Farbdose in die Hand drückte.

»Werde ich haben«, sagte ich und grinste schon wieder.

Als ich im Vorbeigehen eine Malerplane aus dem Regal nahm, kribbelte es in meinem Bauch. Auf genau so einer Plane hatten Pinto und ich einmal Sex gehabt. Mir wurde heiß beim Gedanken daran. Ich hatte hinterher Muskelkater und bunte Flecken auf dem Rücken. »Action Painting!«, hatte Sam die Aktion kichernd kommentiert.

Ich hatte noch keine Ahnung, was ich streichen wollte. Aber allein die Anwesenheit des Farbtopfs neben den üblichen Bergen von Lebensmitteln zauberte mir ein zufriedenes Lächeln ins Gesicht. Ich wusste gar nicht, was mehr kribbelte: die Erinnerung an Pinto – oder die Aussicht auf Farbe.

Glücklicherweise kam ich nur ein wenig zu spät beim Kindergarten an. Und Linus' Erzieherin schaute nur ein bisschen genervt. Ich bedankte mich schnell besonders freundlich und zog meinen Sohn dann eilig am Arm hinter mir zur Tür raus.

Auf dem Rückweg sahen wir einen Storch, der durch die Schafherden am Deich stakste. Ich freute mich noch immer jedes Mal, wenn ich einen sah. Die Schafe lagen wie Fellkissen in der Mittagssonne auf ihrer schrägen Wiese und käuten ihr Frühstück wieder. Hinter dem strahlenden Grasgrün knallte die quietschblaue Elbe, und darüber schwebten Zuckerwattewolken über dem Horizont. Eigentlich war doch wirklich alles gut.

Übermütig machte ich einen seltsamen Deal mit mir selbst, wie ich es früher als Teenie manchmal gemacht hatte: Würde ich auf dem Heimweg eine gerade Anzahl von Schafen zählen, würde ich Pinto treffen. Bei ungerader traf ich ihn nicht.

Bis ich in unsere Einfahrt einbog, hatte ich 44 Schafe gezählt. Mein Bauch rumorte. Ich hatte mich schon lange nicht mehr so lebendig gefühlt.

Ich ging über den knisternden Kies auf unser Haus zu, schwang Linus' kleinen Rucksack und musste grinsen, weil es aussah, als würde mir das Sonnenlicht aus einem der Gaubenfenster zublinzeln. Linus hörte noch sein Lieblingslied im Auto zu Ende. Und ich würde aufschließen, kurz im Klo verschwinden und Pinto zusagen. Ich würde es einfach machen.

Dann aber entdeckte ich etwas Furchtbares. Abrupt

blieb ich stehen und schaute fassungslos auf den Weg vor mir. Dort lag unsere Henne Agatha, beziehungsweise das, was noch von ihr übrig war. Der fleischige Federhaufen war blutüberströmt. Erschrocken schlug ich mir die flache Hand vor den Mund. Das war sicher der Fuchs gewesen, der sich seit einer Weile in der Gegend herumtrieb. Natürlich war ich sofort sicher, dass das ein Zeichen war.

»Ist sie jetzt im Himmel?«, fragte Linus, während ich zum zweiten Mal in dieser Woche im Hühnerstall hockte.

Statt sauber machte ich ihn dieses Mal sicher. Ich versuchte es zumindest. »Wenn der Fuchs einmal kommt, kommt er immer wieder«, hatte mir mein Schwiegervater Klaus erklärt.

»Klar, die pickt jetzt die Wolken«, sagte Len, der mit verschränkten Armen vor dem Käfig stand und mir Gesellschaft leistete. »Und wenn es hagelt, ist es in Wahrheit Hühnerkacka.«

Linus kicherte.

Ich fluchte leise. »Wenn ich heute noch einmal was von Kacka höre, dann schrei ich!«, zischte ich. »Gib mir lieber mal die Nägel, Len.«

Er kniete sich vor den Stall, stellte den kleinen Karton mit den Nägeln lässig auf seinem Knie ab und schob mir einen durch den Stacheldraht.

»Ava Altmann hat es in diesem Match mit einem besonders gemeinen Gegner zu tun«, verkündete er mit aufgeregter Sportreporterstimme. »Die Frage ist: Wird sie den

Strafraum gut genug absichern können, um keine weiteren Niederlagen einstecken zu müssen?«

Ich atmete tief aus und sah ihn aus schmalen Augenschlitzen an. »Lass. Es. Jetzt. Bitte. Sein!« Bei jedem Wort schlug ich auf den Nagel im Brett, mit dem ich den kleinen Spalt zwischen Erde und Hühnerdraht provisorisch schließen wollte. Ich schlug mit ganzer Kraft zu.

Len schaute mich mit großen Augen erschrocken an und wich ein Stück zurück.

»Mama macht es sön, damit Agatha es gemütlich hat, wenn sie wiederkommt«, freute sich Linus.

Len und ich sahen uns mit aufeinandergepressten Lippen an.

»Komm, Linus, ich kicke eine Runde mit dir«, schlug Len leise vor und nickte mir zu.

Linus jauchzte.

Mir wurde ganz warm. Ich sah ihnen nach, sah, wie Len seinen drahtigen Oberkörper nach unten beugte und einen Arm um die schmalen Schultern seines kleinen Bruders legte.

Ich hielt kurz inne und hörte das Summen und Brummen im blühenden Apfelbaum neben dem Hühnerstall. Das Gackern der übrig gebliebenen Hennen in der Wiese neben mir. Treckergebrumm und leises Kinderlachen wehten zu mir herüber.

Wie filigran doch Frieden ist, dachte ich erschrocken. *Und wie grazil das Glück. Man sollte wirklich gut darauf aufpassen.*

Ich legte den Hammer weg und entdeckte im Gras eine Feder von Agatha. Tiefschwarz mit weißen Punkten. Ich hatte die Henne ständig in einem meiner Beete erwischt, wo sie mir alles platt trampelte. Wahnsinnig wütend hatte mich das gemacht. Dass sie jetzt einfach nicht mehr da war, konnte ich nicht glauben. Meinetwegen hätte sie ruhig wieder trampeln können.

Nach dem Hühnerstall kümmerte ich mich um die Wäsche, räumte die Geschirrspülmaschine ein und aus, übte mit Len ein Diktat, fuhr ihn hinterher zum Fußball, saß genervt am Spielfeldrand herum und fragte Leo danach noch Vokabeln ab.

Linus wich mir die ganze Zeit nicht von der Seite. Er wollte unbedingt auf meinen Füßen stehen und mit mir gemeinsam durch den Raum stapfen. Ich musste lachen und wollte ihn gleichzeitig abschütteln, weil ich so überhaupt nicht vorankam. Als ich mich abrupt umdrehte, machte es *Rumms* – Linus war mit dem Kopf gegen die Küchenarbeitsplatte gekracht.

»Blöde Mama!«, brüllte er und schaute mich entsetzt schluchzend an.

»Tut mir leid, Schatz!«, rief ich erschrocken und wollte ihm über das helle Haar streichen.

Er schob beleidigt meine Hand weg. Ich seufzte – dann fielen mir die Vokabeln wieder ein.

»Jemanden verhaften?«, rief ich gegen Linus' vorwurfsvolles Wimmern an und wartete auf Leos englische Antwort.

Er starrte in die Luft und war überhaupt nicht bei der Sache. Ich hatte Kopfweh. Ich war kurz davor, das Heft in die Ecke zu schmeißen. Er sah mich an wie einen rosa Elefanten.

»Leo?«, bohrte ich nach.

»Wie fühlt sich Liebe an?«, fragte mein Sohn mit glasigen Augen.

Ich schluckte überrascht. »Äh … was?«, stotterte ich. »Was meinst du?«

Seine Frage war eindeutig gewesen. Ich ließ das Heft sinken und tastete mit der anderen Hand nach einem der schwarzen Barhocker. Ich brauchte irgendwas, an dem ich mich festhalten konnte.

»Ja, also …«

In dem Moment kam Len mit rotem Gesicht und erdigen Füßen zu uns hereingerannt. »Was geht?«, rief er.

Ich dachte nach. »Liebe fühlt sich warm an im Bauch«, begann ich leise. »Oft sogar heiß. Du kannst an nichts anderes mehr denken, du vergisst sogar zu essen, sogar deine Lieblingsspeise.« Ich musste lächeln. So langsam kam ich in Fahrt. »Du grinst, obwohl es nichts zu grinsen gibt«, fuhr ich fort. »Du möchtest immerzu nur mit dieser einen Person zusammen sein, und du kannst ihr stundenlang zuhören. Du möchtest sie berühren, am liebsten überall und den ganzen Tag.«

Leos blasses Gesicht errötete.

»Dann sind Papa und du aber nicht sehr verliebt!«, warf Len ein.

»Wie kommst du darauf?«, rief ich schnell.

»Du grinst nie«, meinte Len. »Und du isst. Ihr seid fast nie zusammen, und ihr redet nicht. Und wenn, dann bloß über einen neuen Rasenmäher oder so. Oder ihr streitet.«

Ich schluckte. Ich wusste nicht, was ich dazu sagen sollte.

Für Len schien das Ganze keine große Sache zu sein. »Komm, Linus, wir spielen!«, rief er und zog seinen kleinen Bruder am T-Shirt nach draußen.

»Bielen!«, rief Linus, und ich sah seinem kleinen, strahlenden Gesicht an, dass er sein Glück kaum fassen konnte.

Einen kurzen Gedanken lang machte ich mir Sorgen, weil er immer noch wie ein Kleinkind redete, obwohl er bald fünf wurde. Schon ewig hatte ich einen Termin bei der Logopädin vereinbaren wollen. Aber dann war doch immer irgendetwas anderes dazwischengekommen.

Erst dann fiel mir auf, dass auch Leo weg war.

Ich setzte mich auf einen der schwarzen Metallhocker an der Kücheninsel und hatte keine Ahnung, was ich tun sollte. Hinterhergehen? Ihn fragen, ob er verknallt war? Ob ich ihm helfen könnte? Jeder Satz, den ich in Gedanken zur Probe sagte, fühlte sich falsch an. Ich musste plötzlich an den Erste-Hilfe-Kurs denken, den ich gemacht hatte, als Leo ganz klein gewesen war. Warum bitte gab es keine Erste-Liebe-Kurse für Teenager?

Ich fuhr mir mit der Hand durchs Haar. Es war offenbar so weit. Mein Großer war zum ersten Mal verliebt. Welches Mädchen es wohl war? Oder war es vielleicht ein Junge? Mir fiel niemand ein, der es sein konnte. Aber mir fiel auch ein, dass Leo schon lange nichts mehr erzählt hatte. Und ich hatte nicht nachgefragt.

Ich stand an der Spüle und ließ lauwarmes Wasser ein. Durch die Sprossenfenster sah ich Len und Linus auf der

Wiese miteinander spielen. Len hatte seinen kleinen Bruder fest an beiden Füßen gepackt und ließ ihn als Schubkarre auf seinen kleinen, speckigen Armen laufen. Immer wieder fiel Linus mit seiner Stupsnase ins Grün, rappelte sich aber gleich wieder auf und brüllte: »Weiter Subkarre fahren!«

Ich lächelte. Nichts, wirklich nichts, machte mich so glücklich, wie die kleinen Momente, in denen meine Kinder zusammen Spaß hatten.

Wann hatten Jan und ich uns zum letzten Mal gemeinsam über unsere kleine Bande gefreut? Ich konnte mich noch genau an die Gefühlsachterbahnfahrt erinnern, als Linus uns von seiner Decke auf dem Wohnzimmerboden aus zum ersten Mal angelacht hatte. Wir hatten einander verschwörerisch die Hände gedrückt und glücksgegrinst. So lange war das doch noch gar nicht her.

Au! Ich hatte mich verbrannt, weil das Wasser aus dem Hahn plötzlich heiß wurde. Ich schnappte nach Luft und ließ kaltes Wasser nachlaufen.

Viel später im Bett, als ich gerade mein Buch zur Seite gelegt hatte, auf das ich mich nicht konzentrieren konnte, und das Licht ausmachte, kam Jan ins Schlafzimmer.

Türenrumms. Seufzen. Gürtelschnallengeklacker auf dem Dielenboden. Sogar aus den gewohnten Geräuschen konnte ich seine schlechte Laune heraushören.

»Du kannst dir gar nicht vorstellen, wie nervig es im Büro war!«, sagte er seufzend, während er sein weißes Hemd aufknöpfte und es über das verschnörkelte Ende des Metallbetts warf.

»Doch, kann ich«, erwiderte ich. »Du erzählst es mir ja jeden Tag.«

Er sah mich irritiert an. Dann schlüpfte er in Unterhose zu mir unter die Decke. »Hast du schlechte Laune?«, fragte er. »Ich bin extra eher rübergekommen, damit wir uns noch sehen.«

»Halb zwölf nennst du eher?«

»Du hast schlechte Laune!«, stellte er brummend fest und rückte näher an mich heran.

Ich rutschte ein wenig von ihm weg. »Wenn du ständig deine nervigen Kunden zu uns einlädst …«

»Ständig? Das letzte Mal ist Monate her.«

Ich spürte, dass sich seine Hand wie der Kopf einer Schlange unter der Decke zu mir rüberschob. Wie eine feine Zunge berührte seine Fingerspitze meinen Arm und begann ihn zärtlich zu streicheln. Ich machte mich ganz steif.

»Es sind nun mal die Kunden, die unser Leben hier finanzieren«, raunte Jan. »Zum Beispiel die fünf Paar Kinderschuhe in dem Karton unten im Flur.«

Ich schnappte nach Luft. »Davon schicke ich vier Paar zurück. Ich muss doch gucken, welche den Jungs passen.«

»Ich mag gar nicht streiten«, säuselte er leise, und die Armschlange begann an meiner Seite hochzukriechen.

Ich rückte ein wenig von ihm ab, legte meine Hand auf seine und schob sie sanft weg. »Ich bin müde«, flüsterte ich.

»Och …«, raunte er. »Wir haben schon so lange nicht mehr.«

»Du bist ja auch nie da!«, sagte ich ein bisschen lauter.

»Jetzt bin ich da«, sagte er.

»Jetzt mag ich aber nicht«, wich ich aus.

Er drehte sich schnaufend weg. Sofort hatte ich ein doofes Gefühl.

»Bist du jetzt sauer?«, fragte ich.

Er zuckte mit den Schultern, dann drehte er mir den Rücken zu.

Er war nicht mehr da. Schon wieder nicht.

Ich hatte mich selten so einsam gefühlt wie in diesem Moment, keine dreißig Zentimeter entfernt von meinem Mann in unserem gemeinsamen Bett.

Das quietschende Wackeln der Matratze verriet mir, dass Jan sich genauso lange hin und her wälzte wie ich. Obwohl ich todmüde war, konnte ich nicht einschlafen. Ich war sauer auf Jan. Weil er so selten da war. Weil er nicht mit mir redete. Und ich war sauer auf mich. Weil ich nicht aufhören konnte, daran zu denken, wie mich Pintos Dreitagebart beim Küssen gekitzelt hatte. Wie es in meinem Bauch gekribbelt hatte.

Verdammt noch mal, diese anstrengende Grübelei musste endlich ein Ende haben. Und plötzlich wusste ich auch wie.

Ich schlug die Decke zurück, warf einen Blick auf den schweigenden Rücken neben mir, krabbelte aus dem Bett, schlich ins Bad, setzte mich auf die geschlossene Toilette und antwortete Pinto.

Okay!, schrieb ich. *Bis Freitag.*

Und abgeschickt.

Ich freu mich!, schrieb ich noch schnell hinterher.

Obwohl ich wusste, dass es mitten in der Nacht war und Pinto wahrscheinlich schlief, presste ich angespannt die Augen zusammen und wartete. Dann öffnete ich sie wieder und starrte mit klopfendem Herzen auf die dunklen Schatten, die die Klamottenberge meiner Kinder über dem Badewannenrand auf die grauen Fliesen warfen.

Als ich wieder aufs Display schaute, verrieten mir die beiden blauen Haken, dass er meine Nachricht gelesen hatte. Dann schickte er mir drei Emojis.

Einen Smiley mit Herzaugen. Ein rotes Herz. Und einen Kussmund.

Verdammt.

Kapitel 11

Er

Eine gefühlte Ewigkeit lächelten wir uns bloß an, bis ich endlich meine Sprache wiederfand. Für mehr als ein heiseres »Wie heißt du?« reichte es allerdings nicht.

»Ava«, sagte sie und griff nach meiner Hand, die ich ihr offenbar intuitiv zur Begrüßung hingehalten hatte. *Wie bei Geschäftspartnern*, dachte ich erschrocken. Himmel noch mal, ich stand echt komplett neben mir.

Ich lachte albern und wollte ihre kleine, warme Hand nicht wieder loslassen. *Ava*, wiederholte ich leise in meinem Kopf. Ihr Name klang wie ein Streicheln. Ich schluckte und versuchte schnell an den aktuellen Tabellenplatz des HSV zu denken.

Erst als zwei verschwitzte Teenies zu *Narcotic* zwischen uns hindurchhüpften, ließ ich ihre Hand los. Ihr Daumen strich eine Millisekunde sanft über meinen Handrücken. Ich weiß nicht, ob es Absicht war. Auf jeden Fall sorgte es für ein gewaltiges Prickeln in meinem ganzen Körper.

»Bist du öfter hier?«, raunte ich ihr zu.

Wir schauten uns an und mussten beide grinsen.

Hurra, dachte ich, *hurra. Sie ist genauso nervös wie ich.*

»Was machst du so?«, fragte ich und spürte, dass ich mein Grinsen nicht aus dem Gesicht bekam.

»Ich bin Produktdesignerin«, sagte sie, ohne den Blick abzuwenden. In ihrer Iris blitzten bunte Lichtpunkte. »Ich mache hässliche Verpackungen schön.«

»Wie spannend!«, rief ich gegen die Lautstärke an. »An was für einer arbeitest du gerade?«

»An einer für Magerquark«, sagte sie.

Wir prusteten los, als wäre Magerquark etwas ganz und gar Urkomisches.

»Ich denke, ab sofort werde ich an keiner Kühltheke mehr vorbeigehen können, ohne an dich zu denken«, rutschte es mir heraus.

Sie lächelte. »Der Strichcode auf der Packung killt mich. Wer sich das ausgedacht hat, hat kein Herz für Design.«

Ich hatte nie zuvor jemanden reden gehört, bei dem das Wort Design so sexy klang. Plötzlich fühlte ich, dass ich beobachtet wurde. Ich schaute auf und entdeckte Björn.

»Ups, mein Kumpel bringt mich gleich um«, sagte ich und lächelte sie an.

Dann trafen sich unsere Blicke. Unsere Lächeln flüsterten sich zu, was wir uns nicht zu sagen trauten.

Ich blickte nervös auf meine Schuhe und dann wieder hoch zu ihr. Sie biss sich beim Lächeln auf die Lippe.

»Lassen wir es drauf ankommen?«, fragte sie keck und kam noch ein Stück näher.

Ich atmete ihren Duft ein. Sie roch frisch, nach einem Hauch von Zitrone und Kuchenteig. Ich schloss für einen winzigen Moment die Augen. Ihre Nähe machte mich schwindelig.

Dann nickte ich schnell. »Unbedingt!«, sagte ich und starrte ihre zarten rosa Lippen an.

Und dann, obwohl ich am liebsten ewig genau so stehen geblieben wäre, flatterten plötzlich die ersten Beats von Lotto King Karls *Hamburg, meine Perle* zu uns rüber. Ich hörte meine Kumpels begeistert johlen, ungefähr so, als hätte der HSV das 5 zu 0 gegen Bayern geschossen. Das war unser Lied. Philip boxte mir grinsend in die Seite.

»Tanzen wir?«, fragte Ava. »Ich liebe dieses Lied.«

Ich nickte. Dabei tanzte ich so gut wie nie. Aber so wie sie mich anschaute, hätte ich, ohne zu zögern, einem Einbruch in die nächste Filiale der Hamburger Sparkasse zugestimmt.

Kapitel 12

Ava

Am nächsten Morgen badete ich lustlos die extradicken Steaks in einer Marinade aus Olivenöl, frischen Rosmarinstängeln und Knoblauch. Eigentlich hatte ich das gestern schon machen wollen, damit sie über Nacht gut durchzogen und besonders aromatisch sein würden. Aber ich hatte es vergessen.

Egal, dachte ich, Brüll-Barbara und ihr blöder Mann hatten den ganzen Aufwand sowieso nicht verdient. Die Sonne warf warmes Licht auf meine öligen Hände, die hölzerne Küchenarbeitsplatte und den Dielenboden. Es würde ein wunderschöner Frühsommertag werden. Ich aber hatte so schlechte Laune, wenn ich an den bevorstehenden Grillabend dachte, dass mich nicht mal die knallpinken Blüten der Pfingstrosen auf dem Tisch aufheitern konnten.

Mein heimliches Hin-und-her-GeWhatsAppe auf dem Klo versuchte ich zu verdrängen. Ging aber nicht. Die kühle Nacktheit der Steaks erinnerte mich verrückterweise an Pinto. Ich war wirklich komplett bescheuert. Fassungslos lehnte ich mich an die Arbeitsplatte und schloss die Augen.

Als ich ein Rascheln hinter mir hörte, drehte ich mich um. Jan musste leise hereingekommen sein, saß auf der Couch und schlüpfte in ein paar Socken, die er offenbar aus dem übervollen Wäschekorb auf dem Sofa gefischt hatte.

»Morgen!«, rief ich ertappt und räusperte mich.

Nichts.

»Guten Morgen!«, wiederholte ich lauter.

»Morgen«, brummte mein Mann.

»Bist du sauer?«

Er zuckte mit den Schultern.

»Etwa weil ich gestern Abend keine Lust hatte?«, rief ich und drückte einen Rosmarinzweig tief ins Fleisch.

Er zuckte wieder mit den Schultern.

»Redest du jetzt nicht mehr mit mir?«, fragte ich und merkte, wie die Wut in meinem Bauch einen schweren Klumpen formte. »Das finde ich echt kindisch.«

»Du hast doch in letzter Zeit nie Lust«, brummte er.

»Du bist ja auch nie da!«, zischte ich.

Jan sah aus wie ein beleidigter kleiner Junge, wie er da breitbeinig auf dem Sofa saß. Ein paar dunkelblonde Strähnen, unterbrochen von einzelnen grauen Haaren, hingen ihm wirr in die Stirn. Er hatte schon lange kein Wachs mehr benutzt.

»Gestern war ich da«, sagte er leise.

»Du kannst doch nicht ausnahmsweise mal auftauchen und Romantik auf Knopfdruck erwarten«, erwiderte ich. »Ich weiß überhaupt nicht, wo mir der Kopf steht! Die Jungs, die Hausaufgaben, das Fußballtraining, das Haus, der Garten, die Hühner, die tote Henne, die Schule, deine

Gäste … Entschuldige bitte, dass ich einfach nur müde bin.«

»Du hast aber die ganze Nacht nicht geschlafen«, brummte Jan und sah mich erschöpft an.

Das schlechte Gewissen kratzte in meinem Hals. »Du offenbar auch nicht«, schlug ich zurück.

Er stützte beide Ellenbogen auf die Knie, fuhr sich durchs Haar und stöhnte, als hätte ich ihn verletzt. Plötzlich tat er mir leid. Wir taten mir leid.

Er rieb sich nachdenklich die Augen. »Ich hab Mist gebaut!«, sagte er dann und seufzte.

In meinem Magen breitete sich eine dumpfe Angst aus. Mit weit von mir gestreckten Fleischhänden kam ich näher. Ich wollte ihn in den Arm nehmen, aber das ging ja nicht.

»Was ist passiert?«, fragte ich schnell.

»Wir haben Feuchtigkeit auf einer Baustelle. Ausgerechnet oben im Elternschlafzimmer. Eine ganze Wand ist nass. Riesenmist! Und ich habe keine Ahnung, wo es herkommt.«

Feuchtigkeit war Staatsfeindin Nummer eins der Architekten, das wusste sogar ich. Leider tauchte sie immer wieder auf und machte sich wichtig.

Trotzdem. Es war bloß mal wieder Ärger auf einer Baustelle.

»Das kriegst du doch wieder hin, oder nicht?«, fragte ich leise.

»Um ehrlich zu sein, habe ich schon alles versucht. Wir haben das halbe Obergeschoss aufgekloppt. Die Bauherren toben.«

»Ach, darum das Essen heute Abend …« Ich konnte mir bildlich vorstellen, wer da tobte.

Jan reagierte nicht.

»Aber statt mich einfach meine Arbeit machen zu lassen, wissen die immer alles besser«, sagte er schließlich. »Mal eben Kältebrücken gegoogelt – und schon halten die sich für Experten. Es nervt! Bei manchen steigt die Feuchtigkeit vom Bau gleich weiter ins Hirn.«

»Ach, wie blöd …«, sagte ich und fühlte mich bescheuert, wie ich mit meinen erhobenen Ölhänden dastand, untätig, hilflos und irgendwie so, als würde Jan mit einer Pistole auf mich zielen.

»Ich muss los«, raunte er, schnappte sich seinen Schlüsselbund von der Kücheninsel und ging.

Und ich blieb zurück, mit den Steaks und dem Rosmarin.

Jans Job kam mir vor wie ein Pferderennen: Ich stand bloß am Rand und guckte zu. Ab und zu, wenn er direkt vor meinen Augen vorbeigaloppierte, sah ich seine Anstrengung. Aber dann war er auch schon wieder weg. Und ich? Führte nebenan die bockigen Ponys im Kreis. Immer und immer wieder. Er hatte keine Ahnung, wie anstrengend das war.

Nachdenklich schob ich die Form mit den glänzend roten Fleischstücken in ihrer Marinade in den Kühlschrank. Dann beschloss ich, mir einen Kaffee zu kochen und ihn gemütlich in der Sonne auf der Terrasse zu trinken, bevor ich den Kartoffelsalat für den Abend vorbereitete. Die Liste für das Kuchenbüfett in der Schule musste ich auch noch machen. Aber erst mal: Kaffee!

Ich nahm die Tasse mit auf die Veranda vor dem Haus. Die weiß lackierten Holzschnörkel glänzten in der Sonne. Unter den tief hängenden Zweigen der Rambling Rector, die aus einem Loch in den Bodenbrettern wuchs, stand eine verschnörkelte Holzbank. Davor ein kleiner Eisentisch und zwei Mexico Chairs mit den typischen Plastikschnüren. Ich setzte mich in einen davon und lauschte dem leisen Beat der Bienen in den Blüten über mir. Die Luft duftete rosig, und die frischen Triebe in den Stauden und Büschen leuchteten. Überall Kleckse in unterschiedlichsten Grüntönen, die wie auf einem Aquarell ineinanderflossen.

Plötzlich musste ich daran denken, wie ich nach unserer Hochzeit mit der Rose auf dem Schoß auf dem sandfarbenen Ledersitz des geliehenen himmelblauen VW-Buses saß. Jan neben mir, seine Hand auf meinem Oberschenkel. Es war schon hell gewesen, ein früher, frischer Sommermorgen, der bereits erahnen ließ, wie heiß der Tag werden würde. Jan und ich hatten die ganze Nacht miteinander getanzt und gelacht. Ich erinnerte mich, dass er immer nur kurz auf die Straße vor sich schaute, stattdessen ständig zu mir.

Ich versuchte, mir Jan an unserem Hochzeitstag vorzustellen. In einem meerblauen Anzug, im gleichen Farbton wie seine Augen, und mit weißen Turnschuhen. Mit frecher Fliege statt Krawatte, denn Krawatten waren für ihn der Inbegriff von Spießigkeit. Ich strengte mich wirklich an. Aber bevor sich das Jan-Bild in meinem Kopf scharf stellte, drängelte sich Pinto davor. Pinto mit seinem hinreißenden

Lächeln in seinem schwarzen Poloshirt, das seine lakritzfarbenen Augen noch mehr funkeln ließ.

Ich trank einen weiteren Schluck Kaffee, dann ging ich ins Haus und stellte meine Tasse in die Spüle, um den verdammten Kartoffelsalat zu machen. Dabei fiel mein Blick auf die Leinentasche im Flur. Plötzlich fühlte es sich an, als hätte ich eine Verbündete. Ich hatte verdammt noch mal keine Lust mehr aufs Keine-Lust-Haben. Oder aufs Kartoffelsalatmachen. Ich hatte die Nase voll davon, immer nur das zu tun, was ich angeblich tun musste. Und immer nur für andere.

Mein Blick streifte durch den Flur und blieb an der kleinen Kommode vor der Treppe hängen. Das unscheinbare Ding ging völlig unter. Es war höchste Zeit, ihr einen aufregenden Auftritt zu verpassen.

Auf einmal hatte ich es sehr eilig. Ich holte den großen Weidenkorb vom Dielenschrank und räumte die Sachen aus der Kommode hinein. Dann nahm ich sie in den Arm und trug sie hinüber zur Scheune. Mein Herz klopfte gegen das harte Holz.

Ich breitete eine Folie auf dem erdigen Boden aus und stellte die kleine Kommode darauf. Durch die Spalten zwischen den schwarzen Holzbalken fielen schmale Lichtstreifen, und über mir hörte ich das *Kijagaaa* einer vorüberfliegenden Grauganssschar durch das ungedämmte Ziegeldach.

Als ich den Deckel des himbeersorbetfarbenen Lacks mit einem Plopp öffnete, bekam ich eine Gänsehaut. Was für eine tolle Farbe! Beim ersten rosa Strich auf dem Weiß biss ich mir auf die Unterlippe. Dann beobachtete ich lächelnd, wie der cremige Pinsel leise glucksend hin und her glitt. Mein Herz klopfte aufgeregt, während ich konzentriert arbeitete.

Die Kommode war bereits einmal komplett lackiert, als ein Schatten im Lichtrechteck der Tür auftauchte. Jemand pfiff anerkennend.

»Aber hallo!«, rief Sam. »Was ist denn hier los?«

Ich sprang von dem alten Hocker auf, auf dem ich mit einer Tasse Kaffeerest in den farbgesprenkelten Händen mein rosa Werk betrachtet hatte.

»Was machst du denn hier?«, rief ich überrascht.

»Hab für Hermine ein paar Teile über Kleinanzeigen gekauft und hier in der Gegend abgeholt, und da dachte ich, ich komme mal rum.«

»Was für eine tolle Idee!« Ich drückte Sam mit den Innenseiten meiner Unterarme, die rosa Hände in die Luft gestreckt. »Und ich dachte, ich fange einfach mal an.«

»Damit, dein Leben rosaner zu machen?«

Ich grinste. »Ein bisschen Rosa hat noch niemandem geschadet! Aber sag, musst du nicht eigentlich vor deiner Klasse stehen und dich von Drittklässlern ärgern lassen?«

»Ich habe Migräne«, flüsterte Sam. Sie zwinkerte mir zu. »Alleinerziehenden-ich-kann-nicht-mehr-Migräne.«

»So schlimm?«, fragte ich erschrocken.

»Bloß das Übliche. Vor allem blöde Eltern und ein verständnisloser Rektor. Hab jetzt einfach mal die Notbremse gezogen. Aber jetzt erzähl mal, was gibt's Neues bei dir, außer dem frischen Anstrich, den du deinem Leben verpasst?«

Ich zuckte mit den Schultern, während ich den Pinsel in Terpentinersatz badete. Ich schnupperte. Vermutlich war ich der einzige Mensch auf der Welt, der den Geruch von Pinselreiniger mochte.

»Och«, raunte ich. »Eigentlich gar nichts.«

»Also hast du P Punkt noch nicht geantwortet?«

Ich sah erschrocken auf und spürte, dass ich mindestens so rosa anlief wie die Flüssigkeit vor mir.

Sam grinste. »Du hast geantwortet«, sagte sie wissend. »Und du triffst ihn. Ach, du heiliges Müttergenesungsheim!«

Plötzlich hatte ich das Gefühl, dass der Scheunenboden wankte. »Blöde Idee?«, fragte ich und biss mir auf die Lippe.

Sam schüttelte den Kopf. »Nein, gute Idee. Endlich bist du wiederauferstanden von den heiligen Mutter Teresas dieser Welt.«

Ich runzelte die Stirn und tat so, als würde ich sie mit dem tropfenden Pinsel bewerfen. Kurz fühlte ich einen Stich im Magen. Sam mochte Jan doch, wie konnte sie sich über dieses Date freuen.

Erschrocken schüttelte ich den Kopf. Es war kein Date. Ich war schließlich eine verheiratete Frau. Ich schluckte, beruhigte mich dann aber mit dem Gedanken, dass es bloß ein Treffen zum Kaffeetrinken war. Ein Treffen, kein Date.

Sam ging leise pfeifend einmal um die rosa Kommode herum. »Coole Farbe! Wie verknallte Wassermelone.«

Ich schmunzelte. »Ich dachte eher an frisch geborenes Ferkel.«

Wir lachten beide.

»Kaffee?«, fragte ich.

»Sekt wär mir lieber!«, meinte Sam.

Als ich zwei Sektgläser aus der Vitrine in der Küche nahm und dabei die Serviettenpackung entdeckte, die ich in die hinterste Ecke geschoben hatte, wusste ich, was der Kommode noch fehlte. Plötzlich war ich ganz aufgeregt. Ich klemmte mir die Packung unter den einen Arm und die Sektflasche unter den anderen und rannte mit den Gläsern in der Hand zurück in die Scheune.

»Was willst du denn mit diesem Kitschkram?«, fragte Sam und starrte die Servietten an.

Meine Schwiegermutter Ute hatte sie mir geschenkt. Sie waren schwarz mit faustgroßen Blüten darauf, die aussahen wie von einem alten Meister gemalt. Ich hatte schon beim Danke-Sagen überlegt, wie ich sie am geschicktesten entsorgen könnte. Aber zum Glück hatte ich das nicht getan.

»Die wollte Ute garantiert bloß loswerden«, meinte Sam lachend.

»Warte ab, das wird großartig«, raunte ich und zog mit zwei Fingernägeln die oberste Lage einer Serviette ab. Gar nicht so leicht ohne Fingernägel.

Sam machte es sich auf einem der Strohballen gemütlich und verdünnte ihren Sekt mit Mineralwasser. Dann tippte sie auf ihrem Handy herum. Die ersten Töne ihrer Acoustic-Covers-Playlist wehten durch den Raum.

Zu den Klängen von *Days Like This* schnitt ich mit einer Nagelschere ein paar Serviettenblüten aus und drückte sie vorsichtig auf die halbfeuchte rosa Farbe. Ich vergaß alles um mich herum. Ich war wie im Rausch.

»Wenn du kreativ bist, hängt deine Zunge heraus wie bei Hermine, wenn sie angestrengt malt«, stellte Sam kichernd fest.

Ich grinste.

»Oder aber wie bei dem sabbernden Rottweiler eins über mir«, quietschte sie.

Lachend streckte ich ihr die Zunge heraus.

Zu einer chilligen Live-Version von *Free Fallin'* klebte ich eine handtellergroße Hortensie auf das rosa Holz. Zu *Can't Take My Eyes off You* eine fette Fliederdolde.

Zuerst verdrehte Sam noch die Augen und schüttelte energisch den Kopf, aber mit jeder weiteren Blüte reckte sie ihren Daumen ein Stück höher. Tänzelnd drehte sie die Musik lauter.

»You're just to good to be true …«, sang ich laut in mein Pinselmikro.

»… You'd be like Heaven to touch«, stimmte Sam mit ein. *»I wanna hold you soooooo much.«*

Mehr Text konnten wir nicht, also lalalaten wir im schiefen Duett den Refrain zu Ende und bogen uns vor Lachen. Die Musik war so laut, dass ich sie im Bauch wummern fühlen konnte.

»Wenn alles trocken ist, lackiere ich drüber«, erklärte ich, als das Lied zu Ende war. »Das wird großartig.«

Sam nickte und drehte die Musik wieder ein wenig leiser. »Ich hätte es nicht gedacht, aber so langsam glaube ich das auch.«

Fasziniert betrachtete ich mein Werk. »Sie heißt Kaija«, sagte ich entschlossen.

Sam prustete los. »Die Kommode?« Sie hob lachend ihr Glas. »Na dann, auf dich und deinen rosigen Teint, Kaija!«

»Ich komme wohl genau richtig!«, rief plötzlich jemand aus der offenen Scheunentür.

Für einen stinknormalen Donnerstagmorgen war heute ganz schön viel los. Ich kicherte ertappt, ich hatte tatsächlich einen leichten Schwips. Und fühlte mich, als würde ich etwas Verbotenes machen.

»Steffi!«, rief ich überrascht.

Sie trug einen zitronenfarbenen Kimono, ihre Wassermelonennägel leuchteten, und in ihrem Dekolleté baumelte ein glänzendes chinesisches Zeichen an einem schwarzen Lederband.

»W-wenn du wegen der Kuchenliste kommst …«, stotterte ich, »dann ähm, die …«

»Ich war bloß zufällig in der Nähe«, sagte sie ernst. Ich konnte sehen, dass sie sich um ein Lächeln bemühte. »Und da dachte ich, ich guck mal, was die Ava macht. Und sieh an, die trinkt Sekt. Den könnte ich tatsächlich auch gut gebrauchen.«

»Du kannst mein Glas haben!«, rief Sam, goss ihr ein und stellte die Musik aus.

»Ärger?«, fragte ich.

»Kann man so sagen. Wie meinte Barbara letztens: Bauen ist nichts für Anfänger. Da muss ich ihr ausnahmsweise mal recht geben.«

Ich nickte. Ich vergaß immer wieder, dass Steffi ebenfalls mit Jan baute. Weder sie noch er sprachen je darüber. Vermutlich weil alles ziemlich problemlos lief.

»Du Arme!«, sagte ich. »Jan hat heute Morgen auch schon geflucht. Auf einer seiner Baustellen gibt's mächtig Ärger. Feuchtigkeit im ersten Obergeschoss, aber noch mehr in den Köpfen der Bauherren.«

Sam kicherte.

»Ach wirklich?«, fragte Steffi leise.

»Ja.« Ich seufzte. »Und leider hat er keine Ahnung, wo der Mist herkommt. Aber die oberschlauen Bauherren« – ich malte mit den Zeigefingern Anführungszeichen in die Luft – »die wissen natürlich alles besser. Richtige Wichtigtuer. Jan ist schwer genervt.«

Steffi nahm Sam das Sektglas ab. »Ist ja ein Ding«, raunte sie. Dann schluckte sie so laut, dass ich es glucksen hörte.

Sie trat einen wallenden Schritt zurück, um mein Werk zu betrachten. »Du musst einfach zu viel Zeit haben …« Ihr Busen bebte. »Aber ich muss sagen, das sieht wirklich richtig toll aus.«

»Wartet, bis ich sie noch mal überlackiert habe«, schwärmte ich. Ich konnte mich selbst nicht an der Kommode sattsehen. In meinem Bauch kribbelte es.

»Ich war den ganzen Nachmittag mit Mathehausaufgaben vierte Klasse beschäftigt«, stöhnte Steffi. »Ganz ehrlich, können die dämlichen Lehrer den Kindern das nicht selber beibringen?« Sie prostete uns zu. »Muss man denn alles selbst machen?«

Sam und ich schauten uns kurz an.

»Auf die unfähigen Lehrer und die armen Eltern, die das ausbaden müssen!«, rief Sam und erhob ihr Glas.

Wir stießen an, dann fuhr sich Steffi mit ihren Wassermelonennägeln durch ihr knallrotes Haar und fragte Sam: »Und was arbeitest du? Oder bist du auch zu Hause wie Ava?«

»Ich bin Lehrerin«, antwortete Sam staubtrocken. »Mathelehrerin.«

Für einen Moment war es in der Scheune so leise, dass ich mir einbildete, oben im alten Stroh ein paar Mäuse rascheln zu hören.

Dann aber fing Steffi an zu lachen. Rau, kehlig und irgendwie verzweifelt. So kräftig, dass sie knallrot anlief. Ich mochte ihr Lachen. Ich musste immer mitlachen. Sie wischte sich mit der Hand ein paar Tränen aus dem Gesicht.

»Ich hatte ja keine Ahnung, dass der Feind mithört«, japste sie. »Ach Mädels, wie gern würde ich mit euch noch ein bisschen über nervige Eltern lästern. Aber ich muss leider los.«

Sie ignorierte meine Farbflecken und drückte mich kräftig an ihre Brust. »Fröhliches Heimwerken noch, Ava!«, rief sie. »Aber denk bloß an unsere Liste.«

Ich nickte.

»Und sag mal, Ava, kannst du am Tag der offenen Tür ein paar Blumen mitbringen? Wächst doch bei dir alles so schön rund ums Haus. Ist doch kein Ding, oder?«

Ich nickte erneut. Gerade hatte ich das Gefühl, ich könnte alles schaffen. »Klar, kann ich machen«, sagte ich schnell.

Als Steffi zur Holztür hinausgerauscht war, prustete Sam mit hochgezogenen Augenbrauen los.

»Sie ist echt 'ne Marke, aber sie hat das Herz am rechten Fleck!«, nahm ich Steffi in Schutz. »Sie ist nicht so eine Angeberin wie diese schreckliche Barbara Brockenmeyer.« Ich schüttelte mich.

Sam goss uns noch einen Schluck Sekt ein, wir stießen noch mal an, und dann blieb sie, bis ich die beklebte Kommode noch einmal lackiert hatte und dringend die Kinder abholen musste.

»Geh nicht!«, bettelte ich. »Ich bin gleich wieder da. Es ist viel schöner, wenn du hier bist.«

Es war so ein lustiger Vormittag gewesen, ich wollte nicht, dass er zu Ende ging. In den Lichtstreifen zwischen den Scheunenbrettern funkelte der Staub wie Partyglitter.

»Hermine geht heute nach der Kita mit zu einer Freundin, aber ich muss noch Arbeiten korrigieren und den Unterricht für morgen vorbereiten. Mama-Migräne hab ich ja zum Glück bloß ganz, ganz selten«, sagte Sam. »Sonst würde es auch Ärger geben.« Sie nahm ihr Handy und machte ein paar Fotos von meinem geblümten Schränkchen. »Wahnsinn, Ava! Echt, das sieht so cool aus! Wirklich ganz besonders.«

Ich grinste stolz und strich mir durchs verschwitzte Haar. »So viel Spaß hatte ich schon lange nicht mehr.« Plötzlich bekam ich einen Schreck. »Verdammt! Dafür habe ich aber natürlich nichts anderes geschafft. Die Wäsche, das Unkraut, der Kartoffelsalat, der Besuch …«

Ich hatte nichts für Jans Bauherren-Barbecue vorbereitet.

»Du hast doch die Steaks«, tröstete mich Sam.

»Nur Steaks sind aber ziemlich minimalistisch«, merkte ich an.

Sam grinste. »Ich habe noch eine Packung Popp-Kartoffelsalat im Kofferraum. Sollte es eigentlich heute Abend mit Würstchen für Herminchen und mich geben. Aber wenn du den willst …«

Ich prustete los. »Lady Barbara Brockenmeyer und ein Fertigkartoffelsalat. Sie wird brüllen vor Entsetzen.«

»Barbaras, die brüllen, beißen nicht«, meinte Sam augenzwinkernd.

Gegen Abend füllte ich den Kartoffelsalat in eine blau-weiße Royal-Copenhagen-Schüssel und schnippelte ein bisschen Petersilie aus dem Garten darüber. Ich fühlte mich irgendwie ganz lässig dabei. Ich machte ein Foto und schickte es Sam.

Grand Salad à la Sam, schrieb ich dazu.

Kapitel 13

Ava

Bevor die Brockenmeyers kamen, flüchtete ich noch mal kurz nach oben. Ich war sauer, weil Jan gerade eben erst aus dem Büro gekommen war, viel später als verabredet. Ich hatte mal wieder allein dagestanden mit dem Essen und der Tischdeko neben dem üblichen Abendchaos. Jetzt schlüpfte ich in ein weißes Baumwollkleid mit Lochstickerei, band das Gürtelband zu einer Schleife vor dem Bauch und sprühte lustlos ein wenig Trockenshampoo auf meinen Ansatz. Ich zupfte an meinem feinen Haar herum und stellte beim prüfenden Blick in den Spiegel fest, dass es danach genauso platt aussah wie vorher.

Ich öffnete das Fenster, um frische Luft hereinzulassen. Grün bis zum Horizont, nichts als Grün und Blau und ein Trecker.

Kurz guckte ich nach den Kindern, die es sich ausnahmsweise in unserem Bett gemütlich machen und noch einen Film gucken durften. Der ganze Raum roch frisch gebadet, und die beiden Großen hatten Linus in die Mitte genommen. Haar an Haar, friedlich, sommersprossig und mit dem karamellfarbenen Teint von Kindern, die viel draußen tobten, lagen sie nebeneinander auf Jans und meinem Kopfkissen. Lens Hand kraulte Linus' hellblonden Flaum.

Eine Welle von Wehmut erfasste mich. Sie würden dort nicht mehr lange so liegen. Leo vielleicht noch zwei, drei unruhige Jahre. Meine Augen wurden feucht bei dem Gedanken. Hatte ich nicht gerade eben eine seiner ersten Haarsträhnen in mein Tagebuch geklebt? Gerade eben vor vierzehn Jahren.

Unten im Flur hörte ich Stimmen. Ich schnappte nach Luft, so als müsste ich vom Fünfer ins kalte Wasser springen, und stieg mit angespannten Schultern die Stufen der Eichentreppe hinunter. Rücken gerade, Kopf und Mundwinkel hoch, ich würde es vermutlich überleben.

Jochen Brockenmeyer rollte herein wie ein Tsunami. Er war ähnlich laut wie seine Frau, bloß einige Oktaven tiefer. Wie immer trug er von Kopf bis Fuß Weiß und hatte sein Hemd bis zum krausen Brusthaar aufgeknöpft. Die vielen Falten in seinem glänzenden, braun gebrannten Gesicht sahen aus wie die Maserung eines lackierten Eichenschranks. Seine Füße steckten in hellen Cowboystiefeln mit Schlangenhautmuster. Ein Imitat, wie ich hoffte. Zur Begrüßung drückte er mich so kräftig an sich, dass mir in Kombination mit seinem moschusschweren Aftershave die Luft wegblieb.

»Ein Glas Champagner?«, fragte ich schnell und eilte zur Vitrine, um nach vier Gläsern und frischer Luft zu schnappen.

»Edel, edel geht's bei Herrn und Frau Architekt zu!«, sagte Jochen. »Die wissen, was gut ist. Und Champagner macht zum Glück keine Rotweinflecken, stimmt's?« Sein Lachen klang wie ein Laubhäcksler.

Immer lächeln, dachte ich und konzentrierte mich auf die klirrenden Gläser in meiner Hand.

»Ich nehme einfach schon mal was mit nach draußen«, flötete Barbara und griff nach Kartoffelsalat und Brotkorb.

»Danke!«, rief ich. »Jetzt fehlt nur noch der Rucolasalat.« Den hatte ich vorhin noch schnell im Hochbeet geerntet und mit ein paar Tomaten zusammengeworfen.

Jochen nahm mir augenzwinkernd die blau-weiß gestreifte Salatschüssel aus der Hand. »Rucola ist schon was Feines …«, brummte er und haute Jan auf den Rücken, dass der wankte, »… wenn man das fehlende m einsetzt.«

Es dauerte einen Moment, bis ich den Witz verstand. Jochen Brockenmeyer lachte längst dröhnend über sich selber.

Jan grinste mich entschuldigend an. Ich presste die Lippen aufeinander. Barbara war seltsam, aber ihr schmieriger Gatte toppte echt alles.

Nur ein Essen, nur dieser eine Abend, dachte ich. Den Gefallen konnte ich Jan doch tun.

Plötzlich fiel mir mein Plan für den nächsten Morgen wieder ein, und mein schlechtes Gewissen lief mir eiskalt den Rücken herunter. Ich beschloss, mir ab jetzt wirklich Mühe zu geben.

Während ich die perlmuttfarbenen Griffe des Bestecks gerade rückte, dachte ich über meinen Pinto-Plan nach. Es war bloß ein Treffen, kein Date, beruhigte ich mich. Bloß ein Kaffee mit einem alten Freund. Meine heißen Wangen waren anderer Meinung. Bloß ein Freund, mit dem ich zufällig Sex gehabt hatte. Ich spürte, wie mir der Schweiß aus jeder Pore kroch. Nervös strich ich den Lochstickereistoff glatt. Dann fiel mir glücklicherweise ein, dass der Senf noch fehlte. Ich flüchtete in die Küche, füllte ein kleines bisschen davon in ein Schälchen und legte einen weißen Porzellanlöffel dazu. Draußen hörte ich Jan mit Jochen über die Baustelle reden.

»Gibt immer mal Ärger«, sagte Jan gerade.

Jochen lachte grölend. »Solange wir den Ärger nicht bezahlen müssen …«

Ich hoffte, Jan bekam das hin. Das da draußen – und die Sache mit der Feuchtigkeit auf dem Bau.

»Denkst du an deinen heißen Lover?«, fragte Barbara plötzlich neben mir.

Ich drehte mich so abrupt um, dass ein dicker Senfklecks auf der Tischplatte landete. »W-w-was meinst du?«

Barbara prostete mir zu. »War nur ein Witz, Ava. Obwohl, so ein cremiger Typ wirkt besser als jede Antifaltencreme, sag ich immer. Ist doch nichts dabei. Solange man liebt, was einem die Falten macht.«

Hatte sie das wirklich gesagt?

»Sag mal, Ava, die Liste für das depperte Kuchenbüfett hast du vergessen, oder?«

Verdammt. Ich wäre am liebsten im Senf versunken.

»Äh, ja.«

Ich erwartete einen spitzlippigen Kommentar, aber Barbara plinkerte mir mit strahlend grünen Augen zwischen ihren Dutzenden Lachfältchen zu. Was war bloß los mit ihr?

»Kein Problem, wir müssen ja auch nicht jedes Mal ein Brimborium draus machen. Wir schreiben einfach jetzt in alle Elterngruppen, sie sollen einen Kuchen für Samstag machen. Zack, fertig.«

»Und wenn wir zwanzig Topfkuchen kriegen?«, gab ich zu bedenken.

»Dann testen wir, welcher der saftigste ist«, meinte Barbara. Ich wurde nicht schlau aus ihr.

Wir tippten den Aufruf im Stehen in zwei Elterngruppen, mit der Bitte, ihn weiterzuleiten. Erledigt. So einfach war das.

»Danke dir!«, flüsterte ich und meinte es so.

»Gerne!«, rief Barbara und prostete mir mit ihrem Champagnerschälchen und ihrem abgespreizten kleinen Finger zu.

Später beim Essen schaufelte sie sich eine zweite Portion Kartoffelsalat auf den Teller und raunte: »Ich brauche das Rezept. Der schmeckt wirklich genau wie bei meiner Mutter.«

Ich hätte beinahe laut losgeprustet. Das musste ich nachher unbedingt Sam schreiben.

Für eine Weile hörte man bloß das Klirren von Besteck auf Porzellan und leise Grunzlaute von Jochen Brockenmeyer. Die Apfelbäume auf der Wiese warfen bereits lange Schatten. Auf dem Bauernhof nebenan drehte Heini Piepenbrink auf seinem alten Trecker eine letzte knatternde Runde, und die grau getigerte Nachbarskatze schlich lautlos durchs hohe Gras. Sie sah überraschend friedlich aus für einen Beutezug. Der Himmel dahinter wurde immer taubenblauer, durchzogen von ein paar blassen Streifen Rosa. Während ich versuchte, ein letztes Rucolablatt auf meine Gabel zu schieben, sprachen die anderen über die Baustelle.

Dann verkündete Jochen mit halb geöffnetem Mund, kräftig auf einem großen Happen Bio-Steak kauend: »Architekten verdienen einfach viel zu viel für den Mist, den sie täglich verplanen!«

Hahaha. Schmatz, schmatz, schmatz.

Mein Rucolablatt schmeckte bitter. Ich schaute ungläubig auf meinen Teller und dann rüber zu Jan. Obwohl ich mir sicher war, dass er innerlich beinahe platzte, blieb er ruhig und sah lächelnd über die Demütigung hinweg. So dunkel wie heute Abend waren seine Augenringe noch nie gewesen. Ich hatte seine Lässigkeit immer bewundert. Gerade fühlte sie sich nach Schwäche an und machte mich wütend.

»Wenn man es so sieht, braucht deinen Partykram auch kein Mensch«, sagte Jan betont ruhig.

Jochen schaute erstaunt auf, lachte dann aber. Hahaha, jedes Mal landeten ein paar winzige Fleischstücke auf seinem Teller.

»Gefeiert wird zum Glück immer«, konterte er. »Sogar, wenn jemand stirbt.«

»Beerdigungspartys sind seit einer Weile der letzte Schrei«, fügte Barbara hinzu und leckte sich mit der rosa Zungenspitze einen Klecks Kartoffelsalatsoße von der Lippe. »Es gibt neuerdings sogar Folienballons in Sargform.«

Jochen wischte sich den fettglänzenden Mund mit der lichtgrauen Leinenserviette ab. »Barbara ist jedes Mal ganz begeistert, wenn die neuen Kataloge aus Amerika kommen. Da weht immer ein frischer Wind durchs Haus, stimmt's, Schatzibubsi?«

Ich sah ihn entgeistert an. Ich hatte erst *Schatzpupsi* verstanden. Plötzlich hatte ich das dringende Bedürfnis, aufzustehen und laut zu schreien.

»Nur zu Hause sein und die Kinder beaufsichtigen, das wäre für meine Barbara nichts«, erklärte Jochen.

Barbara räusperte sich. Ich war mir sicher, dass sie zu mir schaute, wich ihrem Blick aber aus. Meine Finger falteten den harten Saum der Leinentischdecke auf meinem Schoß zu einer Hexentreppe. Ich drückte so kräftig zu, dass der Stoff die Zacken behielt, als ich ihn wieder losließ.

»Für mich übrigens auch nicht«, fuhr Jochen fort und pulte mit seiner Zunge gut sichtbar ein Fleischstück zwischen seinen Zähnen hervor. Danach schluckte er es runter.

»Entschuldigt mich.« Hastig schob ich meinen Stuhl nach hinten. »Ich muss mal nach den Kindern sehen.«

Als ich an Jan vorbeiging, streckte er seine Hand nach mir aus. Mein Blick streifte seinen, und ich nahm für einen Moment den flehenden Ausdruck darin wahr. Ich schluckte und war kurz davor, seine Hand zu nehmen. Dann aber drängte mich das wütende Kribbeln in meinem Bauch weiter. Ich streifte seine Hand im Vorbeigehen mit meiner Baumwollhüfte, dann war ich weg.

Oben waren die Kinder bereits eingeschlafen. Es duftete süß nach Kinderschlafanzügen und Frühsommerabend.

Friedliche Atemzüge wehten durch den Raum. Ich schob Linus vorsichtig ein Stück zur Seite und legte mich zwischen ihn und Len. Das dünne Laken fühlte sich angenehm kühl an unter meinen Kniekehlen. Zärtlich strich ich mit der Hand über Linus' weiche Wange. Die Matratze schob seine Lippen zu einem niedlichen Kussmund zusammen.

Ich lächelte, während ich spürte, dass mir die Tränen kamen. Durch das geöffnete Sprossenfenster wehte lautes Barbara-Lachen herauf. Jan hatte offenbar einen Witz erzählt. Sicher den mit den Schafen, den erzählte er immer. Einen anderen kannte er nicht. Verdammt noch mal, wie konnte er so tun, als wäre alles in bester Ordnung? Ich presste mir erschrocken die flache Hand vor den Mund, um mein Schluchzen zu unterdrücken und die Kinder nicht zu wecken.

Ich war wütend auf Jochen, auf Barbara, auf Jan und am allermeisten auf mich selbst. Dass ich einfach dalag wie ein zickiger Teenager, der aus allem ein Drama machte. Obwohl doch eigentlich alles gut war.

Ich sah ein paar glitzernden Staubteilchen zu, wie sie im schwindenden Licht wirbelten. Die rosige Abendsonne färbte die fjordblauen Schlafzimmerwände violett. Mein Hals fühlte sich rau an.

Unser Haus, das große Acrylbild über unserem Bett, das die Kinder am Strand zeigte, meine Strohhutsammlung, meine Jungs, mein Mann, der nach meiner Hand gegriffen hatte – all das war so schön. Es war das, was ich immer gewollt hatte. Und trotzdem kullerte mir gerade eine Träne übers Gesicht beim Gedanken daran, dass das alles gewesen sein sollte.

»Hier bist du«, flüsterte Jan. Ich hatte ihn nicht kommen hören.

Seine Augen sahen dunkler aus als sonst, und er hielt eine Ketchupflasche in der Hand. Vielleicht war die seine Ausrede gewesen, um ins Haus zu verschwinden. Er sah müde aus.

»Ich gehe da nicht noch mal runter«, zischte ich, entschlossener als geplant.

»Was ist denn bloß los mit dir?«

Ich zuckte mit den Schultern, ohne ihn anzusehen. »Nichts.«

»Wegen nichts verzieht man sich aber nicht ins Bett und weint«, sagte Jan leise, setzte sich zu mir auf die Bettkante und begann sanft, meinen Oberschenkel zu streicheln. Er sah mich mit zusammengeschobenen Augenbrauen an, als versuche er, das Kleingedruckte in meinem Kopf zu lesen.

Ich spürte den Impuls, mein Bein wegzuziehen, zwang mich aber, es liegen zu lassen. Die Stille im Schlafzimmer war so leise, dass sie laut war. Die Vögel draußen zwitscherten nicht mehr. Sogar Jochens dämliches Lachen machte Pause.

Jan seufzte. »Vielleicht solltest du einfach sagen, was mit dir los ist, statt darauf zu hoffen, dass ich dein Schweigen verstehe.«

Ich begann, an meinem Zeigefingernagel zu knabbern. Beziehungsweise an dem Rest, der noch da war. Eigentlich hatte er so was von recht.

»Ich kann die einfach nicht ertragen.«

Jan atmete hörbar ein und aus und wippte nervös mit seinem rechten Knie. »Die sind ein bisschen speziell, ich weiß«, gab er zu, »aber ich sage dir, die haben ihr Herz am rechten Fleck.«

»Die und diese ganze Show hier.«

Jans Hand hörte mit dem Streicheln auf und sein Knie mit dem Wippen. Er sah mich ernst an. »Wie meinst du das?«

»Ich fühle mich wie in einem Film in Endlosschleife. Wie bei *Und täglich grüßt das Murmeltier*. Du hast nie Zeit, die Wäsche ist nie fertig, die Jungs hören nie auf zu streiten, und ständig müssen wir uns bei irgendwelchen Kunden einschleimen.«

»Ava!«, rief er erschrocken und fügte dann leise hinzu: »Diese Kunden zahlen nun mal unsere Rechnungen.« Er hatte seine Augenbrauen zu einer dunkelblonden Linie zusammengeschoben.

»Es macht mich aber nicht glücklich.«

Jan sprang auf und lief zum Fenster. Mit einem Rumms stellte er den Ketchup auf der Fensterbank ab und stützte sich mit beiden Händen auf das grau lackierte Holz. Der Baum draußen im Garten warf taumelnde Schatten auf ihn und die fjordblaue Wand.

»Was macht dich nicht glücklich?«, fragte er flüsternd. »Die Kunden? Das Geld, das sie uns überweisen? Dieses Haus hier? Unsere Kinder?« Und noch leiser: »Oder ich?«

Ich schwieg.

Er hatte sich von mir weggedreht und starrte angestrengt nach draußen. Langsam wurde es zu dunkel, um über die weiten Wiesen zu schauen. Als er mit der flachen Hand laut auf das Holz klatschte, zuckte ich zusammen. In meiner Kehle brannte es wie Feuer.

»Verdammt noch mal, Ava!«, sagte er und seufzte. »Vielleicht solltest du endlich mal anfangen, dich selbst glücklich zu machen.« Er sah mit glasigen Augen zu mir rüber, dann bewegte er sich wie in Zeitlupe in Richtung Tür.

Ich zog angespannt die Schultern zusammen, weil ich erwartete, dass er die Tür zuknallen würde. Aber er zog sie ganz leise hinter sich zu. An der heruntergedrückten Klinke konnte ich sehen, dass er noch eine ganze Weile abwartend davor stand.

Ich schlang beide Arme um meine Knie, kauerte mich zusammen und zog mir die cremeweiße Bettdecke bis zum Hals. Eine gefühlte Ewigkeit saß ich so da, betrachtete die zurückgebliebene Ketchupflasche auf der Fensterbank, die im schwindenden Licht immer unsichtbarer wurde, und hörte Jan und seinen Gästen auf der Terrasse beim Reden und Lachen zu.

Ich fragte mich, ob Jochen und Barbara etwas von unserem Streit mitbekommen hatten. Wenn ich sie durch das geöffnete Fenster hören konnte, hatten sie uns wohl auch gehört, oder?

Dann schob ich den Gedanken beiseite. Konnte mir doch egal sein, was diese Leute dachten. Im Übrigen wusste ich nicht mal selbst, was ich über uns dachte.

Kapitel 14

Ava

Als ich am nächsten Morgen das Schlafzimmerfenster öffnete, lag der Tag wie frisch gewaschen vor mir. Es duftete nach gemähter Wiese und einem Hauch von Elbe. Auf den grasgrünen Rasenspitzen sah ich kleine Tautropfen glitzern, und irgendwo gurrte eine Taube. Ich atmete tief ein. Diese ersten Sommertage waren die schönsten, weil sie einen überraschten wie ein spontaner Besuch der besten Freundin. Alles war noch neu, man hatte sich noch nicht eingesommert. Ich musste an den Vormittag mit Sam und Steffi in der Scheune denken. So schön war das gewesen. Zu gern hätte ich das Gefühl konserviert.

Leider schob sich der gestrige Abend wie eine dunkle Wolke vor das bunte Bild. Ich streckte mir im Bad selbst die Zunge heraus. Meine geschwollenen Augen erinnerten mich an Jans und meinen Streit. Mich selbst glücklich machen – Jan hatte echt keine Ahnung! Er verkroch sich seit Jahren in seinem Büro und bekam dafür jede Menge Applaus. Was ich den ganzen Tag machte, sah niemand. Eine gefühlte Ewigkeit hatte er mich nicht mehr gefragt, wie es mir eigentlich ging.

Während ich darauf wartete, dass die Dusche warm wurde, betrachtete ich meinen Körper im Spiegel. Ich entdeckte im grellen Morgenlicht zwei Falten, von denen ich hätte schwören können, dass sie gestern noch nicht da gewesen waren. Überhaupt hatte ich das Gefühl, mein 43. Geburtstag hatte den Startknopf für Altwerden-im-Schnelldurchlauf gedrückt. Mein Busen hing, obwohl er zum Hängen eigentlich zu klein war. Die Haut an meinem Bauch wölbte sich wie ein frisch aufgegangener Hefeteig. Wie automatisiert legte ich beide Hände unter die weiche Wulst. *Für immer vierter Monat, verdammt noch mal,* dachte ich bei dieser vertrauten Geste. Dabei waren diese Zeiten zum Glück vorbei. Oder leider?

Ich hatte mich die ganze Zeit angestrengt, nicht daran zu denken. Aber als ich unter der heißen Dusche stand, konnte ich nicht mehr anders: Heute war mein Date mit Pinto. Nein, stopp! Mein Treffen!!! mit Pinto. Treffen mit drei Ausrufezeichen. Ich machte nichts Verbotenes. Ich schloss die Augen und hielt mein Gesicht unter den heißen Strahl.

»Gehst du heute ins Theater?«, brummte Leo verwundert, als ich ihn wenig später weckte.

»Wieso?«, fragte ich.

»Weil du so aussiehst.«

Unsicher strich ich über die weiche Baumwolle meines geblümten Sommerkleides. Dann zupfte ich an der bestickten Kante meines Ausschnitts. War er zu tief? Ich linste rüber zum Spiegel. Vielleicht hatte ich beim Versuch, mir einen Hauch Endzwanziger-Glow ins Gesicht zu reiben, ein wenig übertrieben? Außerdem hatte ich himbeerfarbenes Rouge aufgetragen und meinen liebsten Burberry-Duft von ganz hinten aus dem Schrank gekramt. Ich roch nach Rauskommen und Freiheit.

»Findest du, dass ich doof aussehe?«, fragte ich so beiläufig wie möglich, während ich die Dose mit Schokomüsli vor Leo auf die Kücheninsel stellte.

Er kippte schwungvoll Milch in seine große Schüssel, auf die er vor Jahren mit breiten Pinselstrichen einen grünen Klecks, aka feuerspeienden Drachen, gemalt hatte.

Ich verkniff mir ein vorwurfsvolles *Schaffst du das denn auch alles?* beim Anblick des Milchmeers.

Er zuckte mit den Schultern. »Nö«, meinte er schmatzend. »Bloß anders.«

Für einen Moment betrachtete ich sein verstrubbeltes Haar, das hellblond in der Morgensonne leuchtete. Sein herzförmiges Gesicht mit der hübsch geformten Nase und den zarten Milchbart über seiner Oberlippe. Nicht mehr lange, und an dieser Stelle würde ein echter Bart wachsen. Er würde verdammt noch mal wunderschön aussehen, als Mann.

Leo bemerkte meinen Blick, kippte fragend den Kopf zur Seite und zwinkerte mir zu.

Absagen, dachte ich plötzlich. Ich musste Pinto absagen. Das alles war doch komplett verrückt.

Leo sprang so ruckartig auf, dass seine Schale wankte und eine ordentliche Portion der hellbraunen Schokoladenmilch auf dem Boden landete. Er schlurfte ins Bad, aber einen Moment später hörte ich statt des gewünschten Sirrens der elektrischen Zahnbürste den dumpfen Aufprall eines Balls auf marokkanischen Zementfliesen. Ich überlegte kurz, ob ich ihn zurückpfeifen sollte, räumte seine Schale dann aber schnell selbst weg und wischte die Schokopfütze auf. Wie oft hatte ich ihn schon gebeten, erst mal weniger zu nehmen? Und dann immer dieses süße Schokomüsli! Ich seufzte. Ich hatte es längst aufgegeben, meinen Söhnen zuckerfreie Haferflocken vorzusetzen.

»Beeil dich!«, rief ich in Richtung Bad.

Dann half ich Linus, der müde die Treppe heruntertapste, in sein Shirt und fand Leo schließlich auf seinem Bett liegend und auf sein Handy starrend vor. Ich verschluckte mich fast an meinem wütenden Aufschrei.

»Schaaaatz!«, rief ich hektisch. »Du musst doch los!«

»Heute später«, nuschelte er.

Ich schnappte erleichtert nach Luft.

Als ich schon wieder im Flur war, rief er mich noch mal zurück. »Mama …«

Ich steckte den Kopf zur Tür herein. »Was?«

»Wär es okay, wenn ich heute nach der Schule mit zu einem Freund gehe?«

Ich ging im Kopf seine Termine durch. »Na klar, wenn Lukas' Mama es erlaubt.«

Er sah kurz zu mir hoch, dann wieder weg. Jetzt färbten sich seine Wangen himbeerrosa. »Neee«, nuschelte er leise und knibbelte mit Daumen und Zeigefinger am Bettlaken. »Ich meine nicht Lukas. Ich würde mit zu Ruby.« Statt mich anzusehen, starrte er auf sein Handy.

Von einer Ruby hatte ich noch nie gehört. Irgendetwas ballte sich in meinem Magen zusammen. Jetzt bloß keinen Fehler machen, ermahnte ich mich selbst.

»Ruby?«, wiederholte ich betont lässig und kramte in meinem Kopf nach Informationen.

In Gedanken ging ich Leos letztes Klassenfoto durch. Seit er auf dem Gymnasium war, vermischten sich für mich alle Gesichter seiner Mitschüler zu einem. Gerade die Mädchen: alle langhaarig, alle honigblond. Ich hatte nicht die blasseste Ruby-Ahnung. Aber eins wusste ich: Es konnte nur eine Antwort geben, wenn ich wollte, dass mein Sohn mir weiterhin vertraute.

»Klar. Wenn es für ihre Eltern passt.«

Leo pustete sich eine blonde Ponysträhne aus dem Gesicht. Er wirkte genauso erleichtert, dass wir dieses Gespräch erfolgreich hinter uns gebracht hatten, wie ich. Ein paar Sommersprossen blitzten auf seiner Wange und erinnerten mich an seine sprossengesprenkelte Kleinkindnase. Er war so unglaublich niedlich gewesen.

Ich überlegte angestrengt, was ich noch Liebes, Lässiges, Cooles zu meinem großen Sohn sagen könnte, aber mein Kopf konnte nur eins denken: *Scheiße, jetzt ist er groß.* Und gleich danach: *Und ich bin alt.*

Weil ich nicht wusste, wohin mit mir, begann ich die Kinderschuhe im Flur zu ordnen. Einen Moment später kam Leo aus seinem Zimmer, schnappte sich im Gehen seinen Rucksack und griff nach der Türklinke.

»Ach, Mama …«, rief er über die Schulter.

Ich schaute unsicher auf. »Ja?«

Er sah mich durch seine hellen Ponyfransen an wie durch einen halb zugezogenen Vorhang und grinste schief. »Du siehst toll aus!«

Erst als ich über zwei Deiche, die Landstraße, die Autobahn und die Elbbrücken bis in die City gerast war, meinen liebsten Oldie-Sender ohrenbetäubend laut aufgedreht, fiel mir ein, dass ich Pinto doch eigentlich hatte absagen wollen. Und dass es dafür jetzt natürlich viel zu spät war.

Ich hielt die Luft an, als ich eine Dreiviertelstunde später mit unserer Caddy-Maxi-Familienkutsche in die enge Lücke zwischen einem Lieferwagen und einem knallroten Surfervan rumpelte. Ich kletterte hinaus und lief los, blieb aber nach ein paar herzklopfenden Schritten stehen. Ich schloss die Augen und taumelte. Mein altes Leben – ich konnte es riechen!

Die Schanze duftete wie damals. Nach den raschelnden Blättern der lichtgrünen Kastanien, die hier mitten im Asphalt wuchsen und mit ihrer Wurzelkraft ein paar Pflastersteine anhoben, über die ich früher öfter gestolpert war. Nach dem Milchkaffee und den Franzbrötchen, die in den hippen Cafés serviert wurden. Und nach dem blumigen Parfum einer Frau im rosa Overall, die mit Baby im pinken Leoparden-Tragetuch an mir vorbeispazierte. Außerdem nach einparkendem Dieselmotor und wie immer ein wenig nach dem verkippten Bier von letzter Nacht. Mein Kopfkino beamte mich augenblicklich zurück in meine Mittzwanziger.

Dort, vor der Bar ohne Namen, hatte ich bis zum Morgengezwitscher geknutscht. In dem Bistro an der Ecke mit den Biertischen vor der Tür hatte es das günstigste Katerfrühstück gegeben. Und in der kleinen Boutique mit dem rosa-weiß karierten Schild hatten Sam und ich an späten Samstagvormittagen gern ein neues Teil für den bevorstehenden Abend geshoppt. Viele Läden hatten neue Namen, viele Häuser trugen frische Anstriche – ich war viel, viel zu lange nicht mehr hier gewesen.

Vor einem großen weißen Jugendstileckhaus mit schwarz lackierten Holzfenstern blieb ich stehen. Eigentlich wollte ich bloß das Schaufenster als Spiegel benutzen, um zum wiederholten Male zu überprüfen, ob meine Nase glänzte, dann aber schaute ich neugierig hinein. Was bitte war das für ein Laden?

An den Wänden standen große und kleine weiß lackierte Schränke und Kommoden, in der Mitte jede Menge Tische mit einem Sammelsurium an Stühlen. Die meisten hatten geschwungene Rückenlehnen und sahen frisch gestrichen aus. An jedes Möbelstück war an einen Griff, einen Knauf oder eins der Beine mit naturfarbenem Band ein kleines Schild geknotet. Ein paar der handgeschriebenen Preise konnte ich entziffern. 250 Euro für den Kaffeehausstuhl – ganz schön viel für Vintage. In einer Ecke des Ladens entdeckte ich eine mahagonifarbene Bar mit Gläsern und einer Menge bunter Flaschen in langen Regalen. Auf einer Tafel standen mit Neonkreide die Namen von Drinks inklusive Preisen. Von großen Rohren an der Decke baumelte über jedem Tisch eine Glühbirne mit

Kupferdraht an einem bunten Kabel. Ein Möbelgeschäft? Eine Kneipe?

Ich trat einen Schritt zurück und entdeckte in Leuchtbuchstaben den Namen des Ladens: *Möbel und Mexikaner*.

Ich musste lächeln. Mexikaner hieß der Kurze mit Tomate und Tabasco, den es traditionell in einer Kneipe auf dem Kiez gab und den Sam und ich früher regelmäßig getrunken hatten. Er hatte widerlich geschmeckt, aber zu jeder Partynacht dazugehört.

In diesem Geschäft konnten die Gäste also die hübschen Vintagemöbel in Ruhe bei einem Drink auf sich wirken lassen und ein bisschen Probe wohnen. Was ihnen gefiel, konnten sie danach kaufen. Auf mich wirkte das viele Weiß ein wenig trostlos. Die alten Möbelstücke bettelten nach Farbe. Aber ansonsten fand ich den Laden eine fabelhafte Idee.

Ich trat einen Schritt zurück, um mich in der Scheibe zu betrachten. Unsicher band ich meinen Zopf neu, zupfte ein paar Haarsträhnen heraus – und musste selbst grinsen, weil ich danach genauso aussah wie vorher. Meine Stirn glänzte, und blöderweise hatte ich wegen der Ruby-Aufregung vergessen, meinen Puder mitzunehmen. Stattdessen trug ich ein wenig Gloss auf und rieb nervös meine Ober- und Unterlippe aufeinander.

Ich trat so abrupt zurück, dass mich ein Kurierfahrer wutklingelnd streifte. Auf der Straße hupte ein grüner Volvo hinter einer wartenden Taxe. Eine Frau führte eine kleine Traube warnwestengelber Kleinkinder vorbei.

Es ist nur ein Treffen mit einem alten Freund, wiederholte ich mantraartig. Als die kleine Glocke über der Tür vom *Café Kurt* bimmelte und ich mit einem prüfenden Blick sah, dass er auf keinem der hellen Holzstühle saß, war ich enttäuscht. Dann erleichtert. Und dann wieder enttäuscht. Ich war nervös, ich wollte es jetzt einfach hinter mich bringen.

Die Wände des Cafés waren jetzt grün, aber an einer hingen noch immer dicht an dicht die alten Teller, genau wie früher. Zarte Tupfen, niedliche Streublümchen, glänzende Goldränder und … Nanu. Ich stutzte. Ein Teller war neu. Auf rosa Glasur prangte in grauen Pinselstrichen das Wort *Fuck*.

Als Pinto fünfzehn Minuten nach der verabredeten Zeit immer noch nicht da war, bestellte ich mir einen Milchkaffee. Er war schon früher immer zu spät gewesen. Viel zu spät.

»Was für eine Schnapsidee!«, raunte ich mir beinahe erleichtert zu, als ich vorsichtig an dem knisternden Schaum nippte.

»Hi!«, rief da eine raue Stimme.

Mein Magen rumorte augenblicklich.

Pinto schnappte sich grinsend einen Stuhl und setzte sich mit lässiger Selbstverständlichkeit falsch herum drauf.

Ich trank vor Schreck einen viel zu großen Schluck und spürte, wie der heiße Kaffee meine Speiseröhre herunterbrannte. »Hallo!«, hustete ich und fühlte mich bescheuert.

Mein Gesicht glühte, und ich wagte es kaum, ihn anzusehen. Als ich es tat, wurde der Rest des Raumes unscharf, wie bei einem professionellen Porträt. Da war nur noch er. Er hatte dasselbe hinreißend lässige Lächeln wie früher, trug ein schlichtes weißes Shirt, und seine Haare waren noch immer tiefschwarz. Keine Shades of Grey, musste ich denken und grinste ganz sicher dämlich.

Verdammt war mir heiß! Immerhin blitzten um die funkelnden Augen ein paar Fältchen. Sie standen ihm gut. Sie verliehen ihm die Aura erlebter Abenteuer. Er sah verdammt noch mal sogar noch besser aus als früher.

»Wie geht's dir?«, fragte ich schnell, um irgendwas zu sagen, dankbar, dass es einigermaßen normal klang.

»Schön, dich zu sehen!«, sagte er in genau demselben Moment.

Wir sahen uns an und lachten, dann blickte ich nervös zu Boden. Gott, mir war schlecht! Aus dem Augenwinkel nahm ich wahr, dass Pinto sich umsah, der Kellnerin winkte und einen Kaffee bestellte.

»Immer noch schwarz mit zwei Stück Zucker«, stellte ich fest. Ich kannte niemanden außer ihm, der Kaffee so trank.

»Dunkel und süß«, raunte er und zwinkerte mir zu. »Weißt du doch.«

Er sagte das »du« auf eine Weise, die mir Gänsehaut verursachte. Dann stand er auf, drehte den Stuhl richtig herum, setzte sich wieder und lehnte sich lächelnd zurück. Er ließ mich dabei nicht aus den Augen.

Ich fühlte die Schweißtropfen auf meiner Stirn. »Was machst du so?«, fragte ich. »Immer noch in Zigaretten?«

Er lachte laut und nickte. »Geraucht wird immer.«

»Gestorben auch«, konterte ich.

Pinto hatte damals im Marketing von *World Tobacco* gearbeitet. Google hatte mir verraten, dass er gerade zum Marketing-Chef für Deutschland und Österreich aufgestiegen war. Und dieses Mal hatte Google tatsächlich recht.

»Ich kann nicht glauben, dass überhaupt noch jemand raucht«, sagte ich.

»Zum Glück mehr als genug. Wie bei den Autos paffen allerdings auch bei den Menschen inzwischen viele elektrisch.«

Die Kellnerin brachte den Kaffee, und Pinto nahm ihn ihr ab und bedankte sich mit einem hinreißenden Lächeln. Ich bemerkte, wie ihre Wangen rot anliefen.

»Der E-Zigaretten-Markt läuft gut, unser Budget ist enorm, ich habe alle Möglichkeiten.«

Er konnte sagen, was er wollte, ich fand alles aufregend. Aber eine Sache brannte mir auf der Zunge. »Wieso hast du dich plötzlich wieder gemeldet?«, platzte ich heraus.

»Ich bin erst seit ein paar Wochen wieder in der Stadt«, erzählte Pinto lässig und rührte dabei klirrend in seinem Kaffee. »Habe vorher in Singapur, New York und sogar auf Island gelebt.«

»Du kommst ja rum!«

»Hier hielt mich ja niemand.«

Er hob keck eine seiner dunklen Augenbrauen. Ich bemerkte, dass ich seine vollen Lippen anstarrte. Schnell kniff ich die Augen zusammen und blinzelte ein paarmal. Ich fühlte flatternde Anspannung im Bauch, ein Gefühl zwischen Abheben und Übergeben. Wie früher mit Mitte zwanzig, als einfach alles möglich war.

»Und du?«, fragte er. »Ärgerst du dich noch immer über Strichcodes, oder streichst du inzwischen hauptberuflich alte Möbel?«

Ich lächelte. Er erinnerte sich.

»Keins von beidem«, sagte ich. »Ich kümmere mich um Kinder und Haushalt und arbeite bei meinem Mann mit.«

»Immer noch derselbe?«, wollte Pinto mit gerunzelter Stirn wissen.

Ich nickte. »Wir wohnen ziemlich weit draußen, wirklich schön, gleich hinterm Deich, und haben drei Kinder.«

Er pfiff durch die Zähne, nickte und guckte irgendwie amüsiert. »Drei?«

»Drei!«, wiederholte ich dämlich. »Ich … ich …«, stotterte ich, »habe alles, was ich immer wollte.«

»Du warst immer verrückt nach Farben«, sagte er. »Ich kann mich an kein Treffen erinnern, an dem dein Körper nicht voller Kleckse war.«

Er musterte meinen Oberkörper, als fahnde er nach Farbflecken. Ich spürte einen Schweißfilm im Gesicht. O Gott, sicher glänzte ich wie eine fettige Fritte. Ich griff nach der Getränkekarte, um mir Luft zuzufächeln, ließ es dann aber doch.

»Und du?«, fragte ich schnell. »Hast du auch Familie?«

Er schüttelte den Kopf.

»Keine Lust drauf?«, fragte ich.

So wie Pinto aussah, hätte es mich nicht gewundert, wenn sämtliche Frauen Anfang dreißig mit Kinderwunsch seine Haustür belagern würden.

Er zuckte mit den Schultern. »Hat sich nicht ergeben.«

Dann erzählte er mir, dass er nicht mehr in dem kleinen Rotklinkerblock von damals wohnte. Zuerst hatte er sich ein Apartment in der HafenCity kaufen wollen, gläserner Fahrstuhl und Elphi-Blick inklusive. Aber dann hatte er sich doch wieder für Eimsbüttel entschieden. Dieses Mal allerdings für eine Vierzimmer-Altbauwohnung ohne Mitbewohner.

»Es ist einfach der gemütlichere Stadtteil«, sagte er lächelnd.

Ich musste an seine erste Wohnung denken, an sein schmales Studentenbett aus Kiefernholz neben der Wagenfeld-Lampe auf einem uralten Stuhl. Und daran, was wir in dem Bett gemacht hatten. Wie ich gehofft hatte, dass das teure Lampending nicht herunterkrachte. Dann erzählte ich schnell von unserem Haus. Von den Zementfliesen aus Marokko, den lichtgrauen dänischen Fenstern und den beiden Gauben, in deren Sprossenfenstern sich das Sonnenlicht spiegelte.

Er sah mich ununterbrochen an, während ich erzählte. Seine Augen blitzten genauso lakritzschwarz wie früher.

»Klingt zu schön, um wahr zu sein«, raunte er leise.

Weil ich nicht wusste, was ich sonst sagen sollte, erzählte ich von meiner Arbeit für den Elternrat und brachte ihn mit Torstens »Fleisch ist mein Gemüse«-Sprüchen zum Lachen.

Als Pinto von seiner letzten Geschäftsreise durch Indonesien erzählte, von den Gerüchen, den Menschen, den Drinks am Strand, fand ich mein Leben unfassbar langweilig. Ich rutschte unsicher auf meinem Stuhl hin und her, fühlte meine schweißnassen Oberschenkel aneinanderkleben und zupfte an einer Haarsträhne, weil ich nicht wusste, wohin mit mir.

Als hätte er es gespürt, berichtete er als Nächstes vom Goldfisch seiner Nachbarin, auf den er für zwei Wochen aufpassen sollte. Ich musste laut lachen.

»Ich hatte echt Angst, dass er verhungert«, gestand Pinto. »Schaffe es ja nicht mal, für mich Brot zu kaufen. Und Blubberando, ein Bringdienste für Zierfische, ist leider noch nicht erfunden.«

Ich lachte laut. Als ich in sein grinsendes Gesicht sah, spürte ich, wie ich endlich lockerer wurde. Ich konnte mich nicht erinnern, wann ich das letzte Mal so viel gelacht hatte. Außer am Vortag, fiel mir überrascht auf, zusammen mit Sam in der Scheune.

»Gestern habe ich tatsächlich mal wieder ein Möbelstück angemalt«, platzte ich heraus und hielt ihm stolz meine farbgetupfte Hand hin. »Sam war da, und wir haben laut Musik gehört. Es war herrlich! Warte, ich kann dir zeigen, was ich aus unserem langweiligen Flurschränkchen gemacht habe.« Ich entsperrte mein Handy und schob ihm das Foto rüber.

Er lächelte erst das Display an, dann mich. »Wow!«, raunte er. »Das ist echt toll! Sehr besonders.«

»Es hat mir wahnsinnig viel Spaß gemacht.«

»Früher wolltest du immer einen kleinen Laden für Vintagemöbel aufmachen«, erinnerte er sich.

»Wollte ich das?«, fragte ich. Es war so lange her.

Pinto nickte. »Übrigens muss ich immer, wenn ich Magerquark esse, an dich denken.«

Wir schauten uns an und prusteten los. Die von mir designte Magerquarkverpackung stand bis heute unverändert in den Regalen.

»So oft wirst du wohl keinen Magerquark essen«, neckte ich ihn.

Da wurde sein Gesicht plötzlich ernst, er beugte sich zu mir rüber und legte seine Hand auf meine. »Öfter, als du denkst.«

Unter seinem engen Shirt zeichneten sich muskulöse Oberarme ab. Er roch nach Kaffee und Zahnpasta und nach Ledersitzen in einem Neuwagen. Mein Herz klopfte bis zum Hals, und mein Verstand drängte mich, von ihm wegzurücken, aber mein Körper gehorchte nicht. Ich fühlte mich wie eine Münze, die von einem Magneten magisch angezogen wurde.

Er sah mich aus seinen funkeldunklen Augen durchdringend an, drückte meine Hand noch ein wenig fester und öffnete den Mund, um etwas zu sagen.

Hilfe!, dachte ich und spürte einen dumpfen Druck im Bauch. *Hilfe, ich muss hier weg!*

»Schichtwechsel!«, rief genau in dem Moment die Kellnerin direkt neben uns. »Würdet ihr bitte zahlen?«

Unsere Hände flogen auseinander, und ich starrte vor lauter schlechtem Gewissen angestrengt auf den schwarzweiß gefliesten Boden des Cafés.

»Ich schmeiße morgen eine Einweihungsparty«, sagte Pinto lässig, nachdem er bezahlt hatte. »Tanzt du immer noch so gern? Zu Lotto und Co?«

Ich biss mir auf die Lippe. »Ich weiß nicht …«, sagte ich.

»Ob du gern tanzt oder ob du kommst?«, fragte er herausfordernd.

Ich musste lachen. Mein Herz machte ein paar unregelmäßige Hüpfer. »Beides.«

»Überleg's dir!«, sagte Pinto mit hochgezogenen Augenbrauen. Dann fügte er mit einem hinreißend charmanten Lächeln hinzu: »Ich würde mich freuen.«

Kapitel 15

Er

Trust me, you can dance! stand in fetten Buchstaben auf dem leicht welligen Poster an der weinrot verputzten Kiezclubwand. Und darunter: *Vodka.*

Ich war mir da nicht so sicher. Verlegen fuhr ich mir durchs Haar. Ich tanzte nicht gern, im Gegensatz zu ihr, die sich einfach lächelnd losbewegte.

Ava tanzte ohne Frage- oder Ausrufezeichen. Lässig trat sie von einem Fuß auf den anderen, ließ ihre Hüfte kreisen und reckte beide Arme in die lichtgestreifte Partyluft. Sie gab sich ganz der Musik hin, vom wippenden Zopf bis zu den schmalen Jeansbeinen. Ich fand es wahnsinnig sexy, dass ihr offenbar völlig egal war, wie sie dabei aussah. Sie kam tanzend näher, ich roch ihren süßen Duft, schloss die Augen und taumelte. Als ich wieder zu ihr schaute, tanzte sie ein paar Sekunden mit einem anderen Mann, und mich pikste die Eifersucht. Aber dann drehte sie sich glücklicherweise wieder um und strahlte mich an. Sie zog beim Mitsingen eine so lustige Grimasse, dass ich lachen musste.

Als sich die letzten Beats des Liedes durch den Raum schlängelten, grinsten wir uns mit glänzenden Gesichtern an. Ich hatte die Hände in die Taschen meiner Jeans geschoben, weil ich nicht wusste, wohin damit. Sie löste ihr Haargummi, schüttelte ihr blondes Haar und band sich einen neuen Zopf.

Ich hatte das Gefühl, wir ahnten beide, dass wir einen Stromschlag kriegen würden, sobald wir uns berührten, ganz so, als wären wir über diese bestimmte Art von Kunstfaserteppich gelaufen.

»Oha«, sagte sie leise, als die ersten Töne des neuen Songs durch den Raum wehten.

Ich brauchte eine Sekunde länger, um zu erkennen, was es war: *Forever Young* von Alphaville.

»Oha«, wiederholte ich und zog fragend die Augenbrauen hoch. Um uns herum begannen die ersten Paare, zu der uralten Schmusenummer über die Tanzfläche zu schwofen.

Sie legte den Kopf schräg und grinste. Das hier hatte ich ewig nicht getan. Auf Klassenfahrt in der siebten vermutlich. In der holzvertäfelten Kinderdisco in Hohegeiß. Ich war bloß noch Herzklopfen.

Dann nahm ich all meinen Mut zusammen, griff nach ihren Händen und zog sie sanft zu mir. Sie drückte meine Finger kurz, bevor sie losließ und beide Hände auf meine Schultern legte. Zögernd kam sie noch ein wenig näher. Ihr süßer Duft stieg mir in die Nase. Ich spürte, wie ihre Brust mich streifte, und schloss die Augen. Die Wärme ihrer Hüfte unter meinen Händen und der sanfte Druck ihres Körpers an meiner Brust waren gigantisch. Wir hielten uns aneinander fest, bewegten uns kaum auf der Tanzfläche. Schwappten bloß mit der Menge ein wenig hin und her.

Kapitel 16

Ava

Auf dem Rückweg über die Elbbrücken drehte ich die Musik alle paar Kilometer noch ein bisschen lauter. Ich öffnete das Fenster und ließ mir den Fahrtwind um die Nase wehen. Es duftete wie immer an dieser Stelle nach Meer, obwohl das noch viele Kilometer weit weg war, und nach Abenteuer. Ich hatte mich schon lange nicht mehr so frei gefühlt.

Über das knallblaue Elbwasser mit seinen Funkelflecken schaute ich zur glitzernden Glasfassade der Elphi hinüber. Wir waren noch nie drin gewesen. Seit Jahren wollte ich uns Tickets kaufen, fiel mir ein. Dann gefror mir das Lächeln im Gesicht, weil mir klar wurde, wen ich mit »uns« meinte.

Ich hatte mir überlegt, Jan zu erzählen, dass ich mich spontan mit Sam in der Stadt getroffen hatte. Das war zwar ungewöhnlich, klang aber nicht völlig unmöglich. Er fragte aber nicht nach. Er war gar nicht da.

Weil es so warm war, ließ ich die Haustür offen. Die Luft summte und brummte von Bienen und Treckern, und ich atmete tief den ganz eigenen Duft unseres Hauses ein.

Diese besondere Komposition aus frischen Blumen, Butterbroten, gemähtem Gras, Nudelsoße und Kinderschuhen. Ich war mir sicher, unser Haus aus einer Million Häusern herausschnuppern zu können.

Ich rührte rasch zwei simple Marmorkuchen für den Tag der offenen Tür zusammen und stellte überrascht fest, dass ich dabei vor mich hin sang. *Dein ist mein ganzes Herz* – die alte Nummer hatte ich ewig nicht gehört. Ich wischte mir mit buttrigen Händen den Schweiß von der Stirn und schüttelte grinsend den Kopf. Ich war wirklich komplett verrückt.

Ich ließ eiskaltes Wasser über meine Handgelenke und in ein Glas laufen und trank es gierig. Dann füllte ich den Teig in zwei Formen und überlegte, was ich noch erledigen musste. Da war noch die nervige Essensumfrage in den Elterngruppen. Ich griff nach meinem Handy, öffnete WhatsApp und entdeckte unter meinem zitternden Daumen zwei neue Nachrichten von Pinto. Mein Herz klopfte wild.

Die erste: *Es war schön eben.*

Die zweite: *Würde mich freuen, wenn du am Samstag hier antanzt.* Plinkersmiley, Herzsmiley.

Schnell schloss ich den Chatverlauf und öffnete den der dritten Klasse.

Julius vermisst seinen Lederball!!!, hatte Steffi geschrieben. Drei Ausrufezeichen.

Drei Eltern hatten bereits geantwortet.

Bens Mama schrieb: *Ben hat ihn nicht.*

Annikas Mama: *Annika auch nicht.*

Lauras Mama hatte einen Schulterzuck-Smiley geschickt.

Ich atmete seufzend tief ein und aus. Dann wischte ich WhatsApp nach oben weg. Ich hatte keine Lust, über Essen zu diskutieren und Hunderte von Meinungen dazu auf mein Handy zu bekommen. Sollte es einfach irgendwer entscheiden. Irgendwer, bloß nicht ich.

Ich stellte eine Stunde Backzeit im Timer meines Handys ein. Eine Stunde Zeit für mich, bevor ich Linus einsammeln und den Kuchen herausholen musste. Wie automatisiert spazierte ich in den Waschkeller und stieg über ein paar Wäscheberge.

Ich kann nicht zu dieser Party gehen, dachte ich, während ich ein paar Kinderhosen in Größe 104 faltete. Zehn Hosen später seufzte ich leise, weil ich nämlich doch hingehen wollte. Weil ich ewig nicht auf einer Party gewesen war. Klar, hin und wieder gab es einen Mädelsabend mit Steffi und einigen anderen Mamas aus dem Dorf. Mit leckerem Essen und ein paar klirrenden Gläsern Wein, das schon. Auch mal ein Grillfest mit anderen Paaren und gefühlten einhundert durch den Garten tobenden Kindern. Aber eine richtige Party? Ich konnte mich nicht mehr an meine letzte erinnern.

An meinem Hintern vibrierte es. Ich dachte, es wäre der Alarm für den Kuchen, aber es war Sam.

»Ich hocke im Deutschlehrmittelraum zwischen alten Ausgaben von *Hilfe, die Herdmanns kommen* und LÜK-Kasten-Türmen so hoch wie ich«, flüsterte sie. »Ich hoffe, hier kommt jetzt kein Kollege rein. Außerdem klingelt es blöderweise gleich wieder. Aber ich muss unbedingt kurz wissen, wie es war.«

»Es war …«, begann ich und zog die Tür hinter mir zu, obwohl niemand außer mir zu Hause war. Ich wusste nicht, was ich sagen sollte.

»Es war einfach?« Sam kicherte. »Das klingt irgendwie romantisch.«

»Quatsch!«, sagte ich. »Wir haben bloß geredet.«

»Jetzt echt?«, wisperte Sam und klang enttäuscht. »Mehr war da nicht?«

»Nein!«, rief ich schnell, öffnete die Tür einen Spaltbreit und linste in den Flur, um zu überprüfen, dass Jan nicht aus irgendeinem Grund plötzlich aufgetaucht war. »Es war nur ein gemeinsamer Kaffee.«

In meinem Kopf blitzte ein Bild von Pintos Oberarm auf. Von dieser sanft geschwungenen Delle in seinem Trizeps, als er den Ärmel seines weißen Baumwollshirts hochgekrempelt hatte. Nächstes Bild: seine vollen Lippen zwischen den dunklen Dreitagebartstoppeln. Ich schnappte nach Luft. Gedankenzoom auf seine funkelnden Augen. Puh, war mir heiß!

»Ach schade!« Sam seufzte ins Telefon.

»Ich dachte, du magst Jan?«, fragte ich schnell und wischte mir ein paar Schweißperlen von der Nase.

»Klar«, meinte Sam, »aber irgendwie hatte ich ganz egoistisch auf eine spannende Geschichte gehofft. Damit in meinem langweiligen Leben endlich mal wieder was passiert.«

»Tut mir leid«, sagte ich.

»Also seht ihr euch nicht wieder?«, wollte sie wissen.

»Er hat mich zu seiner Party morgen Abend eingeladen«, erzählte ich möglichst beiläufig.

»Ich dreh durch, der Typ schmeißt noch Partys? Ich liebe ihn! Ich werde die ganze Deutschstunde in der schrecklichen 4b überlegen, was ich anziehe …«

Ich räusperte mich. »Äh, ich wollte da eigentlich nicht hingehen.«

»Ne, meine Liebe!«, raunte Sam. »Das kannst du deiner armen, alten Dauersinglefreundin nicht antun. Sorry, aber mitgedatet, mitgefeiert. Da musst du jetzt durch. Wir sehen uns morgen. 19 Uhr bei mir, Vorglüh-Proseccöchen inklusive.«

Im Hintergrund hörte ich das ohrenbetäubende Gebimmel einer altmodischen Schulglocke.

»Ich muss jetzt los«, sagte Sam. »Aber ich freu mich so.« Dann legte sie auf.

Ich hob ein Kindershirt in Größe 110 auf. Eine verwaschene Minnie Maus grinste mich an. Da klingelte mein Handy noch einmal.

Ich hörte Sam ins Telefon schnaufen, während sie offenbar mit ihren hochhackigen Schuhen über den harten Schulfußboden klackerte. »Ich habe ganz vergessen, dir zu erzählen, dass ich einen Instagram-Account für dich angelegt habe«, japste sie. »*Zweite Liebe* hab ich ihn genannt.« Sie kicherte. »Dachte, das passt.« Sie holte hörbar Luft. »Und du glaubst es nicht, dein erstes Foto mit der rosa Alte-Meister-Kommode hat schon 5 578 Likes.«

»Was hast du gemacht?«, fragte ich verwirrt. »Welche zweite Liebe?«

Im Gegensatz zu Sam, die ganze Abende auf Instagram verbrachte, hatte ich mich dort nie angemeldet und dementsprechend keine Ahnung. Ab und zu hielt mir Sam allerdings quadratische Traumhäuser, Traumpaare und Traumkinder unter die Nase.

»Zweite Liebe!«, rief sie aufgeregt. »So heißt dein neuer Vintagemöbel-Account. Da kannst du jetzt allen zeigen, was du aus alten Möbeln machst. Dein erstes Foto haben gleich drei große Interior-Accounts geteilt, so krass!«

»Und was bedeutet das jetzt?«

»Na, dass du unbedingt damit weitermachen solltest!«

Im nächsten Moment hörte ich ein sonores, etwa zwanzigstimmiges »Guten Morgen, Frau Lautenschläger«.

»Mein Typ wird hier verlangt«, flüsterte Sam und legte auf.

Ich überlegte kurz, ob ich rüber zu Jan ins Büro laufen und über seinen Firmen-Instagram-Account mein Schränkchen suchen sollte. Aber ich wollte nicht zu ihm. Und so viel gab es auf diesem Instagram sicher auch nicht zu sehen. Ich würde also warten, bis Sam Schulschluss hatte – oder sogar bis heute Abend, weil sie nachmittags meist mit Hermine auf den Spielplatz ging und ihr Handy zu Hause ließ.

Mein Blick glitt über die Wäschebergipfel vor meinen Füßen und fiel dann auf die gesprenkelten Dosen, die hinter dem letzten Glas Erdbeermarmelade aus dem Vorjahr standen. Meine Farben von früher.

Salbeigrün, las ich auf der einen. *Smaragdblau* auf der anderen. Diese Farben hatten mich mal so glücklich gemacht.

Grinsend griff ich nach dem Salbeiton und lief hinüber zur Scheune. Noch 43 Minuten, bis Kuchen und Kind mich brauchten. Mein Herz klopfte schneller, als ich meine kunterbunte Kommode sah. Nach ein paar Minuten Kramen im hinteren Teil der Scheune hatte ich gefunden, was ich gesucht hatte. Einen Moment zögerte ich, schließlich gehörte all das staubige Zeug meinem Schwiegervater. Ich würde ihn im Nachhinein fragen müssen, ob es okay war, die Möbel anzustreichen, die er in der Scheune hortete.

Zwei Stunden später war eine alte, verschnörkelte Gartenbank salbeigrün, zwei Kuchen schwarz, und Linus hatte ich vergessen. Zum Glück hatte Jan ihn inzwischen abgeholt.

Als ich nach dem ersten Schreck versuchte, mir unter dem Wasserhahn das Grün von den Fingern zu schrubben, war ich froh, dass ich meinem Mann den Rücken zudrehen konnte.

»Sag doch einfach, wenn du es nicht rechtzeitig zum Kindergarten schaffst!«, sagte er vorwurfsvoll und musste husten. »Meist kann ich mir das ja einrichten. Ich muss es halt nur wissen.«

Meine Augen füllten sich mit lauwarmen Tränen. Durch die Küche waberte noch immer beißender Rauch, obwohl Jan die Fenster weit aufgerissen hatte.

»Ich habe es einfach vergessen«, murmelte ich und kratzte an einem hartnäckigen Lackfleck auf meinem Fingernagel herum.

»Was hast du eigentlich in der Scheune gemacht?«

Ich fühlte mich seltsam ertappt. »Ach, bloß angefangen aufzuräumen. Da liegt ja noch der ganze Babykram rum.«

»Und das fällt dir ausgerechnet heute ein?«, fragte Jan.

»Irgendwann muss ich ja anfangen. Und irgendwie war mir nach Veränderung«, sagte ich und spürte, dass ich rosa anlief.

»Ava, ist alles okay?«

»Ja«, sagte ich schnell. »Klar!«

Jan schaute mich müde an. »Es tut mir leid mit gestern«, sagte er leise und kam zwei Schritte auf mich zu.

Ich wich ihm aus, weil ich mich davor fürchtete, von ihm berührt zu werden. Mein schlechtes Gewissen knetete meinen Magen durch.

»Vielleicht hast du recht«, sagte er leise. »Irgendwie klingt für mich Veränderung auch ganz gut.« Er legte seine Hände auf meine Hüfte.

Ich machte mich vor Schreck ganz steif.

Dann ließ er seine Stirn in mein Haar sinken, und ich spürte den Druck seiner Lippen auf meiner Kopfhaut. »Ich bin so müde!« Er seufzte. »Du kannst es dir gar nicht vorstellen.«

Doch, kann ich, dachte ich, sagte es aber nicht.

»Mamaaaa!«, brüllte Len von oben. »Wo ist mein Trikot?«

Ich schob Jan weg und trat unten an die Treppe. »Liegt es nicht in deinem Schrank?«, brüllte ich zurück.

»Neiiin!«

Dann fiel mir das Wäschegebirge ein. »Wahrscheinlich noch im Waschkeller«, rief ich.

Len kam die Treppe heruntergehüpft und rannte an mir vorbei.

»Hab es!«, verkündete er einen Moment später zufrieden und lief zur Haustür. »Bin dann beim Training.«

»Was hast du denn heute den ganzen Morgen gemacht, wenn nicht die Wäsche?«, fragte Jan.

Ich runzelte entsetzt die Stirn. »Muss ich dir jetzt Rechenschaft ablegen über meinen Vormittag, oder was?«, erwiderte ich heftiger, als ich es vorgehabt hatte. »Macht doch eure blöde Wäsche allein!«

Jan schaute betreten. »Tut mir leid«, murmelte er, und zwischen seinen Augenbrauen bildeten sich zwei tiefe Falten. »Ich war bloß neugierig. Es war überhaupt nicht böse gemeint, sondern einfach nur eine Frage.« Er holte hörbar Luft. »Mann, Ava, meinetwegen kannst du die Wäsche sein lassen und den ganzen Vormittag schlafen. Ich weiß doch, was du hier alles rödelst.«

Mein schlechtes Pinto-Gewissen brannte wie Sodbrennen in meinem Hals. Ich schnappte mir ein Geschirrhandtuch, griff mit beiden Händen eine der Marmorkuchenformen und öffnete mit dem Knie die Müllschublade, um das Brandopfer zu entsorgen. Zuerst löste der Kuchen sich nicht, dann überraschend heftig. Verkohlte Krümel fielen in die gesamte Müllschublade, zwischen das Altpapier und in die Tüte für den Gelben Sack.

»So ein Mist!«, rief ich. Ich war kurz davor, in Tränen auszubrechen.

»Mistiger Mist! Mist, Mist, Mist!«, singsangte Linus, der in der Küchentür stand.

Ich schaute auf – und machte große Augen. Er war von oben bis unten mit Matsch verschmiert.

»Is will Kakao!«, rief er und grapschte mit seinen Erdfingern am altweißen Küchenschrank herum.

»Neiiin!«, fuhr ich ihn an. »Warte, wir müssen dich erst sauber machen.«

»Ich würde es ja machen«, meinte Jan und schaute prüfend an seinem weißen Hemd herunter. »Aber da fährt gerade mein Kunde auf den Hof.«

»Geh schon!«, rief ich, und wieder klang es schärfer als beabsichtigt.

Jan trat einen Schritt auf mich zu und wollte mir offenbar einen Kuss auf die Stirn geben. Ich schob genervt seinen Arm weg, hievte meinen Matschsohn auf die Arbeitsplatte neben der Spüle und trat dabei mit meinem nackten Fuß einen verbrannten Kuchenkrümel platt.

»Ich mache heute eher Schluss, okay?«, sagte Jan. »Gucken wir einen Film zusammen?«

Ich seufzte. »Was anderes als Film fällt uns auch nicht ein, oder?« Dann versuchte ich, dem kreischenden Linus das Gesicht mit einem Lappen abzuwischen.

»Mensch, Ava!«, stöhnte Jan. »Deine schlechte Laune ist echt nicht zu ertragen. Was ist denn bloß los mit dir?«

Ich schrubbte stumm. Linus wehrte sich mit Händen und Füßen.

»Ich arbeite mir da drüben den Po platt. Ich wälze Baupläne bis tief in die Nacht. Ich kann nicht schlafen, weil mir die verdammte Feuchtigkeit in die Träume kriecht. Und das alles nur, damit wir es hier schön zusammen haben.«

Ich knallte den nassen Lappen auf den Boden. Linus verstummte erschrocken. »Haben wir aber nicht!«, rief ich. »Das Haus ist schön, ja, aber nur weil ich den ganzen Tag nichts anderes mache, als es davon abzuhalten, nicht mehr schön zu sein. Ich kann nicht mehr! Und wenn du es genau wissen willst: Nichts ist mit mir los! Das ist es ja gerade. Nichts passiert. Ich wecke, ich packe, ich backe, ich räume, ich wasche, ich koche, ich putze, ich gehe schlafen, und ich stehe wieder auf.« Ich schluchzte verzweifelt. »Ich habe so was von keine Lust mehr!«

Der Satz hing wie eine gezackte Wutsprechlase aus Leos Comic im Raum. Dann legte ich beide Hände vors Gesicht und fing an zu weinen.

»Mama«, flüsterte Linus ängstlich und berührte mich mit seiner matschigen Hand am Oberarm.

»Ich auch nicht«, sagte Jan seufzend. »Verdammt, ich will so auch nicht mehr!« Er trat einen Schritt auf mich zu, legte eine Hand auf meine Schulter und verzog den Mund, als ob er Schmerzen hätte.

Ich schüttelte ihn ab, griff stattdessen nach Linus' Hand und drückte sie. »Alles in Ordnung, mein Schatz«, flüsterte ich und wischte mir schnell ein paar Tränen weg. »Mama war gerade bloß … Ich hatte bloß …«

Er grinste mich an. »Mama war wütend. Wie is.«

Ich sah ihn an, sein kleines liebes Gesicht mit den strahlend blauen Augen, und spürte, dass mir schon wieder die Tränen kamen. In diesem Moment wünschte ich mir, dass er für immer so klein bleiben würde wie jetzt. Dass er bis an sein Lebensende kein »ch« aussprechen könnte. Und dass unser Leben mit kleinen Kindern noch nicht vorbei wäre. Es war anstrengend, schlaflos, aber irgendwie so einfach gewesen.

Erneut fiel mir die Logopädin ein, die ich endlich anrufen musste. Ich würde schuld sein, wenn Linus sein Leben lang nicht richtig sprechen könnte, wenn er deswegen gemobbt würde, in der Schule nicht mitkäme und später nicht den Beruf wählen könnte, den er wollte. Ich war als Mutter eine Katastrophe. Wie hielten es meine Kinder bloß mit mir aus? Die Gedanken in meinem Kopf drehten sich wie im Turboschleudergang.

Ich nahm Linus schniefend hoch und drückte ihn so fest an mich, dass er kicherte. Das war unser Ding: Er liebte es, in meinen Armen fast zerquetscht zu werden. Beinahe in mich reinzukriechen. Und ich liebte die giggelnden Töne, die er dabei machte. Sein Hals duftete frisch wie ein Sommertag. Ich musste lächeln, zog ein paar rotzige Tränen hoch und schnupperte weiter. Dann pustete ich kräftig gegen die zarte Haut, und er lachte lauthals über das Pupsgeräusch.

Als ich mich suchend umschaute, war Jan nicht mehr da.

Kapitel 17

Ava

»Mamaaa, Mamaaaa!«, brüllte jemand in mein Ohr.

Ich bewegte träge die Pupillen hinter den geschlossenen Lidern. Als ich sie öffnete, sah ich ein breites Grinsen mit Zahnlücke. Es war Len: sommersprossig, karamellfarben, frech. Mein Mittlerer.

»Stürmerin Ava Altmann ist mitten auf dem Spielfeld eingeschlafen!«, moderierte Len laut. »Wie kann das sein, frage ich Sie, liebe Zuschauerinnen und Zuschauer. Wird sie etwa alt?«

Ich verdrehte seufzend die Augen. Ich musste tatsächlich eingenickt sein. Wann bitte hatte ich das letzte Mal mitten am Tag geschlafen?

Ich versuchte, mich zu erinnern, wie es dazu gekommen war. Ich hatte fünf Runden Uno mit Linus gespielt, die Müllschublade aufgeräumt und einen neuen Kuchen gebacken (Fertigmischung). Danach hatte ich den Inhalt von zwei Wäschekörben auf dem Sofa ausgekippt, um ihn zusammenzulegen. Während ich träge ein Teil nach dem anderen hochhob, hatte plötzlich ein Gedanke in meinem Kopf gehämmert. *Warum. Bitte. Immer. Ich?*

Ich hatte schon so oft darüber nachgedacht, dass die Jungs ihre Wäsche selber falten könnten. Und es dann aus Gewohnheit doch gemacht. Oder aus Bequemlichkeit? Mit ihnen zu diskutieren und ihnen zu erklären, was zu tun war, erschien mir noch anstrengender, als es selbst zu erledigen. Irgendwie hatte ich den Moment verpasst, sie einzubinden. Und dann war da noch der Wunsch, dass die Wäsche ordentlich sortiert in ihrem Schrank liegen sollte. Aber wofür eigentlich? Wenn sie am nächsten Tag auf der Suche nach ihrem Lieblingsshirt sowieso alles wieder durcheinanderbrachten?

Ich war hoffnungslos gescheitert damit, meinen Kindern Ordnung beizubringen. Weil ich ständig damit beschäftigt war, selbst gegen das Chaos anzukämpfen. Aber plötzlich wusste ich, was zu tun war. Ich schnappte mir den Wäschekorb, zog ein Shirt hier und eine Hose dort aus dem Stapel und warf nach und nach alle Sachen von Leo hinein. Dann stolperte ich mit dem Korb in der Hand über ein Paar Turnschuhe in sein Zimmer.

Er saß auf seinem Bett und wurde knallrot. Erst jetzt entdeckte ich, dass er telefonierte. Mein Großer drückte das Handy an seine Brust, vermutlich, damit der- oder diejenige am anderen Ende der Leitung nicht hörte, was ich sagte.

Ich schob ein paar Comics zur Seite und stellte den Korb auf sein Bett. »Das müsstest du bitte zusammenlegen und in deinen Schrank einsortieren«, sagte ich.

Leos tomatenroter Kopf nickte eilig. »Mach ich!«, rief er und schaute mich mit hochgezogenen Augenbrauen fragend an. »Ist noch was?«

»Nö«, antwortete ich und ließ ihn allein. Ich konnte kaum glauben, wie leicht das gewesen war. In Gedanken bedankte ich mich bei der Person am anderen Ende der Leitung. Ohne sie hätte Leo sicherlich ordentlich gemotzt. Ob es Ruby war?

Auch Len stellte ich seine Wäsche aufs Bett. Ich ahnte, dass er sich lauthals beschweren und etwas von »Kinderarbeit« brüllen würde. Vermutlich würde er Protestplakate malen. Ich musste schmunzeln.

Zum Glück war Len gerade beim Training. Unter seinem Bett entdeckte ich zwei krümelige Teller und einen zermatschten Keks. Ich seufzte und wollte mich gerade bücken, um sie einzusammeln, als ich innehielt. Das waren verdammt noch mal seine Krümel, sein Keks, seine Teller, sein Zimmer – und seine Aufgabe, sich darum zu kümmern. Er war schließlich kein Baby mehr. Ich stand auf, schloss die Zimmertür hinter mir und lief sehr zufrieden die Treppe hinunter.

Danach hatte ich mich nur kurz neben die restliche Wäsche legen und die Augen zumachen wollen. Nur für einen Moment. Offenbar war ich dabei eingeschlafen.

»Was gibt's heute zum Abendbrot?«, wollte Len jetzt wissen und grub seine Finger in meine Haare.

Ich musste erst mal wieder zu mir kommen. »Lass mich kurz überlegen …«, stöhnte ich und streckte mich. »Ich könnte Pizza machen.«

»Gute Idee!«, rief Jan von der Kücheninsel.

Ich hatte gar nicht mitbekommen, dass er schon da war. Normalerweise hockte er auch freitags bis nachts im Büro.

»Len«, verkündete Jan, während er die Tür zum Vorratsschrank öffnete, »ihr bekommt Tiefkühlpizza und dürft danach noch einen Film im Bett schauen.«

Len pfiff auf zwei Fingern. »Spitze!«, rief er. Dann schaute er neugierig von Jan zu mir und wieder zurück. »Und was esst ihr?«

»Ich mache uns Mexiko-Pommes«, sagte Jan. »Richtig schön scharf?« Er musterte mich unsicher, als warte er auf eine Antwort. Dann hob er ein paar Dosen und Packungen hoch, ohne mich aus den Augen zu lassen.

Ich schaute ihn schweigend an, als könnte ich auf seiner Stirn meine Antwort lesen. Mexiko-Pommes hatten wir früher ständig gegessen. Es war unser Kuschelcouch-Gericht gewesen: ein Berg Pommes mit reichlich Hack-Tomaten-Bohnen-Soße darüber. Und geschmolzenem Käse.

Wir hatten das bereits ganz am Anfang unserer Beziehung gemacht, wenn wir einen Film gucken wollten und ihn dann doch nicht guckten, weil wir die Hände nicht voneinander lassen konnten. Später hatten wir die fettigen Pommes über den Köpfen unseres Babys geknabbert, das mal auf meiner, mal auf seiner Brust schlief, selig die Krümel vom Kopfflaum aufgetippt und uns die Soßenreste von den Fingern geschleckt. Aber das war eine Ewigkeit her.

»Da bist du ja!«, sagte Jan zu einer Dose Kidneybohnen, warf sie hoch und fing sie mit flüchtigem Grinsen wieder auf.

Ich fühlte mich seltsam, wie ich so dasaß. Als ob ich von außen als Zuschauerin meinem Leben zusah. »Musst du nicht arbeiten?«, wollte ich verwundert wissen.

Jan öffnete die Dose. »Doch«, sagte er, »eigentlich schon. Aber auch wenn ich es täte, wäre mein Schreibtisch danach nicht viel leerer. Also lasse ich es vielleicht einfach.«

In meinem Kopf blinkten lauter Fragezeichen auf. Was war los zwischen Jan und mir? Was wollte er? Und was wollte ich? Immer wieder drängelte sich Pinto grinsend zwischen die Fragen in meinem Kopf. Ich schloss die Augen, um das Gedankenkarussell anzuhalten. Aber es gelang mir einfach nicht, nichts zu denken.

Ich überlegte kurz, ob ich aufstehen und Jan helfen sollte, zog dann aber die Decke noch ein Stück höher und blieb liegen – bis mir plötzlich etwas einfiel.

»Wo ist Linus?«, rief ich und schnellte hoch.

Lebte er überhaupt noch? Was war ich bloß für eine schlechte Mutter: chaotisch, unfähig, untreu, eingeschlafen?

»Der ist neben dir eingenickt. Ich habe ihn in sein Bett getragen, damit er nicht vom Sofa plumpst«, sagte Jan.

Ich ließ mich wieder aufs Sofa fallen und lehnte mich erleichtert zurück. »Aber er muss doch noch was essen.«

Jan schaltete den Backofen an und kippte Tiefkühlpommes auf ein Blech. »Neben ihm lag eine leere Packung Salzbrezeln. Ich denke, er ist satt.«

Leo war vermutlich in seinem Zimmer, und Len war nach oben gegangen. Es war merkwürdig still ohne die Kinder. Alles, was ich hörte, war leises Küchengeklapper. Jan zog Schubladen auf und schob sie wieder zu und klapperte mit Schüsseln, während ich es genoss, einfach nur dazusitzen.

Der Backofen brummte und backte unsere Pommes und die Pizza der Jungs. Als es nach geschmolzenem Käse und gerösteter Salami duftete, holte Jan die Pizza heraus, schnitt sie auf einem großen Brett auf und rief die beiden Großen, die sich gleich am Küchentresen darüber hermachten und dabei über die Fußballergebnisse der zweiten Bundesliga debattierten. Sie schmatzten und plapperten, und einmal stand Len auf und ließ mich abbeißen, weil diese Salamipizza »sooo gut« war.

Leo erzählte von seiner neuen Deutschlehrerin, die angeblich einen wassermelonengroßen Busen hatte, auf jeden Fall zeigte er diese Größe mit seinen Händen. Von ihrem Busen kamen sie wieder auf das Thema Bälle und schimpften schließlich über das letzte Pokalspiel des HSV. Jan schnippelte eine Zwiebel und nahm dabei seinen Lieblingsverein in Schutz. Ich interessierte mich nicht für Fußball, aber ich fand es gemütlich, meine Männer dabei zu beobachten, wie sie miteinander lachten und sich die Bälle zuwarfen.

Als Leo und Len aufgegessen hatten, wischten sie sich die Hände an ihren Schlafanzughosen ab. Ich verkniff mir einen Kommentar, und sie verabschiedeten sich in Leos Zimmer.

In der Tür blieb Len stehen. »Weißt du, was der Hammer ist, Mama?«

Ich überlegte kurz. »Ne«, gab ich zu, »was denn?«

»Ein Werkzeug!« Len prustete los.

Er boxte seinen großen Bruder in die Seite, und der boxte zurück.

»Kleiner Frechdachs!«, sagte Jan und lächelte zu mir rüber. »Aber die sind wir los.« Er räusperte sich.

»So klein sind sie gar nicht mehr«, meinte ich leise.

»Ja«, sagte er und sah mich ernst an. »Verrückt, oder?«

Im nächsten Moment zuckte sein Mundwinkel und hob sich zu einem kleinen, schiefen Lächeln. Dieses Grinsen hatte ich schon lange nicht mehr an ihm gesehen. Irgendwie auch ein bisschen frech.

Er kam mit einem Tablett zum Sofa herüber. Auf einem großen Teller stapelte sich ein Haufen Pommes, darauf duftete die scharfe Hack-Bohnen-Soße, und obendrauf glänzte geschmolzener Käse.

Ich zog zwei Pommes mit Soße heraus, verbrannte mich leicht, schnappte nach Luft, weil es so ungewohnt scharf war und kaute genüsslich. »Mmh, das ist so lecker!« Ich griff gleich nach den nächsten Pommes. »Ich hatte ganz vergessen, wie gut das ist.«

Jan schob das Tablett noch ein wenig näher zu mir und setzte sich daneben aufs Sofa. Er schaute mich mit seinen meerblauen Augen schweigend an. Liebevoll, müde und ein bisschen so, als wollte er mich dringend etwas fragen.

»Gucken wir einen Film?«, fragte ich schnell, weil mich sein Blick und unser Schweigen verunsicherten und ich keine Antwort auf all die unausgesprochenen Fragen hatte.

Jan nickte. Eine Weile kauten und knusperten wir schweigend vor uns hin. Obwohl ich irgendwie nervös war, war es gemütlich. Schließlich leckte ich mir die fettigen Finger ab und schaltete den Fernseher an. Während ich die

Empfehlungen bei Netflix durchging, griff Jan nach seinem Handy. Ich hörte ihn lautstark schlucken.

»Ist was?«, fragte ich, während ich mir die Infos zu einer Krimikomödie durchlas. Ich starrte angestrengt auf den Bildschirm – meine Augen wurden auch nicht besser.

»Jan?«, fragte ich.

Er brummte bloß. Während er eben noch so entspannt gewirkt hatte wie schon lange nicht mehr, schien er gedanklich jetzt ganz woanders zu sein. Er legte sein Handy auf die Sofalehne und starrte vor sich hin.

»Was hältst du von diesem Film?«, fragte ich.

»Ist okay«, murmelte er, obwohl Krimikomödien überhaupt nicht sein Ding waren.

Der Trailer begann, ich kuschelte mich unter die Decke und lehnte mich zurück. Ich spürte, wie meine Anspannung nachließ.

In dem Moment, in dem die Hauptdarstellerin mit der Pistole auf uns zielte, schoss Jan mit etwas anderem. »Jetzt drohen sie mir mit einem Anwalt.«

»Wer?«, fragte ich.

»Die nervigsten Bauherren der Welt.« Jan seufzte abgrundtief.

Ich drückte die Stopptaste. »Was ist denn los?«

»Die Feuchtigkeit im Schlafzimmer. Ich habe meine Leute jede Wand aufstemmen lassen, aber wir finden nichts. Ich gebe wirklich alles. Aber die sind so überheblich und meinen, einfach alles besser zu wissen.«

Natürlich wusste ich, um wen es ging. Hoffentlich hatte die Mayonnaise im Fertigkartoffelsalat das Haltbarkeitsdatum überschritten. So eine kleine Magen-Darm-Grippe gönnte ich den schmierigen Brockenmeyers.

»Das tut mir so leid«, sagte ich leise.

Ich wusste nicht, was ich sonst noch sagen sollte. Ich wusste überhaupt nichts mehr über Jan und seine Arbeit. Ich hatte das Gefühl, es stand sehr viel mehr zwischen uns als ein Tablett mit kalten Pommes und einem angetrockneten Soßenrest. Seit einer ganzen Weile schon blieb er bloß noch in seinem Tanzbereich und ich in meinem. Wir tanzten schon lange nicht mehr miteinander.

»Du kannst ja nichts dafür«, sagte er.

Eine Weile schwiegen wir.

»Nimmst du mich mal in den Arm?«, fragte er.

Er beugte sich ein wenig vor, und ich lehnte mich über das Tablett, legte die Arme um seinen Hals und drückte ihn an mich. Richtig an ihn heran kam ich nicht, die Pommes waren im Weg. Sein Hinterkopf fühlte sich gleichzeitig vertraut weich und doch fremd an.

Lange hielt ich es in meiner unbequemen Haltung nicht aus. Ich stand auf, trug das Tablett in die Küche, fragte ihn, ob ich etwas für ihn tun könne. Seine Antwort war ein kaum sichtbares Kopfschütteln.

Ich schnappte nach Luft. Ich hatte das Gefühl, nicht richtig atmen zu können. Um irgendetwas zu tun zu haben, räumte ich das Geschirr in die Spülmaschine.

Als ich zurückkam, hielt Jan sein Handy in der Hand und starrte mit einer tiefen Falte zwischen den Augenbrauen darauf. Ich hockte mich neben ihn aufs Sofa, ganz vorn auf die Kante.

»Sollen wir den Film noch weitergucken?«, fragte ich leise.

Als er nickte, drückte ich auf Start. Ich atmete tief ein und aus und versuchte, mich auf die Geschichte zu konzentrieren.

In meinem Kopf aber lief ein anderer Film. »Ich wollte morgen bei Sam schlafen …«, begann ich und machte eine Pause, als hoffte ich, dass er etwas dagegen einwenden würde. »Aber wenn es dir nicht passt, gehe ich natürlich nicht.«

Jan aber brummte: »Mach doch, ihr seht euch ja so selten« und starrte dabei auf den Fernseher.

Ich schluckte, als ich an den nächsten Tag dachte. Was machte ich hier bloß?

Während die Hauptdarstellerin versuchte, ihren Gegenspieler zu fangen, und sich dabei in ihn verliebte, versuchte ich, mir einzureden, dass es nur eine Party war. Und dass ich nur für Sam hinging. Dabei kribbelte es in meinem Bauch, wenn ich an Pinto dachte. Immer und immer wieder tauchten seine leuchtenden Augen vor mir auf. Die vollen Lippen zwischen den Bartstoppeln.

Als ich wieder auftauchte aus meinem Film und versuchte, mich auf den Film vor mir zu konzentrieren, nahm ich ein gleichmäßiges, leises Schnarchen neben mir wahr. Jan war eingeschlafen, und ich hatte es nicht mal bemerkt.

Ich sah die dunklen Schatten unter seinen Augen und rückte ein wenig von ihm ab. Seine Lippen öffneten sich leicht, aus seinem Mund drang ein leises Seufzen. In der

Hand hielt er sein Handy. Wie eine kleine Waffe lag es auf seiner Brust und hob und senkte sich bei jedem Atemzug. Ich fühlte mich wie Opfer und Täterin auf einmal. Mir kamen schon wieder die Tränen.

Kapitel 18

Ava

Weil das Wetter am nächsten Morgen so schön war, beschloss ich, mit dem Fahrrad zum Tag der offenen Tür in der Schule zu fahren. Ich hatte es ewig nicht benutzt und musste es ganz hinten aus der Scheune hervorkramen. Es war staubig und voller Spinnweben, aber als ich mit einem alten Lappen über den Rahmen wischte, tauchte das intensive Lavendelblau mit den kleinen weißen Tupfen wieder auf. In meinen City-Jahren war mein gepunktetes Fahrrad mein treuer Begleiter gewesen. Jetzt war es ein wenig eingerostet. *Genau wie ich*, dachte ich seufzend.

Es war herrlich, den Deich entlangzuradeln. Die Luft war lau, und es duftete nach Wiese und einem Hauch von Meer. Len war vorgefahren, um mit seinen Kumpels noch eine Runde Fußball zu spielen, und so war ich allein mit dem Weg, dem Fluss und der zwitschernden Stille. Die Elbe glänzte knallblau, und am Himmel hingen lauter kleine Sahnetupfenwolken. Schmale Linden standen wie Ausrufezeichen im endlosen Grasgrün der Elbwiesen, und das dunkelgrüne Schilf in den Gräben, die alle paar Hundert Meter das feuchte Land zerschnitten, überragte mich bereits. Über mir hörte ich die quietschenden Flügelschläge einer Graugansschar.

Kurz nachdem ich mich in Jan verliebt hatte, hatte ich mich in seine Heimat verliebt. Zu Beginn war es eine Umstellung gewesen, hier zu wohnen, aber inzwischen bekam ich im Tante-Emma-Laden die frischen Brötchen und nicht mehr die vom Vortag wie die paar Touristen, die sich ab und zu in diese Ecke Hamburgs verirrten. Ich stöhnte zwar manchmal, weil Sam so weit weg wohnte und ich für die Jungs ständig Mama-Taxi fahren musste – alles war einfach immer eine halbe Ewigkeit entfernt. Aber an Tagen wie heute sah Vierlanden aus wie ein Werbeplakat für sich selbst: Der Himmel war weiter als irgendwo sonst, die riesigen Kronen der Eichen wiegten sich gemächlich im Wind, darunter lagen Schafe und schauten dösig zu mir herüber.

Ich radelte den sandigen Weg neben der Kopfsteinpflasterstraße hinunter, fuhr am Kindergarten mit seinem hübschen weißen Fachwerk vorbei und bog nach rechts ab in Richtung Schule. Über das Tor zum kleinen Schulhof hatte jemand eine bunte Girlande gespannt. Unter der alten Eiche vor der Schultür waren mehrere Tische aufgebaut.

»Sechsundzwanzigmal Marmorkuchen und zweimal Schokosahne!«, schleuderte mir Steffi schon von Weitem entgegen.

Sie schaute mich an, als hätte sie liebend gern eine der Torten hinterhergeschmissen. Hektisch schob sie die Kuchen auf den Schultischen herum.

»Passt doch«, rief Barbara, bevor ich etwas sagen konnte. »Für jeden was dabei.«

Ich stand völlig überrascht da, spielte mit meinem Fahrradschlüssel herum und überlegte angestrengt, was ich beim letzten Mal Falsches gesagt haben könnte. Steffi konnte doch nicht wirklich wegen der Kuchengeschichte so sauer auf mich sein.

Jetzt klopfte sie mit einem Stapel eingeschweißter Schilder auf einen der Tische, so kräftig, dass die Kuchen wackelten. »Die hier können wir uns heute wohl sparen.«

Auf die Schilder schrieben wir sonst immer die Namen der Kuchen.

Unsere Blicke trafen sich, aber sie schaute sofort wieder weg. Ich steckte endlich den Schlüssel ein und begann, die in Papier verpackten Münzrollen, die Mareike als Wechselgeld mitgebracht hatte, aufzufummeln. Gar nicht so leicht ohne Fingernägel.

»Zum Glück ist Marmorkuchen wie George Clooney«, meinte ich. »Den findet jeder irgendwie lecker.«

Statt wie sonst über diese Art von Witz zu lachen, sah Steffi mich mit hochgezogenen Augenbrauen an. »Also wenn dir das hier alles so egal ist«, zischte sie, »ist das deine Sache. Mir ist es nicht egal. Meine Kinder sind mir nämlich wichtig.« So hatte ich sie noch nie erlebt.

»M-meine Kinder sind mir auch wichtig!«, rief ich, aber da war Steffi schon davongerauscht, der weiße Stoff ihres Polyesterrocks flatterte wie Flügel hinter ihr her.

Ich schluckte. Ich fühlte mich schrecklich.

Mareike hob hinter dem Kuchentisch zaghaft eine Hand. »Ähm, Ava«, sagte sie leise. »Ich trau mich gar nicht zu fragen … Aber hast du an die Blumen gedacht?«

Ich schloss die Augen und schlug mir mit der Hand vor die Stirn. Als ich sie wieder öffnete, sah ich, wie Barbara sich grinsend auf die Apricotlippe biss.

Mareike warf ihr einen vorwurfsvollen Blick zu.

»Verzeihung!«, japste Barbara. »Hab mir nur gerade vorgestellt, wie Steffi ausrastet, wenn sie das erfährt. Zu komisch, Ava!«

Jetzt hatte *ich* Lust, eine Torte zu schleudern.

»Aber keine Sorge«, meinte Barbara lachend. »Neben den ganzen Marmorkuchen ist sowieso kein Platz für Blumen.« So laut hatte ich sie vorher nur auf unserer Terrasse lachen hören.

Dann hielt sie inne. »Wisst ihr was, Mädels, ich habe da einen großen Strauß im Auto. Ganz was Feines, eigentlich für meine Schwiegermutter, die wir nach dem Spektakel hier besuchen wollen. Ich finde, im Sinne unserer Kinder muss Schwiegermama heute mal ohne Blumen auskommen. Sie wird es vermutlich überleben.« Barbara kramte in ihrer glänzenden Chanel-Tasche und holte klimpernd einen Autoschlüssel heraus. »Und falls nicht …«, sie machte eine Pause und zwinkerte mir zu, »wäre das übrigens auch nicht so tragisch.«

Sie lief lachend hinaus und kam wenig später mit einem Prachtstrauß zurück, der breiter war als sie. Es waren jede Menge exotischer Blüten darin, die ich noch nie gesehen hatte.

»Bitte sehr!«, rief sie und hielt mir die Blumen hin. »Dann mach es uns mal hübsch, Ava. Darin bist du von uns allen am besten.«

Ich nickte unsicher und begann, einzelne Stiele in Marmeladengläser zu verteilen und je eines davon auf jeden Stehtisch zu stellen.

Als Steffi vorbeiflog, betrachtete sie mit hochgezogenen Augenbrauen erst die Blumen – und dann mich. »Ich dachte, du bringst welche aus dem Garten mit und nicht so ein Chichi.«

Ich schloss die Augen und holte tief Luft. Mir lag kurz etwas Gemeines auf der Zunge, aber dann zuckte ich bloß mit den Schultern und versuchte zu lächeln.

»Na«, zischte Steffi, »ihr habt's ja, was?« Dann dampfte sie wieder ab.

Was war bloß los mit ihr? In meinem Hals spürte ich einen riesigen Kloß. Warum machte ich zurzeit einfach alles falsch?

Ich fühlte, dass meine Augen feucht wurden, und presste die Lippen zusammen. Während ich nach der nächsten Blume griff, hatte ich das Gefühl, dass ich beobachtet wurde. Ich schaute unsicher auf, und mein Blick traf Barbaras. Ob sie checken wollte, ob ich von der hässlichen Anwaltsgeschichte wusste?

Um mich herum war überall Lachen. Die kleine Grundschule war das Herz des Ortes. Von hier wurde Leben ins Dorf gepumpt. Heute wummerte es besonders kräftig. Schulkinder spielten Fangen oder eilten geschäftig hin und her. Überall rannten kleine Geschwister herum. Mütter standen zusammen und unterhielten sich. Ein paar ältere Leute saßen auf der Mauer im Schatten und schauten sich sanft nickend um.

Während Mareike und ich ein paar Sparschweine für Spenden aufstellten und Servietten bereitlegten, schnitt Barbara mit einem imposanten Messer die Marmorkuchen in Stücke. Dabei pfiff sie vor sich hin.

Ich musste an die tiefe Falte auf Jans Stirn nach der Nachricht gestern denken. *So eine blöde Kuh!*, dachte ich. Sie und ihr affiger Mann machten uns so viel Ärger.

»Ava!«, rief Steffi, die plötzlich in der großen Schultür stand. Sie klang wie eine Lehrerin. Ich zuckte zusammen. »Wo bitte sind die Spielgeräte für draußen?«

Mir wurde heiß. »Die Spielgeräte …«, stammelte ich. »Die habe ich vergessen.« Verdammt noch mal, ich war wirklich völlig durcheinander!

Steffi funkelte mich wütend an. Ihr Gesicht war tiefrot angelaufen. »Ach ne!«, brummte sie. »Gibt es eigentlich irgendwas, was du nicht verdaddelst?«

Ich schluckte.

Barbara hielt das Messer in die Luft, als wolle sie in einen Kampf ziehen. »Beruhige dich, Steffi! Ich frage Frau Nielsen, Carls und Lens Lehrerin. Die hat einen Schlüssel für die Turnhalle. Dort leihen wir uns ein paar Bälle, Seile und Reifen, und schon ist die Sache geritzt.« Sie nickte mir lächelnd zu.

Mir war übel.

»Danke, Barbara!«, rief Steffi und schaute mich mit hochgezogenen Augenbrauen vorwurfsvoll an. »Schön, wenn wenigstens eine mitdenkt.«

Ich musste die Luft anhalten und mich wirklich konzentrieren, um nicht auf der Stelle loszuheulen. Erst als Steffi wieder weg war, fragte ich mich, warum ich sie nicht endlich gefragt hatte, was eigentlich los war.

Nach zwei anstrengenden Stunden, in denen ich unzählige Kaffees eingeschenkt und Marmorkuchenstücke auf Servietten verteilt hatte, rief ich Mareike zu, dass ich eine Pause bräuchte, und bahnte mir einen Weg zwischen den aufgeregten Kindern und noch aufgeregteren Eltern hindurch. Ich beschloss, mich mit einer Tasse Kaffee nach draußen in die Sonne zu setzen. Als ich Steffi dort entdeckte, zögerte ich kurz, ging dann aber entschlossen zu ihr. Ich wollte das zwischen uns so schnell wie möglich aus der Welt schaffen. Mein Leben war schon chaotisch genug. Und sie fehlte mir.

Steffi saß neben Miriam, einer Mutter aus Lens und Julius' Klasse, und erzählte ihr gerade etwas. Sie fuchtelte wild mit beiden Armen und war vor Aufregung ganz rot. Als ich dazukam, brach sie abrupt ab.

Ich strich mein Kleid glatt und setzte mich. »Es hat sich noch keiner beschwert wegen der Kuchen«, versuchte ich es leise.

Keine Antwort.

Steffi guckte angestrengt über den Schulhof, auf dem unsere Söhne ganz hinten gemeinsam Fußball spielten. Sie riefen sich die typischen Ein- und Zwei-Wort-Sätze zu: »Ich!« und »Schieß!« und »Gib ab!« Zwischendurch lachten sie und klatschen sich ab. Darunter mischte sich Kleinkindgeschrei und das aufgeregte Stimmengemurmel der zukünftigen Grundschuleltern, die in Grüppchen auf dem

Schulhof standen und ahnten, dass sich ihr Familienleben bald ziemlich umkrempeln würde.

»Steffi?«, fragte ich unsicher. »Bist du jetzt ernsthaft wegen der Marmorkuchensache und der Spielgeräte so sauer? Es tut mir leid, mir schwirrt gerade so viel im Kopf herum. Ich …« In meinem Hals steckte ein so dicker Kloß, dass ich schlucken musste.

Steffi schaute weg. Miriam blinzelte verlegen zu mir rüber, presste die Lippen aufeinander und zuckte mit den Schultern.

»Schon seltsam, dass manche Menschen pausenlos Mist verzapfen, aber immer hoffen, damit durchzukommen!«, zischte Steffi dann, stand auf und zog Miriam mit sich.

Ich hob mein Gesicht in Richtung Sonne und schloss die Augen. Mir war übel. Eine ganze Weile konnte ich Steffi noch mit Miriam tuscheln hören.

Ich hatte keine Ahnung, was los war. Hier ging es doch um weit mehr als um Marmorkuchen, oder nicht? Klar, ich war total durcheinander und hatte ein paar Sachen verbockt, aber deswegen einen solchen Aufstand zu machen? Steffi kannte mich doch und wusste, wie chaotisch ich war. Sonst hatte sie immer darüber gelacht.

Mein Gesicht war warm geworden in der Sonne. Ich atmete tief ein und aus. Hätte ich geahnt, wie wichtig Steffi das war, hätte ich gestern eine Erdbeersahnetorte gebacken. Und ich hätte die blöden Spielgeräte organisiert. Wenn ich ihr bloß erklären könnte, was mit mir los war. Leider konnte ich nicht mal mir selbst erklären, warum ich so durcheinander war. Warum bloß gab es keinen Knopf, um wieder die Alte zu werden? Ein Klick: engagierte Elternvertreterin. Noch einer: zufriedene Mama. Klick: Schmetterlinge im Bauch, wenn ich Jan sah. Klick: Pinto raus aus dem Kopf.

Nachdenklich blickte ich in die grüne Krone der Schulhofeiche. Oder wollte ich mein altes Leben gar nicht mehr zurück?

Wieder zu Hause, fanden Len und ich die beiden anderen Jungs vor dem Fernseher.

»Spinnt ihr?«, rief ich entsetzt und schaltete ihn aus. »Draußen ist super Wetter!«

»Spinnst du?«, erwiderte Leo, sprang auf und schaltete den Fernseher wieder an. »Papa hat es erlaubt.«

»Wie fies, Mann!«, motzte Len. »Die dürfen glotzen, und ich muss zur Schule!« Er stampfte mit dem Fuß auf.

»Wo ist denn Papa?«, fragte ich wütend.

Leo deutete in Richtung Fenster. »Im Büro, wo sonst?«

Obwohl Jan beinahe ununterbrochen arbeitete, dass er es samstagnachmittags tat, war neu.

Genervt stapfte ich über den Hof auf den alten Schafstall zu, sprang die zwei Stufen hoch und riss die lichtgraue Tür von Jans Architekturbüro auf.

Rechts neben der Tür prangte ein Schild mit der Aufschrift *Jan Altmann – Architekt* in stilvollen schwarzen Lettern auf schimmerndem Acryl. Darüber Jans Logo, ein stilisierter Deich mit Dach, das ich vor einer Ewigkeit für ihn entworfen hatte.

Als ich in den ehemaligen Stall stürmte, wirkte der große Jan winzig klein hinter seinen riesigen Stapeln aus Bauakten.

Er hatte beide Ellenbogen auf die große weiße Tischplatte gestützt und rieb sich mit den Händen über die Augen.

»Die Jungs gucken Fernsehen!«, fuhr ich ihn an.

»Es ist doch Samstag«, sagte er ungerührt.

»Kommst du jetzt auch am Wochenende nicht mehr rüber, sondern verschanzt dich hier?«, fragte ich.

»Du kannst dir gar nicht vorstellen, wie viel ich zu tun habe.«

Ich pustete abfällig in die Luft. »Du kannst dir gar nicht vorstellen, wie viel drüben bei uns zu tun ist.«

»Ava!«, raunte er flehend.

»Jan?!«, zischte ich wütend. »Ich würde auch gern mal wieder etwas für mich machen. Vielleicht Möbel aufpimpen und verkaufen, so wie ich es früher immer machen wollte. Vielleicht würde ich auch gern meinen Traum verwirklichen.«

»Ich dachte, dir wird so schon alles zu viel«, sagte er leise.

Mir wurde schlagartig heiß vor Wut. »War ja klar, dass du was dagegen hast«, fauchte ich. »Aber ich sage dir eins: Ich habe keine Lust mehr, meine Träume hintanzustellen, bloß um dir den Haushalt zu schmeißen.«

Er stöhnte leise. »Ava, das hier war auch dein Traum. Ich habe dir nie etwas aufgezwungen. Und natürlich kannst du machen, was du willst, aber ich mache mir einfach Sorgen um dich und um uns, weil dir offensichtlich schon jetzt alles zu viel ist. So ein Geschäft ist nichts, was man mal eben nebenbei macht.« Er presste die Lippen aufeinander und sah aus, als hätte er heftige Schmerzen. »Ich habe dir doch gestern von meinem ganzen Ärger erzählt.«

Ich verdrehte die Augen. »Jaja, ich weiß, immer bloß du, du, du!«, rief ich, lauter als beabsichtigt. »Du verdienst das Geld, du hast ein Recht auf Ärger. Ich habe hier nichts zu melden.«

Heiße Tränen drängten in meine Augen. Ich war so wütend auf ihn. Und genauso wütend auf mich selbst. Ich wusste nicht mehr, was ich noch sagen sollte. Wollte nicht hören, was er sagte. Ich drehte mich einfach um und stürmte aus dem Büro. Ich wollte bloß noch weg.

»Ava!«, rief mir Jan hinterher. Es klang flehend.

Ich zögerte kurz. Aber dann ging ich weiter.

Als ich über den Kiesweg stapfte, hörte ich es hinter mir schnaufen. Ich ging schneller, aber als ich die Holzveranda betrat, hatte Jan mich eingeholt. Er packte mich am Arm.

»Okay …« Er holte tief Luft. »Ich sag es dir jetzt einfach.« Er strich sich mit der Hand über den Nasenrücken und sah mich verzweifelt an. »Da ist nicht bloß die Sache mit dem Anwalt. Mein Büro, meine Aufträge – es läuft gerade nicht gut.«

Ich starrte ihn an. »Aber du arbeitest doch Tag und Nacht!«

»Ja, eben darum. Ich will die Aufträge, die ich habe, so gut wie möglich machen. Damit die Leute zufrieden sind. Damit vielleicht endlich wieder große Folgeaufträge kommen.« Seufzend setzte er sich in einen der weißen Mexico Chairs. Ganz vorn auf die Kante, die Schultern hängend. »Die Leute sind nicht zufrieden, weil ich lauter Fehler mache, wenn ich angespannt bin. Weil ich nicht kreativ sein kann, wenn ich Angst habe.«

Ich schaute erschrocken auf. »Du hast Angst?«

Er nickte. »Ich habe Angst, dass ich die Kosten hier bald nicht mehr zahlen kann. Dass alles zusammenbricht. Dass die Leute im Dorf schlecht reden.« Er griff sich an die Brust. »Ich habe Angst, dass ich einen Herzinfarkt kriege – ich habe in letzter Zeit ständig so einen Druck auf der Brust.«

Ich trat einen Schritt auf ihn zu, streckte meine Hand aus, um ihn an der Schulter zu berühren. Tat es aber nicht, sondern setzte mich auf die alte weiße Holzbank – und auf meine Finger. Ich fühlte mich wie in einem Verhör.

Eine Rosenranke kitzelte mich am Hals, und die weißen Pfeiler der Veranda warfen Schnörkelschatten auf meine Beine.

Jan schaute mich müde an. »Vor allem habe ich Angst, dass ich dich verliere.«

Und ich habe Angst, dass wir uns längst verloren haben, dachte ich.

Nervös begann ich, an meinem Daumennagel zu knabbern, der kaum noch da war. Ich konnte jetzt nicht sagen, was ich gern sagen wollte, wenn er so traurig war. Ich konnte nicht sagen, dass ich nicht mehr glücklich war, dass ich das Gefühl hatte, laut schreien zu müssen, wenn es so weiterging, dass ich mein Ding machen wollte. Und dass ich einen Mann wiedergetroffen hatte, der mich total durcheinanderbrachte. Es aber weiterhin bloß zu denken machte mich ebenso fertig.

»Die meisten Leute leisten sich keine Architektenhäuser mehr«, fuhr Jan seufzend fort. »Die suchen sich ein Fertighaus aus. Da weißt du, was du kriegst. Viele Kollegen leben nur noch von Umbauten und Sanierungen. Aber du kennst ja unsere Gegend. Die Leute hier sind sparsam und stur, die bauen nicht um. Und wenn, dann machen sie es selbst und klatschen ihre Anbauten einfach so an ihre Häuser.«

»Aber du hast doch so viele Bauvorhaben auf dem Tisch?«

»Das sind oft Kleinigkeiten, die super aufwendig sind, aber nur Ärger machen. Die großen Sachen ziehen sich ewig hin, Anträge liegen oft Monate beim Bauamt. Sprich, ich warte ewig auf unser Geld.«

Er tat mir so leid, wie er dasaß und mich verzweifelt ansah. Und gleichzeitig war ich irgendwie wütend auf ihn. Warum? Ich konnte es nicht beschreiben.

Ein leuchtend gelber Zitronenfalter flatterte an uns vorbei, landete für einen Moment auf einer Rosenblüte und hob dann wieder ab. Niemand wusste, wohin er flog, vermutlich wusste er es selbst noch nicht. Er konnte einfach losflattern. Ich ertappte mich bei dem Gedanken, dass ich ihn beneidete. Einen Schmetterling! Ich hatte sie echt nicht mehr alle.

»Und jetzt noch die Sache mit dem Anwalt. Ich würde am liebsten alles hinschmeißen«, sagte Jan leise.

Ich schaute hinüber zu dem kleinen Apfelbaum, dessen Blätter im Wind klimperten. Als würde die Natur den Soundtrack zu der traurigen Geschichte komponieren, die sich gerade auf unserer Terrasse abspielte.

»Wieso redest du nicht mit mir darüber?«, fragte ich.

Jan zuckte mit den Schultern. »Mach ich doch gerade.«

»Aber warum erst jetzt?«

»Ich wollte dich damit nicht belasten.«

Ich schluckte.

»Warum sagst du mir nicht, was du wirklich willst?«, fragte er und sah mich durchdringend an.

Ich erschrak, weil seine blauen Augen so unglaublich dunkel und traurig aussahen. Er tat mir leid. Wir taten mir leid. Mir war übel. Auf meinen Schultern lastete gefühlt eine Tonne Beton, eine ganze Wand, ein verdammtes Fertighaus.

Wir saßen noch eine Weile schweigend auf der Terrasse. Ich auf der kleinen Bank vor dem Küchenfenster, er im Mexico Chair mit den Plastikschnüren. Obwohl bloß ein kleiner Holztisch mit bunten Sommerblumen in einer blau-weißen Vase zwischen uns stand, kam es mir vor, als wären wir meilenweit voneinander entfernt.

Ich musste daran denken, dass ich früher in so einem Moment aufgestanden wäre und mich auf seinen Schoß gesetzt hätte. Es hatte sich so gut angefühlt, wenn er mich in den Arm nahm und federleicht auf und ab hüpfen ließ. Er, der Beschützer, ich, das kleine Mädchen. Manchmal hatte ich diesen bekloppten Gedanken genossen. Ich hatte mich so sicher bei ihm gefühlt. Aber ich war schon lange kein kleines Mädchen mehr.

Irgendwann hielt ich die tonnenschwere Stille nicht mehr aus und ging, ohne etwas zu sagen, ins Haus.

Später warf ich mein schlechtes Gewissen über Bord und ein paar wahllos zusammengeraffte Klamotten in meinen geblümten Weekender.

Durch das weit geöffnete Schlafzimmerfenster hörte ich unseren Nachbarn Rasen mähen. Heini Piepenbrink tat das einmal in der Woche, und die Jungs und ich machten uns regelmäßig ein wenig lustig, weil es so viel Rasen gar nicht zu mähen gab. Heute aber hatte der vertraute Duft des frisch geraspelten Grases etwas überraschend Tröstendes. Im Gebüsch zwitscherten aufgeregt die Spatzen. Ich atmete langsam wieder ruhiger.

Es fühlte sich falsch an, genau jetzt zu fahren. Und dann auch noch zu seiner Party. Ich wagte es nicht mal, seinen Namen zu denken. Andererseits war ich froh, hier wegzukommen. Weg von Jan und seinen traurigen Augen. Und ich freute mich auf Sam. Seit ich sie wieder öfter sah, merkte ich, wie sehr ich sie vermisst hatte. Mit klopfendem Herzen horchte ich in mich hinein, ob ich mich auch auf Pinto freute. Leider sehnte ich mich tatsächlich nach seinem charmanten Lächeln, das bloß mir galt.

Als ich im Bad eilig Zahnbürste, Reinigungsschaum und Wimperntusche in meine Kulturtasche packte, hörte ich unten ein Türenschlagen. *Rumms.* Und dann noch einmal: *Rumms.* Verdammt!

Ich beugte mich zur Badtür hinaus. »Vorsicht mit den Türen!«, rief ich.

Ich wartete bloß auf einen Schmerzensschrei. Zweimal waren wir wegen eingeklemmter Finger schon im Krankenhaus gewesen.

»Leo dreht durch!«, brüllte Len von unten, und im nächsten Moment heulte Linus auf, lauter als Heinis Rasenmäher.

Bitte nicht!, dachte ich und sprang die Treppe, zwei Stufen auf einmal nehmend, hinunter. »Was ist los?«, fragte ich schnell.

»Leo heult rum und hat sich in seinem Zimmer verschanzt!«, rief Len.

Ich seufzte erleichtert, weil kein Finger platt war. Dann runzelte ich die Stirn. »Was ist denn mit Leo?«

Len zuckte mit den Schultern. »Der ist bloß sauer, weil so eine Ruby aus seiner Klasse übers Wochenende mit diesem Paul wegfährt. Dieser Streber-Paul, du weißt schon.«

Ich hatte keine Ahnung. »O nein«, sagte ich seufzend.

Len pustete sich den Pony aus dem Gesicht. »Weiß auch nicht, was der hat. Seit er ständig mit dieser Ruby am Telefon dauerquatscht, bleibt gar keine Zeit mehr für Fußball.«

»Das verstehst du, glaube ich, noch nicht«, sagte ich.

»Doch, ich weiß schon. Hier geht's um Liiiiiie-beeee!« Er singsangte das Wort wie ein Opernsänger. »Aber eins sag ich dir, Mama: Ich mach da nicht mit. Bei dieser Liebe nicht und bei diesem Pubsertätdingsbums auch nicht. Viel zu anstrengend!«

»Pubertät meinst du«, sagte ich und schmunzelte trotz allem.

Len zeigte mir seinen erhobenen Daumen, kickte lässig einen Ball in die Luft, fing ihn geschickt wieder auf und lief damit nach draußen.

»Dein ist mein ganzes Herz«, hörte ich ihn draußen grölen. »Du bist mein Reim auf Schmerz …« Weiter kannte er den Text offenbar nicht. Auf jeden Fall hörte ich bloß noch ein immer leiser werdendes »Dadamm, dadamm, dadamm«.

Ich atmete tief ein und aus und klopfte an Leos Tür.

Erst passierte nichts. Nach dem dritten Klopfen brummte er: »Lass mich in Ruhe.«

Ich überlegte angestrengt, was ich sagen könnte. Es fühlte sich an, als wartete ich hinter der Bühne auf meinen ersten wirklich großen Auftritt. Jetzt kam es drauf an.

»Ich würde dir gern helfen«, raunte ich. »Magst du mich nicht reinlassen?«

Stille.

»Leo?«, fragte ich leise und räusperte mich.

»Lass mich in Ruhe!«

Ich biss mir auf Lippe. Pubertät schien ein Minenfeld zu sein. Aber ich wagte vorsichtig den nächsten Schritt.

»Ich kenne mich aus mit Mädels«, sagte ich. »Ich war schließlich selbst mal eins.«

Ich biss mir auf die Lippe und zog eine Grimasse. Verdammt, das war dämlich gewesen. Oder doch nicht?

Stille.

»Du bist kein Mädchen mehr, Mama, du bist eine alte Frau. Lass mich in Ruhe!«

Ich schluckte. Sehr dämlich.

Plötzlich sah ich Leo wieder in seinem Kinderbett liegen. In dem kleinen Beistellbett, das längst auf seinen Verkauf bei eBay wartete. Oder auf Enkel. Ich erinnerte mich an einen Tag, an dem Leo besonders unruhig gewesen war. Ich hatte endlich einen Schrank weiterstreichen wollen und war genervt, als er kurz nach dem Einschlafen schon wieder brüllte. Eine gefühlte Ewigkeit hatte er ohrenbetäubend laut geschrien und war knallrot angelaufen, bis ich endlich die Schrankrückseite fertig angemalt, den Pinsel ausgespült, meine Hände gewaschen und ihn hochgenommen hatte.

Jetzt, wo mein großer Sohn hinter der verschlossenen Tür lag und ich mich alt und einsam fühlte, wünschte ich, ich hätte ihn damals sofort auf den Arm genommen. Ihm etwas vorgelesen oder für ihn gesungen oder ihn einfach nur auf meinen Armen durch die Altbauwohnung in Altona getragen, in der wir damals gewohnt hatten. An seinem weichen Haarflaum geschnuppert, den ich nun nie wieder in meinem Leben riechen würde.

Ich wischte mir zwei dicke Tränen aus dem Gesicht und flüchtete ins Auto. Sollte ich nicht besser bleiben? Eine Weile saß ich hilflos hinter dem Steuer und fühlte einen brennenden Schmerz im Hals. Ich wollte losfahren und wollte es irgendwie auch nicht. Brauchte Leo mich? Oder brauchte er seine Ruhe? Ich presste meinen Kopf gegen das Lenkrad und schluchzte laut. Ich wusste überhaupt nicht mehr, was ich eigentlich wollte.

Dann stieg ich doch noch mal aus. Lief in den Vorratsraum, holte zwei Tafeln Schokolade aus meinem Geheimversteck und schob sie ganz hinten unters Sofa.

Ich schrieb Leo einen Zettel:

Lieber Leo,
ich weiß, ich bin schon älter, für dich sicher uralt, aber glaub mir, ich weiß ganz genau, wie sich Liebeskummer anfühlt. Ich weiß leider auch, dass eigentlich nichts hilft,

außer vielleicht Schokolade. Deshalb habe ich dir welche versteckt, nur für dich, ganz hinten links unter dem Sofa. Ich fahre jetzt zu Sam und lasse dich in Ruhe, aber morgen bin ich wieder da, falls du reden willst. Und du hast meine Handynummer. Du kannst immer anrufen. Immer.
Alles Liebe,
Mama

Den Zettel schob ich unter Leos abgeschlossener Zimmertür hindurch. Dann lief ich zum Auto, startete den Motor, fuhr mir nervös durchs Haar und rumpelte über die Auffahrt mit den vielen Schlaglöchern zur Deichstraße hinauf, bevor ich es mir anders überlegen konnte.

Kapitel 19

Er

Nach der Kuschelrocknummer standen wir minutenlang voreinander und grinsten uns an.

»Noch ein Bier?«, fragte ich, und als sie nickte, zog ich sie hinter mir her in Richtung Bar.

Leises Lallen lag in der Luft, ab und zu ein hysterisches Kichern. Es roch nach verkippten Bier und verrauchtem Aftershave, als wir uns einen Weg durch den Club bahnten, in dem es inzwischen deutlich leerer geworden war. Ich bemerkte die Blicke, die einige Kerle Ava zuwarfen, und fühlte kribbelnden Stolz, dass ich es war, dem sie folgte.

Während wir vor der Theke auf die beiden Astraflaschen warteten, drängelten sich ein paar Typen neben uns, und Ava stolperte mir entgegen. Ich fing sie auf und hielt sie mit beiden Händen fest. Ich fühlte ihre warme Haut unter meinen Händen. Für einen Moment war ihr Gesicht ganz nah an meinem. Das Herz klopfte mir bis zum Hals.

»5,30 Euro«, rief das Mädel hinter der Bar und knallte die Flaschen auf die Theke.

»Auf den Zufall!«, sagte ich, und unsere Astraflaschen klirrten gegeneinander. Ich kannte nicht viele Frauen, die gern Bier tranken. Und schon gar nicht so lässig aus der Flasche.

Sie schien Gedanken lesen zu können. Lächelnd zeigte sie auf ihren linken Schneidezahn. »Ein Astra hat ihn eine Ecke gekostet.«

»Nicht wahr, oder?« Ich lachte sie ungläubig an. »Du hast dir ernsthaft an einer Buddel ein Stück Zahn ausgeschlagen?«

Sie nickte. »Tanzend im Roschinskys, nachts um halb eins.« Dann grinste sie. »Seeehr wild tanzend.«

Ich konnte es mir bildlich vorstellen.

»Rauchst du?«, fragte ich.

Sie schüttelte den Kopf. »Auf Partys am Anfang des Studiums«, gab sie zu. »Aber jetzt schon lange nicht mehr.« Dann grinste sie. »Aber du, oder? Gehört das bei deinem Job nicht dazu?«

Ich lachte laut. »Viele tun es, aber gezwungen wird keiner. Ich habe tatsächlich nie eine Zigarette angerührt.«

Sie hob erstaunt die Augenbrauen. »Sollen wir uns setzen? Zigarettenpause ohne Zigarette?«

Ich zog sie mit mir zu einer kackbraunen Sitzecke in Eiche rustikal, ganz hinten in der Ecke. Darüber hing ein staubiges, goldgerahmtes Ölbild einer blonden Frau mit Schleife um den Hals und üppigem, gerüschtem Dekolleté, das aussah wie Busen in Schlagsahne. Uschi hatten die Jungs und ich die Dame getauft.

»Erzähl mir was über dich, was mich überrascht«, sagte ich.

Sie stellte ihre Flasche auf die klebrig dunkle Tischplatte

und überlegte grinsend. »Ich liebe den Geruch von Pinselreiniger«, sagte sie dann.

Ich lachte überrascht. »Wie bitte? Du inhalierst Terpentin statt Tabak?«

Sie stützte ihr Kinn auf die Hand, und ihre blauen Augen leuchteten. »Ja!«, rief sie. »Echt! Ich liebe alte Möbel, und ich liebe es, sie aufzupimpen. Und du?« Ihr Pferdeschwanz hüpfte bei jedem Wort auf und ab.

»Ich hasse alte Möbel«, gab ich zu. »Ich stehe auf Designklassiker.«

»Weil du selbst schon einer bist?«, neckte sie mich. »Schade, dann passen wir wohl leider nicht zusammen …«

»Ich bin 28. Geht also gerade noch«, sagte ich.

Sie hob die Augenbrauen.

»Klassiker werden mit den Jahren immer besser«, flüsterte ich, beugte mich über den Tisch und stützte ebenfalls mein Kinn in beide Hände. »Und außerdem: Ein altes Stück und ein Designerteil passen auf den ersten Blick gar nicht, aber eigentlich gerade perfekt zusammen.«

»Du meinst, das ist wie Schokolade mit Salzbrezel?«

»Ganz genau.«

»Welchen Sport magst du?«, fragte sie.

»Fußball und Surfen.«

Sie verzog das Gesicht. »Ich habe Angst vor Wasser«, gestand sie, »und vor Bällen.«

»Was machst du gern?«

»Ich gehe laufen.«

Jetzt verzog ich das Gesicht. »Laaangweilig! Das mache ich nur, wenn ich muss.«

»Was guckst du gern für Filme?«, wollte sie wissen.

»Thriller. Dokus. So was.«

Sie runzelte erschrocken die Stirn. »O nein, wir haben überhaupt nichts gemeinsam«, raunte sie. »Ich schwärme für Schnulzen.«

»Klar doch«, meinte ich. »Wir könnten zusammen Salzbrezelschoki essen und uns hinterher gegenseitig unsere Vintage- und Designmöbel zeigen.«

Sie lachte. »Willst du mal Kinder?«, fragte sie.

Ich verschluckte mich fast. »Holla!«, prustete ich. »Du gehst ja ran.«

Sie nickte. »Klar doch. Also, willst du welche?«

Uschi in Öl guckte skeptisch auf mich runter.

Ich zuckte mit den Schultern, weil Kinder bisher nicht auf meiner Lebensplanungsliste standen. »Weiß nicht, habe bisher nicht drüber nachgedacht.«

Guckte sie erschrocken?

Ich verschränkte die Arme und lehnte mich zurück. »Willst du denn welche?«

Ihre Augen blitzten. »Unbedingt! Gern zwei. Oder drei. Und ein schönes Haus. Am allerliebsten auf dem Land.«

»Altbau oder Neubau?«

»Altbau!« Lächelnd legte sie den Kopf noch ein wenig schräger.

»Da haben wir ein Match«, flüsterte ich und hielt ihr meine Hand zum Einschlagen hin. Sie klatschte mit ihrer dagegen, und ich schloss blitzschnell meine Finger um ihre. »Vielleicht habe ich bisher auch einfach noch nicht die Richtige zum Kinderkriegen getroffen …«

Sie grinste schief. »Das ist schlechteste Macho-Masche! Ich glaube dir kein Wort.«

Aus ihrem Zopf hatten sich mehrere Haarsträhnen gelöst, einige klebten an ihrer verschwitzten Haut, andere standen ab und strahlten hellblond im getupften Licht der Discokugel. Ihre Wimperntusche war verlaufen, aber ihre Augen leuchteten noch immer hellwach, obwohl es schon beinahe Morgen war. Sie sah wunderschön aus.

»Stell dir vor«, gestand ich, »eigentlich wollte ich heute Abend gar nicht hierher. Ehrlich gesagt steh ich nämlich viel mehr auf die Musik in den Kneipen auf der anderen Seite.«

Sie lachte. »*Exsparr, Rosies Bar, Roschinskys?* Indiemusik, echt jetzt? Wie lustig, ich auch.«

»Meine Kumpels haben mich hierhergeschleppt.« Ich drückte ihre Hand.

»Meine Mädels mich auch«, flüsterte sie. »Zum Glück, sonst hätte ich Lotto verpasst.«

Ich griff mit zwei Fingern nach einer ihrer feinen Haarsträhnen und strich sie ihr hinters Ohr. »Nur Lotto?«, fragte ich und sah ihr direkt in die blauen Augen. Als meine Hand ihre Wange berührte, hatte ich das Gefühl, einen leichten elektrischen Schlag zu bekommen. »Da haben wir es doch«, raunte ich. »Wir könnten beim Salzbrezelschokoladenaschen im Altbau zusammen wirklich gute Indiemusik hören, bevor wir wild herummöbeln«.

»Herummöbeln?«, fragte sie lachend und kräuselte ihre Nase.

Ich beugte mich ein Stück näher. »Für einen Kuss kannst du ein V kaufen.«

Sie biss sich auf die Lippe und grinste frech. Ihr Blick hing an meinem Mund. Puh, das war echt heiß hier!

Ich bewegte mich noch ein wenig weiter auf sie zu, und ihr Blick wurde plötzlich ernst. Ich glaube, meiner auch. Im Blaugrün ihrer Iris sah ich winzige Lichtpunkte tanzen. Mein Herz klopfte wie nach einer ganzen Alsterrunde, und ich schluckte schwer, als mir bewusst wurde, dass auch sie sich mir Wimpernschlag für Wimpernschlag näherte. Dieses Mal hielten wir die knisternde Spannung aus.

Als meine Lippen kurz vor ihren waren, als ich ihren warmen Atem spürte und ihren süßen Duft roch, da haute mir jemand kräftig auf die Schulter.

Wir flogen auseinander.

»Hey, ihr Turteltauben, wir gehen jetzt, was ist mit euch?«, fragte mein Kumpel Philip.

Ich sah sie unsicher an, und sie nickte grinsend. Ich blieb also sitzen und hielt Philip bloß meine Hand zum Abklatschen hin.

»Alles klar, wir hören uns!« Er grinste dämlich, und ich sah ihm kopfschüttelnd nach, wie er sich noch mal umdrehte und einen Daumen in die Luft reckte.

Dann tauchte ich wieder ab in die funkelndsten Augen der Welt. »Was machen wir jetzt?«, fragte ich und erkannte meine eigene Stimme kaum, so rau klang sie.

»Ich wüsste da was«, flüsterte sie.

Uns trennte bloß noch eine lichtblonde Haarsträhne.

Kapitel 20

Ava

Hamburg-Eimsbüttel knisterte an diesem Samstag vor Sommeranfangsfreude. Die prächtigen Gründerzeitfassaden leuchteten bonbonfarben in der Abendsonne, und zwischen den raschelnden Linden saßen Menschen mit großen Sonnenbrillen vor den Kneipen und Cafés und ignorierten fröhlich gestikulierend die Decken, die ihnen die aufmerksamen Gastronomen über die Stühle gelegt hatten. In dem schmalen Spalt zwischen Fußweg und Häuserfassaden wuchsen Stockrosen mit dicken grünen Knospen.

Als wir um die nächste Ecke bogen, mischte sich unter das melodische Stimmengemurmel der Sound von Pintos Party. Laute Beats wummerten vom Balkon runter auf die Straße, prallten an den Hauswänden ab und hüpften wie Pingpongbälle durch die enge Altbaustraße.

»Ich dreh durch!«, jauchzte Sam und griff nach meiner Hand, als wir durch die dicht an dicht parkenden Autos am Straßenrand auf die Haustür zuliefen. »Das ist ja echt ’ne richtige Fete!«

Irgendwie war ich froh, dass Pinto nicht mehr in der Wohnung von damals wohnte. Die Möglichkeit, einfach so in mein altes Leben zurückzuspazieren, bestand also nicht. Verwundert schüttelte ich den Kopf über diesen Gedanken. Als ob diese Möglichkeit je bestanden hätte.

Als wir auf den Klingelknopf neben dem Namen Yilmaz drückten, wurde mir übel. Ich hatte bei Sam hastig mindestens zwei Gläser Prosecco in mich hineingekippt, weil ich so durcheinander war. In meinem Magen rangelten Angst und Aufregung miteinander.

»Wie früher!«, hatte Sam vorhin beim Vorglühen immer wieder gejubelt, und ich hatte mich bemüht, mich mitzufreuen.

Aber die alte Leichtigkeit, dieses bauchflattrige Gefühl, dass an diesem Abend alles möglich wäre, wollte sich einfach nicht einstellen. Sam war schwer damit beschäftigt gewesen, sich mehrmals umzuziehen. Inzwischen trug sie eine weite rostrote Hose mit auffälligen Perlmuttknöpfen am Bund, eine glänzende pinkfarbene Bluse und große Creolen, an denen Perlmuttplättchen klapperten. Beim Umziehen hatte sie aufgedreht von ihrer nervigen Schulleitung und dem neuen Referendar erzählt, der Waldemar hieß, total heiß war, aber viel zu jung.

»Gibt es überhaupt noch zu jung?«, hatte ich gefragt. »Ist das heutzutage nicht egal, wenn man sich mag?«

Sam hatte mich mit hochgezogenen Augenbrauen angesehen. »Er riecht nach Clearasil! Ja, ich fürchte, er ist zu jung.«

Mein großer Sohn war mir eingefallen. Sein Kummer. Und das boxende Bewusstsein, wie schrecklich schnell das alles ging. War es nicht ein riesendummer Fehler, hier zu sein?

Ich hatte Sam nichts von Leos Liebeskummer erzählt, auch nichts von meinem Streit mit Jan und schon gar nicht von meiner Unfähigkeit, damit umzugehen. Sie wirkte so gelöst, so voller Partyvorfreude, das wollte ich ihr nicht kaputtmachen. Außerdem ahnte ich, dass sie sofort nach einer Lösung suchen würde, was eigentlich großartig war. Ich ahnte aber auch, dass es in diesem Fall keine Lösung gab. Beziehungsweise bloß eine, die ich nicht hören und an die ich nicht einmal denken wollte.

So hatte ich einen Schluck eisklimpernden Prosecco nach dem anderen getrunken, in der Hoffnung, dass ich meinen ganzen Mist wenigstens für eine Weile vergessen würde.

»Ava!«, rief Sam jetzt, und ich nahm ihr endlich die schwere Altbautür ab, die sie für mich aufhielt, und schlüpfte hinter ihr ins kühle Treppenhaus.

Ich hatte keine Zeit gehabt, über mein Outfit nachzudenken, und einfach nach meiner liebsten Hüftjeans in Hellblau gegriffen. Die gab ihr Bestes, um dazu beizutragen, dass mein Bauch so flach wie früher aussah. Dazu trug ich ein schlichtes weißes Shirt, das ich mir vorn ein Stück in die Hose gesteckt hatte. Meine Alltagsuniform. Um meinen Hals baumelte die kleine Goldkette, die Jan und die Jungs mir vor ein paar Jahren zum Muttertag geschenkt hatten. Auf der Rückseite waren ihre Anfangsbuchstaben eingraviert: J + L + L + L.

Als ich die platt getretenen Stufen der alten Treppe hinaufstieg, griff ich wie so oft nach dem winzigen Anhänger und drückte ihn kurz. Dann dachte ich schnaufend, dass ich verdammt noch mal wirklich Sport machen sollte.

Auf der Hälfte der Treppe kamen uns zwei Typen entgegen. In hellen Sneakers von Vans hüpften sie lässig Stufe für Stufe hinunter. Genau diese Schuhe hatte Jan seit einer Ewigkeit im virtuellen Warenkorb und wartete auf eine Reduzierung.

Die engen Jeans der beiden endeten knapp über den Knöcheln, dazu trugen sie weite weiße Shirts. Der eine hatte kurze braune Haare und der andere blonde Locken, eine richtige Surfermähne. Ich hatte sie schon im vorigen Stock miteinander reden und lachen hören, auf unserer Höhe hörten sie aber schlagartig auf, grinsten sich an, und als wir außer Sicht waren, hallte ein schriller Pfiff durch den Altbau.

Sam grinste mich zufrieden an. »Und da sagen doch immer alle, mit vierzig würden wir unsichtbar!« Sie schnappte nach Luft. »Nix da, wir sind verschwitzt und wunderbar.« Japsend nahmen wir die letzten Stufen bis in den fünften Stock. »Bloß schade, dass die weg sind, bevor wir da waren.«

An der hellgrauen Tür klebte ein Post-it mit Pintos Nachnamen, sie war nur angelehnt. Laute Hip-Hop-Beats drangen durch den Türspalt zu uns raus, dazu Stimmengewirr und ab und zu ein lautes Lachen. Mir war furchtbar heiß, und ich hatte Kopfschmerzen. Am liebsten wäre ich wieder umgedreht. Was bitte machte ich hier?

Auch Sam wirkte plötzlich ungewohnt schüchtern, nestelte an ihrem Messy Bun herum und schob mich dann energisch in Richtung Tür. »Du musst vorgehen, ich kenne hier keinen.«

»Ich auch nicht«, protestierte ich, während ich die Tür aufschob.

Im Flur mit dem glänzenden Schiffsbodenparkett standen zwei an die Wand gelehnte Grüppchen von Leuten mit Astraflaschen in der Hand. In den Räumen links und rechts davon schien mehr los zu sein, dort erkannte ich im diffusen Partylicht dichtes Getümmel.

»Äh, hallo und sorry!«, grüßte ich unsicher die Leute im Flur, als wir uns an ihnen vorbeischoben. Sie traten einen Schritt zur Seite, unterbrachen ihre Unterhaltung aber nicht.

»Durst!«, raunte Sam hinter mir, und so bog ich spontan nach rechts ab, wo ich die Küche vermutete.

Dort war es noch enger. Dicht an dicht drängten sich Partygäste aneinander, es war stickig und heiß, und von allen Seiten brodelten Gesprächsfetzen herüber. Mal kochte hier Gelächter hoch, mal dort.

Auf den ersten Blick schienen alle jünger als wir. Als ich mich allerdings zur Küchenablage durchdrängelte, um nach etwas Trinkbarem zu suchen, entdeckte ich doch etliche mitteltiefe Fältchen um die Augen und ein paar halbschlaffe Halspartien. Ich fühlte mich gleich ein wenig sicherer. Dann stellte ich mich auf die Zehenspitzen, aber Pinto konnte ich in dem Partydurcheinander nirgends entdecken. Schließlich angelte ich mit ausgetrecktem Arm erfolgreich nach zwei Gläsern und einer halb vollen Flasche Weißwein und schob Sam in Richtung Fenster, wo ein kleines bisschen mehr Platz war als im Rest des Raumes.

»Prost!«, sagte ich, hob mein Glas, trank einen Schluck und verzog den Mund.

Wehmütig dachte ich an den Wein, den Jan und ich seit Jahren bei dem Weingut von der Mosel bestellten, auf dem wir mal mit den Kindern Urlaub gemacht hatten. *O Gott*, dachte ich, *ich bin wirklich alt.*

Sam erzählte mir von den neuen Turnschuhen, die sie für Hermine bestellt hatte, und lallte bereits ein bisschen. Pinto war immer noch nicht aufgetaucht.

»Willst du ihn nicht mal suchen und begrüßen?«, drängte Sam, als könnte sie meine Gedanken lesen.

Ich schüttelte erschrocken den Kopf. »Ich weiß sowieso nicht, was ich sagen soll …«

»Hallo, zum Beispiel?« Sam hielt den Kopf schräg und sah mich mit hochgezogenen Augenbrauen grinsend an. Da mussten wir beide herzlich lachen.

Nach einer Dreiviertelstunde und mit jeder Menge Säure im Magen wollte ich dann wirklich bloß noch weg. Ich kam mir vor wie ein weißer Fleck auf einem aufregend bunten Gemälde. Sam schien zum Glück nicht abgeneigt und wollte bloß noch mal kurz aufs Klo.

Als sie nach einer gefühlten Ewigkeit immer noch nicht wieder da war, fand ich sie mit dem blonden Surfertypen aus dem Treppenhaus im Flur. Die beiden lehnten lässig an der Wand und unterhielten sich Nasenspitze an Nasenspitze. Ich seufzte, beschloss aber, mich für Sam zu freuen. Vielleicht sollte ich wirklich endlich mal schauen, wo Pinto steckte, um ihm wenigstens Hallo zu sagen.

Ich entdeckte ihn schließlich im Dämmerlicht auf dem

Balkon. Er lehnte mit ein paar Gästen am Geländer und unterhielt sich. Alle sahen so lässig aus, dass ich unsicher in der Tür stehen blieb. Hin und wieder leuchtete Pintos Gesicht im Flackern einer Kerze auf dem Tisch hell auf.

Nach einer Weile entdeckte er mich, hob überrascht die Augenbrauen und schaute mich einen Moment lang ernst an. Dann lächelte er. Er sah einfach so unglaublich gut aus, wenn er lächelte.

Ich begann, mich zu ihm durchzudrängeln.

»Ava!«, rief er. »Schön, dich zu sehen!« Er beugte sich zu mir, drückte Küsschen links, rechts und wieder links auf meine Wange und beteiligte sich dann wieder am Gespräch. Die anderen waren offenbar alle Kollegen, und sie schienen gerade Witze über die Schockfotos auf Zigarettenpackungen zu machen.

Der Wein hatte seine weichzeichnende Wirkung verloren, die Partygäste hoben sich mit deutlichen Konturen vom graublauen Abendhimmel ab. Ziemlich eingequetscht stand ich zwischen zwei Frauen auf dem überfüllten Balkon und fühlte mich überflüssig. Ich bemerkte, dass eine der beiden, eine kleine Dunkelhaarige, mich von der Seite musterte.

»Ava kommt aus dem Produktdesign«, warf Pinto plötzlich in die Runde.

Ich nickte verlegen. »Das war aber noch vor den Schockbildern. Und für Tabakwaren habe ich auch nie gearbeitet.«

»Für was dann?«

Ich zögerte. »Für Quark zum Beispiel.«

Stille. Dann lautes Lachen.

O Gott, was hatte ich gesagt?

»Stimmt, du siehst auch mehr nach *Die Milch macht's* aus als nach *Liberté toujours*!«, zischte die Dunkelhaarige.

Ich fühlte mich bescheuert.

»Avas Wohnung hatte früher was von einem Gauguin-Gemälde«, half mir Pinto und ließ mich nicht aus den Augen.

Ich bedankte mich mit einem Lächeln.

»Wirklich aufregend war das«, schwärmte Pinto. »Jedes Möbelstück und alle Böden und Wände waren knallbunt angemalt. Viele mit Mustern. Sehr besonders.« Bei den letzten beiden Worten sah er mir direkt in die Augen. Mein Magen zog sich zusammen.

Die Dunkelhaarige raffte ihre Stirnfalten hoch bis zum Haaransatz. »Und?«, fragte sie und spitzte die Lippen, »lebst du heute immer noch deinen bunten Traum?«

Ich biss mir auf die Unterlippe.

»Heute eher blitzblankes Bilderbuchglück«, sagte Pinto leise.

Was zum Teufel machte ich hier?

Ich entschuldigte mich stammelnd, angeblich, um mir etwas zu trinken zu holen, und hoffte, dass niemandem auffiel, dass mein Glas noch halb voll war. Dann schaute ich nach Sam und entdeckte sie wild knutschend neben der Klotür. Ich beschloss, ihr noch eine Stunde zu geben. Sie hatte es verdient.

Weil ich nicht wusste, wohin mit mir, schlich ich ins Wohnzimmer, drückte mich eine Weile vor Pintos halb leerem Bücherregal herum und zog alibimäßig ein paar Bände heraus. Er besaß hauptsächlich schwere Coffeetable-Books: *Work & Life über den Dächern von NYC, Die 100 besten Bungeejumping-Spots* und *Clubbing in California*. Er lebte einfach ein komplett anderes Leben als ich.

Unsicher ging ich an ein paar Gästegrüppchen auf dem Fußboden vorbei zum Fenster und schaute hinaus. Die Lichter der Großstadt bildeten einen hellgelben Streifen über den Dächern am Horizont. Nach oben hin wurde er immer goldener und zerfloss schließlich in Hell- und dann in Dunkelblau. Ich musste an Leo denken. Was er wohl gerade machte?

Später war ich zunächst erleichtert, als sich mit zwei deutlich jüngeren Frauen im Flur ein Gespräch über die Kitas unserer Kinder ergab. Doch als sie begannen, begeistert mit Begriffen wie »Betreuungsschlüssel« und »phonologische Bewusstheit« um sich zu werfen, und davon schwärmten, wie gern ihre kleinen Söhne am Chinesischunterricht teilnahmen, kam es mir vor, als würden sie selbst eine andere Sprache sprechen, so wenig konnte ich mitreden. Ehrlicherweise gingen bei Linus inzwischen weder Jan noch ich zu den Kita-Elternabenden. Ich konnte die Sorgen der aufgeregten Erstkindmamas um mitwachsende Bodys und zuckerfreie Dinkelkekse einfach nicht mehr teilen.

Zum Glück goss eine der jungen Mütter uns gerade Sekt nach. Normal für mich, alkoholfrei für die beiden anderen. Als sie von der kitaeigenen Sauna schwärmte, musste ich daran denken, wie sehr sich Sam damals über das Kita-Hipstertum in der City aufgeregt hatte und wie begeistert sie jedes Mal war, wenn wir gemeinsam mit Hermine Linus aus unserer Dorfkita abholten und seine Klamotten verrieten, dass er einfach stundenlang im Sand gebuddelt hatte.

»Bio-Essen gibt's bei euch da draußen sicher auch nicht für die Kids, oder?«, fragte die andere Mama gequält.

Ich schüttelte den Kopf. »Eher nicht.« Dann konnte ich es mir nicht verkneifen: »Zum Glück liebt mein kleiner Sohn Brot mit Maurermarmelade.«

Die beiden schauten mich wie erwartet mit großen Augen an.

»Mettschnittchen«, erklärte ich und musste die Lippen fest aufeinanderpressen, um nicht laut loszulachen. So schade, dass Sam jetzt nicht hier war.

Dann mussten die beiden los, abpumpen. Vielleicht hatten sie auch Angst, sich bei mir mit dem Rabenmuttervirus anzustecken. Auf jeden Fall guckten sie so. Ich wollte nach Hause.

Weil von Sam immer noch nichts zu sehen war, ließ ich mich noch auf ein Gespräch mit einem Cordsakko tragenden Endzwanziger ein. Leider merkte ich erst nach ein paar Sätzen, dass er noch betrunkener war, als ich erwartet hatte.

»Drei Kinder?«, lallte er entgeistert in mein Ohr, nachdem ich ihm erzählt hatte, was ich so machte. Dabei riss er seine dunklen Augen auf und taumelte von einem karamellfarbenen Chelsea-Boot-Fuß auf den anderen. Das überlange Ende seines braunen Ledergürtels baumelte zwischen seinen Beinen.

Ich rückte ein Stück von ihm weg, aber er taumelte hinterher.

»Drei Kinder, ernst-hicks-haft?«, wiederholte er.

Mir war übel. »Ich muss los!«, rief ich eilig und trat schnell einen Schritt aus seiner Taumelbahn.

»Warte doch!«, hörte ich ihn hinter mir lallen. »Drei Kinder …« Er grunzte. »Warte doch!«

Ich hatte es plötzlich sehr eilig wegzukommen. Als ich ins verschwitzte Wohnzimmer schaute, knutschte im Schein einer silbernen Stehlampe ein Pärchen auf dem Sofa. Danach warf ich einen vorsichtigen Blick in die Gin parfümierte Küche, um nachzusehen, ob Sam vielleicht dort war. Ich blieb im Türrahmen stehen, weil ich auf keinen Fall Mister Lall in die Arme laufen wollte. Schließlich lehnte ich mich im Flur gegen die Wand und schloss die Augen. Bis auf ein paar leere und halb volle Gläser war er leer. Es roch sauer nach ausgequetschter Limette.

Sam war weg, vermutlich mit dem Typen in dessen Koje gesurft. Leider hatte sie ihren Haustürschlüssel mit an Bord. Und mein Autoschlüssel lag blöderweise bei ihr zu Hause, sonst hätte ich die Restnacht wenigstens auf der Rückbank unseres Caddy-Maxi verbringen können.

Was bitte mache ich hier?, dachte ich und wischte mir hastig über die feuchten Augen. War ich eigentlich komplett bescheuert?

Aus dem Wohnzimmer hörte ich erregtes Kichern. Entschlossen stieß ich mich von der Wand ab und ging in Richtung Wohnungstür. Egal wohin, ich wollte bloß weg hier.

»Geh nicht!«, hörte ich jemanden sagen, als ich bereits die Klinke heruntergedrückt hatte.

Kapitel 21

Ava

Pinto stand ganz am Ende des langen Altbauflurs, leicht breitbeinig, eine Bierflasche in der einen Hand, die andere Hand in der Hosentasche. Sein dunkles Haar glänzte, ein paar Strähnen hingen ihm lässig in die Augen. Sein weißes Hemd war aufgeknöpft und gab den Blick frei auf seinen durchtrainierten Oberkörper. Sein Anblick katapultierte mich zurück in den Moment, in dem ich ihn zum ersten Mal gesehen hatte. Ich hatte nicht glauben können, dass der hübscheste Mann im ganzen Club tatsächlich mich anschaute.

»Sam ist weg«, stammelte ich leise und fühlte mich bescheuert.

Er nickte und sah mich dabei durchdringend an. »Mit Mattis, einem Kollegen von mir.«

»Einfach so?«, fragte ich und hätte mich gleich danach ohrfeigen können.

»Einfach so«, sagte er und nickte grinsend.

Ich schnappte nach Luft.

»Komm«, rief Pinto und wies mit dem Kopf in Richtung Küche. »Wir trinken noch einen Absacker zusammen.«

Hatte ich eine Alternative?

Jetzt, wo sie leer war, kam die dunkle Coolness der Küche so richtig zur Geltung. Bisher kannte ich solche Exemplare bloß aus den Katalogen, die Jan regelmäßig von den Herstellern bekam, damit er seinen Kunden möglichst teure Modelle einplante. Die mattgrauen Einbauschränke reichten vom Boden bis zur hohen Altbaudecke, grifflos und fleckenfrei. Alles wirkte wie aus einem Stück und nicht zusammengewürfelt wie in unserer eierschalenfarbenen Landhausküche. Vor den dunkel glänzenden Metrofliesen an der Wand standen Dutzende halb volle Flaschen, dazwischen ein paar zerknüddelte Servietten und schlappe Eiswürfel in Schmelzwasserpfützen.

»Bier oder Gin Tonic?«

Ich überlegte kurz. »Gin Tonic, bitte.«

Er hob die Augenbrauen, als wäre er überrascht. Dann öffnete er einen riesengroßen Kühlschrank, der bis auf ein paar Flaschen leer war.

Ich lehnte mich unsicher an die Arbeitsplatte, wartete auf meinen Drink und schaute mich um. Außer den Partyresten stand nichts herum. Keine Kochbücher, keine Bilder, keine Blumen, nichts Persönliches.

»Du magst es wohl sehr minimalistisch«, stellte ich fest.

Pinto ließ Eiswürfel in zwei Gläser klimpern und grinste. »Ich wohne noch nicht lange hier.« Er kam näher und reichte mir eins der Gläser. »Aber es stimmt, ich schleppe auch nicht viel Zeug mit mir herum.«

Ich schluckte. *Ich schon*, dachte ich. »Warum ziehst du eigentlich ständig um? Einfach so?«

Pinto stieß mit seinem Glas leise klirrend gegen meins und lächelte leicht. »Auf mehr Einfach-Sos in unserem Leben«, raunte er leise.

Wir tranken ein paar Schlucke und sahen uns für einen Augenblick über die Gläser hinweg an. Ich hatte Angst, in seinen glänzenden lakritzfarbenen Augen zu versinken, und senkte erschrocken den Blick.

Er musste noch einen Schritt näher gekommen sein, denn aus dem Augenwinkel sah ich seine durchtrainierte Brust unter dem Shirt direkt vor mir. Sie hob und senkte sich sanft. Ich schluckte. Beinahe glaubte ich, sein Herz schlagen zu hören. Weiter unten zeichnete sich sein flacher Bauch ab, der Saum seiner Jeans, seine Gürtelschnalle. Seine körperliche Nähe brachte meinen Bauch zum Kribbeln.

Er räusperte sich. »Warum lebst du eigentlich immer mit angezogener Handbremse?«, fragte er leise.

»Was soll das heißen?«

»Na ja, du lässt das Leben keine Fahrt aufnehmen. Erklimmst keine Gipfel und genießt die geile Aussicht. Du hast immer eine Hand an der Bremse, damit du sie sofort ziehen kannst, sobald ein Abgrund am Horizont auftaucht.«

Ich schaute hoch. Seine dunklen Augen funkelten beinahe angriffslustig.

»Hast du eine Ahnung«, warf ich ein. »Ich hab einfach irre viel zu tun.«

»Vielleicht solltest du zu anderen öfter mal Nein sagen, dafür aber öfter Ja zu dir.«

Ich schnappte nach Luft, wollte protestieren. Aber Pinto legte mir einen Finger auf die Lippen. Mein Mund wurde ganz warm. Er ließ mich nicht aus den Augen.

»Früher warst du anders«, flüsterte Pinto und betrachtete meine Lippen unter seinem Finger. »Du warst so süß verrückt.« Mit der anderen Hand raufte er sich das dunkle Haar. »Und du warst so verrückt süß.« Er warf den Kopf in den Nacken und lachte. Kehlig und echt. »Gott war ich verrückt nach dir!«

Sein Atem roch sogar alkoholisiert noch gut. Eine Mischung aus Gin, Tonic und ihm. Ich spürte, wie sich Schweißtropfen über meiner Oberlippe bildeten.

»Ich kann doch nicht mehr so leben wie mit Mitte zwanzig«, verteidigte ich mich. »Ich habe Familie.«

»Und du hast dich. Mit ein bisschen Glück für achtzig Jahre, mehr nicht. Grund genug, viel öfter zum Takt deiner eigenen Trommel zu tanzen.«

Er sah mich ernst an und stellte sein Glas ab, ohne den Blick von mir abzuwenden. Dann griff er nach meinem Glas, nahm es mir aus der Hand und schob es, ohne hinzusehen, neben seins. Es klirrte kurz. Ich schluckte gegen den Kloß in meinem Hals an.

Pinto umfasste links und rechts meine Taille und hob mich so spielend leicht hoch, als wäre ich ein Kind. Für einen Moment fiel mein Blick auf die Muskelhügel, die auf seinen Oberarmen auftauchten. Dann setzte er mich sanft auf der Arbeitsplatte ab.

Er kam noch näher, und mir wurde schwindelig von dem herben Duft seiner Haut. Er schluckte kräftig, und ich sah, wie sich sein Adamsapfel auf und ab bewegte. Seine vollen Lippen glänzten, und in seinen Augen funkelte Lust, was ich wahnsinnig sexy fand. Ich sah ihn immer unschärfer, weil mir Aufregung und Gin-Schwips den Blick vernebelten. Er griff nach meinen Händen, und als ich seinen sanften Druck erwiderte, presste er seine Lippen auf meine und drang mit seiner Zunge stürmisch in meinen Mund ein.

Schlagartig prickelte es in meinem ganzen Körper. Sein Tempo und seine Entschlossenheit raubten mir den Atem.

Einen Moment später spürte ich seine warme Hand, die sich mit kräftigem Druck unter mein Shirt schob.

»Ava …«, raunte er.

Ich schluckte. »Pinto«, stöhnte ich flehend. »Was willst du denn?«

»Dich!«, sagte er rau. Dann küsste er mich erneut.

Ich hatte so Lust auf ihn. Ich wollte ihn so sehr. Dieses Gefühl war ewig her.

Ich wollte …

Ich …

»Stopp!«, hörte ich mich flüstern und schob ihn weg.

Er sah mich fassungslos an.

Zuerst glaubte ich mir selbst nicht. Ich wusste nicht, was es gewesen war. Sein enormes Tempo vielleicht. Sein harter Kuss, der mir die Luft nahm. Ein Stolpern meines hüpfenden Herzens. Vielleicht sogar bloß das allzu vertraute Brummen einer Biene am Fenster, hinter dem es längst dämmerte. Sie wollte unbedingt hier raus. Ich zupfte mein Shirt zurecht und sprang von der Küchenzeile.

»Ich kann das nicht!«, sagte ich. »Es tut mir leid.«

»O-okay!«, stotterte er irritiert. »Verzeihung, ich dachte …«

Ich nickte. »Ich dachte auch. Aber ich kann einfach nicht.«

Er schob die Hände in die Hosentaschen und starrte mit zusammengekniffenen Lippen über mich hinweg.

»Kann ich trotzdem bei dir schlafen?«, fragte ich leise. »Auf dem Sofa vielleicht?«

Die Sonne brannte mir direkt ins Gesicht, als ich ein paar Stunden später auf seiner cognacfarbenen Couch aufwachte. Meine verschwitzte Haut klebte am Leder. Ich blinzelte erst, dann stöhnte ich leise. Der Geschmack in meinem Mund ekelte sich vor sich selbst. Mein Rücken tat weh, und auf meiner Wange ertastete ich einen Abdruck der Handtuchrolle, die ich als Kopfkissen benutzt hatte. Ich konnte meine geschwollenen Augenringe fühlen.

Auf dem Couchtisch neben mir standen leere Flaschen und Gläser mit zerkauten Papiertrinkhalmen wie ein Mahnmal. Ich sah mich in dem riesigen, leeren Raum um und fühlte mich plötzlich so allein wie noch nie in meinem Leben.

Vielleicht war es ein Fehler gewesen, das gestern zuzulassen. Vielleicht war es ein Fehler gewesen, nicht weiterzumachen. Plötzlich hatte ich wahnsinnige Sehnsucht danach, meinen Kopf an Pintos harte Brust zu legen. Nur für eine Weile eine andere sein. Eine aufregend andere.

Verzweifelt schmiegte ich mein Gesicht in beide Hände. Ich war längst nüchtern, ich hatte Familie. Hilflos zog ich die Knie an und umarmte meine Beine, versuchte mir Halt zu geben. Ich hatte einen anderen Mann geküsst. Nur kurz, aber ich hatte es getan. Und ich hätte gern viel mehr getan. Oder nicht?

Alles, was ich wollte, war, dass er mich weiter so anschaute. Mich an ihn schmiegen und ihn und seine Lust auf mich spüren. Und vielleicht … Nein, doch nicht. Oder doch? Erschrocken setzte ich mich auf, raufte mir das haarsprayverklebte, verstrubbelte Haar.

Alles, was ich wollte, war weg von hier. Weglaufen, am liebsten sogar vor mir selbst. Hastig grapschte ich nach meiner Jeans und den Schuhen und schlüpfte hinein.

Mit klopfendem Herzen schlich ich zur Tür, hielt mich kurz an der Klinke fest, lauschte. Aber da waren bloß die Geräusche der Großstadt: eine Krankenwagensirene, das wütende Hupen eines Autos, Kindergeschrei.

Ich wischte mit der Fingerspitze unter meinen Augen entlang, in der Hoffnung, die schwarzen Balken der Wimperntusche loszuwerden, atmete tief ein und öffnete so leise wie möglich die Tür. Alles war still. Zum Glück. Wie ein Geist flog ich zur Haustür hinaus, zog sie leise zu und flatterte die vielen Altbaustufen hinunter.

Eine Viertelstunde später stand ich vor Sams Haus und ließ mir von ihr meinen Autoschlüssel und meine Tasche vom Balkon herunterwerfen.

»Bist du sauer?«, fragte sie zerknirscht.

»Ach was!«, rief ich nach oben und meinte es so. *Zumindest nicht auf dich*, fügte ich in Gedanken hinzu. Ich fühlte mich schrecklich.

Sam sah ziemlich zerknautscht aus, trug ein weißes Herrenshirt, das ihr über eine Schulter gerutscht war, und ihr strubbeliger Hinterkopf hatte vermutlich bis vor Kurzem über ein Laken geschubbert. So breit, wie sie grinste, war sie nicht allein.

Ich winkte ihr zu, eilte den Bürgersteig entlang bis zu meinem Auto, und ein paar laut aufgedrehte Lieder später raste ich über die Elbbrücken. Wie sollte es jetzt weitergehen?

Die Gedanken in meinem Kopf waren noch mehr in Unordnung als die Tupperdosen in unserer Küchenschublade des Grauens, in die Jan, die Jungs und ich seit Jahren alles einfach hineinschmissen und die ich seit einer Ewigkeit ausmisten wollte.

An der Abfahrt Richtung Vierlanden klappte ich blinzelnd die Sonnenblende herunter. Mein Kopf dröhnte. Das gute Wetter, die hübschen Reetdachkaten und die üppigen Gärten davor passten so gar nicht zu meiner Laune. Mit müden Augen betrachtete ich den blitzblauen Himmel und die weißen Blütenblätter, die von den vielen Bäumen links und rechts der schmalen Dorfstraße wie Konfetti auf meine Frontscheibe segelten. Entschlossen fegte ich sie mit dem Scheibenwischer weg. Zu blöd, dass ich in meinem Kopf nicht genauso einfach aufräumen konnte, um wieder klar zu sehen.

Auf unserer Einfahrt schrappten Zweige am Auto entlang.

»Bin wieder da!«, rief ich so fröhlich wie möglich, als ich die graue Haustür aufschob.

Es fühlte sich an, als wäre ich eine Ewigkeit weg gewesen. Drinnen duftete es nach Toastbrot, Ingwerseife und Turnschuhen. Es duftete nach zu Hause. Allerdings antwortete niemand.

Während ich meine kleine Reisetasche auf die gemusterten Zementfliesen stellte, lauschte ich angestrengt. Wo waren denn alle? So leise war es sonst nie. Und irgendjemand musste schließlich da sein, sonst wäre die Haustür abgeschlossen gewesen.

Vorsichtig öffnete ich als Erstes die Tür zu Leos Zimmer. Erst sah ich ihn nicht, aber dann entdeckte ich meinen Großen doch. Er saß in der hintersten Bettecke, hatte die Arme um seine Knie geschlungen und ein Paar altmodische schwarze Kopfhörer auf den Ohren.

»Hallo!«, rief ich, setzte mich aufs Bett und berührte sanft seine Schulter.

Leo schaute mit trüben Augen zu mir hoch.

»Leo«, flüsterte ich zärtlich.

Träge zog er einen Kopfhörer vom Ohr und hob eine Augenbraue.

»Wo sind denn alle?«, fragte ich.

Leo seufzte. »Papa ist mit Linus zu Lens Fußballturnier gefahren.«

»Hätte ich mir ja denken können.« Ich lächelte. »Und du?«, fragte ich vorsichtig. »Wie geht's dir?«

Er lehnte sich zurück und zuckte mit den Schultern.

»Willst du reden?«, fragte ich.

Er schüttelte den Kopf und schaute zur Wand.

Mein armer kleiner Großer, dachte ich.

Ich spürte, wie es in meinem Hals anfing zu brennen. Bis vor Kurzem war Leo auf meinen Schoß geflitzt, wenn er traurig war, und hatte sich von mir trösten lassen. Jetzt saß er da, mit rot geweinten Augen, und ich fühlte mich so weit von ihm entfernt, als läge der Marianengraben zwischen uns.

»Rede doch mit mir!«, dachte ich und merkte erst einen Moment später, dass ich es laut gesagt hatte.

Er sah mich so hoffnungslos an wie nach einer Fünf in Mathe. »Da gibt's nichts zu reden«, flüsterte er und presste seine Lippen aufeinander.

Als ich langsam aufstand, zuckte ein stechender Schmerz durch meinen Rücken. Ich fühlte mich so alt wie schon lange nicht mehr.

»Wenn es doch was gibt, sag Bescheid, okay?«, versuchte ich es ein letztes Mal. »Ich höre auch einfach zu und sage kein Wort. Versprochen!«

Stumm schob er den Kopfhörer zurück auf sein Ohr.

Im Flur vergrub ich seufzend mein Gesicht in beiden Händen. Durch die Lücken zwischen meinen Fingern sah ich das verschnörkelte Geländer der Holztreppe, die nach Jans Wunsch farblich sortierte Bücherwand und die grüngrau gemusterten Fliesen aus Marokko. Jan hatte es uns so schön gemacht, und ich durfte nicht zulassen, dass alles um mich herum zusammenbrach. Nur eins fehlte in diesem Haus, dachte ich plötzlich: *Ich!* Und wenn ich genau darüber nachdachte, fehlte ich sogar in mir drin.

Mein Blick fiel auf die achtlos hingeschmissenen Schuhe. Jeden Tag lagen sie da, jeden einzelnen Tag, und wenn ich sie nicht von den hübschen Fliesen räumte, machte es niemand. Plötzlich hatte ich das Gefühl, keine Luft mehr zu bekommen. Ich musste hier raus. Musste irgendwas machen.

Ich schnappte mir vom Flurhaken ein altes kariertes Hemd von Jan, setzte eins seiner Caps auf und schob meinen Zopf hinten durchs Loch. Dann knallte ich die Tür lauter zu, als ich wollte, und stapfte hinüber zur Scheune.

Die alte schwarze Holztür quietschte, als ich sie aufschob. Dank der enormen Höhe, der Stille und des diffusen Lichts, das durch die Ritzen in den Holzwänden schien, fühlte es sich an, als beträte ich eine Kirche. Beinahe feierlich. Warum war mir das bisher nie aufgefallen? Verwundert schaute ich über die vielen verstaubten Kisten und den meterhoch gestapelten Kram von Jans Eltern und Großeltern. Unglaublich, was eine Familie so alles ansammelte, wenn sie Platz hatte. Ehrfürchtig sah ich an den meterhohen Balken hinauf bis zum spinnenvernetzten Dach. Das alte Holz hielt alles zusammen. Es gab nicht nur dem Dach Halt, sondern auch mir.

Ich drehte mich langsam um mich selbst, und mein Blick fiel in den kleinen Scheunenvorbau gleich links neben dem Eingang. Hier war die Decke bloß halb so hoch, ein kleines Sprossenfenster machte es gemütlich. Alles war voller Staub und Spinnweben, aber in meinen Gedanken sah ich plötzlich etwas ganz anderes. Ich krempelte die Ärmel hoch und legte los.

Als der kleine Anbau leer geräumt und der Haufen aus morschen Brettern, zerdrückten Kartons und verrosteten

Eisenteilen beinahe so hoch war wie ich, vibrierte es an meinem Hintern. Nervös wischte ich mir die staubigen Hände am Hemd ab und nahm das Gespräch an. Es war Sam.

»Was machst du?«, rief sie fröhlich.

»Ich räume die Scheune auf, mache Platz für die zweite Liebe.«

Sam schwieg einen Moment – dann quietschte sie los. »Klingt irgendwie komisch, aber irre gut, was du da sagst. Hast du inzwischen deine krassen Likes bei Instagram gesehen?«

Ich pulte klebrig graue Spinnwebenschlangen von meiner Hose und schüttelte den Kopf. »Nö!«

Sam seufzte ins Handy. »Wie war's denn gestern?«

»Weiß nicht …«

»Ist was gelaufen mit Pinto?«

Ich schluckte erschrocken. »Ne, nichts. Oder fast nichts … Nein, eigentlich nichts.« Mir war übel.

»Fast nichts gelaufen klingt wie ein bisschen schwanger. Also, lief da was oder nicht?« Sam pustete ins Telefon. Sicher rauchte sie schon wieder ausnahmsweise.

Ich schwieg.

»Ava?«, fragte Sam.

»Ach, ich weiß auch nicht, was ich will«, flüsterte ich. »Jan ist nicht da, die Kleinen auch nicht, und Leo redet nicht mit mir. Ich habe das Gefühl, ich bin ganz allein auf der Welt.«

Sam lachte. »Du und allein?! Mit deiner wilden Großfamilie?«

Ich schluckte. »Fühlt sich gerade trotzdem so an.«

»Genieß es doch einfach! Ich dachte, du hast dir die ganze Zeit gewünscht, mal wieder allein zu sein.«

»Aber doch nicht so …« Ich seufzte.

»Bist du verknallt in Pinto?«, fragte Sam einfach so.

»Nein!«, rief ich schnell.

»Ein zu schnelles Nein heißt ja!«, meinte Sam.

Dann schwieg sie, so als wäre das ein Quiz und sie warte immer noch auf die richtige Antwort.

»Ich weiß es nicht«, zischte ich irgendwann und spürte, wie meine Augen schon wieder feucht wurden.

»Hör einfach auf dein Herz!«, sagte Sam. »Es wird dir schon sagen, was du willst.«

Ich kickte mit dem Fuß gegen einen Karton. Der ganze Stapel geriet ins Wanken. Seltsamerweise musste ich kurz daran denken, was Jan über Sam denken würde, wenn er sie jetzt hören könnte. Die liebe Sam, die er jedes Mal kräftig an sich drückte, wenn sie zu Besuch kam, mit der er scherzte, der er ein Glas ihrer kalorienreduzierten Lieblingslimonade hinstellte, bevor sie danach fragte.

»Mein Herz spinnt«, flüsterte ich. »Und mein Kopf erst. Ich habe das Gefühl, dass ich ein Feuerzeug an eine Zündschnur gehalten habe, einfach so aus Spaß. Vermutlich weil mir langweilig war. Und jetzt schaue ich dabei zu, wie der Funke auf die Bombe zurast, und ich frage mich, ob ich drauftreten soll, um ihn zu stoppen, oder ob ich insgeheim will, dass sie explodiert.«

»Scheiße!«, raunte Sam erschrocken.

»Was da alles kaputtgehen würde«, sagte ich. »O Gott, Sam, ich habe Angst vor mir selbst.«

»Rede doch einfach mal mit ihm«, riet sie mir. »Ich meine, vielleicht wird's ja viel leichter.«

Ich zog seufzend die Augenbrauen hoch. »Mit wem von beiden soll ich reden?«, fragte ich.

Erst eine ganze Weile später fiel mir auf, dass ich keine Antwort bekommen hatte. Und dass ich überhaupt nicht danach gefragt hatte, wie Sams Nacht gewesen war.

Als ich das nächste Mal auf die Uhr sah, stellte ich überrascht fest, dass es bereits nach fünf war. Die Zeit war wie im Flug vergangen. Ich hatte hin und her geräumt, umsortiert und ausgemistet wie eine Wahnsinnige und war irgendwann so im Flow gewesen, dass ich alle Sorgen vergessen hatte. Ich hatte einfach eins nach dem anderen gemacht. Einen Schritt nach dem anderen. Einen Karton nach dem anderen. Einen Besenstrich nach dem anderen. Atemzug für Atemzug, Herzschlag für Herzschlag.

Jetzt schaute ich mich um und konnte es kaum glauben: Ich hatte meine eigene kleine Werkstatt. Kurz zwickte mich mein schlechtes Gewissen, weil ich zuerst meine Schwiegereltern hätte fragen sollen, ob es okay war, dass ich mich hier breitmachte. Schließlich war die Scheune immer noch ihre Scheune, und das ganze Zeug darin ihr Zeug. Allerdings hatte ich keine Lust auf ein Gespräch mit Klaus, meinem brummeligen Schwiegervater.

Nachdem der ganze Schrott draußen war, räumte ich die alte Vitrine frei, rückte sie Zähne zusammenbeißend und leise fluchend an eine der Wände und wischte sie mit reichlich warmem Seifenwasser aus. Es machte Spaß zu sehen, wie mit jedem feuchten Wisch ein wenig mehr ihrer eisblauen Farbe zum Vorschein kam. Dabei verwischte ich auch gleich die Erinnerung an den gestrigen Abend. Wisch – weg war das Gefühl, eine Landmuddi inmitten lässiger Stadtschönheiten zu sein. Wisch – weg war Pintos Lachen, das mir Gänsehaut verursachte. Und wisch – weg war die Erinnerung an seine Zunge in meinem Mund. Beinahe jedenfalls. Ich schrubbte so kräftig mit dem kleinen Schwamm auf dem lackierten Holz herum, dass es quietschte.

Als ich eine der Schubladen aufzog, um sie auszuwischen, entdeckte ich neben einem kaputten Springseil und einer zerknautschten Packung Knallfrösche ein altes Foto. Es war ein Hochglanz-Partybild, ein wenig verknickt, das einen lachenden Jan zeigte. Er sah darauf beinahe so jung aus wie Leo, dabei musste er schon Ende zwanzig gewesen sein. Ich stand daneben und schaute über seine Schulter. Meine Haare glänzten weißblond, ich hatte sie zu einem kleinen Zopf gebunden. Meine Augen sahen riesenblau aus in meinem schmalen Gesicht, und ich lachte von einem Ohr bis zum anderen. Mein Blick fiel auf die zierlichen Oberarme und das hübsche Dekolleté. Wäre ich es nicht selbst gewesen, ich hätte gesagt: *Boah, was für eine hübsche Frau!*

Ich kratzte mich am Kopf und fühlte dabei mein Oberarmwinkfleisch wackeln. Mit Mitte vierzig war mein Leben zur Hälfte vorbei – mindestens. Was wollte ich mit dem Rest anfangen? Ganz sicher nicht traurig zurückschauen.

Entschlossen zog ich mit so viel Schwung an der Schublade, dass ich sie plötzlich in der Hand hielt. Ich warf das Foto hinein, hakte sie wieder ein und schrubbte weiter.

Als mein Arm wehtat und das Wasser im Eimer das dritte Mal dunkelbraun war, trat ich einen Schritt zurück und betrachtete mein Werk. Hinter den vielen kleinen Türen aus Glas und Holz mit den bunten Knäufen würde ich meine Farben lagern. Werkzeug gab es in der Scheune genug. Und ganz sicher würde ich irgendwo zwei Tischböcke auftreiben, die ich entstauben und mit ein wenig Schmirgelpapier behandeln konnte. Als Tischplatte sollte mir eine alte Holztür aus massiven Brettern dienen, die höchstwahrscheinlich früher im Stall die Schafe am Weglaufen gehindert hatte, genau dort, wo mein Mann heute über seinen Akten grübelte.

Jan, dachte ich und setzte mich für einen Moment auf einen Karton. Ach, Jan. Ich erschrak kurz, weil die weiche Pappe unter mir nachgab und ich einsank. Aber dann hielt mich der Deckel doch. Liebte ich ihn noch? Waren wir noch ein Paar? Oder waren wir nur Freunde? Eltern? Mitbewohner? Irgendetwas waren wir natürlich, aber was?

Ich hatte das Gefühl, mit den Leuten in der Elternvertretertruppe intensivere Gespräche zu führen als mit dem Mann an meiner Seite. Außer den Sorgen, die er vor Kurzem mit mir geteilt hatte, hatte ich keine Ahnung, was ihn beschäftigte. Was er dachte. Was ihn glücklich machte. Und er wusste nichts mehr von mir. Filmriss im Leben des anderen. Einfach zurückspulen konnten wir nicht.

War es an der Zeit, mir einzugestehen, dass unsere Ehe gescheitert war? Dass mein Traum in Wirklichkeit doch nicht so traumhaft war? Würde ich zur Schere greifen müssen, um das verknotete Familienknäuel zu enttüddeln? War es das, was ich wirklich wollte?

Ich wischte mir mit dem Handrücken über die müden Augen. Und welche Rolle spielte Pinto? Ich tastete nach dem Handy in meiner Jeanstasche. Nichts. Pinto hatte sich nicht gemeldet. Was natürlich kein Wunder war, nach meiner Reaktion und meinem klammheimlichen Verschwinden.

Plötzlich quietschte die Scheunentür. Leo stand im Lichtstrahl da. Er blieb in der Tür stehen, als wollte er sich einen Fluchtweg offen halten.

Ich sah in seine riesengroßen Augen. Er wirkte so verloren, wie ich mich fühlte.

»Hey, Mams«, flüsterte er.

»Na du«, sagte ich und überlegte krampfhaft, was ich Kluges hinzufügen könnte. Aber dann lächelte ich einfach. »Schluck abgestandene Diätbrause?«, fragte ich und griff nach der Flasche zu meinen Füßen.

Immerhin grinste er. »Okay.« Er löste sich aus der Tür, zog einen der Kartons zu sich und setzte sich darauf. »Wow!«, raunte er dann leise, während er sich umsah. »Was machst du denn hier?«

Ich zuckte mit den Schultern und grinste schief. »Ich richte mir eine eigene kleine Werkstatt ein.«

»Weiß Opa davon?«

Ich verzog den Mund. »Noch nicht.«

»Oh!«, meinte Leo. Dann schaute er sich mit großen Augen um. »Und was hast du hier vor?«

Ich biss mir auf die Lippe. »Ich habe früher Möbel renoviert. Ich habe es geliebt. Ich denke, ich würde gern wieder damit anfangen.«

Er starrte ins Leere. »Hast du das früher mit Papa zusammen gemacht?«

Ich schüttelte den Kopf. »Möbel habe ich geliebt, lange bevor ich Papa geliebt habe.«

»Warum hast du dann damit aufgehört?«, wollte Leo wissen.

Ich zuckte mit den Schultern. Ja, warum hatte ich eigentlich damit aufgehört?

»Viele Jahre lang gab es andere Dinge«, überlegte ich laut. »Ich hatte Papa, ich hatte euch, da habe ich meine Möbel glatt vergessen.«

Er bohrte eine Fußspitze in den platt getrampelten Erdboden.

Vielleicht sollte ich den kleinen Anbau mit diesen Holzfliesen für Balkone auslegen, überlegte ich. Dann würde es noch gemütlicher werden. Und aus MDF-Platten könnte ich eine Trennwand zur Scheune bauen und sie mit einer dieser geblümten Vintagetapeten bekleben. Das würde sicher großartig aussehen. So viele aufregende Möglichkeiten!

»Kannst du dich noch daran erinnern, wie du Papa kennengelernt hast?«, fragte Leo leise.

Ich überlegte kurz. Dann nickte ich. »Na klar. Obwohl das schon so lange her ist.«

Er seufzte und starrte den kühlen Boden an. Ich hatte das Gefühl, er wollte mir etwas sagen, wusste aber nicht wie. Und ich wusste nicht, ob ich ihn angucken sollte oder lieber nicht.

Plötzlich hatte ich eine Idee. Ich griff nach der Kiste mit den geblümten Wimpeln, die ich mal für den Tag der offenen Tür in der Schule genäht hatte.

»Kannst du mir helfen, die Girlande aufzuhängen?«, fragte ich und zog an einem bunten Dreieck mit großen Blüten. Wie eine Schlange schlängelte sich der Rest der Girlande hinterher. Hier würde ich sie nur für mich aufhängen.

Als Leo einen Nagel in die Wand hämmerte und mir den Rücken zudrehte, begann er zu erzählen. »Ich habe Ruby in der Theater-AG kennengelernt. Ich kam zu spät, obwohl ich im neuen Stück den Lysander, also die männliche Hauptrolle, spielen sollte. Ruby war neu und probierte gerade probehalber das Kostüm der Helena an, weil Julie, die die Rolle eigentlich kriegen sollte, sich dann doch abgemeldet hat. Sie drehte sich um, stand da in diesem lächerlichen pinken Glitzerkleid, sah mir in die Augen, grinste schief, und ich war verknallt …«

Ich reichte ihm wortlos die Girlande an. Ich war gerührt. Von Leos Geschichte. Und von der Tatsache, dass mein vierzehnjähriger Sohn sie mir anvertraute.

Und dann?, wollte ich fragen, aber irgendwie kam kein Ton aus meinem Mund. Ich stand bloß da und lächelte ihn an.

»Und dann haben wir uns kennengelernt, und ich habe gemerkt, dass sie sogar noch toller ist als ihr Lächeln. Aber dann …« – Er presste die Lippen aufeinander und trat mit seinem ausgelatschten Chuck kräftig gegen einen Karton, der im Weg stand und kratzend ein Stück über den schmutzigen Scheunenboden rutschte – »… fährt sie übers Wochenende mit Paul aus der Neunten an die Nordsee.«

Ich runzelte die Stirn. »Ganz allein?«

Er zuckte mit den Schultern. »Ich weiß nicht. Ich war so sauer, dass ich nicht nachgefragt habe. Vielleicht kommen da noch Kumpels mit, aber was ändert das schon.«

»Was sagt sie denn?«

»Weiß nicht. Nachdem ich wütend weggegangen bin, stand sie da und hat mit diesem Paul geschäkert. Und später hab ich mich zu Amelie gesetzt.«

Ich wollte etwas sagen, aber er ließ mich nicht zu Wort kommen.

»Ich weiß, das war doof.«

Ich seufzte. »Man macht öfter blöde Sachen, wenn man verliebt ist. Das gehört quasi dazu.«

»Du und Papa doch aber nicht.«

Ich schwieg, aber innerlich schrie ich. *Doch*, brüllte ich in Gedanken, *und wie wir das tun! Vor allem ich.*

Schnell griff ich nach zwei Pinseln und dem salbeifarbenen Lack. »Komm, wir machen gemeinsam diesen alten Nachtschrank fertig«, schlug ich leise vor. »Glaub mir, das hilft gegen dunkle Gedanken.«

Leo schaute skeptisch, nahm aber einen Pinsel.

Erst schmirgelten wir, dass es staubte. Dann lackierten wir das Schränkchen salbeifarben und tupften einen dunkelgrünen Punkt nach dem anderen darauf. Wir arbeiteten schweigend vor uns hin, bloß unterbrochen von kurzen Lachern, wenn unsere Pinsel aus Versehen gegeneinanderstießen. Als wir fertig waren, klatschten wir uns ab.

»Das ist echt so cool, Mams!«, rief Leo und umrundete unser gemeinsames Werk.

Mir war ganz warm vor Glück. Wie hatte ich bloß vergessen können, was eine Portion Farbe konnte? Der Nachttisch sah so frisch aus. Süß und doch cool. Nirgendwo anders hatte ich bisher so ein Möbelstück gesehen. Schnell machte ich ein Foto von unserem Kunstwerk und schickte es Sam per WhatsApp.

Während ich unsere Pinsel in Terpentinersatz badete, versuchte Leo mit weit ausgebreiteten Armen, Henne Agnes zu verscheuchen. Die hatte auf der Suche nach Futter erst nach den rot lackierten Nägeln in meinen Flipflops gepickt und dann ihren rostbraunen Hühnerhintern an unserem frisch gestrichenen Schränkchen geschubbert.

Danach saßen wir Karton neben Karton, tranken abwechselnd einen Schluck Diätbrause und knibbelten die kleinen Kleckse grüner Farbe von unseren Fingern. Immer wieder schaute Leo zu mir rüber und grinste mich an, als wäre ich seine Komplizin.

Kapitel 22

Ava

Am späten Nachmittag steckte ich Leo trotz milder Frühsommertemperaturen mit einer Wärmflasche ins Bett. Ich brachte ihm ein Tablett mit einer Schale Chips und einem Teller Apfelstückchen und kochte ihm einen Kakao. Dann durfte er auf dem iPad auf seinen daunenbedeckten Oberschenkeln so viele Folgen seiner Lieblingsserie gucken, wie er wollte. So machten wir das immer, wenn die Kinder krank waren. Und mein Großer war schließlich krank. Liebeskummerkrank.

Als er gut versorgt war, schnappte ich mir mein Fahrrad und radelte den Deich entlang zum kleinen Fachwerkhaus meiner Schwiegereltern. Die Luft war kühl und klar. Ich blickte über die grüne Wiesenweite, die Elbe, die heute dunkelblau und trübe aussah, und auf das verwaschene Grün am Horizont. Ich holte tief Luft. Wenigstens in einem Punkt wollte ich für klare Verhältnisse sorgen.

Die Kate von Ute und Klaus duckte sich hinter den Deich, sodass ich auf dem Weg zur Treppe bequem in die Fenster im ersten Stock schauen konnte. Rechts und links vor dem Haus wuchsen je eine Beet- und eine Ramblerrose, an der Wand darüber waren Vogelkästen angebracht. Einer auf jeder Seite, selbe Höhe, selbe Farbe, Symmetrie war meinen Schwiegereltern heilig.

Hinter den winzigen Sprossenfenstern hingen Utes Spitzengardinen, gestärkt und zuckerweiß. Und dazwischen stand jeweils eine altmodische cremeweiße Kaffeekanne. Einige waren mit blauen Schnörkeln, andere mit bunten Tupfenblumen verziert. Als Jan und ich frisch nach Vierlanden gezogen waren, ich täglich einen Kinderwagen über die Deiche schob und mein Glück kaum fassen konnte, ab sofort im Postkartenidyll zu wohnen, hatte ich meine Schwiegermutter neugierig gefragt, warum in vielen alten Katen Kannen in den Fenstern standen. Sie hatte kurz aufgehört, mein Baby am Bauch zu kitzeln, sichtlich überlegt und dann gemeint, das sei schon immer so gewesen.

Vermutlich verriet mein Blick, dass ich diese Erklärung nicht besonders befriedigend fand, auf jeden Fall fügte sie zwischen zwei begeisterten »Ja, ist da jemand kitzelig? – Da ist jemand kitzelig!« schulterzuckend hinzu: »Das soll bestimmt zeigen, dass wir gesellig sind.«

Ich zog skeptisch die Augenbrauen hoch. »Aber aus ausgestellten Kannen kommt doch kein warmer Kaffee. Das hat doch was von Museum.«

Da spitzte Ute Altmann ihre schmalen Lippen. »Was weiß denn ich? Das macht man hier eben so.« Dann kitzelte sie begeistert mein Baby weiter. »Er ist ja so süß!«, rief sie, als der kleine Leo vor sich hin brabbelte. »Ja, du bist ja so süß!«

Das macht man eben so – das hatte ich seither ständig gehört. »Warum harkst du die Erde neben der Straße, wenn doch in der nächsten halbe Stunde sowieso wieder jemand drüberlatscht?«, fragte ich meinen Schwiegervater. »Das macht man eben so.« Und: »Wieso wäschst du jede Woche deine Gardinen, wo sie doch überhaupt nicht dreckig sind?«, wollte ich von meiner Schwiegermutter wissen. »Das macht man eben so.«

Als Jan und ich unsere superschönen lichtgrauen und nach außen öffnenden Fenster in Dänemark bestellt hatten, bekamen wir ausnahmsweise das Gegenteil zu hören: »Das könnt ihr doch nicht machen.«

»Warum denn nicht?«, wollte ich wissen. »Die Dänen kennen sich doch aus mit Sturm.«

Aber meine Schwiegereltern, unser Nachbar Heini Piepenbrink und die meisten anderen Dorfbewohner hatten vorwurfsvoll die Köpfe geschüttelt. »Das macht man einfach nicht. Nach außen öffnend, so ein Schiet.«

Warum meine Schwiegermutter immer noch jeden Sonntag eine Torte backte, auch wenn wir es nur noch selten zum Kaffee schafften? Klar, oder? Weil man das eben so machte. Mit der Zeit hatte ich immer weniger gefragt. Und war ganz froh, wenn Ute Jan direkt auf seinem Handy anrief.

Jetzt stieg ich eilig die Stufen vom Deich bis zur Eingangstür hinunter, die sich schmal und schief ins Fachwerk schmiegte. Ich war schon lange nicht mehr hier gewesen, und noch nie ganz allein. Kniehohe Deichgräser bogen sich über die Treppe und taumelten träge im Frühsommerwind.

Ich trat mir die Füße auf der *Kiek mol wedder in!*-Fußmatte ab und rief laut »Hallo!«, während ich eintrat. Bei uns in Vierlanden standen die meisten Türen immer offen.

»Hallo, Ava!«, flötete meine Schwiegermutter von oben.

Die Begeisterung in ihrer Stimme sorgte für ein leicht panisches Kribbeln in meinem Bauch. Ich wollte hier so schnell wie möglich wieder raus. Ich bemerkte ihren Blick auf meine Turnschuhe, als sie langsam die Treppe herunterstieg, und zog eilig am ersten Schnürband, um sie auszuziehen, obwohl Ute »Musst du doch nicht« und »Behalt die doch an« murmelte.

Aus der kleinen Stube drang Stimmengemurmel, offenbar lief der Fernseher.

»Was machen die Jungs?«, wollte meine Schwiegermutter wissen und fuhr sich durch ihr fransig geschnittenes dunkelblondes Haar.

Ich nickte. »Alles gut.«

»Hast du keinen meiner Lieblinge mitgebracht?«, fragte sie enttäuscht.

Ich schüttelte den Kopf. »Du, Ute, eigentlich wollte ich bloß kurz …«

»Schau mal, ich habe wieder einen fertig«, fiel sie mir ins Wort und zauberte hinter ihrem Rücken einen hellblauen Pullover mit schiefen weißen Wolken darauf hervor.

Meine Schwiegermutter strickte den halben Tag, obwohl sie davon Rückenschmerzen bekam. Und weil sich ihre Enkel seit einer Weile weigerten, ihre kratzigen Kreationen anzuziehen, strickte sie jetzt für den Frühlings- und

Weihnachtsbasar der Landfrauen. Ich hatte das Gefühl, sie nahm es mir übel.

»Schön!« Ich lächelte eilig und deutete dann in Richtung Wohnzimmer. »Du, ich wollte eigentlich bloß kurz was mit Klaus besprechen.«

Presste sie für einen Augenblick enttäuscht die Lippen aufeinander?

Ich holte tief Luft, um das komische Gefühl zu vertreiben.

»Der sitzt im Wohnzimmer. Wie immer.« Sie legte den Pullover auf der Kommode im Flur ab. »Er ist kein Schmuckstück, stimmt's?«

»Äh, wie bitte?«, fragte ich unsicher.

»Der Pullover.«

»Ach du ...« Ich war nie sicher, wie viel Ehrlichkeit eine Schwiegermutter vertrug.

»Willst du einen Cappuccino?«, fragte sie mit leuchtenden Augen.

Eigentlich klang das gut. Bis mir das Fertigpulver einfiel, aus dem Ute ihn aufgießen würde, weil das ihrer Meinung nach *wie beim Italiener* schmeckte.

Ich schüttelte den Kopf. »Danke. Ich habe nicht viel Zeit.«

»Immer in Hektik«, raunte meine Schwiegermutter. »Ihr jungen Leute macht euch viel zu viel Stress.« Sie riss mit Schwung die Stubentür auf und brüllte so laut: »Klaus! Besuch! Fernseher aus!«, dass ich zusammenzuckte.

Dann beugte sie sich zu mir rüber und flüsterte, als teile sie ein großes Geheimnis mit mir: »Ich sag unserem Jan ja ständig, dass er sich nicht immer so einen Stress machen soll. Aber unser Jan ist nun mal so ein Fleißiger.«

Ich zwang mich zu lächeln.

Aus dem Wohnzimmer dudelte lautstark der Jingle einer Waschmittelwerbung.

»Klaus!«, zischte Ute. »Nu mach doch aus!« Als immer noch nichts passierte, marschierte sie in Richtung Fernseher und drückte auf einen Knopf. Statt der kilometerlangen Leine mit weißer Wäsche war bloß noch Schwarz zu sehen, mit unserem Spiegelbild darin. »Klaus, Ava will was von dir.«

»Jo«, brummelte mein Schwiegervater, stand auf und machte den Fernseher wieder an.

Ich strich mir eine Haarsträhne nach hinten. »Ich störe nicht lange«, sagte ich leise. »Ich wollte nur kurz …«

»Ein Stück zuckerfreien Müslikuchen?«, rief Ute fröhlich. Während ich den Kopf schüttelte, war sie schon in Richtung Küche verschwunden.

»Neuerdings backt sie gesund«, brummte Klaus, fuhr mit der Fernbedienung die Fernsehsessellehne entlang und verschränkte die Arme hinter seinem schütteren Haar. »Gut für meinen Blutzuckerspiegel, aber leider nich' für mich.«

»Dabei sind Utes Torten doch so ein Traum!«

»Da sagste was!«, rief meine Schwiegermutter aus der Küche. »Aber wir Alten werden krank und dick, wenn wir die immer allein essen müssen.« Hörte ich da mal wieder einen Vorwurf raus?

»Dann sind deine gesunden Alternativen vielleicht wirklich eine gute Idee«, sagte ich schnell.

Klaus schüttelte den Kopf in Richtung Fernseher und stellte den Ton noch lauter. Als eine vertraute Melodie erklang, wurde mir klar, was er da anschaute: seine Lieblingssendung, in der Möbelkenner in alten Schuppen herumkramten und nach wertvollen Stücken suchten. Was für ein Zufall.

Ich biss mir auf die Lippe. Wahrscheinlich hoffte mein Schwiegervater heimlich auf die Entdeckung seines Krempels. Und ich hatte bereits ein paar Teile davon angepinselt. Nervös zog ich meinen dünnen Zopf straff und suchte nach Worten. Der Zeiger der dunkelbraunen Standuhr tickte ohrenbetäubend laut.

Dann flog die Tür auf, und Ute schneite mit einem Teller mit mehreren unförmigen braunen Teigklopsen herein. »Bitte schön, Ava!«, flötete sie und warf mir einen Blick zu, der keinen Zweifel daran ließ, dass sie todesbeleidigt wäre, wenn ich nicht zugriff.

Ich zwang mich zu lächeln, griff nach einem der braunen Klopse und biss hinein. Er war noch härter, als er aussah. Ute schaute mir mit großen, erwartungsvollen Augen zu. Ich hörte es knirschen, als ob ich einen Kiesel kaute. Für einen Moment fühlte ich mich wie beim Dschungelcamp. Erleichtert stellte ich fest, dass der zerkaute Klumpen nach nichts schmeckte. Ein kleines bisschen nach staubigem Backkakao vielleicht.

»Nicht schlecht«, sagte ich kauend. Die Masse in meinem Mund wurde überhaupt nicht weniger.

»Sie sagt das bloß, um nett zu sein«, brummte mein Schwiegervater.

»Äh, ach was, das ist … Ich …«

»Okay, Ava«, rief Klaus. »Nu ma tau, was willst du?« Er ließ die blonde Moderatorin im Schuppenschrott nicht aus den Augen.

»Ja, also, ich …«, stotterte ich.

»Nu rück raus, mien Deern! Ich habe nich' ewig Zeit!«

In meinem Magen rumpelte es nervös. »Ich, also … Ich habe doch früher so gern Möbel renoviert. Ich … ich würde das gern wieder machen. Nebenbei. Und da dachte ich, ich könnte das vielleicht in eurer Scheune machen?«

Klaus starrte weiterhin den Fernseher an.

Na los, Ava, trau dich, feuerte ich mich in Gedanken an.

»Vielleicht könnte ich auch ein paar deiner alten Möbel anstreichen?«, fragte ich leise. »Und sie … ähm … richtig hübsch, also noch hübscher machen.« Verdammt, das klang gemein. Ganz sicher würde mich Klaus gleich rausschmeißen. Er hing so an seinem alten Plunder. Dann fiel mir noch etwas ein. »Vielleicht könnte ich die Sachen sogar verkaufen?« Ich biss nervös die Zähne zusammen.

»Mach ma, Mädchen!«, brummte mein Schwiegervater. »Mach.«

Ich zog überrascht die Augenbrauen hoch. Meinte er jetzt die Fernsehfrau oder mich? »Wie, jetzt wirklich?«

»Jo!«

Dann drehte er den Ton noch ein wenig lauter. Unser Gespräch war offensichtlich beendet. Umso besser.

Das war einfacher gewesen als gedacht, ich konnte mein Glück kaum fassen. Euphorisch steckte ich mir den Rest des Teigklopses in den Mund – und verschluckte mich prompt an einem Krümel.

»Ava, eins nur …«

Ich fasste mir an den Hals, während ich hustete. Verdammt, das wäre ja auch zu leicht gewesen.

»Mach die Scheunentür immer richtig zu. Mit dem Sturm hier ist nicht zu spaßen. Wenn der da reinweht, reißt er dir die Dachpfannen runter.«

Ich nickte hustend. »Wird gemacht, Klaus!«

In der Tür umarmte ich Ute zum Abschied.

»Was für eine schöne Idee, dass du mal wieder was anmalen willst«, sagte sie. »Ich hab Jan schon öfter gesagt, dass du ein kleines Hobby brauchst.«

Ich zwang mich zu lächeln. »Verrate mich nicht«, flüsterte ich, »aber ich habe bereits mit dem *kleinen Hobby* angefangen.«

Als meine Schwiegermutter mich mit zusammengepressten Lippen ansah, dachte ich, sie hätte meine kleine Spitze bemerkt und dass dieses Geständnis ein riesengroßer Fehler war. Aber dann breitete sich ein Grinsen auf ihren schmalen Lippen aus. »Das ist das Beste, was dem alten Zeug passieren kann«, flüsterte sie.

Wieder zu Hause, zog es mich zurück in meine Werkstatt. Mit Bauchkribbeln schaute ich mich um. Jetzt, wo die Sache offiziell war, kam mir das Ganze noch aufregender vor.

Als mein Handy brummte, zog ich es mit zitternden Fingern aus der Tasche und starrte unsicher aufs Display. Ich wusste selbst nicht, ob ich traurig oder erleichtert sein sollte, dass es Sam war, die mir eine Nachricht geschickt hatte.

Ava!!!!!!

Mehr hatte sie nicht geschrieben.

Mit gerunzelter Stirn starrte ich das Handy an. Dann ploppte ein Foto auf, offenbar der Screenshot eines Instagram-Accounts. Meines Instagram-Accounts!

Ich zoomte hinein.

Sam hatte mein Tupfenschränkchen, mit einem lässigen Vintagefilter darüber, auf dem *Zweite Liebe*-Account gepostet. Vor ein paar Stunden erst. Die kleine schwarze Zahl darunter hatte sie mir auf dem Screenshot gelb eingekreist: 9 567 Likes. Ich scrollte ein Stück hoch, schaute auf die Followerzahl und blinzelte ungläubig. Das konnte doch nicht wahr sein! Ich – nein, meine bunten Möbel und ich – hatten inzwischen 16 900 Follower.

An den drei wackelnden Punkten sah ich, dass Sam noch etwas schrieb. Das WLAN hier draußen war nicht das beste. Während ich wartete, hörte ich auf der Einfahrt das dumpfe Motorbrummen von Jans Land Rover Defender. Ich hielt mich an meinem Handy fest.

Du renovierrockst es!, blinkte jetzt auf meinem Display auf.

Ich lächelte – bis mich das Zuschlagen der Autotür zusammenzucken ließ. Ich hörte Jan mit Len über das Turnier reden, erst leise, dann lauter und dann wieder leiser. *Rumms*, die Haustür fiel zu.

Erleichtert schob ich mein Handy in die Hosentasche, sah mich kurz um, öffnete mit einem alten Messer zielsicher einen zitronengelben Farbtopf und tauchte einen Pinsel ein. Zufrieden atmete ich den leicht süßlichen Geruch des Lacks ein.

Wenig später hörte ich knirschende Schritte auf dem Kiesweg. Im nächsten Moment stand Jan in meiner Werkstatt. Vermutlich hatte Leo ihm von seinem Liebeskummerlager aus gesteckt, wo ich war.

Mit beiden Händen in den Hosentaschen schaute Jan sich um. Dann raufte er unsicher sein dunkelblondes Haar. »Was machst du hier?«, fragte er.

»Ich habe das mit deinem Vater abgesprochen«, meinte ich und hielt kurz inne.

»Mit meinem Vater, soso«, sagte er leise.

»Hätte ich dich um Erlaubnis fragen sollen?«

»Mensch, Ava!« Er seufzte tief.

Weil ich absolut nicht wusste, was ich noch sagen sollte, strich ich weiter. Ich war heilfroh, mich am Pinsel festhalten zu können. Spontan hatte ich beschlossen, meinen improvisierten Werkstatttisch gelb zu streichen. Ich erhoffte mir so einen frischen Look für die Tischplatte aus der alten Tür und den Holzböcken. Mit ein bisschen Glück würden sie dank der Farbe zusammenfinden.

Als ich aufblickte, sah Jan in seiner Skinny Jeans und dem blauen Poloshirt noch schmaler aus als sonst. Meine Nervosität äußerte sich in Form von Schweißperlen, die mein Körper offenbar durch jede kleine Pore meines Gesichts presste.

»Ich hatte mal wieder Lust auf Farbe«, sagte ich.

»Du machst mir Angst!«, sagte Jan.

»Wir müssen die bunten Möbel nicht in unser Haus stellen.«

»Das ist es nicht.«

»Das war auch alles nicht teuer! Alles alte Möbel und alte Farben …«

»Verdammt, Ava!«, rief Jan laut. Und dann leiser: »Es geht mir doch nicht um das Scheißgeld!«

Ich zwang mich, ihn anzusehen, aber die Sorge, er könnte in meinen Kopf gucken und meine Gedanken an Pinto erraten, war kaum zu ertragen.

Jan starrte mich ausdruckslos an.

Dann kam er näher und legte von hinten die Arme um meine Hüfte. Ich stand da, stocksteif wie der Farbpinsel in meiner Hand.

»Ava!« Jan seufzte und lehnte seine Stirn an meine Schulter. »Was passiert hier gerade mit uns? Ich will das nicht.«

Ich konnte nicht glauben, dass es Jan war, der sich an mich klammerte wie ein Ertrinkender. Ich spürte, dass ich keine Kraft hatte, ihm Halt zu geben. Er hatte keine Ahnung, was in mir vorging. Und ich hatte keine Ahnung, was in ihm vorging.

Jan ließ mich los und trat einen Schritt zurück. »Wie soll es nur weitergehen?«, flüsterte er.

Ich wollte etwas sagen, irgendwas, aber mein Hals war wie zugeschnürt. Während ich schweigend dastand, füllten sich meine Augen mit Tränen. Ich fühlte den Impuls, ihn zu berühren, aber meine Hand hörte nicht auf mich. Verzweifelt presste ich die Lippen aufeinander.

Goldenes Abendlicht fiel durch die kleinen Sprossenfenster in meine neue Werkstatt, während es im hinteren Scheunenteil bereits dämmerig war. Die kräftigen Farben der frisch angestrichenen Möbel verloren nach und nach an Strahlkraft, als würde jemand an der Sättigung drehen.

Ich atmete flach, weil ich das Gefühl hatte, mit einem kräftigen Atemzug einen endgültigen Punkt hinter Jan und mich zu setzen. Eine ganze Weile standen wir uns schweigend gegenüber. Ich starrte auf den erdbraunen Scheunenboden, während ich seinen bohrenden Blick auf mir spürte.

Als ich irgendwann aufschaute, sah er mich aus seinen dunkelblauen Augen unglaublich traurig an, seufzte leise und ging. Ich hatte nicht die Kraft, ihn zurückzurufen.

Planlos schob ich ein paar Kartons hin und her, setzte mich auf einen von ihnen, sank ein und stand wieder auf. Ich pinselte noch ein wenig mehr Farbe auf die alte Tür, aber das Gelb hatte plötzlich etwas Giftiges.

Irgendwas musste ich machen, sonst würde ich laut schreien.

Ich tastete nach meinem Handy, schob es aber gleich wieder in die Hosentasche, ohne aufs Display zu schauen. Einen Moment später holte ich es doch wieder heraus, grinste kurz, um den Bildschirm zu entsperren, und tippte dann atemlos eine Nachricht an Pinto ins Textfeld:

Mein heimlicher Abgang tut mir leid. Du hast mich total durcheinandergebracht. Wollen wir uns noch mal sehen?

Auf seine Antwort musste ich nicht lange warten:

Dienstagabend am Elbstrand?

Verzweifelt starrte ich die Nachricht an. Warum musste das mit ihm gerade jetzt so verdammt einfach sein? War er denn gar nicht beleidigt? Ich zögerte nur kurz, dann schickte ich ihm einen erhobenen Daumen.

In meinem Kopf blitzten Bilder auf, so wie früher, wenn meine Eltern mir alte Fotos auf dem Diaprojektor gezeigt hatten. Unscharf, körnig, knisternd. Ich sah die Strandperle in Sonnenuntergangsrosa, dazu Funkelwasser und einen dicken Pott. Ich war so lange nicht mehr dort gewesen. Ich konnte Möwenstreit hören, Sommerabendstimmengemurmel und zwei klirrende Flaschen Astra. Roch Pommes und Pintos Parfum und fühlte seinen kratzigen Bart an meinem Kinn. Wir hatten damals so gierig geknutscht, dass mein Gesicht hinterher brannte. Er hatte seine Hand unter mein Shirt, in meinen BH, in meinen Slip geschoben – bis ich ihn lachend aufhielt, damit er mich nicht vor halb Hamburg auszog.

Ich atmete schnaufend aus, um das Kopfkino zu stoppen. Mein Herz hämmerte noch eine ganze Weile.

Als ich später aus der Scheune kam, fühlte ich mich wie eine Fremde in meinem eigenen Haus. Erleichtert stellte ich fest, dass Jan nirgends zu sehen war. Weil ich absolut nicht wusste, was ich sonst tun sollte, räumte ich die Küche auf. Ich fing sogar an, die Schublade des Grauens zu entrümpeln und zerknautschte Backpapierbögen ordentlich zu falten. Hier Klarschiff zu machen war leichter als im Rest meines Lebens.

Irgendwann hörte ich Schritte auf der Treppe und sah Jan zum Sofa schweben wie einen Geist. Er zappte ein wenig herum und schaute dann nach einer filmlosen Ewigkeit den zweiten Film in wenigen Tagen. Ab und zu hörte ich ihn sachte seufzen.

Unser Schweigen war so leise, dass es laut war. Wir hatten schon eine ganze Weile nicht mehr viel miteinander geredet, aber jetzt hatte unser Nichtreden eine neue Qualität. Es hatte etwas unausgesprochen Ausgesprochenes. Ich wäre am liebsten vor der anklagenden Anspannung geflüchtet, aber ich wusste nicht wohin. Ich hatte das Gefühl, uns war beiden klar, dass das hier vermutlich der erste Abend auf dem langen Weg zum Ende unserer Ehe war. Ich spürte ein Ziehen im Bauch. Schnell wischte ich mir eine Träne aus dem Gesicht.

Nach etwa der Hälfte des Filmes schaltete Jan von einem Moment auf den anderen den Fernseher aus und verschwand grußlos nach oben. Ich wartete noch eine ganze Weile, bevor ich auf Zehenspitzen die Treppe hochschlich. Ich vermied es, mich beim Zähneputzen anzusehen.

Mit aufeinandergepressten Lippen öffnete ich so leise wie möglich dic Schlafzimmertür, erleichtert über das gleichmäßige Schnaucheln. Offenbar schlief Jan bereits. Unsicher rollte ich mich am äußersten Rand der Matratze wie ein Baby zusammen. Angespannt lag ich da, wagte es nicht, mich zu bewegen. Ich lauschte der Stille. Seine leisen Atemzüge entspannten mich ein wenig.

Fröstelnd zog ich die Decke über mich und rückte noch ein bisschen näher an die Kante. Nur noch wenige Millimeter, und ich würde hinunterfallen. Ich schloss die Augen und dachte an Pinto. Mir wurde schlagartig warm, als ich seine muskulösen Oberarme vor mir sah. Den weichen Flaum auf seinen Unterarmen und seine kräftigen Hände.

Unglaublich, wie zärtlich die sein konnten. Kaum spürbar, sanft wie Schmetterlingsflügelschläge, strichen sie meine Waden entlang, glitten über meine Kniekehle und meinen Oberschenkel hinauf. Mir lief ein warmer Schauer über den Rücken. Seine Fingerspitzen flatterten über meinen Bauch und fuhren sanft über meinen Slip. Der Druck wurde kurz stärker, und ich spürte ein Kribbeln zwischen den Beinen, als ich dachte, seine Finger würden daruntergleiten. Aber sie drehten ab, umkurvten meinen Bauchnabel, einmal, zweimal, und glitten dann weiter hoch in Richtung Busen.

Ich schluckte. Ich fühlte kitzelnde Gänsehaut am ganzen Körper. *O Gott, Pinto, ich bin wirklich völlig verrückt nach dir!*

Wie in Zeitlupe hob ich den Kopf, drehte mich zu ihm, suchte im Dunkeln seinen Mund. Überrascht stellte ich fest, wie weich er war. Ich erschauderte, als seine Zunge meine berührte, und im Gegensatz zum letzten Mal wurden meine Lippen ganz weich. Sein Dreitagebart knisterte leise an meiner Wange. Im nachtblauen Dämmerlicht nahm er zärtlich mein Gesicht in beide Hände und küsste mich atemlos. Unsere Lippen fanden zueinander, lösten sich, hielten kurz inne, um sich sofort wieder zu vereinen, und unsere Zungen umkreisten einander. Es fühlte sich an wie ein eingespielter Tanz.

Ich weiß nicht, wann genau mir klar wurde, dass ich nicht träumte und dass es nicht Pinto war, den ich küsste. Aber ich weiß, dass ich mir noch eine verrückte Weile vorstellte, dass Pintos Hand über meine Hüfte glitt. Bis mir verschwommen dämmerte, dass es Jan war, der zärtlich meinen Rücken entlangstrich. Jans Wärme, Jans Duft, Jans Atem, der ab und zu vor Lust stockte. Jan, der mich und meinen Körper am allerbesten auf der Welt kannte. Unsere Küsse waren so zärtlich und vertraut, als hätten wir nie etwas anderes gemacht, und dabei so drängend und gierig, als hätten wir es viel zu lange nicht gemacht. Ich erschauderte bei dem Gedanken, ihn zu verlieren, beziehungsweise ihn bereits verloren zu haben.

Mit dem nächsten gierigen Kuss verschwamm alles in meinem Kopf zu einem diffusen Gedankennebel aus Lust, Verlustangst und Neugier, und ich hörte auf nachzudenken. Ich gab mich seinen Küssen hin, schmiegte mich an seinen warmen Körper, ließ mich in seine Hände fallen.

Kapitel 23

Er

»Feierabend«, brummte der üppige Bierbauch direkt neben uns. Ich hatte ihn nicht kommen sehen. »Na los, ab ins Bett mit euch!«

Als ich aufschaute, grinste uns der Chef der Kiezkneipe, ein netter Typ um die fünfzig mit vollen aperolfarbenen Wangen, schütterem rotem Haar und einem zauseligen Seemannsbart, an. Er war nett. Philip und ich hatten schon öfter ein Bier mit ihm getrunken und herumgeblödelt. Dass er jetzt allerdings mitten in unseren Beinahe-Kuss platzte, würde ich ihm nicht so schnell verzeihen. Nur noch wenige Millimeter war mein Mund von Avas entfernt gewesen. Ihre Lippen glänzten.

Erst jetzt nahm ich wahr, dass um uns herum bereits die Stühle auf die Tische gestellt wurden. Die Musik war längst aus, und durch das große Schaufenster fielen lange Sonnenstreifen auf den mit Schuhsohlenabdrücken übersäten Fliesenboden. Ich schaute Ava an, die ihre rosa Lippen aufeinanderpresste. Sie hielt den Kopf schief und grinste. Uschi auf dem Ölgemälde schien uns mitleidig zuzusehen.

Als wir hintereinander aus der Bar liefen, fiel mein Blick

auf Avas Po in der engen Jeans. Ihr Zopf hüpfte bei jedem Schritt. Ich wollte sie auf keinen Fall gehen lassen.

»Pizza?«, fragte ich schnell und blinzelte verzweifelt in die grelle Morgensonne. Es roch nach Sekt und Elbe.

Zu meiner Erleichterung nickte sie, während sie ihre Augen mit der flachen Hand abschirmte.

»Links oder rechts?«

Über die Frage nach der besten Pizzeria auf dem Albers-Platz wurde unter Hamburgern heiß diskutiert. Die Pizza im Laden links hatte einen dicken Boden und in der Mitte viel Belag, die Pizza rechts einen dünnen Boden und überall wenig Belag. Ich hatte einen klaren Favoriten.

»Rechts!«, rief Ava entschlossen, und ich nickte zufrieden. Das war auch meine Lieblingspizza.

Wir liefen die paar Schritte über das klebrige Kopfsteinpflaster. Vor einem Mülleimer stritten sich die Möwen laut kreischend um ein paar Pommes. Über den verschnürten Sonnenschirmen, den leeren Bierbänken und den Hausfassaden mit ihren bunten Fähnchen und Kneipenschildern war der Himmel knallblau. Das Laub der großen Linde raschelte in der morgendlichen Brise. Ich fand es immer wieder erstaunlich, wie anders sich der Kiez bei Tag anfühlte. Und trotz Schlafmangel fühlte ich mich erstaunlich lebendig. Im grellen Sonnenlicht traute ich mich nicht, nach Avas Hand zu greifen, aber als wir in der Schlange auf unsere Champignonpizza warteten, berührten ihre Finger wie zufällig meine. Schlagartig bekam ich Ganzkörpergänsehaut.

»Was ist deine Lieblingsfarbe?«, fragte sie, nachdem wir uns auf einer der vielen leeren Bänke in der Sonne niedergelassen hatten. Sie zog mit zwei Fingern einen Käsefaden lang und aß ihn dann Happen für Happen auf.

Ich überlegte kauend. »Blau, glaube ich.«

»Meerblau oder Seeblau?«, wollte sie wissen. »Das ist ein großer Unterschied. Vielleicht ein minziges Kaugummiblau? Oder eher ein frostiges Eisblau oder eins, das ins Türkis übergeht?« Sie leckte sich zwei Finger ab und grinste. »Oder vielleicht Babyblau?« In ihren Augen spiegelte sich der Himmel blitzblau.

Ich schmunzelte. »Meerblau, schätze ich, da kann ich drauf surfen. Und was ist deine Lieblingsfarbe?«

»Sommer«, sagte sie, ohne nachzudenken.

Ich sah sie verwundert an. »Sommer ist doch keine Farbe. Sommer ist bunt.«

»Eben«, sagte sie und grinste. »Ich könnte mich nie für eine Farbe entscheiden.« Dann schielte sie auf mein letztes Pizzastück. Ihre Hälfte war bereits verputzt. Ich nickte, und sie griff zu. »In meiner Wohnung habe ich alle meine Lieblingsfarben versammelt. Blaubeerblau im Schlafzimmer, Salbeigrün im Wohnzimmer und Korallenrot in der Küche. Ich habe sogar passendes rotes Linoleum gefunden.«

»Klingt … bunt«, sagte ich.

Sie nickte kauend. »Erst haben mich alle für verrückt erklärt. Meine Wohnung ist winzig, weißt du?« Sie lachte laut. »Zu dem ganzen Rot in der Küche habe ich dann noch drei dieser chinesischen Stofflampions in Pink aufgehängt. Mit Troddeln dran. Ich liebe es.«

Und ich liebe dich, dachte plötzlich mein Gehirn. Erschrocken fuhr ich mir mit einer Hand durchs Haar.

Ava leckte sich mit ihrer kleinen rosa Zunge einen Klecks Tomatensoße von den Lippen. Dann strich sie sich eine blonde Haarsträhne hinters Ohr. »Ich glaube, wer Angst vor Farbe hat, hat auch Angst vorm Leben.«

Grinsend hob ich die Augenbrauen. Meine Wohnung hatte komplett weiße Wände, ich hatte nie über etwas anderes nachgedacht. Aber wie sie dasaß, sich genüsslich das Fett von den Fingern schleckte und mit leuchtenden Augen über Farben sprach, ließ meinen Magen einen Luftsprung machen.

Im nächsten Moment faltete sie den leeren Pappteller zusammen und sagte: »Ich denke, ich werde jetzt mal.«

Verdammt, dachte ich mit hämmerndem Herzen, *ich will nicht, dass sie geht.*

Mein Kopf nickte dennoch. Wir liefen los, warfen im Vorbeigehen die Pappe in einen Mülleimer, auf den sich kreischend die Möwen stürzten, gingen planlos weiter. Ich hatte das Gefühl, wir wussten beide nicht, wohin mit uns. Die Sonne fühlte sich warm an auf meiner Haut.

Dann nahm ich all meinen Mut zusammen und stellte mich ihr in den Weg. Sie stieß mit der Stirn sanft gegen meine Brust, schaute zu mir auf und lächelte. Gott, diese Grübchen!

Sie senkte den Blick und trat einen Schritt zurück auf die erhöhte Bordsteinkante. Jetzt waren ihre Lippen auf Höhe meines Halses. Ein paar blonde Haarsträhnen wehten ihr in die Augen, und sie strich sie mit der Hand aus dem Gesicht. Auf ihrer Nase entdeckte ich kleine Sommersprossen. Mir blieb die Luft weg. Ich schluckte. Wir schauten uns in die Augen, und plötzlich fühlte es sich an, als wären wir allein auf der Welt.

Erst berührten sich bloß unsere Lippenspitzen, ganz sanft. Mir lief ein Schauer über den Rücken. Dann trafen sich unsere Zungen und fingen an, miteinander zu spielen. Ich stellte herzklopfend fest, dass wir kusstanztechnisch perfekt harmonierten, und lächelte in unseren Kuss hinein. Ich konnte spüren, dass sie ebenfalls lächelte. Dann legte sie beide Hände um meinen Hals, zog mich zu sich runter, und unsere Küsse wurden sehnsüchtiger. Mein Herz kam kaum hinterher. Die frische Böe, die von der Elbe herüberwehte, ließ ihr Haar kitzelnd gegen meine Wangen flattern. Erst als ich aus dem Augenwinkel die neugierigen Blicke einer Gruppe Herren um die vierzig wahrnahm, die raunend und pfeifend an uns vorbeiflanierten, löste ich meine Lippen von ihren.

Ich lächelte breit. »So küssen also Quarkdesignerinnen.«

Sie grinste den schmutzigen Asphalt an, dann mich, dann wieder den Boden.

»Gibst du mir deine Nummer?«, fragte ich, und mein Herz klopfte kräftig. Sie nickte, noch bevor ich die Frage ausgesprochen hatte.

Als sie in Richtung U-Bahn verschwand und ich in die andere Richtung, drehten wir uns beide noch zweimal um. Die Sonne ließ ihr helles Haar leuchten. Ich hätte Bäume ausreißen können. Ich rannte zum Taxi, hopsend – links, rechts, links –, wie ich zuletzt als kleiner Junge gehopst war. Ich musste aussehen wie ein Vollidiot. Aber ich fühlte mich wie der glücklichste Mensch auf der Welt.

Kapitel 24

Ava

Am nächsten Morgen weckte mich die Sonne. Ich schreckte hoch und guckte blinzelnd aufs Handy. Verdammter Mist, so spät, die Schule hatte längst angefangen! Vor lauter Hektik verhedderte ich mich in der Bettdecke. Meine Pyjamahose fand ich zerknautscht vor dem Bett. Unscharfe Bilder von letzter Nacht blitzten in meinem Kopf auf. Was bitte war das gewesen? Ich schlüpfte atemlos in meine getupfte Stoffhose und warf, bevor ich rausrannte, einen Blick zurück ins Bett. Es war leer.

Plötzlich kam mir die letzte Nacht noch surrealer vor. Hatte ich das vielleicht alles nur geträumt?

Eilig stürmte ich in den Flur und rief schon beim Treppehinunterhüpfen: »Leeeeooo!« Hektisch schnappte ich nach Luft und riss seine Tür auf. »Leo!«, rief ich erneut. »Schnell, du musst los! Wir haben verschlaf…«

»Sie sind alle schon unterwegs.«

Ich drehte mich um. Hinter mir stand Jan in seiner karierten Pyjamahose, die ich ihm vor Jahren geschenkt und in der ich ihn schon ewig nicht mehr gesehen hatte. Dazu trug er ein enges weißes Shirt. Er hielt mir eine Kaffeetasse hin, sah mich an, presste die Lippen aufeinander und fuhr sich unsicher durchs Haar. Der Blick, den er mir aus seinen meerblauen Augen zuwarf, wirkte genauso verblüfft, wie ich es war. Ich hatte also nicht geträumt.

»Ich … ich konnte nicht mehr schlafen«, stammelte er. »Ich habe deinen Wecker gehört und die Jungs fertig gemacht.«

»Danke!«, flüsterte ich und nahm ihm die Tasse ab.

Jan trank keinen Kaffee, hatte mir vor einer Weile aber die schicke silberne Siebträgermaschine zum Geburtstag geschenkt. Für seine Kunden drückte er drüben im Büro fix eine Kapsel in den Nespresso-Automaten.

Ich pustete in die Tasse und spürte den duftenden Dampf in meinem Gesicht. Wir standen uns im Flur gegenüber, und die Zementfliesen fühlten sich schön warm unter meinen nackten Füßen an. Ich trank einen Schluck Kaffee, er war heiß und gut. Ich lächelte leicht.

Jan betrachtete mich mit hochgezogenen Augenbrauen, als würde er mich zum ersten Mal sehen. Sein dunkelblondes Haar stand beinahe so ab wie damals. Es schien heute Morgen viel weniger grau als sonst. Ich hielt mich an meiner Tasse fest, wusste nicht, wohin ich schauen sollte. Sein Blick machte mich nervös.

»Was hast du vor?«, wollte er wissen.

Ich biss mir auf die Lippe. Meinte er diesen Vormittag? Oder den Rest meines Lebens?

»Eigentlich wollte ich die Wäsche zusammenlegen«, antwortete ich. »Aber ich denke, ich lasse es einfach und verschwinde für ein paar Stunden in meiner Werkstatt.« Ich stockte, weil das so hochtrabend klang. »Ich meine, in der Scheune.«

»Die alten Farben und Möbel«, sagte Jan, und ich war mir nicht sicher, ob es liebevoll klang oder ich Unverständnis heraushörte.

»Ich weiß, du findest das alles seltsam …« Ich wusste nicht, was ich sonst noch sagen sollte. Aber sobald ich an meinen eigenen kunterbunten Raum dachte, musste ich lächeln.

»Schon gut. Die Jungs können ihre Wäsche nachher einfach selbst zusammenlegen«, meinte Jan. »Und ich meine auch.«

Ich nickte, bevor ich erneut an meinem Kaffee nippte.

»Also dann …«, sagte er und kratzte sich am Kopf, sodass sein Shirt ein wenig hochrutschte und ich einen Blick auf seinen flachen Bauch werfen konnte. Während alle Männer um ihn herum langsam ordentlich zulegten, war er so schlank wie eh und je, und das ganz ohne Sport. Für einen Moment blieb mein Blick am Gummizug seiner Hose hängen, dann trat er einen Schritt auf mich zu und hauchte mir einen Kuss auf die Stirn. Sein Duft knipste sofort die Erinnerung an letzte Nacht wieder an. Ich taumelte überrascht.

»Schönen Tag, Ava?«, sagte er leise. Es klang wie eine Frage.

Ich wusste nicht, was ich sagen sollte. Ich wusste überhaupt nichts mehr. Deshalb nickte ich bloß und flitzte dann so eilig die Treppe hoch, dass ein paar Tropfen Kaffee auf den Eichenstufen landeten.

Meine alte Latzhose passte mir zum Glück noch. Ganz hinten im Schrank, in einem Karton, der nach Rosenholzscheiben gegen Motten roch, hatte ich sie gefunden. Sie war innen türkis und hatte außen ein wildes Blumenmuster – sowie jede Menge Farbflecken. Ich schmunzelte, als mir wieder einfiel, dass sie gar nicht als Malhose gedacht gewesen war. Im Gegenteil, ich hatte sie gerade neu, aber dann hatte ich sie versehentlich mit Lack bekleckert, als ich »nur eben mal schnell« einen mit Malertape abgeklebten Streifen auf ein Möbelstück malen wollte. Keine Chance, die Farbe wieder rauszukriegen. Seither hatte ich die schönste Arbeitshose, die ich mir vorstellen konnte.

Überrascht erkannte ich sogar meine letzten Möbelprojekte auf ihr wieder: Ein bisschen Salbeigrün von der Kommode. Korallenrot von der Wand in der Küche und dann noch das matte Rosa meines alten Nachttischs. Der stand inzwischen bei Hermine im Zimmer, und sie hütete darin die Pokémon-Karten, die ihr Leo überlassen hatte.

Während ich in der Werkstatt Farben hin und her räumte und im staubigen Chaos der Scheune nach weiteren Schätzen kramte, musste ich immer wieder an letzte Nacht denken. Mein schlechtes Gewissen pikste mich, weil ich beim Sex mit Jan an Pinto gedacht hatte. Dabei hatten wir uns aneinandergeklammert wie zwei Ertrinkende. Ich erschauderte, als ich an seine Küsse dachte. Jan hatte nach zu Hause gerochen und sich auf eine seltsame Art gleichzeitig vertraut und dennoch unbekannt angefühlt.

Letzte Nacht war es ganz anders gewesen als sonst. War das ein letztes Aufbäumen unserer Gefühle, bevor wir uns endgültig eingestehen mussten, dass unsere Ehe gescheitert war?

Nachdem ich ein halb kaputtes Regal zur Seite gehievt hatte, tauchte vor mir ein besonders hoher Kramhaufen auf. Während ich Stück für Stück das Möbelstück freilegte, das sich darunter verbarg, blinkten immer wieder Bilder von Pinto und Jan in meinem Kopf auf. Ich konnte nicht deuten, wer von den beiden das Ziehen in meinem Bauch auslöste. Ich wusste nicht mal genau, ob es ein angenehmes Kribbeln war oder ein schmerzhaftes. Entschlossen wuchtete ich einen alten Drucker zur Seite.

Dann war das Möbelstück freigelegt. Ich musste schlucken, als ich unsere alte Babykommode erkannte. Beinahe zehn Jahre hatte sie mit uns zusammen im Schlafzimmer gewohnt. Hochschwanger hatte ich sie am Straßenrand gefunden, damals noch honigbraun mit lila Lackresten, trotz Babybauch ins Auto gewuchtet und unter Jans skeptischen Blicken altweiß lackiert. Ich wollte für unser Baby so gern etwas mit Geschichte haben. Wir hatten diese Geschichte dann weitererzählt, an der Kommode gestaunt, geküsst, gekitzelt, gestritten, gelacht, geweint, und manchmal wären wir beinahe im Stehen vor ihr eingeschlafen. Erst vor etwas über einem Jahr hatten wir sie in die Scheune geschleppt, weil auch Linus inzwischen keine Windeln mehr brauchte.

Ich betrachtete den altweißen Lack, der an einigen Stellen abblätterte. Neongelb würde ihr gut stehen, kam mir plötzlich in den Sinn. Und die Idee, ihre Geschichte neu zu schreiben, verursachte ein Kribbeln in meinem Bauch. Es wurde Zeit für frische Farbe.

Tatsächlich entdeckte ich ganz hinten in der Vitrine noch eine Dose grelles Gelb. Die Farbe war bereits benutzt, der Deckel lackverklebt. Aber mir wollte partout nicht mehr einfallen, was ich in diesem Farbton gestrichen hatte.

Mit einem zähen Klong öffnete sich schließlich der Deckel, nachdem ich ihn an mehreren Stellen mit einem alten Messer angehoben hatte. Das Gelb glänzte kreisrund. Ich nahm einen alten Küchenlöffel und rührte die Farbe um. Das leise Glucksen zauberte mir ein Grinsen ins Gesicht. Ich konnte es kaum erwarten, den ersten Strich zu machen.

Trotzdem war ich vernünftig und schmirgelte zunächst den alten Lack an und alle Kanten glatt. Zwischendurch schüttelte ich meinen Arm aus. Die lästige Vorarbeit machte mir beim Möbelpimpen definitiv am wenigsten Spaß.

Ich hatte einmal mehr Sams Acoustic-Covers-Mix laut aufgedreht. Deshalb hörte ich Jan nicht kommen, sondern sah ihn nur zufällig im feinen Nebel aus Holzspänen in der Tür lehnen, als ich kurz aufsah. Er trug ein offenes kariertes Hemd über seinem weißen T-Shirt. Etwas, was ich bei ihm schon lange nicht mehr gesehen hatte. Seine enge Jeans war ein Stück heruntergerutscht, und über dem Bund schaute ein lässiger Streifen Boxershorts heraus. Er hatte die Arme verschränkt und beobachtete mich. Ich zuckte zusammen, als unsere Blicke sich trafen. Vier helle Lichtpunkte im Halbdunkel.

»Ich wollte dich nicht erschrecken«, entschuldigte er sich.

Ich bemerkte, dass sein Haar noch immer hochstand, allerdings nicht mehr bett- und sexzersaust, sondern offenbar gewollt mit Wachs. Seit einer Ewigkeit hatte er sich nicht mehr so frisiert. Ich musste zweimal hinschauen, so gut sah es aus.

»Ava, ich möchte gern wissen, was aus uns wird«, sagte er leise. »Ich halte diese Unsicherheit nicht aus.«

Ich wollte das nicht hören. Ich wollte nicht, dass er Druck aufbaute. Ich wusste doch selbst nicht, was ich wollte.

Ich pinselte weiter. »Ich möchte endlich mal wieder was für mich machen«, sagte ich dann leise, mehr zur Kommode als zu ihm. »Nicht mehr nur für andere. Für dich. Für die Kinder. Für die Schule.« Ich hielt mich am Pinsel fest.

»Aber das kannst du doch. Warum tust du es nicht einfach?«

»Mach ich doch gerade«, sagte ich und reckte wie zum Beweis den Pinsel hoch.

Er seufzte. »Irgendwie habe ich Angst, dass du nicht bloß dem alten Ding da« – er nickte in Richtung Kommode – »sondern deinem ganzen Leben einen neuen Anstrich verpassen willst.«

»Und das gefällt dir nicht?«

»Ich habe Angst, dass du mich dabei aus deinem Leben streichst. Gestern Nacht …« Er brach ab.

Ich spürte, wie meine Augen brannten. Das federleichte Prickeln von letzter Nacht war wie mit fetter Farbe überpinselt. Die Schwere von vorher war wieder da. Ich spürte, dass mir schon wieder die Tränen kamen. Hilflos ließ ich mich mit dem Pinsel in der Hand auf einen der alten Kartons sinken.

»Ich weiß nicht, was ich will«, schluchzte ich. »Ich weiß überhaupt nicht mehr, wer ich bin. Ich habe das Gefühl, ich habe mich zwischen Windeln, Wutanfällen und Warten auf dich komplett verloren. Ich, die alte Ava, komme hier überhaupt nicht mehr vor.«

Jan zuckte hilflos mit den Schultern. »Wir sind doch nicht mehr zwanzig«, sagte er. »Und außerdem bist du hier überall. Unser Haus, das bist du. Unsere Bettwäsche riecht nach dir, in unserem Kleiderschrank hängen deine Kleider. Jede Blume, jede Kerze, jeden Teller hast du ausgesucht.«

»Das Haus, die Möbel, die Kleidung – das ist doch nichts als eine perfekte Fassade. Ich spüre mich nicht mehr.«

Er schaute mich traurig an. »Dieses Haus war dein Traum, unser gemeinsamer Traum. Unsere Familie war dein Traum.«

Ich schloss die Augen, weil ich mich so undankbar, so kindisch, so bescheuert fühlte. Ja, ich lebte mein Traumleben. Warum verdammt noch mal fühlte es sich dann nicht traumhaft an?

»Jeder Tag ist gleich«, sagte ich. »Alles ist schwarz-weiß. Mein ganzes Leben fühlt sich an wie eine Graphic Novel in tausend Bänden. Alles farblos.«

»Dann nimm verdammt noch mal Farbe und male meinetwegen alles an, wenn es dich glücklich macht«, rief Jan verzweifelt. »Wenn es nur das ist!« Seine langen Wimpern sahen noch dunkler aus als sonst.

»So einfach ist das doch nicht!«

Er griff nach einem Pinsel und stürzte an die Scheunenwand. »Und ob es so einfach ist!« Mit einer entschlossenen Armbewegung pinselte er einen neongelben Strich auf die Scheunenwand.

Ich erschrak. »Jan, was machst du da? Die Scheune gehört deinem Vater.«

»Ist mir egal. Ist mir doch alles egal.« Wie von Sinnen tauchte er den Pinsel wieder in die Farbe, malte den Strich breiter. »Ich habe es so satt, immer nur zu machen, was andere von mir verlangen. Das wollte ich nie, das bin ich doch gar nicht.« Er schmiss den Pinsel auf den Boden. »Also, Ava, wenn du drüben alles umstreichen willst, bitte! Ich bin dabei. Ich will dich bloß nicht verlieren.« Er klang wie ein unsicherer kleiner Junge.

»Unser Haus ist deine Visitenkarte, Jan«, merkte ich an. »Du wolltest es hell, cool und minimalistisch. Ein Meisterwerk der Architektur.« Der letzte Satz klang abfälliger, als er sollte.

»Aber du wolltest das alles doch auch!« Er vergrub sein Gesicht in beiden Händen und rieb sich stöhnend über Nase und Augenbrauen. »Weißt du was? Ich scheiß auf Architektur! Ich habe da sowieso keine Lust mehr drauf. Lass uns was ganz anderes machen. Irgendwo ganz neu anfangen.« Er schaute mich mit seinen meerblauen Augen flehend an.

Ich schob verzweifelt die Augenbrauen zusammen. »Das können wir doch nicht einfach so. Wir können doch nicht einfach vor unserem Leben davonlaufen. Und außerdem geht es nicht bloß um unser Haus und ein wenig Farbe.«

»Heißt das«, fragte er heiser, »dass es um mich geht?«

In meinen Augen brannte es. Ich hatte Angst, dass er recht haben könnte.

»Ava«, seufzte Jan. »Ich weiß, ich habe es eine Zeit lang vermasselt. Ich habe mich viel zu viel um die Arbeit und viel zu wenig um die Kinder und um dich gekümmert. Ich will was ändern, das will ich wirklich.« Er schaute mich traurig an.

»Du wolltest nie Kinder«, fiel mir plötzlich ein.

»Ich bin so was von froh, dass du mich eines Besseren belehrt hast. Die Jungs und du, ihr seid das Beste, was mir jemals passiert ist. Ich liebe die Jungs, ich liebe dich. Ich will dich nicht verlieren …« Er stockte. »Aber ich bin mir nicht sicher, ob es dir genauso geht«, flüsterte er dann.

Ich legte eine Hand auf meine Brust. Ich hatte das Gefühl, keine Luft mehr zu bekommen. »Ich weiß es auch nicht«, flüsterte ich leise. »Bitte lass mich jetzt allein.«

Dann verschwamm er hinter einem Tränenschleier, als würde ich mit meinem Pinsel seine Konturen verwischen. Schnell fuhr ich mir mit dem Pulloverärmel über die Augen.

»Gestern Nacht …« – er biss sich auf die Lippe – »… da dachte ich, dass wir noch eine Chance haben. Aber jetzt gerade habe ich wieder das Gefühl, ich habe dich bereits verloren.«

Ich sah ihn an. Seine freundlichen blauen Augen, die zurzeit so traurig guckten. Seinen Dreitagebart, den ich immer so sexy gefunden hatte. Seine schlaksige Lässigkeit, seinen schmalen Körper, der mir gleichzeitig so vertraut und so fremd war.

Ich wollte etwas sagen, aber mein Mund war wie zugeklebt. Wie konnte ich bloß unser ganzes Leben infrage stellen? Was machte ich hier nur?

Jan schlurfte in Richtung Tür und warf mir noch einen letzten müden Blick zu.

Plötzlich bekam ich Panik. Ich sah mich selbst wie in einem Film. Mich ohne Jan. Ohne meine Familie. Ich war mir nicht sicher, ob ich das wirklich wollte.

»Jan!«, rief ich laut.

Aber als er seinen Kopf noch einmal zur Tür hereinsteckte, wusste ich schon nicht mehr, was ich sagen sollte.

Kapitel 25

Ava

Als ich am nächsten Morgen vom Kindergarten nach Hause radelte, lieferten sich Himmel und Elbe einen Knallblau-Battle. Über die Wiese am Deich stakste ein Storch.

Ich trug wieder meine Latzhose und konnte es kaum erwarten, in meine Werkstatt zu flüchten. Vorher lief ich kurz ins Haus, um mir eine Wasserflasche zu holen. Durch die offene Tür flatterten winzige weiß-rosa Ramblerrosenblätter wie Konfetti auf den Fliesenboden. In einer Flurecke stand ein übervoller Wäschekorb. Ich ignorierte den Impuls, ihn schnell auszuräumen. Das konnte ich genauso gut heute Abend machen. Das konnten *wir* genauso gut heute Abend machen, korrigierte ich mich schnell.

Als ich mit dem Wasser in den Flur trat, stand mir plötzlich Jan im Weg. Oder ich ihm? Mir wurde schlagartig übel.

»Verzeihung!«, murmelte er und wollte nach rechts ausweichen – genau wie ich. Als wir im nächsten Moment beide nach links traten, schaute ich zu ihm auf und musste gegen meinen Willen lächeln.

Auch sein Mund zuckte kurz. Dann sah ich an seinem hüpfenden Adamsapfel, dass er schwer schluckte. Den

Blick, den er mir zuwarf, konnte ich nicht deuten. Matt, müde, traurig?

»Ich … ich … äh, ich geh dann mal«, stotterte ich, weil ich das Gefühl hatte, dass die Hitze mir den Atem nahm.

»Trinken wir noch einen Kaffee zusammen?«, fragte Jan leise.

Ich schaute überrascht auf. Nach unserem Gespräch in der Scheune gestern hätte ich nicht gedacht, dass er noch Lust hatte, mit mir Zeit zu verbringen.

Er hielt den Kopf schräg, eine Augenbraue angehoben, auf der Stirn tiefe Falten.

»Du trinkst doch gar keinen Kaffee«, sagte ich ausweichend.

Seine Lippen zuckten leicht. »Für mich gibt's Kakao.«

Während ich den Siebträger abschraubte und ihn auf den Mülleimerrand klopfte, damit das zusammengepresste Kaffeepulver herausfiel – *klack, klack* –, während Jan Kakaopulver in ein Glas füllte – einen Löffel, zwei –, während ich zwei Tassen aus dem Schrank holte, schaute er immer wieder zu mir rüber. Nachdenklich, aber weniger wütend. Ich sah jedes Mal schnell weg und dann doch wieder hin. Irgendwann mussten wir beide kurz grinsen über unser seltsames Spiel.

Ich setzte mich auf einen der hohen Metallhocker an der Kücheninsel und hörte dem leise knisternden Milchschaum zu. Als Jan mir mit seinem Löffel ein wenig Kakaopulver darüberstreuen wollte, zog ich die Tasse weg.

»Macht man das nicht mehr?«, fragte er.

»Nein«, protestierte ich. »Das ist so 2000er.«

Ich lachte, und er sah aus, als wollte er es auch tun. Aber dann presste er die Lippen aufeinander und schaute in Richtung Fenster.

Der Schaum hatte aufgehört zu knistern. Und wir hockten da wie Fremde, dabei teilten wir uns seit sechzehn Jahren ein Leben. Ich konnte die Anspannung förmlich spüren – im Hals, im Bauch, im ganzen Körper. Ich wollte schnell austrinken, aber mein Kaffee war dafür viel zu heiß. Und einfach aufstehen und gehen konnte ich auch nicht. Es fühlte sich an, als wäre ich am Stuhl festgeklebt. Ich spürte Schweißtropfen auf meiner Stirn und der Oberlippe.

Nervös schielte ich zu Jan und zuckte ertappt zusammen, als er plötzlich den Kopf drehte und mich ansah. Seine Lippen zuckten.

»Na dann. Prost?«, sagte er leise lächelnd. Es klang wie eine Frage.

»Prost!«, raunte ich, stieß mit meiner Tasse klirrend gegen seine und bemühte mich um ein Lächeln. Erleichterung machte sich in mir breit, weil sich die Anspannung nicht mehr ganz so drückend anfühlte.

Jan saß leicht gekrümmt da. Ich musterte ihn über den Rand meiner Tasse hinweg. Er hatte seine Haare wieder mit Wachs gestylt. Im hellen Sonnenlicht, das durchs Küchenfenster fiel, bemerkte ich, dass seine Haut leicht gebräunt war. Es stand ihm gut. Ebenso wie das dünne weiße Baumwollhemd, das sich eng an ihn schmiegte und dessen Ärmel er lässig ein Stück hochgekrempelt hatte.

Ich erinnerte mich, dass ihm früher ständig andere Frauen hinterhergeguckt hatten. Ich hatte mich seit einer

Ewigkeit nicht mehr gefragt, ob das noch so war. Und ihm schon gar nicht hinterhergesehen. Wenn wir uns wirklich trennten, musste ich plötzlich denken, dann könnte er andere Frauen haben. Ganz bestimmt würde er andere Frauen haben. Ich schluckte erschrocken.

Und dann hatte ich auf einmal ein furchtbar schlechtes Gewissen – schließlich war ich es, die heute Abend einen anderen Mann treffen wollte. Keine Sekunde länger konnte ich hier mit ihm sitzen bleiben.

»Was hast du vor?«, fragte Jan, als ich eine Entschuldigung murmelte und aufstand.

Bloß weg hier!

Er hielt mich an der Schulter fest. »Sanierungsobjekt Wickelkommode?«

Ich nickte schnell. »Und du?«, fragte ich, obwohl ich in Gedanken längst woanders war.

Er zuckte mit den Schultern. »Ein Versuch von Schadensbegrenzung, fürchte ich.«

Ich presste die Lippen aufeinander. Ich fühlte mich schrecklich. Er hatte ernsthafte Probleme, und ich dachte an Pinto.

Als mein Handy leise surrend eine neue WhatsApp ankündigte, hatte ich das Gefühl, mein Herz bliebe stehen. Ich spürte den bitteren Geschmack von Kaffee in mir aufsteigen.

»Willst du nicht nachschauen?«, fragte Jan mit unerträglicher Selbstverständlichkeit.

Ich schüttelte ein wenig zu heftig den Kopf. »Sicher eine dieser nervigen Elterngruppen«, presste ich hervor.

»Aha.«

»Ich … ich lege lieber los«, sagte ich und stellte meine Tasse in die Spüle. »Sonst lohnt es sich nicht mehr, bevor ich zum Elternvertretertreffen und Linus abholen muss.«

Im Flur stolperte ich über meine eigenen Füße. Meine Wangen glühten.

»Ich kann Linus nachher einsammeln«, rief Jan mir nach. »Dann kannst du ein bisschen länger werkeln.«

Ich lehnte mich an die Wand, schloss die Augen und holte tief Luft. *Werkeln* klang dämlich unwichtig.

»Danke«, murmelte ich. Es klang brummiger, als es sollte.

Ich musste daran denken, wie aufregend Pinto meine Möbel immer gefunden hatte. Wie er auf seiner Party von meiner bunten Wohnung geschwärmt hatte. Für Jan dagegen war es immer bloß ein kleines Hobby gewesen. Ein Zeitvertreib, den er Freunden gegenüber mit einem Augenzwinkern erwähnte. Obwohl sein Angebot ganz sicher nett gemeint war, machte es mich plötzlich unglaublich wütend.

Mit hämmerndem Herzen drehte ich mich noch einmal zu ihm um. »Kannst du es dir denn einrichten?«, fragte ich, und es klang spitz, als wäre der Satz ein Pfeil, mit dem ich auf ihn zielte. Dann folgte der Schuss: »Schließlich bist du immer soooo beschäftigt …«

Er schaute mich irritiert an. »Das krieg ich schon hin«, murmelte er.

Ich sah ihn stirnrunzelnd an, seine müden Augen, sein weißes Hemd, seine gestylten Haare. Alles an ihm machte mich sauer. Er hatte offensichtlich keine Ahnung, warum ich wütend war, was mich noch wütender machte. Warum konnte er es sich plötzlich einrichten, wo das doch sonst nie gegangen war, fragte ich mich.

»Ich geh dann mal«, zischte ich, »*werkeln*.« Dann flüchtete ich endgültig.

Erst als ich nach Luft schnappend in der Scheune stand, traute ich mich, auf mein Handy zu schauen. Über dem Display tanzten kleine Staubpartikel im Lichtstrahl, der durch das Scheunenfester fiel.

Die Nachricht war von Sam. Ich wusste nicht, ob ich enttäuscht oder erleichtert sein sollte.

Hast du jetzt endlich Instagram? Ich komme mit den Kaufanfragen nicht mehr hinterher. Ansonsten stell mich doch als Managerin ein! Die 4a treibt mich in den Wahnsinn.

Darunter hatte sie einen Screenshot geschickt: Mein gepunkteter Nachttisch hatte 25 567 Likes. Mein Herz hüpfte überrascht. Heute Abend würde ich mich wohl oder übel mal mit dieser App beschäftigen müssen. Wie verrückt und aufregend war das bitte alles?

Dann fiel mir ein, dass es heute Abend gar nicht ging. Da würde ich schließlich mit Pinto am Elbstrand sitzen. Genau wie damals. *Genau wie damals?* Allein der Gedanke brachte mich zum Schwitzen. Ich horchte in mich hinein und fühlte Hitze, Herzklopfen, Bauchschmerzen.

Vor lauter Nervosität begann ich, an meinem Zeigefingernagel zu knabbern. Er schmeckte nach Farbe.

Ich werkel dann mal noch ein bisschen, dachte ich wütend.

Sollte ich Pinto absagen? Sicher sollte ich das. Aber obwohl das Handy in meiner Hand zitterte und sich ein dumpfes Ziehen in meinem Bauch breitmachte, hatte ich das Gefühl, ich musste ihn sehen. Weil der Gedanke an ihn einfach so schön kribbelte. Und um endlich herauszufinden, was ich eigentlich wollte.

Kapitel 26

Er

Ich wurde wach, weil jemand mit seinen Fingern auf meiner Hüfte klimperte, als wäre sie ein Klavier. Es kitzelte, ich zuckte zusammen und schreckte auf.

»Moin!«, sagte mein Mitbewohner Matt und grinste. Eine blonde Haarsträhne hing ihm in die Augen.

»Ach du …«, stöhnte ich und schloss meine schnell wieder.

»Wen hast du denn erwartet?«, fragte Matt.

»Wieso bist du überhaupt schon wach?«, brummte ich zurück. Meine pelzige Zunge schmeckte nach geronnener Milch, mein Kopf dröhnte wie ein alter Dieselmotor.

»Ich bin immer noch wach.« Matt seufzte. »Hab noch 'ne Runde gearbeitet. Großer Fehler. Viel verloren.«

Ich startete einen neuen Augenöffnungsversuch, aber dieses Mal hielt ich mir die flache Hand über die Brauen, um das Licht abzuschirmen.

Matt lag dicht neben mir, seine Arme unter dem Kopf verschränkt, leichtes Stoppeldoppelkinn, ein Hauch von ungeduscht. Mein Mitbewohner trug noch immer denselben rausgewachsenen Pottschnitt wie mit vierzehn, nannte seinen immer größer werdenden Bauch Br(e)ad und trug wie fast immer seine Arbeitsuniform. Die bestand aus einem ausgewaschenen Metallica-Shirt und pinken Boxershorts mit Palmen.

Matt hieß auf seinem Perso Matthias und arbeitete eigentlich als freier Bauzeichner. Uneigentlich verdiente er sein Geld seit Jahren mit Onlinepoker. Alle wussten das, außer seinen Eltern. Weil Matt am liebsten gegen die reichen, aber schlecht spielenden Amerikaner pokerte, arbeitete er meistens nachts, in Unterhose vom Bett aus. Seine Eltern waren fest überzeugt, dass er die drei großen Bildschirme in seinem Zimmer wegen der großformatigen Baupläne brauchte.

Matt war einer der nettesten Menschen in meiner Welt. Er hätte mich jederzeit nachts am anderen Ende von Hamburg eingesammelt, in Poppenbüttel oder wo auch immer ich hingeraten wäre. Er wusste, welche Pizza ich am liebsten aß, und bestellte immer, ohne zu fragen, eine für mich mit.

Jetzt zog er die Stirn in drei tiefe Runzeln. »Ich bin mit Quads auf dem Turn All-in gegangen, und der andere trifft auf dem River seinen Straight Flush Gutshot«. Traurig schob er die Unterlippe vor.

Ich sah ihn mitfühlend an. Mein Kopf dröhnte – und sein Pokisch klang für mich noch immer wie eine Fremdsprache.

Matt robbte noch näher an mich ran und drückte seinen Strubbelkopf an meine Schulter. »Und du? Nette Gesellschaft heute Nacht?«, fragte er in den Stoff meines Shirts.

Ob ich wollte oder nicht, ich musste breit grinsen. »Ava«, raunte ich.

Matt tauchte prustend wieder auf.

»Was?«, wollte ich wissen.

»Du hast ihren Namen nicht gesagt, du hast ihn gestreichelt.« Er setzte sich auf. »Avaaaaa«, singsangte er, »Avaaaa.«

»Hau ab!«, rief ich und knuffte ihm gegen die Schulter.

»Hey, du wirst rot wie 'ne Flasche Heinz-Ketchup, Alter!«, rief er grölend. »Ich kann's nicht glauben!« Er sprang auf, drehte sich mit erhobenen Armen vor meinem Spiegel und sah seinem Hawaii-Hintern beim Kreisen zu.

»Was kannst du nicht glauben?«, hakte ich nach.

»Dass Mr Anspruchsvoll sich echt verknallt hat!«

Ich atmete zischend aus.

Matt grinste mich dämlich an und schloss dann mit einem Rumms meine Tür. Im Flur konnte ich ihn laut singen hören: »Liebe ist wie Malaria …« Noch so ein Hit von Lotto King Karl. Fünf Handtrommler an meine Tür, dann jaulte Matt wie ein junger Hund.

Ich streckte mich unter meiner Decke, raufte mir das Haar und seufzte. Hatte Matt etwa recht? Augenblicklich sah ich wieder Avas Augen vor mir. Ihr Lächeln. Trotz Kater konnte ich nicht aufhören zu grinsen. War es schlau, ihr sofort zu schreiben? Absolut nicht.

Mit klopfendem Herzen tastete ich nach meinem Handy. Scheiß auf schlau.

Kapitel 27

Ava

Mit einem mulmigen Gefühl radelte ich am späten Vormittag in Richtung Schule. Die Aussicht auf unser Elternvertretertreffen bereitete mir Bauchschmerzen. Ich fürchtete mich regelrecht davor, Steffi zu treffen. Würde sie noch immer sauer sein?

Links und rechts glitzerten die schmalen Gräben, die die Vierländer Wiesen alle paar Hundert Meter in hübscher Regelmäßigkeit durchzogen, in der Sonne. Billionen Birkenblätter bildeten über mir einen lichtgrünen Tunnel und raschelten sacht in der Frühsommerbrise. Ich holte tief Luft. Ich war traurig gewesen, meine nach Terpentin duftende Scheune und die halb fertige Kommode verlassen zu müssen, aber die frische Luft tat gut, dass musste ich zugeben.

Noch ein paar Meter, dann bog ich rechts ab, an einem üppigen Holunderstrauch vorbei in Richtung Dorfmitte. Würde ich weiterradeln, wäre ich bald bei Steffi. Die Häuser unseres kleinen Elbdorfes waren an wenigen Asphaltwegen aufgefädelt wie rostbraune Perlen an einer Schnur.

Steffi fehlte mir. Ihr Lachen fehlte mir. Sogar ihre Dorftratschgeschichten. Was immer auch los war, ich wollte es so schnell wie möglich wieder in Ordnung bringen. Und dann würde ich mich auch endlich trauen zu sagen, dass ich zu den Sommerferien aussteigen würde aus der Gruppe. Entschlossen trat ich noch ein wenig fester in die Pedale meines Pünktchenfahrrads.

Am Fahrradständer traf ich Mareike. »Moin!«, rief ich, erleichtert, dass sie es war.

Mareike konzentrierte sich auf ihr Fahrradschloss und presste die Lippen aufeinander. Sie musste mich doch gehört haben.

Nachdenklich folgte ich ihr in den Schulflur. Wie immer roch es nach frisch gewischtem Linoleum, altem Pausenbrot und Tusche. Als ich die Treppe zum ehemaligen Kunstraum hochstieg, wurde mir bei jeder Stufe klarer, dass ich das hier nicht mehr wollte. Es war wirklich Zeit für etwas Neues. Ich liebte Linus, aber ich hatte mich lang genug als Elternvertreterin engagiert. Vielleicht war ich auch endlich alt genug, um Nein zu sagen.

Entschlossen griff ich nach der Klinke. Mareike musste gerannt sein, denn sie war nirgends zu sehen.

Hinter der Tür hockte sie gemeinsam mit den anderen auf zwei zusammengeschobenen Tischen, wie in einem Boot. Alle schauten mich erschrocken an, als hätte ich sie bei der Piraterie erwischt. Auf mein leises »Hallo« antwortete niemand. Bloß Barbara nickte mir zu – und rückte ein kleines Stück von den anderen ab.

Ich hörte mich schlucken. »Ist … ist«, stotterte ich unsicher. »Ist was passiert?«

Barbara räusperte sich.

»Das fragst ausgerechnet du?«, sagte Steffi. Ihre Augen schmolzen zu schmalen Schlitzen zusammen, die Arme hatte sie vor der Brust verschränkt.

Ich hatte keine Ahnung, was los war. Ja, meine Verplantheit war nervig gewesen, aber doch keine Katastrophe. Am Ende war der Tag der offenen Tür ziemlich gut gelaufen, oder?

»Ich … ich dachte, wir besprechen heute bloß fix den Kuchenverkauf für die Verabschiedung der Viertklässler?«, stammelte ich.

Steffi funkelte mich an. »Darum geht es jetzt nicht.«

»Aber worum geht es dann?«, fragte ich. Es klang hysterischer, als ich wollte.

Steffi zog die schmalen Augenbrauen hoch. »Es geht darum, dass du und dein Mann Menschen in den Ruin treibt und du auch noch Witze darüber machst.«

Mir wurde heiß. »Wie bitte?«

»Ich rackere mich ab für unsere Baustelle, Tag und Nacht arbeite ich, und du sitzt in deinem Palast und lässt es dir gut gehen. Nicht mal die einfachsten Dinge kriegst du hin. Und die Krümel auf eurem Küchenboden sind echt grenzwertig!«

»Aber …« Bisher hatte ich gedacht, dass Steffi über meine Krümel liebevoll schmunzelte.

»Aber es kommt noch schlimmer«, holte Steffi aus. »Dein Mann macht Murks, und du tratschst alles weiter.«

Verständnislos zog ich die Augenbrauen bis zum Haaransatz. Ich hatte keine Ahnung, wovon sie sprach.

Steffi stieß die Luft aus, als würde sie ein Kaugummi ausspucken. »Ich finde es so widerlich!«

Hilflos schaute ich zu Mareike und Torsten, aber die starrten den Boden an.

»Ich …«, stammelte ich. »Ich …«

»Hast du mit deiner Freundin Sam Witze über die blöden Bauherren mit dem Wasser- und sonstigen Schaden gemacht, oder nicht?«, zischte Steffi.

Mir fiel der Morgen in der Scheune ein. Der Morgen, an dem ich meine erste Kommode gestrichen hatte. An dem ich glücklich gewesen war. Ich dachte daran, wie ungewöhnlich ernst Steffi gewesen war. Und plötzlich verstand ich.

»*Ihr* habt Jan angezeigt?«, fragte ich fassungslos. Ich schaute überrascht von ihr zu Barbara.

Steffi schnaubte. »Wahrscheinlich hat der Herr Architekt sowieso eine gute Versicherung, und es geht ihm an seinem winzigen Hintern vorbei.«

Ich hatte Steffi schon oft fies über andere Menschen sprechen hören. Allerdings noch nie über mich. Es verursachte mir beinahe körperliche Schmerzen. Gleichzeitig breitete sich in meinem Magen ein giftiger Brei von schlechtem Gewissen aus. Was war bloß mit mir los gewesen, als ich so abfällig über Jans Bauherren gesprochen hatte? Und dann hatte ich mit Sam auch noch so dämlich darüber gekichert. Steffi musste sich wirklich schrecklich gefühlt haben.

»Das tut mir leid«, flüsterte ich und japste nach Luft. »Steffi, das wollte ich wirklich nicht!«

Steffi lachte laut. »Und meinen Mann anmachen wolltest du auch nicht?«

»Wie bitte?«, fragte ich fassungslos.

»Stell dir vor«, zischte sie, »Sven hat mir alles erzählt«.

Ich kramte in meinem Kopf nach Begegnungen mit Sven, aber mir wollten absolut keine einfallen. Ab und zu hupte er mir aus dem grünen Laster des Gartenbaubetriebs zu, unser letztes gemeinsames Grillen war eine Ewigkeit her. Nicht mal bei einer Bratwurst auf dem Feuerwehrfest hatten wir nebeneinandergestanden.

Steffi sah mich so böse an, dass mir die Luft wegblieb.

Die Fleischtheke, fiel mir plötzlich ein. Da hatte ich doch bloß Blödsinn erzählt. Ich spürte, wie mir die Tränen kamen. Ich hatte das Gefühl, dass es egal war, was ich sagte. Es war sowieso alles falsch.

»Ich sage dir was«, rief Steffi. »Ich werde alle Frauen im Dorf warnen, dass sie besser auf ihre Männer aufpassen sollten, weil Frau Architektin offenbar in der Midlife-Crisis steckt.« Sie schnaufte. »Dass sie niemals im Leben wieder auf die Idee kommen sollten, unseren Dorfarchitekten zu beauftragen, das wissen sie zum Glück schon.«

Ich fühlte mich wie überfahren. Hilflos legte ich eine Hand auf meinen Bauch, weil ich das Gefühl hatte, mich übergeben zu müssen.

Steffi grapschte nach ihrer großen Kunstledertasche, presste sie an sich und ihre Lippen aufeinander und rannte raus. Ihr blumiger Rock flatterte fröhlich hinter ihr her, als wäre nichts gewesen.

Nach einer kurzen Schweigesekunde gingen auch Torsten und Mareike. In der Tür sah Torsten sich noch mal um und zuckte hilflos mit den Schultern.

Ich ließ mich auf die glatte Schultischplatte fallen.

Barbara holte so tief Luft, als ob sie für mich mit atmen wollte. »Nur dass du das weißt«, sagte sie leise und verzog ihre Apricotlippen, »ich hatte keine Ahnung.«

»Was mache ich denn jetzt?«, fragte ich verzweifelt.

»Abwarten und Tee trinken?« Barbara lachte herb. »Meist wird so was doch viel heißer serviert, als es geschluckt wird.«

In meinem Bauch grummelte es.

»Wenn du Glück hast, wird morgen ein Hund überfahren.« Barbara schlug ihre grünen Seidenhosenbeine übereinander. »Oder irgendeine Garage fackelt ab. Am besten Brandstiftung. Dann haben die Leute im Dorf ein neues Thema.«

Ich zog zweifelnd die Augenbrauen hoch.

Barbara tätschelte meine Schulter, wobei die Goldreifen an ihrem Arm klimperten. »Mien Deern, wenn du magst, serviere ich dir den Tee gern bei mir. Und die Midlife-Crisis nenne ich übrigens lieber Midlife-Chance.«

Kapitel 28

Ava

Keine Viertelstunde später saß ich mit angezogenen Knien und hängenden Schultern auf champagnerfarbenem Leder und kam mir vor, als wäre ich versehentlich in den falschen Film gestolpert. Barbara hatte auf den runden Steinstufen hoch zur Haustür einen Arm um mich gelegt, mich über glänzende Marmorfliesen ins Wohnzimmer geführt und mich an den Oberarmen aufs Sofa gedrückt. Mit energischen Schritten klackerte sie jetzt über den Marmorboden.

Bisher war ich bei Brockenmeyers noch nie über die Schwelle getreten. Die paar Male, die ich Len vom Spielen bei Carl abholen musste, hatte ich immer mit dem Schlüsselbund geklirrt, um zu verdeutlichen, wie eilig ich es hatte.

In Gedanken war ich noch immer bei Steffi. Ihre Wut auf mich musste sich seit Wochen aufgestaut haben. Wie hatte ich mich bloß so in ihr täuschen können? Ich spürte, dass mir die Tränen kamen beim Gedanken daran, dass sie anfangs zwar noch nett mit mir gesprochen, aber die ganze Zeit so gemein über mich gedacht hatte.

Klar, ich hatte mich mit Sam manchmal ein wenig über sie lustig gemacht, über die Deichsheriffin, die alles wusste und alles im Griff hatte. Aber das war doch nie böse gemeint gewesen. Oder doch? War ich damit auch nicht besser als Steffi? Und hatte ich mich mit ihr vielleicht bloß angefreundet, weil Sam so weit weg war und es in unserem Minidorf keine Alternativen gab? Nein, dachte ich entschlossen, ich hatte sie auf ihre Art gemocht. Und ich hatte sie sogar immer wieder in Schutz genommen.

Ich schaute auf, wischte mir über die Augen und sah mich im Raum um. Das große Wohnzimmer hatte eine riesige Fensterfront und weiße Wände mit großen abstrakten Gemälden. Hinter mir reichte ein Bücherregal bis zur Decke. Es war nach Farben sortiert, und die Bücher hatten alle eine ähnliche Höhe, so als hätte sie jemand nach Größe, nicht nach Inhalt ausgesucht. Auf der Fensterbank, einer imposanten Anrichte und einem Regal funkelte es silbern: Hier ein kleinkindgroßer Kerzenleuchter, dort eine Büste und da drüben eine ganze Combo gerahmter Familienfotos. Nirgends lag Spielzeug oder anderer Kram herum. Ich hatte ein Hochglanz-Wohnmagazin betreten. Es hätte mich nicht gewundert, wenn gleich ein Hausmädchen mit weißer Haube ein kleines Glöckchen geklingelt und gezwitschert hätte, dass der Tee nun im Salon serviert sei.

Aber es war Barbara, die in diesem Moment mit einem großen Tablett hereingeklackert kam.

»Wieso baut ihr noch mal neu und wollt hier ausziehen?«, fragte ich.

»Wir brauchen mehr Platz«, antwortete Barbara. Offenbar bemerkte sie, wie ich mich irritiert in dem riesengroßen

Raum umschaute, denn sie zwinkerte mir zu. »Vielleicht sind schöne Häuser aber auch einfach unser Hobby.« Sie stellte das Tablett auf den Couchtisch vor mir. »Tee?«

Ich nickte. »Gern!«

Sie hob eine silberne Teekanne hoch, wie ich sie nur aus teuren Hotels oder Rosamunde-Pilcher-Filmen kannte, und goss mir ein. Dann fischte sie mit einer verschnörkelten Zange ein Stück Kandis aus einer silbernen Dose und hielt es mir fragend hin.

Ich schüttelte den Kopf, während ich meine Hände an der Tasse wärmte und meine Nase in den warmen Dampf hielt. Ich hatte keine Ahnung, was ich sagen sollte.

»Wie fühlst du dich?«, unterbrach Barbara die Stille. In ihrer Tasse knisterte der Kandiszucker.

Ja, wie fühlte ich mich?

»Ein bisschen so, als würde ich mir selbst in einem Film zusehen«, dachte ich laut. »Und ich schüttele ständig den Kopf, weil der Plot so schlecht ist.«

Barbara lachte auf. Dann nippte sie an ihrem Tee, stellte die Tasse sanft wieder ab und lächelte mich unter ihren türkisen Lidschattenlidern an. »Das Leben ist keine gerade Linie, Ava. Glaub mir, ich weiß, wovon ich spreche.« Sie kam mit ihrem Gesicht so nah, dass ich den Puder in ihren kleinen Fältchen erkennen konnte. »Aber das ist auch gut so. Denk an einen Monitor auf der Intensivstation. Gerade Linien bedeuten da …« – sie presste ihre schmalen Apricotlippen aufeinander und flüsterte – »… tot.«

Nachdenklich schaute ich aus dem großen Fenster in den Garten hinaus. Riesige Rhododendren säumten die akkurat gemähte Rasenfläche. Auf der Terrasse stand ein langer Tisch mit acht weißen Vitra-Freischwingern.

»Es ist wirklich schön bei euch!«, stellte ich fest. »Aber ihr habt gar keinen Kinderkram mehr im Garten.«

»Unsere Kinder sind groß«, antworte Barbara knapp. »Jetzt sind wir wieder dran.«

Ich fühlte einen Stich im Magen. »Aber Carl ist doch erst zehn.«

Barbara nickte. »Der Kleinste wird entweder schneller groß oder gar nicht. Ganz wie Mama das möchte. Ich habe mich für schnell entschieden.«

»Findest du das nicht unheimlich?«, fragte ich.

Barbara lächelte. »Ab und zu ist es das. Unheimlich, bittersüß und traurig. Alles auf einmal. Aber ich bin der festen Überzeugung, dass jede Zeit etwas Schönes hat. Und dass wir es uns bloß schön machen müssen.«

Ein Sonnenstrahl schien ihr direkt ins Gesicht und ließ es strahlen. Sie streckte ihren Kopf in Richtung Licht und schloss für einen Moment die Augen.

»Ich möchte mir das Leben auch endlich mal wieder schön machen«, sagte ich leise.

Barbara öffnete die Augen wieder und nickte kräftig. »Unbedingt machst du das, wenn du schlau bist! Und am besten fängst du jetzt sofort damit an.«

Ich spürte, wie sich meine Mundwinkel hoben. »Habe ich schon. Ich habe mir eine kleine Werkstatt eingerichtet. Früher habe ich alte Möbel gerettet und ihnen eine frische Optik verpasst. Ich wollte mich damit sogar mal selbstständig machen.«

Barbaras grüngraue Augen leuchteten. »Das klingt großartig!«

Ich seufzte. »Aber eigentlich habe ich dafür gar keine Zeit.«

»Nimm sie dir!«, sagte Barbara. »Sag stattdessen Nein zu anderen Dingen. Ich habe das vor dem Spiegel geübt.«

»Aber ich kann doch nicht einfach alles machen, was ich will«, flüsterte ich.

Barbara lehnte sich zurück und strich ihren Rock glatt. »Das stimmt. Alles geht nicht, aber es geht viel mehr, als wir denken. Wenn wir uns nicht immer als Letzte in der Reihe anstellen.« Sie schnappte nach Luft. »Ich meine, wie bescheuert klingt denn das: Ich hätte gern mal wieder Zeit für mich. Alles ist unsere Zeit, wir können frei entscheiden, wofür wir sie nutzen.«

Mein Herz pochte aufgeregt. »Genau das versuche ich gerade, aber ich habe das Gefühl, damit mache ich alles kaputt.«

Barbara nickte. »Richtig so! Es ist wichtig, ab und zu alte Mauern einzureißen, um sich danach passender wieder einzurichten.«

Ich strich nachdenklich über die kleinen Farbflecken auf meiner Hand. Neongelb und salbeigrün.

»Ich habe im neuen Haus auch Lust auf mehr Farbe«, sagte Barbara. »Jochen nicht wirklich. Aber der bekommt dafür seinen Geheimraum.«

»Geheimraum?«, fragte ich.

Barbara zuckte mit den Schultern. »Frag mich nicht, was für ein Raum das wird. Er will es mir nicht verraten.«

»Und du fragst ihn nicht?«

»Ein paar Geheimnisse tun der Liebe gut. Und seins ist nur zwölf Quadratmeter groß … Vermutlich stellt er seine Muckigeräte rein.«

Ich musste an meine Geheimnisse vor Jan denken. Die taten uns ganz sicher nicht gut. Für einen Moment schloss ich die Augen. Ich fühlte mich, als hätte ich eine Wand halb eingerissen und fragte mich nun in der baustaubigen Luft, ob ich sie wirklich einreißen oder doch wieder aufbauen wollte. Mein Hals wurde plötzlich so eng, dass ich kaum noch Luft bekam.

»Deine Kinder sind doch gar nicht mehr so klein«, sagte Barbara. »Fang bloß rechtzeitig an, dich um dich selbst zu kümmern. Sich selbst zu lieben ist nämlich der Beginn einer lebenslangen Romanze.«

»Ist das von dir?«, wollte ich wissen.

Barbara lachte laut. »Nein, von Oscar Wilde. Ein Macho, genau wie mein Mann.«

Als ich nach Hause kam, ließ Jan in der Küche gerade einen Pfannkuchen auf Linus' Teller gleiten. Linus schmierte mit dem Zeigefinger Nutella darauf, rollte ihn ein und biss ab. Ein brauner Klacks landete auf seiner Nase. Er grinste. Aber ich hatte schon wieder ein dumpfes Gefühl in der Brust.

»Hat das Essen im Kindergarten heute nicht geschmeckt?«, wollte ich wissen.

»Nö!«, schmatzte Linus.

Jan hatte sich neben ihn gesetzt und streute Zimtzucker

auf einen Pfannkuchen. »Wie lief es heute Morgen?«, fragte er.

»Was meinst du?«

Ich hatte das Gefühl, keine Luft zu bekommen.

»Na, dein Werkeln an deinem Schrank«, sagte Jan und schluckte. »Was denn sonst?« Mit der Zeigefingerspitze strich er sich Zimtzucker vom Kinn und leckte ihn ab.

»Ach so, der Schrank ... ja«, stammelte ich. Einen Moment lang war ich kurz davor, ihm von Steffi zu erzählen. Aber ich wusste nicht wie. Viel zu viele Geheimnisse drumherum. »Sam denkt, ich könnte echt das ein oder andere Möbelstück verkaufen«, sagte ich stattdessen.

»Echt?«, fragte Jan mit vollem Mund.

Sein Schmatzen machte mich sauer. »Ja, echt!«, raunte ich. »Über Instagram. Meine Möbel haben da jede Menge Likes. Und ich habe offenbar schon Kaufanfragen.«

Ich musste mir jetzt wirklich unbedingt diese App herunterladen.

»Zeigen da nicht bloß alle ihre blitzblanken Häuser?«

Ich schnappte nach Luft. »Gerade deshalb können die Leute ja vielleicht ein bisschen Farbe vertragen.«

Leo schlurfte zur Tür herein.

»Pfannkuchen, Großer?«, wollte Jan wissen.

Leo schüttelte bloß den Kopf.

»Bist du krank?«, fragte Jan überrascht.

Len tauchte hinter Leo auf, einen Fußballschuh am Schnürband kreisend. »Klar, er hat Rubyrona!« Len schüttelte sich vor Lachen.

Leo schubste ihn an der Schulter, dass er taumelte.

»Ey, Alter, beruhig dich, Mann!« Len drückte seine Schuhe an sich. »Kann ich doch nichts dafür, dass diese Ruby dich nicht will.«

»Wer ist Ruby?«, fragte Jan und legte klirrend seine Gabel auf dem zuckrigen Teller ab.

Ich schaute rüber zu Leo, der flehend den Kopf schüttelte.

Für einen winzigen Moment war ich stolz auf unser kleines Geheimnis. Endlich fühlte ich mich meinem Großen mal wieder nah, während er sonst immer bloß mit Jan über Fußballergebnisse fachsimpelte. Manchmal fühlte ich mich dabei ein wenig ausgeschlossen. Im nächsten Augenblick hatte ich ein furchtbar schlechtes Gewissen.

Ich sollte Pinto absagen, dachte ich. Das sollte ich wirklich. Was ich tat, war verrückt. Und gefährlich. In meinem Magen drückte es dumpf.

Aber irgendwas in mir wollte nicht absagen.

»Ich fahre heute Abend noch mal zu Sam, okay?«, sagte ich betont beiläufig, während ich Linus' Teller in die Spülmaschine stellte. Das Herz schlug mir bis zum Hals. Eigentlich sollte Linus sein Geschirr endlich selbst wegräumen, aber gerade war ich ganz froh, dass ich etwas zu tun hatte.

»Schon wieder?«, fragte Jan überrascht. Unsere Blicke trafen sich, und ich konnte Angst in seinen Augen sehen, obwohl er versuchte zu lächeln. Er schluckte so kräftig, dass sein Adamsapfel auf und ab hüpfte. »Wie schön, dass ihr euch gerade wieder so viel seht.«

Er nahm ein paar Gabeln aus dem Besteckkorb und sortierte sie neu ein.

Ich nickte schnell. »Ja, das ist wirklich schön.« Ich rückte in der Spülmaschine ein paar schiefe Teller gerade. »Du weißt schon, Sam und ihre Männerprobleme … das Übliche.«

Ich schwitzte. Was war ich bloß für eine blöde Kuh! Verzweifelt schloss ich die Augen und holte tief Luft.

»Ich wollte so um halb sechs los«, sagte ich leise. »Schaffst du das?«

Jan hob die Augenbrauen und schaute mich mit aufeinandergepressten Lippen an.

»Vielleicht … vielleicht kannst du ja eine Akte mit rüberbringen?«, fragte ich unsicher.

Da schüttelte er entschlossen den Kopf. Sein Mundwinkel zuckte, als versuche er zu lächeln. »Nein! Das ganz bestimmt nicht. Die bleiben drüben. Ich beeile mich jetzt, und dann muss das passen.«

Ich konnte mich nicht daran erinnern, wann wir das letzte Mal so miteinander gesprochen hatten. Dass ich einfach gesagt hatte, was ich wollte. Und drangeblieben war. Dass er so flexibel war.

Als Jan an mir vorbeiging, streifte er mit der Hand meinen Rücken. Ich spürte, dass ich schlagartig steif wurde. *Ich sollte wirklich absagen*, dachte ich zum x-ten Mal. Ich hatte das Gefühl, dass die Flamme, die ich angezündet hatte, sich ansonsten rasend schnell auf die Bombe zubewegen könnte. Und ich stand daneben und tat nichts. Weil ich wollte, dass die Bombe explodierte?

Ich fühlte den Impuls, laut zu schreien. Aber ich nahm stattdessen ein Spültab aus der Schublade, legte es in die

Maschine und drückte auf Start. Während ich dem rauschenden Rumpeln zuhörte, musste ich mir eingestehen, dass ich vermutlich einfach nicht wollte, dass das Kribbelgefühl in meinem Bauch aufhörte. Ich schüttelte den Kopf über mich selbst.

Kapitel 29

Er

Ich hatte meine Bettdecke zu einer dicken Rückenlehne zusammengerollt und bereits dreimal auf die Matratze gehauen. Dämlich grinsend schaute ich auf mein Handy. Dann startete ich einen neuen Versuch.

Na du!, tippte ich.

Im nächsten Moment schüttelte ich erschrocken den Kopf. Das klang bescheuert. Schnell löschte ich die Buchstaben wieder.

Neuer Versuch: *Hey!*

Ich holte tief Luft. Auch nicht besser.

Vielleicht so: *Hallo Ava!*

Nein, Hilfe! Das klang wie ein Deutschaufsatz in der dritten Klasse. Ich rieb mir mit beiden Händen über die Nasenwurzel und lachte leise. Was machte ich hier bitte für ein Theater?

Ich war total happy damit, meine Freiheit zu genießen. Ich wollte keine Beziehung. Jedes Wochenende mit Philip und den anderen um die Häuser zu ziehen, Albers-Platz oder Hamburger Berg, reichte mir vollkommen. Bloß keine Verpflichtungen.

Moin Ava, wie geht es dir? Lust auf ein Date heute Abend? Wir könnten Salzbrezelschokolade vernaschen und einen Science-Fiction-Film schauen.

SMS abgeschickt. Mein Herz begann zu klopfen. Dadamm, dadamm, dadamm.

Wieso ausgerechnet Science-Fiction?, schrieb sie Sekunden später zurück.

Ich biss mir grinsend auf die Lippe.

Weil wir das beide nicht mögen!

Okay!

Ich raufte mir die Haare. Ich lachte bescheuert laut. Mir war gerade bewusst geworden, dass ich mit ihr sogar eine Liebesschnulze gucken würde.

Kapitel 30

Ava

Während ich ein paar Stunden später durch die schmalen Straßen des Portugiesenviertels lief, tippte ich mit zitternden Fingern noch schnell eine Nachricht an Sam: *Nicht vergessen, du bist mein Alibi!*

Ich musste jedes Wort dreimal schreiben, weil ich kaum die Tasten traf. Dann kontrollierte ich mindestens fünfmal, ob ich die Nachricht auch wirklich an Sam schickte und nicht aus Versehen an Jan, weil ich die ganze Zeit an ihn denken musste.

Die Berührung seiner Finger war so zärtlich gewesen. Ich sah ihn vor mir, wie er mit skeptisch gerunzelter Stirn und verschränkten Armen am Küchentresen gelehnt hatte wie ein Fragezeichen. *Werkeln*, hatte er gesagt. *Werkeln!*

Ich ging einen Schritt schneller, um vor dem Bild in meinem Kopf davonzulaufen – was natürlich nicht funktionierte.

Heute Nachmittag hatte ich mir Leo und Len geschnappt und ihnen gezeigt, wie sie ihre Klamotten selber wuschen. Anschließend hatte ich sie verdonnert, mit mir zusammen zwei Körbe voll Wäsche zusammenzulegen. Sie hatten nur zu Beginn ein wenig gemotzt, dann hatten wir Musik angemacht und laut *Hamburg, meine Perle* mitgegrölt. Anschließend hatten sie sich mit mir hingesetzt und mir gezeigt, wie ich mich mit Sams Daten bei Instagram einloggte. Ich bestätigte ein paar Cookies und kam mir vor, als beträte ich einen fremden Planeten. Überall blinkten Herzen und Smileys auf.

Kaija knallt! stand unter dem ersten Foto meiner rosafarbenen Kommode. Und darunter: *17345 Likes.*

»Voll cool, Mama!«, raunte Leo anerkennend.

Unter das zweite Foto hatte Sam geschrieben: *Nachttisch Nova punktet. #zweiteliebe #mutmöbel*

Und in der kurzen Beschreibung unter meinem Accountnamen stand: *Zweite Liebe, die Möbelpimperei von Ava Altmann. Mut macht Möbel, Möbel machen Mut. Holz verzeiht alles.*

Ich musste laut lachen. Das klang schräg, aber gut. Mit Leos Hilfe schaffte ich es sogar, auf eine der Kaufanfragen zu antworten. Da ich keine Ahnung hatte, was für einen Preis ich verlangen sollte, fragte ich einfach mal nach einem Vorschlag. So konnte ich auch sehen, ob die Anfrage überhaupt ernst gemeint war. So richtig glauben konnte ich das alles nämlich nicht. Meine Söhne dagegen waren schwer begeistert.

»Boah, Mama, echt krass, 22000 Follower!«, rief Len.

Er hatte mich schon lange nicht mehr so begeistert angesehen. Mir wurde ein wenig flau, als ich über die Zahl nachdachte. War das nicht ein ganzes Fußballstadion voll?

Überrascht stellte ich fest, dass der Kreis neben meinem Accountnamen ein Foto von mir zeigte. Sam musste es heimlich aufgenommen haben, als sie mich besucht hatte. Ich hielt einen Pinsel in der Hand wie ein Mikro und lachte mit weit geöffnetem Mund. Ich sah so ausgelassen aus, dass ich mich selbst kaum erkannte.

Wie automatisiert tippte ich jetzt wieder auf die Instagram-App. Noch ein paar begeisterte Kommentare mehr. Verrückt!

Im nächsten Moment wäre ich fast über die Treppenstufe vor einem Hauseingang gestolpert. Die Bürgersteige waren in diesem Teil Hamburgs schmal und die hellen Gründerzeitfassaden schlichter als in den schicken Straßen Eimsbüttels oder Eppendorfs. Viele Fenster waren sprossenlos, und für Bäume war kein Platz. Auf einige Fenstervorsprünge hatten die Bewohner allerdings buschige Kräutertöpfe gestellt. Auf einem mausgrauen Stromkasten leuchtete ein pinkes Graffitiherz.

Wie immer duftete es hier intensiv nach Fisch: gekocht oder gebraten, an einigen Stellen auch mal roh. Aus einem Fenster hörte ich das brutzelnde Geräusch einer Pfanne. Von den Tischen vor den vielen portugiesischen Restaurants wehten Stimmengemurmel und Weißweingläserklirren herüber.

Ganz plötzlich fühlte ich mich, als ob ich zurück in meine Vergangenheit liefe. Ich hatte in dieser gemütlichen Gegend gewohnt, als ich ihn kennenlernte. Ich ging ein wenig schneller und schaute nach oben. Genau dort, zweiter Stock, schlichter Altbau, knallrote Küche, ewig her.

Mit Kribbeln im Bauch wartete ich an der Ampel Baumwall auf Grün. Die Sonne blendete mich so sehr, dass ich kaum etwas sehen konnte. Die Touristen neben mir kramten in ihren Rucksäcken nach Sonnenbrillen, und ein paar Geschäftsleute in dunklen Anzügen und Kostümen traten ungeduldig von einem Chelsea Boot auf den anderen. Über mir fuhr quietschend die U3 vorbei. Als ich die Betonstufen zum Kai hinaufkletterte, flog eine Möwe krächzend über mich hinweg. Oben angekommen, hörte ich noch Dutzende andere. Sie zogen ihre Kreise über der plätschernden Elbe, den schaukelnden Schiffen und den Touristen, die sich mit Pommestüten in der Hand am Ufer entlangschoben. Sobald etwas herunterfiel, stürzten sich die Möwen drauf und stritten sich um die fette Beute.

Während ich mich umsah, holte ich tief Luft. Sie schmeckte frisch hier an der Elbe und wie immer ein wenig fischig. Obwohl ich zu spät war, war Pinto noch nicht da. Ich war mir nicht sicher, ob ich erleichtert oder beleidigt sein sollte – was eigentlich Quatsch war, weil ich schließlich selbst ständig zu spät kam. Im nächsten Moment musste ich mir eingestehen, dass ich einfach keine Zeit zum Nachdenken haben wollte. Stattdessen wollte ich …

Verdammt, ich wusste einfach nicht, was ich wollte! Doch, gestand ich mir ein, ich wollte, dass er mich noch einmal so anguckte.

Seufzend schloss ich die Augen und hielt mein Gesicht in Richtung Abendsonne. Sie wärmte noch.

Als ich die Augen wieder öffnete, entdeckte ich ihn. Mein Körper reagierte sofort mit aufgeregter Anspannung.

Pinto spazierte zwischen Kinderwagen und trödelnden Touristen auf mich zu. Seine dunklen Haare hatte der Elbwind frisiert, er schaute ernst geradeaus. Und sah einfach so verdammt gut aus.

»Hi!«, sagte er, kam näher und hauchte mir links, rechts und wieder links einen Kuss auf die Wange. Seinen Körper so nah zu spüren ließ mich kurz taumeln. Mir wurde hundert Grad heißer. Er duftete frisch, nach gerade geduscht und Zahnpasta.

Mein Herz klopfte kräftig, und ich wagte es kaum, ihn anzusehen. Ich fühlte mich genauso unsicher wie mit Mitte zwanzig. Zwischen seinen dunklen Augenbrauen entdeckte ich eine kleine Falte, die ihn nachdenklich aussehen ließ.

»Tut mir leid, dass ich einfach verschwunden bin«, nuschelte ich und lächelte schnell.

Er zuckte bloß mit den Schultern.

Ich fühlte mich seltsam. Wollte Dutzende Dinge sagen, aber nichts kam über meine Lippen.

Auf sein Kopfnicken hin marschierten wir los, gingen am Kai entlang, an der Rickmer Rickmers vorbei und an den vielen Ständern mit blau-weißen Namensbechern und hochglänzenden Postkarten. Er hatte die Hände in den Hosentaschen vergraben und schien mit seinen Gedanken ganz woanders zu sein.

Während ich fieberhaft überlegte, was ich sagen könnte, wurde mir bewusst, dass ich mit beiden Händen unsicher meine Daumen drückte. Schnell ließ ich los und hielt mich stattdessen an meiner kleinen Handtasche aus schokoladenbraunem Leder fest.

»Wie war's heute bei der Arbeit?«, fragte ich, um irgendetwas zu sagen.

Er nickte. »War okay.« Er klang genau wie Leo, wenn ich ihn nach der Schule fragte.

Ich überlegte, ob er sauer auf mich war. Was kein Wunder wäre, so seltsam wie ich mich auf seiner Party verhalten hatte.

Als wir die Brücke 3 erreichten, war es proppenvoll auf dem schwankenden Steg. Touristen und Einheimische drängelten sich aneinander, Eltern hielten ihre kleinen Kinder an der Kapuze fest, damit sie nicht in die Elbe stürzten. Vor uns hielt sich schüchtern ein Teeniepaar an den Händen. Obwohl wir zwangsläufig ganz nah beieinanderstanden, fühlte sich Pinto meilenweit entfernt an.

Ich erwischte mich dabei, dass ich ständig nervös zu ihm aufschaute. Das Herz schlug mir bis zum Hals. Ich fühlte mich bescheuert. Der Wind trocknete die Schweißtropfen auf meiner Stirn, ich fröstelte. Was machte ich hier bloß?

Der Boden der roten Elbfähre der Linie 62 schwankte, als ich vom Steg hinübertrat. Ich schaute Pinto fragend an und ging auf sein Schulterzucken hin nach vorn, ganz an die Spitze des Schiffs. Seite an Seite lehnten wir uns über die Reling und schauten aufs Wasser. Ich betrachtete unsere Arme, wie sie nebeneinander auf der weißen Eisenbrüstung lagen.

Als wir ablegten, kribbelte es ein wenig in meinem Bauch. Ich traute mich, ihn von der Seite anzusehen. Er erwiderte meinen Blick, ohne dass ich deuten konnte, was er dachte. Ich entdeckte ein paar Brusthaare, die sich unter dem Rand seines engen weißen T-Shirts hervorkringelten.

Ich roch seinen herben Duft – und die Elbe. Ich wollte ihn berühren – und gleichzeitig ganz weit weg von ihm. Beides auf einmal. Ich schnappte nach Luft, als die nächste Welle unsere Fähre ein Stück nach oben hob und ich einen ordentlichen Spritzer abbekam. Obwohl die Sonne schien, war mir plötzlich kalt.

Weil ich die Stille zwischen uns unerträglich fand, fragte ich Pinto, woran er gerade arbeitete, und er erzählte kurz und knapp von einem neuen Projekt. Danach holte ich kurzerhand mein Handy heraus und zeigte ihm meinen Instagram-Account.

»Nicht schlecht«, meinte er leise.

Nachdem ich die drei Posts aufgerufen, ihm vor die Nase gehalten und die App wieder geschlossen hatte, ploppte auf meinem Handy für einen Moment mein Bildschirmhintergrund auf. Es war ein Foto von mir, breit lachend an irgendeinem Strand, in einem ähnlichen Licht wie in diesem Moment. Um mich herum waren alle meine Männer zu sehen, die Jungs waren noch klein. Alles war so schön klar gewesen damals.

Mein schlechtes Gewissen nahm mir kurz die Luft. Der Fahrtwind wehte mir den überlangen Pony ins Gesicht. Ich strich ihn zur Seite, und unsere Blicke trafen sich.

»Du fragst nie nach meiner Familie«, sagte ich laut gegen den Wind.

Unser Schiff schwankte kurz, und ich schwankte auch. Bevor ich fiel, fing Pinto mich mühelos auf und hielt mich fest. Ich schloss die Augen.

»Was soll ich denn fragen?«, antwortete er leise.

Dann trat er einen Schritt zurück, und ich stellte überrascht fest, dass ich sauer auf ihn war. Aber noch saurer war ich auf mich selbst. Ich wurde einfach nicht schlau aus diesem Treffen. Und aus ihm.

Und ganz plötzlich erkannte ich das Gefühl, nicht zu wissen, woran ich war, wieder. Es war damals mit ihm auch so gewesen. Es hatte mich wahnsinnig gemacht. *Er* hatte mich wahnsinnig gemacht. Ich hatte es gleichzeitig aufregend und schrecklich gefunden.

Am Museumshafen liefen wir hintereinander über den Anleger, ich vorweg, er dicht hinter mir her. Im silberblauen Wasser taumelten ein paar Schiffe, ihre Segelmasten mit hängenden Tauen und flatternden Flaggen hoben sich wie Scherenschnitte vor der gleißenden Sonne ab. Möwen zogen wie verschnörkelte Vs durchs rosagelbe Abendlicht. Das Holz des historischen Wartehäuschens Döns glänzte mintgrün.

Vor uns kuschelten sich kleine Kapitänshäuser aneinander, auf der anderen Seite knallte die Elbe blitzblau. Ich hörte Strandgeräusche: melodisches Flipgefloppe, Gitarrengeklimper und einzelne zu mir rübergewehte Worte. Ich verstand »Moin« und »Feierabend« und »Sonnenuntergang« und »Astra« und musste lächeln. Ich war ein gefühltes halbes Leben nicht mehr hier gewesen. Schnell zog ich mir Schuhe und Socken aus.

Als wir den Strand betraten, staunte ich, wie kühl sich der Sand anfühlte und wie voll es war. Überall lagen Menschen auf Decken oder hockten in kleinen Grüppchen zusammen. Es roch nach Feuer und Grillwurst. Vor dem glatten taubenblauen Streifen Elbe mit den Glitzerpunkten und dem Sonnenuntergangsgelb darüber hüpften die Schatten von Kindern mit Schaufel- und Eimerarmen auf und ab. Im Abendlicht sahen die riesigen Hafenkräne auf der anderen Seite aus wie Korkenzieher. Die Schlange vor dem kleinen Kiosk Strandperle war lang.

»Bier?«, fragte Pinto.

Ich nickte.

Irgendwie erleichtert setzte ich mich allein in den Sand. Er fühlte sich feucht an unter meinem Po.

Als Pinto zurückkam, reichte er mir eine Flasche Astra und legte sich dann, den Oberkörper auf seine Unterarme gestützt, neben mich.

»Prost!«, sagte er, hob die Hand und klirrte mit seinem Bier gegen meins.

Ich nahm einen Schluck und schüttelte mich kurz, weil ich ganz vergessen hatte, wie herb das schmeckte. Das Bier stieg mir sofort in den Kopf. Seit Tagen hatte ich vor Anspannung kaum etwas gegessen.

Danach schauten wir beide schweigend in Richtung Wasser. Silberpunkte, Goldstreifen, Kräne. Nachdenklich betrachtete ich aus dem Augenwinkel sein schönes Profil. Sein breites Kinn, den Dreitagebart, die hübschen Augen und das dunkle Haar. Plötzlich wollte ich unbedingt, dass er mit mir flirtete.

»Erzähl mir was über dich, was mich überrascht«, sagte ich und setzte mich grinsend auf.

Über seine vollen Lippen huschte immerhin der Hauch eines Lächelns. Dann drehte er sich auf die Seite, stützte seinen Kopf auf einen Arm und sah mich an. In meinem Bauch kribbelte es.

»Wusstest du«, begann er, »dass man laut WHO zu den starken Rauchern gehört, wenn man mehr als zwanzig Zigaretten am Tag raucht?«

»Bäh, das ist ja widerlich«, raunte ich. Meine letzte Zigarette war mindestens zehn Jahre her. »Außerdem solltest du doch was über dich erzählen.«

»Da gibt's nicht viel zu erzählen«, sagte er schulterzuckend. »Du weißt schon alles: Manager im Marketing, nicht verheiratet, keine Kinder.«

Mein Blick wanderte von den kleinen Fältchen rund um seine Augen rüber aufs Wasser. »Macht es dir eigentlich nichts aus, dass ich verheiratet bin?«, musste ich plötzlich fragen. Es klang ernster, als es sollte.

Er schaute mich mit erhobenen Augenbrauen an. »Macht es dir was aus?«

Ich fühlte ein dumpfes Ziehen im Bauch.

Für einen Moment hatte ich den Impuls, ihn zu schütteln. Pinto sah mir jetzt direkt in die Augen, und ich wich seinem Blick nicht aus. Dann wanderte mein Blick ein kleines Stück runter und blieb an seinen vollen Lippen hängen. Ich spürte, dass mein Herz schneller schlug und mir offensichtlich sagen wollte, dass es ihn gern küssen würde. Ein Teil von mir sehnte sich nach der Leichtigkeit des Spiels, das Pinto und ich miteinander gespielt hatten. Ein anderer Teil fand diese Unbeständigkeit unerträglich. Ich war müde von der Suche nach Sätzen. Angestrengt schnappte ich nach Luft. Er schaute aufs Wasser.

Um uns herum dämmerte es. Das Kinderlachen wurde leiser, das Gitarrengeklimper lauter, und im Gegensatz zu uns hatte der Himmel Bock auf Romantik. Sein Goldgelb verfärbte sich rosa, alle harten Linien verwischten, alles sah aus wie durch einen dieser Retrofilter, mit denen Sam ihre Instagram-Fotos so gern aufnahm. Direkt vor meinen Füßen flanierte ein Pärchen Hand in Hand durch den Sand, sie trug ihre Sandalen in der Hand, er ein Paar Turnschuhe.

Was um Himmels willen mache ich hier eigentlich?, fragte ich mich plötzlich. Was immer Pinto für ein seltsames Spielchen spielte, ich hatte darauf keine Lust. Seine Kühle war nicht cool, sie war total nervig. Ich sollte nach Hause fahren. Ich *wollte* nach Hause fahren.

»Auuu!«, rief ich laut, weil mir etwas Hartes gegen die Stirn geknallt war. Ich hielt mir die Schläfe und versuchte blinzelnd, mein Auge zu öffnen.

»Suldigung!«, sagte eine leise Stimme, und als ich aufsah, schaute ich in ein Paar große blaue Augen unter blondem Zottelhaar.

Der kleine Junge vor mir grinste. Ich zuckte kurz zusammen, weil er mich so sehr an Linus erinnerte.

»Kann is bitte sön meinen Ball wiederhaben?«

»Na klar!« Lächelnd nahm ich den Ball in beide Hände und zielte. »Achtung!«

Der Kleine fing ihn geschickt auf und strahlte über das ganze Gesicht.

Ich wollte sofort nach Hause.

»Ich muss los!«, sagte ich. Hektisch tastete ich nach meiner Tasche im Sand.

»Wir sind doch gerade erst gekommen«, meinte Pinto.

Überrascht kräuselte ich die Stirn. Bisher hatte ich nicht den Eindruck gehabt, dass er unser Date sonderlich genoss. Genau genommen wirkte es, als wäre er gar nicht wirklich da.

»Erzähl mir von deiner Werkstatt«, raunte er im nächsten Moment und richtete sich auf. »An was arbeitest du gerade?«

Ich musste grinsen, als ich an meine Möbel dachte.

»Keine Ahnung«, antwortete ich und lächelte. »Bislang pinsele ich einfach so vor mich hin. Total planlos. Ist ja alles noch ganz frisch.«

Mir fiel ein, dass ich mich mal durch Kleinanzeigen klicken könnte. Wer wusste schon, was da noch für coole, fast vergessene Möbel darauf warteten, von mir gepimpt zu werden?

Pinto zog grinsend die Augenbrauen hoch. »Du bist jetzt also Dr. Ava Altmann, die Vintagequeen, der die alten Schränke vertrauen.« Er pikste mir in die Seite.

Ich zog irritiert die Augenbrauen hoch, musste aber lachen.

Plötzlich beugte er sich über mich, drückte meine Handgelenke in den Sand und schaute mich ernst an. Mein blödes Herz hüpfte, als sein Gesicht näher kam. Ich hatte ihn die ganze Zeit küssen wollen, aber jetzt wollte ich es nicht mehr. Ich spürte sein Gewicht schwer auf mir, in meinem Kopf drehte sich alles. Er roch nach saurem Bier. Ich bekam keine Luft mehr.

»Pinto!«, rief ich erschrocken und begann unter ihm

heftig zu zappeln. Mit aller Kraft schüttelte ich meine Hände frei und schob ihn von mir. Seine vollen Lippen glänzten. Nervös rieb ich meine aufeinander. »Pinto«, sagte ich leise, »es tut mir leid, aber ich möchte echt gehen.«

Er hob verwundert die Augenbrauen. »Okay«, brummte er und zog sein Shirt glatt, rappelte sich auf und griff nach den beiden leeren Flaschen.

Ich wollte etwas sagen, irgendwas, aber ich wusste nicht was. Und Pinto fragte nichts.

Der Himmel war jetzt nachtblau, Feuerknistern, Stimmengemurmel und Musik erfüllten die Luft. Ein paar Kinder schliefen auf einer Decke. Während die Strandparty hier erst so richtig losging, war die Party in mir beendet.

Mein Herz klopfte ganz leise, in meinem Kopf hatte es klick gemacht. Ich wusste noch immer nicht, was ich wollte – aber das hier, das wollte ich nicht. Da war ich mir plötzlich ganz sicher.

Eilig stapfte ich vor Pinto her in Richtung Fähre. Die Stille zwischen uns fühlte sich überraschend vertraut an. Genau so war er früher auch gewesen, fiel mir ein. Von Flirt bis Frost in weniger als fünf Minuten. Es war Zirkeltraining für mein Herz und meinen Körper gewesen. Aufregend, aber wahnsinnig anstrengend. Gott, war ich bescheuert! Ich hatte all das Schwierige verdrängt und bloß noch das Bauchkribbeln aufbewahrt.

Als wir auf der Fähre saßen, auf zwei Fensterplätzen uns gegenüber, schaute ich aufs Wasser und stellte fest, dass mir dieses Treffen vielleicht doch mehr gesagt hatte, als ich glaubte. Vielleicht sogar alles?

»Wo musst du hin?«, fragte er, als wir das letzte Stück schweigend nebeneinanderher am Kai entlangliefen.

»Nach Hause«, antwortete ich, ohne nachzudenken. Und fügte dann noch hinzu: »Zu meinem Auto. Gleich da drüben.« Ich nickte in die richtige Richtung.

Er blieb stehen. »Na dann, mach's mal gut, Ava!«

Ich musste beinahe schmunzeln, weil mir wieder einfiel, wie mich seine unverbindliche Verabschiedung früher wahnsinnig gemacht hatte. Weil sie mir nichts darüber verraten hatte, ob und wie und wann wir uns wiedersehen würden. Weil er mich damit jedes Mal verunsichert zurückgelassen und mein Herz tagelang Fragezeichen geklopft hatte.

»Ja«, meinte ich und grinste. »Mach's auch gut!«

Dann drehte ich mich eilig um und ging zum Auto.

Kapitel 31

Ava

Als ich an der Ruine von St. Nikolai vorbei in Richtung Autobahn fuhr, spürte ich plötzlich, dass mich das Date mit Pinto so aufgewühlt hatte, dass ich unmöglich zu Jan fahren konnte. Ich wendete, drehte die Musik lauter und fand verrückterweise genau in Sams Straße einen Parkplatz.

Ich klingelte einfach, so wie früher.

Offenbar war es doch später, als ich gedacht hatte, denn Sam trug bereits ihren Pyjama, als sie öffnete. Sie hatte sich ihre pinke Schlafbrille ins zerzauste Haar geschoben, aber unter ihren müden, halb geschlossenen Augen lächelte sie.

»Komm rein!«, raunte sie. »Ich will alles hören.«

Ich seufzte und folgte ihr in die Küche.

»War es schön?«

Ich schüttelte den Kopf. »Es war seltsam.«

»Seltsam schön oder ganz schön seltsam?«

»Einfach nur seltsam.« Ich stöhnte. »Aber zumindest weiß ich jetzt, was ich nicht will …«

»Bevor du weiterredest«, unterbrach mich Sam, »muss ich dir was sagen.«

Ich sah sie gespannt an.

»Jan hat mich vorhin angerufen«, sagte sie und zog mit einem Plopp den Korken aus einer Flasche Wein.

»Was?«, rief ich erschrocken. »Was wollte er? Aber du hast doch nicht …«

»Ich war ehrlich gesagt so überrascht, dass ich es nicht sofort gecheckt habe.« Sie seufzte abgrundtief. »Und er auch nicht. Irgendwann meinte er, dass du ja bei mir wärst und er daran gar nicht gedacht hätte. Und ob du jetzt hoffentlich nichts von seinem Anruf mitbekommen hättest.« Sie griff nach zwei Weingläsern. »Er wirkte total durcheinander.«

O nein! Mein Mund war ganz trocken.

»Ich habe ein bisschen rumgestottert und dann gesagt, dass du noch mal schnell runter zum Supermarkt bist, weil uns die Minze fehlte. Fürs Essen. Äh, er hat bestimmt nichts gemerkt?« Es klang wie eine Frage.

Jetzt war es an mir zu seufzen. »Weißt du, was er wollte?«

Sam biss sich auf die Lippe. »Stell dir vor, er hat mich gefragt, womit er dir eine Freude machen könnte.«

»Was?« Ich zog überrascht die Augenbrauen hoch.

Sam nickte. »Hat mich auch überrascht, vor allem weil es bei euch doch gerade nicht so gut läuft …«

Sie drückte aus einem Beutel im Gefrierfach je zwei Eiswürfel in die Gläser und nahm die Flasche in die andere Hand. Dann nickte sie in Richtung Balkontür, damit ich sie für uns öffnete. Sie stellte Wein und Gläser auf der wackeligen Teekiste ab und goss uns ein.

»Für mich bloß ein Minischluck«, sagte ich schnell. »Danach nehme ich besser Limo. Ich hatte nämlich schon ein Bier.«

Ich kam nicht darüber hinweg, dass Jan sie angerufen hatte.

»Jetzt erzähl schon!«, forderte Sam mich auf.

Ich lehnte mich an die sonnenwarme Hauswand. »Von Pinto?«

Sam nickte. »Von was sonst?«

Ich seufzte. »Es ist nichts passiert.«

Sam hob die Augenbrauen. »Wirklich nicht?«

»Er hat versucht, mich zu küssen …«

Sam stöhnte. »Also doch!«

»Ich habe ihn weggeschubst.«

»Wieso? War es nicht gut?«

Ich schüttelte nachdenklich den Kopf. »Mein Körper wollte ihn, aber mein Herz nicht.«

»Okaaayyyy …« Sam hob irritiert die Augenbrauen. »Halleluja, Ava! Dafür, dass du vorher eine halbe Ewigkeit als Mutter Teresa gelebt hast, gehst du jetzt ganz schön steil.«

Ich spürte, dass ich rot wurde. »Tu ich ja eben nicht«, überlegte ich laut. »Irgendwie konnte ich es nicht. Ich glaube, ich wollte mich bloß endlich mal wieder unwiderstehlich fühlen.« Ich schnappte nach Luft. »Ich will ihn nicht. Seine Spielchen gehen mir richtig auf den Keks. Gingen sie früher schon, aber damals habe ich es nicht gecheckt. Heute bin ich definitiv zu alt für so was, zum Glück. Übrigens will er mich auch nicht. Wollte er nie. Er denkt es bloß ab und zu, wenn ich nämlich gerade nicht will …«

Sam hob die Augenbrauen. »Bist du sicher?«

Ich nickte. Dann schob ich meine Ober- über die Unterlippe und spürte, dass mir die Tränen kamen.

»Was ich dir noch erzählen wollte …« Ich schniefte. »Stell dir vor: Es war Steffi, die Jan angezeigt hat! Sven und sie sind die nervigen Bauherren, die ihm … die uns so viel Ärger gemacht haben.« Ich vergrub schluchzend mein Gesicht in beiden Händen. »Ich habe mich so in ihr getäuscht.«

Sam sog zischend die Luft durch die Zähne. »Krass!«

»Wenn ich mir vorstelle, wie schlecht sie die ganze Zeit über uns gedacht hat. Wie sie über uns redet. Im ganzen Dorf erzählt sie herum, wie unfähig Jan ist und …« – ich schluchzte laut – »… dass ich andere Männer anbaggere. Auch ihren.«

Sam griff nach ihrer Zigarettenpackung. »Den leicht untersetzten Langweiler?«

Ich nickte schluchzend. »Und irgendwie hat sie ja auch recht.« Jetzt heulte ich so richtig.

»Aber doch nicht mit dem langweilig Untersetzten!« Sam prustete los, während sie sich eine Zigarette anzündete, genüsslich den Rauch einsog und ihn dann in Kringeln wieder auspustete. »Ich hatte schon immer das Gefühl, dass Steffi verdammt neidisch auf dich ist.«

Ich schaute sie überrascht an. »Neidisch? Auf mich? Auf mein Chaos? Sie ist doch die, die alles mühelos gewuppt kriegt.«

Sam hob skeptisch die Augenbrauen. »Die ist doch immer am Rödeln. Und trotzdem ist es wahrscheinlich ständig knapp bei denen. Während du deinen Bullerbü-Traum lebst und dein Mann dir immer noch verliebte Blicke zuwirft.«

Ich fühlte einen riesigen Kloß im Hals. »Da täuschst du dich! Das mit Jan und mir, das ist schon lange vorbei, fürchte ich.«

Laut ausgesprochen klang es schauderhaft.

Sam schaute mich mit einer kleinen Falte zwischen den Augenbrauen ungläubig an.

»Ich fühle einfach keine Nähe mehr zwischen uns«, flüsterte ich. »Und das Kribbeln ist weg, futschikato.« Ich schluchzte verzweifelt.

Sam legte ihre Hand auf meinen Arm, und ich sah den beiden Eiswürfeln in meinem Roséglas beim Schmelztod zu.

»Neulich hatten Jan und ich seit langer Zeit mal wieder Sex, und es war … Es war wirklich gut«, flüsterte ich. »Ganz seltsam war das.«

»What?« Sam zog ihre Hand weg und starrte mich mit großen Augen an.

»Bloß einmal«, sagte ich. »Und ehrlich gesagt habe ich mir anfangs vorgestellt, dass ich mit Pinto … Du weißt schon.«

Sam prustete los. »Ava, jetzt steig ich gar nicht mehr durch. Haha, also echt, gleich zwei Typen auf einmal! So viel Glück wie du muss man erst mal haben.«

Ich schüttelte energisch den Kopf. »Glück?«, quietschte ich. »Mein Leben ist ein riesengroßes Chaos! Mein Mann und ich leben nebeneinanderher wie Fremde, die eine Nacht war ein seltsamer Ausrutscher und hat uns beide komplett verwirrt. Meine Mutter ist schwer krank, mein Vater überfordert, meine Kinder werden groß, machen ihr

Ding und finden mich immer uncooler. Meine Dorffreundin entpuppt sich als falsche Schlange, und ich schaffe es nicht, meiner Schwiegermutter zu sagen, dass ihre gesunden Kuchen schrecklich schmecken und sie endlich aufhören soll, mir ein schlechtes Gewissen zu machen.« Ich seufzte laut. »Ehrlich gesagt fühle ich mich wie vom Lastwagen überrollt.«

Sam hob skeptisch die Augenbrauen.

»Was?«, fragte ich schluchzend.

»Und was ist mit mir? Ich bin doch auch noch da!«

Trotz der Tränen in meinen Augen musste ich lächeln. »Das stimmt. Und ich bin so froh darüber.« Ich wischte mir mit dem Unterarm übers Gesicht. »Ach Sam, warum kann ich nicht einfach wieder glücklich sein?«

Sie trank einen großen Schluck Wein. »Weil Glück nun mal leider keinen Anschaltknopf hat.«

Für einen Moment schwiegen wir. Die kleinen bunten Lampen der Lichterkette schwankten über uns im lauen Sommernachtswind. Unter uns hupte ein Auto.

»Du findest mich egoistisch, oder?«, fragte ich leise und begann, an meinem Zeigefingernagel zu knibbeln. »Ich mich ja. Ich bin eine richtig egoistische Kuh geworden!«

Sam schüttelte so heftig den Kopf, dass ihre Schlafbrille herunterrutschte. »Glücklich sein zu wollen hat doch nichts mit Egoismus zu tun!«

»Sondern?«, hakte ich nach.

»Ich denke, du musst endlich anfangen, dich selbst glücklich zu machen, statt zu erwarten, dass andere es tun.«

Als ob das so einfach wäre.

»Es ist dein Leben, Ava!«

»Bist du denn glücklich?«, fragte ich matt.

Sam zuckte nachdenklich mit den Schultern. Dann streckte sie sich auf ihrem Polster aus, hob ihr Weinglas hoch, strich mit der anderen Hand über die Blüte des Gänseblümchens neben sich, atmete tief ein und lächelte. »Gerade in diesem Moment bin ich es. Nachts von meiner besten Freundin geweckt werden, auf dem Balkon ein Glas Rosé mit ihr trinken. Dazu ein paar Schlucke liebliche Sommernachtsluft und ein tiefgründiges Gespräch. Gibt Schlimmeres!«

Ich schnaubte lachend. »Ich meine eher, so allgemein. Im großen Ganzen. Hast du alles, was du immer wolltest?«

Sam schüttelte den Kopf. »Kein bisschen! Ich wollte immer mit dreißig verheiratet sein, zwei Kinder, Mädchen und Junge, bloß nicht zu weit auseinander, und Klassenlehrerin an einer Grundschule werden. Und ich glaube, ich wollte ein Pferd.«

Ich lachte.

»Jetzt bin ich fast vierzig, habe eine bezaubernde Tochter und ihren unreifen Vater zum Glück nicht geheiratet. Ich hätte wahnsinnig gern eine Beziehung, aber bevor ich irgendeinen Idioten nehme, nehme ich lieber gar keinen. Ich bin zwar Lehrerin, aber damit nicht besonders glücklich. Und ein Pferd würde mir gerade noch fehlen …« Sie wieherte lachend.

Ich biss mir auf die Unterlippe. »Und ich undankbare Kuh habe genau das, was ich immer wollte, und bin trotzdem nicht glücklich.«

Sam hob die Augenbrauen. Dann schüttelte sie entschlossen eine weitere Zigarette aus der Packung, zündete sie an und zog so kräftig daran, dass es knisterte. »Glück ist kein All-in-Büfett« – sie pustete Rauchkringel in die Luft – »an dem wir uns ständig bedienen können, bis uns schlecht wird. Wenn überhaupt, wird Glück uns auf dem Silbertablett und in winzigen Häppchen serviert, und wir müssen zusehen, dass wir etwas davon abbekommen.«

Ich seufzte tief.

»Wenn wir ein Häppchen erwischen«, fuhr Sam fort, »dann müssen wir es genüsslich lutschen, statt es gierig herunterzuschlucken.« Sie pustete einen neuen Kringel in die Nachtluft. »Manchmal wird uns auch erst im Nachhinein klar, wie lecker das Häppchen war.«

Ich zog eine Grimasse. »Ich habe aber so großen Hunger auf eine riesige Portion Glück.«

Sam lachte. »Zum Glück kannst du es dir selbst servieren: eine dicke Scheibe Freundinnenzeit, darauf eine Portion gutes Essen, zwei Prisen Tanzengehen, ein Teelöffel Quatschen bis nach Mitternacht und für dich noch ein Esslöffel voll Möbelanmalen drüber.«

»Und die Kinder? Der nervige Haushalt? Die tausend Verpflichtungen?«, fragte ich skeptisch.

»Du musst eben Prioritäten setzen«, raunte Sam. »Du musst dich nicht immer für alles verantwortlich fühlen. Und ganz wichtig: Du musst den anderen sagen, was du willst!«

»Und was ist mit meiner Beziehung, die irgendwo ganz hinten auf der Herdplatte vor sich hin simmert?«

Sam guckte nachdenklich in den Nachthimmel. »Mit Beziehungen kenne ich mich leider nicht gut aus. Aber ich denke, du solltest sie ab und zu aufkochen. Und kräftig nachwürzen.« Sie trank gluckernd einen großen Schluck Rosé.

»Ich hatte keine Ahnung, dass du so poetisch bist«, flüsterte ich.

Sam lachte. »Ich auch nicht«, gab sie zu. »Und leider habe ich solche Tipps immer bloß für andere. Bei mir hapert's an den Häppchen.«

»Mami?«, drang in diesem Moment eine leise Stimme durch die halb geschlossene Balkontür.

Die Tür wurde langsam aufgeschoben, und Hermine stand vor uns. Einen Teddy unterm Arm, schaute sie uns aus zerknautschten Augen verwundert an. Auf ihrem Kopf hatten sich die Locken zu einer Art Vogelnest aufgetürmt.

»Hallo, Avi!«, sagte sie leise und grinste.

»Hallo, Hermini!«, sagte ich lächelnd und breitete die Arme aus. Das i war unser Ding.

Meine Patentochter kletterte auf meinen Schoß, und ich erschnupperte ihren tröstenden Duft aus warmem Bett, Waschpulver und einem Hauch von Calendula.

»Was macht ihr hier?«, fragte sie mit rauer Stimme.

Ich legte beide Arme um ihre zierlichen Schultern. »Reden. Den Sommerabend genießen. Dich drücken.«

Sie lächelte. Ich auch. Manchmal konnte es so einfach sein.

»Mitten in der Nacht?«, merkte Hermine skeptisch an, grinste aber äußerst zufrieden.

»Natürlich!« Sam bewegte ihre ausgestreckten Finger wie eine schnappende Tatze auf sie zu, und Hermine begann schon zu kichern, bevor Sam loskitzelte. »Tagsüber haben wir dafür ja keine Zeit, weil so kleine, wundervolle Monster wie du immerzu was von uns wollen.«

Hermine kicherte. Dann drehte sie sich zu mir um und drückte mit beiden Händen meine Wangen zusammen, sodass meine Lippen zum schmalen Fischmund wurden. »Wann kann ich endlich mal wieder mit Linusi spielen?«

Ich grinste, so gut es ging. »Ganz baldi!«

Hermine quietschte vor Lachen. Dann nickte sie zufrieden. »Ich schlaf hier weiter, okay?«

Sie gähnte und machte es sich bequem. Ihr Po lag auf meinem Schoß, ihr Kopf auf Sams. Keine drei Minuten später war sie eingeschlafen.

Für eine Weile lauschten wir ihren gleichmäßigen Atemzügen. Ich strich ihr eine Locke hinters Ohr. Von unten war nur ganz selten das Brummen eines Autos zu hören. Irgendjemand, der optimistisch genug war, darauf zu hoffen, nachts mitten in Eimsbüttel einen Parkplatz zu finden. Die Blätter der Stadtlinden raschelten im Wind. Ab und zu drang das Klackern hoher Hacken auf dem Asphalt zu uns herauf, verstärkt durch die Enge der Straße.

Mir fiel etwas ein. »Würdest du die Zeit gern zurückdrehen, um noch mal jung zu sein? Alles noch vor dir haben?«, fragte ich.

Sam lachte. »Fünf wie Hermine wär ich ganz gern noch mal.« Sie streichelte ihrer Tochter sanft übers Haar. »Aber auf keinen Fall mehr zwischen dreizehn und siebzehn. Für ein paar Abende vielleicht gern noch mal Mitte zwanzig.« Sie griff nach ihren Zigaretten. »Obwohl, eigentlich nö. Ich mag mich, wie ich jetzt bin.« Sie kniff sich selbst in den Unterarm. »Außer den *Hallo-Helgas* hier vielleicht.«

Ich sah mir selbst beim Nachdenken zu. »Wenn heute bloß nicht alles so anstrengend wäre!«

Sam zog eine Schnute. »Früher war es doch auch anstrengend«, überlegte sie laut. »Das vergisst man bloß ständig. Weißt du noch, wie wir unter Druck standen, den Traummann fürs Leben zu finden? Du hast das immerhin geschafft.«

Ich trank das geschmolzene Eiswürfelwasser wie einen Schnaps aus, schüttelte mich und goss mir einen Schluck rosa Diätbrause ein, die auf dem Balkonboden stand. Sie war inzwischen lauwarm.

»Letztens habe ich alte Fotos von mir gesehen und mich gewundert, wie gut ich mal aussah«, erzählte ich seufzend. »Und mich gefragt, warum ich das damals nicht gecheckt habe.«

Sam lachte kurz und pustete dann ihren Rauch in die Nacht. »Weißt du, was das Ärgerliche ist? Wetten, dass du in ein paar Jahren, wenn du Fotos von dir heute siehst, genau dasselbe denkst?« Sie seufzte. »Wetten, dass du dich dann auch fragst, warum du es nicht einfach genossen hast?«

»Wenn genießen bloß nicht so schwer wäre!« Ich stöhnte. Dann fiel mir etwas ein. »Apropos genießen«, platzte es aus mir raus. »Was ist eigentlich mit dem Surferboy von Pintos Party?«

Sam grinste und hielt ihrer schlafenden Tochter das Ohr zu. »Ach der, der war ganz hot. Aber er hat bloß von sich geredet und von Work-Life-Balance. Da kam ich mir mit einer Tochter im Trotzalter und meinen nervigen Schulgeschichten vor wie eine Oma.«

»Vielleicht solltest du den Kellner mit den Jobhäppchen noch mal zu dir winken, wenn du mit deiner Arbeit echt so unglücklich bist«, sagte ich.

Sam seufzte. »Man schmeißt doch nicht einfach eine große Portion ofenwarme Verbeamtung weg.«

»Aber wenn sie dir wirklich überhaupt nicht mehr schmeckt?«, meinte ich. »Und dir sogar Migräne verursacht?«

Sam schwieg einen Moment. »Ich hätte so eine gute Idee, was ich lieber machen würde«, raunte sie dann leise, und ihre Augen leuchteten, während sie nachdenklich in die goldgelbe Stadthimmelsternensuppe schaute. »Aber das kann ich leider nicht einfach machen.«

Kapitel 32

Ava

Nach einer kurzen Nacht schlüpfte ich am nächsten Morgen in ein buntes Blümchenkleid, machte mir schnell einen Zopf und schlich in Linus' Zimmer. Bevor ich ihn mit Küsschen weckte, bewunderte ich meinen Jüngsten ein paar Minuten lang. Sein herzförmiges Gesicht, den kleinen Mund, sein strubbeliges Haar. Ich seufzte leise vor lauter Liebe. Dann flüsterte ich »Guten Morgen« in sein kleines Ohr und küsste seinen Hals, der nach warmer Vanillesoße duftete.

Linus kicherte beim Aufwachen, und ich trug ihn ächzend die Treppe herunter, obwohl er dafür eigentlich schon viel zu groß war. Dabei genoss ich sein warmes Gewicht auf meinem Arm, sein Kichern an meinem Ohr und bekam Gänsehaut, weil seine weichen Haare meinen Hals kitzelten. Unten ließ ich ihn lachend aufs Sofa plumpsen und half ihm beim Anziehen.

Leo und Len waren längst aus dem Haus, Jan war wie vereinbart mit ihnen aufgestanden. Deshalb hatten wir es nicht besonders eilig.

»Gibt es heute Abend Pfannkuchen?«, wollte Linus wissen, während er wenig später auf dem Hocker an der Kücheninsel seinen Kakao löffelte wie eine Suppe.

Ich legte hoffnungsvoll ein winziges Stück Vollkornbrot in seine Brotdose und lachte laut. »Pfannkuchen gab es doch erst gestern!«

»Können wir bitte jeden Tag Pfannkuchen essen, Mama?«, sagte er und kleckerte Kakao auf sein frisch gewaschenes Ringelshirt.

»Nein, das können wir nicht«, entgegnete ich und pikste ihn in die Seite.

Er kräuselte wütend die Stirn. »Is will aber jeden Tag Pfannkuchen.«

»Und ich will jeden Tag Sonnenschein. Aber leider kann man nicht alles haben, was man will.«

Als ich ihn später noch mal drückte, bevor er in seine Bärengruppe lief, ohne sich nach mir umzudrehen, kamen mir die Tränen. Schnell rieb ich sie mit meinem Strickjackenärmel weg.

Nicht mehr lange, und auch er würde in der Schule sein. Noch ein paar Jahre, und da wären nur noch Jan und ich. Aber würde es überhaupt noch ein *und* geben?

Als ich zurück auf den Hof kam, wusste ich nicht so richtig, wohin mit mir. Der Kies knirschte unter meinen Sandalen, und die rotbraune Henne Agnes scharrte so kräftig in meinem Staudenbeet, dass ihr Kamm wackelte. Ganz kurz überlegte ich, sie zu verscheuchen. Aber ich ließ sie in Ruhe, kochte mir stattdessen eine Tasse Kaffee, setzte mich unter die Ramblerrose auf die Veranda und sah ihr zu. Die

Sonne malte Lichtflecken auf den Holzboden, meine nackten Knöchel, meine Beine und mein Gesicht. Ich lehnte mich zurück, hielt mein Gesicht in die Wärme und genoss die Stille. Ein paarmal blitzte noch Linus' blonder Hinterkopf in meinen Gedanken auf. Ich lächelte, fühlte aber gleichzeitig Unruhe im Bauch.

Der ganze Vormittag lag wie eine leere Leinwand vor mir. Ich bekam Gänsehaut, als mir das bewusst wurde. Natürlich gab es jede Menge zu tun: Die Wäsche wollte gewaschen und gefaltet, die Spülmaschine ausgeräumt, der Boden mal wieder gewischt und die Kleiderschränke der Kinder aussortiert werden. Aber das konnte ich später machen, am besten heute Nachmittag mit ihnen zusammen. Und mit Jan, verdammt noch mal! Erst mal würde ich in Ruhe diesen Kaffee trinken und danach in meiner Werkstatt verschwinden. Agnes stolzierte über die Holzterrasse, suchte pickend nach Krümeln und kitzelte mit ihren Federn meine Waden. Zärtlich strich ich ihr mit dem Handrücken über das weiche Gefieder.

Ich wollte gerade meine leere Tasse in die Küche bringen, als ich Schritte hörte.

»Hi!«, sagte Jan und trat zu mir raus auf die Veranda.

Ich hob wie zum Gruß meine Kaffeetasse. »Ich … ich wollte gerade gehen.«

»Trinkst du noch kurz eine Tasse mit mir?«

Mein Herz stolperte nervös. »Eigentlich bin ich schon fertig.«

Sein Blick ließ mich nicht los. »Wie war's gestern Abend?« Er setzte sich auf die Holzbank, rückte zur Seite.

Ich zögerte. »Äh … ganz okay.«

»Ich meine, bei Sam?«

Ich schluckte. »Wo sonst?«

Verdammt, was redete ich denn da?

Ein paar Momente sahen wir uns schweigend an. Ich wusste nicht, was ich sagen sollte, und er sah aus, als ginge es ihm genauso. Ich betrachtete seine Hände. Seine Finger waren schmal, und auf seine kräftigen Nägel war ich früher immer neidisch gewesen. Am Ringfinger glänzte sein Ehering.

»Gehst du gleich in deine Werkstatt?«, fragte er.

Ich schaute ihn verwundert an, weil das so ungewohnt und so schön klang, und nickte kräftig. Überrascht bemerkte ich die zwei kleinen Lichtpunkte, die in Jans Augen blitzten.

»Soll ich dir was zeigen?«, fragte ich leise und wartete nicht ab, bis er antwortete. Ich setzte mich ans andere Ende der Bank, griff nach meinem Handy und öffnete Instagram. »Guck mal, mein Account!«, flüsterte ich und rutschte ein wenig näher an ihn heran.

Jan hatte Instagram immer genauso überflüssig gefunden wie ich, allerdings hatte er sich schon vor einer ganzen Weile einen Account für sein Architekturbüro eingerichtet. Dort zeigte er ab und zu Fotos von seinen Baustellen, niemals allerdings sich selbst. Jedes Mal, wenn Sam zu Besuch war, wollte sie ihn überreden, vor die Kamera zu treten. »Menschen kaufen von Menschen«, behauptete sie immer. »Du bist blöd, wenn du das nicht nutzt.«

Einen Moment lang hatte ich Angst, dass Jan das alles

ziemlich doof finden würde. Aber ich konnte nicht anders, beim Blick auf die kleinen Quadrate mit meinen bunten Möbeln musste ich grinsen. Lächelnd rutschte ich mit dem Telefon noch ein wenig näher. Als ich schließlich vom Display zu ihm blickte, um zu sehen, was er davon hielt, schaute er *mich* an, nicht mein Handy. Ganz ernst guckte er. In meinem Magen rumorte es. Seine Augen leuchteten meerblau.

»Ava, das ist richtig toll!«, sagte er leise. »Ich hatte ja keine Ahnung, dass du … dass du das …«

Die Luft fühlte sich mit einem Mal viel wärmer an. Plötzlich war ich so was von erleichtert, dass ich gestern rechtzeitig gegangen war. Ich atmete tief ein und aus, als könnte ich damit die Erinnerung an das seltsame Pinto-Date vertreiben.

Ich spürte, wie ich mir nervös auf die Lippe biss, während sich Jan die Bilder meiner Möbel ansah. Seine Mundwinkel zuckten ab und zu, und seine hellen Dreitagebartstoppeln glänzten. Plötzlich grinste er. Irgendwie frech.

»Was?«

Er grinste breiter. Dann hielt er mir mit hochgezogenen Brauen mein Telefon hin.

Im nächsten Moment schnappte ich mir erst mein Handy und dann nach Luft. Sam hatte noch etwas hochgeladen. Kein Foto dieses Mal, sondern ein Video von mir. Mit großen Augen sah ich mir beim Streichen der rosa Kommode zu, sah, wie ich bescheuerte Tanzbewegungen machte und laut in den Pinsel sang wie in ein Mikro.

»Ich bringe sie um«, zischte ich. »Himmel, ist das peinlich!«

Jan lachte laut.

»Du machst dich über mich lustig!«, beschwerte ich mich.

Jan wurde schlagartig ernst und sah mich durchdringend an. Einer seiner Mundwinkel zuckte.

»Ich weiß, dass ich albern aussehe«, sagte ich leise und schaute auf den Holzdielenboden.

Als ich ihn wieder anschaute, ruhte sein Blick noch immer auf mir. Seine Augen glänzten. »Ava, du bist so … du bist echt …« Seine Stimme klang rau. »Du siehst so gut aus, wenn du Spaß hast. Du bist wunderschön.«

So was hatte er seit einer gefühlten Ewigkeit nicht mehr gesagt. Und so hatte er mich auch schon lange nicht mehr angesehen. Nervös stand ich auf. Er auch.

Für einen Moment standen wir uns gegenüber. Mein Herz klopfte gegen meinen Brustkorb. Ich sah ihn kräftig schlucken. Ich trat einen Schritt zurück.

»Wie geht's dir denn mit der Anzeige?«, fiel mir plötzlich ein. Wir hatten überhaupt noch nicht darüber geredet. Wie über so vieles. »Ich kann nicht glauben, dass Steffi so gemein ist.«

Jan stieß zischend die Luft zwischen den Zähnen aus. »Du weißt es?«

Ich nickte.

»Fühlt sich verdammt komisch an.« Er zögerte. »Sorry übrigens, ich wollte dich … euch … also Steffi und dich da nicht reinziehen.«

Ich schluckte. »Ich wünschte echt, ich hätte es eher gewusst.«

Jan zuckte mit den Schultern. »Ich wollte dich nicht belasten. Aber verrückterweise geht es mir seit der Anzeige beinahe besser.« Er lachte auf. »Weißt du, jahrelang hatte ich genau davor Angst. Dass ich einen Fehler mache und richtig Ärger bekomme.« Er schaute mir in die Augen und schluckte so kräftig, dass ich seinen Adamsapfel hüpfen sah. »Jetzt habe ich einen Fehler gemacht und habe richtig Ärger. Und ich merke: Es gibt Schlimmeres auf der Welt.« Die lässige Entschlossenheit in seiner Stimme erinnerte mich an den Jan von früher.

»Ich … ich …« Ich wusste schon wieder nicht, was ich sagen sollte.

»Ich schaue später mal bei dir in der Werkstatt vorbei«, sagte er. Und schob dann leise fragend hinterher: »Okay?«

»In der Scheune?«, fragte ich überrascht.

Er zwinkerte mir zu und grinste. »Hast du noch woanders eine?«

Seit einer Ewigkeit waren mir seine beiden Grübchen nicht mehr aufgefallen. Und er hatte meinen Raum *Werkstatt* genannt. Überrascht nahm ich wahr, dass mein Herz einen Hüpfer machte.

Ich nickte schnell und sagte: »Total gern.«

Meine Gedanken wirbelten im Kreis, während ich zur Scheune ging, und hörten erst damit auf, als ich beinahe über Agnes stolperte. Was Jan über seine Arbeit und die Anzeige gesagt hatte, imponierte mir. Wie rau seine Stimme geklungen hatte. Die Henne gackerte vorwurfsvoll, beruhigte sich aber schnell wieder. Sanft strich ich ihr über den federweichen Rücken.

Bevor ich in der Scheune loslegte, öffnete ich noch einmal Instagram, kniff peinlich berührt die Augen zu, während ich das Video anklickte, und öffnete sie wieder. Halleluja, meine alberne Tanzeinlage hatte über 11 000 Likes!

Go girl!, hatte jemand darunter geschrieben.

Und: *So sexy!*

Und: *Sie fühlt es!*

Mir wurde kurz übel beim Gedanken daran, dass mich auch alle in unserem Dorf so sehen könnten. Was Steffi wohl als Nächstes tratschen würde? Obwohl, die tratschte ja auch ohne peinliches Getanze.

Als ich noch schnell einen Blick in meine Direktnachrichten warf, blieb mir kurz das Herz stehen. Die Frau, mit der ich gestern hin und her geschrieben hatte, bot 950 Euro für meine rosa Blumenkommode, ihren absoluten »Traumschrank«.

Ich konnte nicht mehr aufhören zu grinsen.

Als gegen Mittag die Scheunentür quietschte, war ich sicher, dass es Jan sein musste. Zu meiner Überraschung begann ich nervös am Daumennagel zu knabbern. Aber dann war es doch mein Schwiegervater, der plötzlich vor mir stand. Klaus Altmann trug wie so oft einen dunkelblauen Pullover mit V-Ausschnitt und einen strengen Blick, wie er es schon zu Dienstzeiten als Postbeamter getan hatte. Nur der karierte Hemdkragen, der oben rausguckte, ließ ihn ein bisschen fröhlicher aussehen als damals.

Das alte TV-Möbel, das ich gerade strich, hatte eine gefühlte Ewigkeit bei meinen Schwiegereltern im Wohnzimmer gestanden und war dann bei uns in der Scheune gelandet. Als Jans Eltern aus dem kleinen weißen Sechzigerjahre-Bungalow aus- und in die kleine Kate hinter dem Deich eingezogen waren, damit wir das alte Haus abreißen und auf dem Grundstück unser Traumhaus bauen konnten, hatte Klaus Altmann die jahrelang mit Sammellust gefüllte Scheune behalten. Jedes Mal, wenn Jan seinem Vater gegenüber erwähnte, dass er nun wirklich einen Container bestellen und das ganze Zeug entsorgen würde, hielt der uns lautstark einen Vortrag über Wertarbeit und verschwand dann für eine Weile nach draußen, angeblich um frische Luft zu schnappen. Später fand ich dann immer ein paar Kippen im Blumentopf.

Das TV-Möbel aus den frühen Achtzigern war wirklich furchtbar. Mit zwei Schichten Neonpink darauf sah man zum Glück nicht mehr viel von den asymmetrischen schwarzen Böden und dem verchromten Stahlrohrbein. Die Knallfarbe passte super zu der speziellen Form, und auf einmal war das Möbel ein absoluter Hingucker. Ob Klaus das ebenso sah, wagte ich allerdings zu bezweifeln.

»Na, mien Deern, machst du das alte Ding wieder flott?«

Ich nickte erstaunt. Mein Schwiegervater war kein Mann großer Worte. Das hier war quasi eine Rede für ihn.

»Äh, ja.« Ich spürte, wie ich rosa anlief. »Du wolltest es doch wirklich nicht mehr, oder?«

»Neee!«

Ich legte den Kopf schief und sah ihn fragend an. »Gefällt es dir?«

»Jo«, brummte er. »Bloß die Farbe ist schiet.«

Ich schmunzelte. Mein Schwiegervater, der alte Brummkopf. Sein Sohn behauptete immer, überhaupt keine Ähnlichkeit mit ihm zu haben, aber mir fiel auf, dass beide eine ganz ähnliche Körperhaltung hatten.

Plötzlich fiel mir noch etwas anderen auf, und ich zuckte zusammen. »Verdammt, wie spät ist es?«, rief ich und schaute schnell auf mein Handy. Mist, schon wieder viel zu spät!

»Wenn ihr Hilfe braucht«, brummte Klaus, als könnte er Gedanken lesen, »dann sagt gern was.«

Ich schüttelte verzweifelt den Kopf. »Oh, danke Klaus, aber äh … ne, geht schon. Alles gut.« Hektisch drehte ich mich im Kreis auf der Suche nach dem Pinselglas.

In diesem Punkt waren Jan und ich uns immer einig gewesen: Wir wollten unabhängig sein, es allein schaffen. Bloß kein Schwiegerelterngeklüngel, damit sie uns nicht zu viel reinreden konnten.

Allerdings hatten wir uns in dem Versuch, es allein zu schaffen, vermutlich selbst abgeschafft. Oder etwa nicht?

»Also, wenn du magst und es echt passt«, sagte ich leise, »könntest du vielleicht Linus von der Kita abholen?«

Warum fiel es mir bloß so schwer, um Hilfe zu bitten?

Klaus kratzte kurz seinen Bart. »Jo, mach ich.«

Verdammt, war das einfach gewesen.

Gegen Abend war Chaos in der Küche, aber irgendwie war es ein gutes Chaos. Ich hatte bis kurz vor sechs in der Werkstatt gearbeitet. Immer wieder hatte ich mich dabei ertappt, dass ich zur Tür linste in der Hoffnung, dass Jan auftauchte. Aber er hatte sich den ganzen Tag nicht blicken lassen. Inzwischen war das TV-Möbel fast fertig, und ich bekam das glückliche Grinsen und den einen neonpinken Farbfleck nicht mehr aus dem Gesicht. Len und Leo schnitten Pilze, nachdem sie mich mit »Hunger!«-Gebrüll überfallen und ich sie spontan mit der Idee überrascht hatte, dass sie doch einfach kochen könnten.

Jetzt standen sie in T-Shirts und kurzen Hosen nebeneinander an der Kücheninsel, zwei große Bretter und einen Berg Champignons vor sich, und schnippelten. Auf dem Herd zischte in einer Pfanne bereits das Fett und spritzte fröhlich auf den Messerblock und Lens Vokabelheft. Ich zog es seufzend weg. Linus saß auf der hölzernen Küchenplatte und sah fasziniert der Kochshow zu. Zum Glück war er weiter weg vom Herd als die Vokabeln.

»So gut, Mama?«, rief Len und hielt ein Pilzstück hoch, in etwa so groß wie seine halbe Hand.

Ich zögerte. »Äh, joa, vielleicht noch ein kleines bisschen kleiner.«

»Kleiner kann der Kleine nicht«, meinte Leo. »Das kriegt der mit seinen wulstigen Wurstfingern nicht hin.« Er streckte seinem Bruder grinsend die Zunge raus und zuckte dann zusammen, weil Len ihn mit dem Finger in die Seite pikste.

»Ich werd dir zeigen, was meine wulstigen Wulstfinger alles können …«

Die Pilze purzelten nacheinander vom Brett auf den Boden – *plopp, plopp, plopp*.

»Jungs!«, ermahnte ich seufzend meine kabbelnden Söhne, während Linus sich kringelig lachte. Sein Lachen war ansteckend. Ich bildete mir ein, dass sogar die Margariten in der Vase mit ihren weiß-gelben Köpfen nickten. Aber die hatten vermutlich bloß einen Schubs bekommen.

Einen Moment später kam Jan herein. Mein Herz hopste überrascht.

Len und Leo flogen augenblicklich auseinander. Sie schnippelten einträchtig weiter, die ersten Pilze landeten im Fett und brutzelten vor sich hin.

»Wer schneidet eine Zwiebel?«, fragte ich.

»Immer die, die fragt!«, meinte Len und zwinkerte mir zu. Ich würde also gleich mal wieder losheulen.

»Komm, lass mich das machen?«, bot Jan an. Es klang eher wie eine Frage. Er schaute unsicher zu mir rüber, krempelte sich aber bereits die weißen Hemdsärmel hoch und griff nach dem Messer.

Für einen Moment blieb mein Blick an seinen halb entblößten Oberarmen hängen und an den sanften Muskelhügeln, die sich dort abzeichneten. Überrascht presste ich die Lippen aufeinander. Dann drehte ich schnell den Wasserhahn an, um den Salat abzuspülen, genoss das erfrischende Nass an meinen Händen und warf die feuchten Blätter in die Salatschleuder. Die Abendsonne kitzelte mich an der Nasenspitze, ich blinzelte und wischte mir die Hände an meinem Blümchenkleid ab. Als ich aufblickte, schaute Jan schnell weg. Mein Magen zog sich nervös zusammen. Dann schaute ich der Schleuder beim Schleudern zu, weil ich nicht wusste, wo ich sonst hinschauen sollte.

Kapitel 33

Er

Sie kam so spät, dass ich fürchtete, sie würde überhaupt nicht mehr kommen. Ich hatte versucht, zu lesen (keine Chance) und dann mit Matt zu klönen, aber der hatte sich hingelegt, um später die Nacht durchzupokern. Schließlich begann ich, meine Wäsche zu machen. Unzählige Male überprüfte ich dabei die Uhrzeit auf meinem Handy.

Als es endlich klingelte, zog sich vor Aufregung mein Magen zusammen. Verdammt, war ich nervös! Ich sprang zur Tür und schlitterte das letzte Stück auf meinen Socken über den glatten Dielenboden in Richtung Summer. Ich drückte den Knopf und öffnete die Tür. Unten hörte ich die schwere Haustür ins Schloss fallen. Schritte tapsten die Treppe hoch, mein Herz klopfte bis zum Hals.

»Hi!«, japste sie und grinste mich auf den letzten Stufen von unten an. Ihren Kopf hielt sie leicht schief, ihre Wangen glänzten rosa, und sie trug ein kurzes buntes Blümchenkleid.

Ich schluckte schwer.

»Hi!«, sagte ich dann und wunderte mich selbst, wie rau meine Stimme klang.

Sie kam auf mich zu, und ich überlegte kurz, wie wir uns wohl begrüßen würden. Aber da öffnete sie bereits leicht die Arme und schob sich auf die Zehenspitzen. Ich beugte mich zu ihr runter und zog sie und ihre Blumen an mich. Wir hauchten ungeschickt je zwei Küsse in die Luft, links und rechts knapp an unseren Wangen vorbei. Statt eines dritten Luftkusses stießen unsere Nasen aneinander. Lächelnd machten wir beide einen Schritt zurück.

Ich raufte mir unsicher das Haar, dann trat ich mit klopfendem Herzen zur Seite, um ihr den Weg in die Wohnung frei zu machen. Als sie an mir vorbeiging, nahm ich für einen Moment ihren Duft wahr. Ich schloss die Augen, taumelte, mein Herz hämmerte, ich schnappte nach Luft. Dann schloss ich die Tür und beeilte mich, ihr ganz nah zu kommen.

Kapitel 34

Ava

Klaus holte Linus auch am nächsten Mittag vom Kindergarten ab, und ich war ihm so dankbar dafür. Mein Kleinster grinste geheimnisvoll, als er zur Scheunentür hereinschaute. Ich hatte dem TV-Möbel den allerletzten Anstrich verpasst und war gerade dabei, den pinken Pinsel in einem alten Saure-Gurken-Glas auszuspülen und zu beobachten, wie der Lack im Terpentin farbexplodierte.

»Komm rein!«, rief ich und drehte die Musik ein wenig leiser.

»Mami!« Linus kicherte, biss sich auf die Unterlippe und strich mir mit seinem weichen Haarschopf um die Beine wie eine kleine Katze. »Was ist das?«

Ich rieb mir die Hände an meiner Hose ab, bevor ich ihm über den Kopf streichelte. »Das ist ein altes Möbel von Opa, das ich verzaubert habe.«

Linus hing an meinen Lippen und machte große Augen.

»Gefällt es dir?«

Er nickte kräftig. »Es ist voll sön.«

Zufrieden drückte ich den Pinsel ein letztes Mal auf den

Glasboden und legte ihn dann zum Trocknen auf Küchenpapier.

»Opa hat mich abgeholt«, flüsterte Linus.

Ich nickte lächelnd. »War das toll?«

»Ja!«, rief Linus und hielt den Kopf schief. »Er hat mir das hier gesenkt!« Lautstark biss er auf ein krachendes Bonbon.

Ich seufzte leise. Das war also sein Geheimnis.

Ausgerechnet Bonbon, dachte ich. Und: *Puh, da musst du dir aber gut die Zähne putzen.* Sagte aber: »Hast du ein Glück!«

Dann nahm ich ihn hoch, drückte ihn an mich, prustete gegen seinen Hals, spürte sein Lachen in meinem Bauch, saugte seinen Linus-Duft tief ein und ließ ihn seufzend wieder runter, als er kräftig zappelte. Erst als er anfing, auf dem Boden einen Turm aus ein paar leeren Farbdosen zu bauen, und ich Schleifpapier und Pinsel ordnete, wurde mir bewusst, dass Jan heute wieder nicht vorbeigeschaut hatte. Überrascht stellte ich fest, wie enttäuscht ich darüber war. Während des Streichens hatte ich wie immer alles um mich herum vergessen. Aber jetzt hätte ich ihm gern gezeigt, was ich aus dem alten Monstrum gemacht hatte. Ich hätte ihn gern … Ich wollte …

Ja, was wollte ich? Hinter meiner gerunzelten Stirn sausten die Gedanken im Kreis.

War es bloß die Gewohnheit? Oder war ich doch noch nicht durch mit uns? Und was wollte er überhaupt? Sollte ich zu ihm gehen, wenn er nicht zu mir kam?

Entschlossen stellte ich das Glas mit den Pinseln zurück in die Vitrine und wischte einen pinken Farbklecks von meiner Hand. Linus hatte nebenan die Nachbarskinder im Garten gehört und war längst davongesaust.

Bevor ich mich auf den Weg rüber in Jans Büro machte, fiel mir etwas ein. Ich nahm mein Handy, öffnete die Kamera und probierte, aus welchem Winkel das neonpinke TV-Möbel am besten aussah. Die bunte Kommode wirkte unruhig als Hintergrund. Vor der dunklen Scheunenwand aber leuchtete die Knallfarbe noch mehr. Darüber baumelte die Girlande, was schön fröhlich aussah. Spontan lud ich das Foto bei Instagram hoch.

TV-Tisch Tom, schrieb ich darunter. Ich dachte nur kurz nach, klickte auf das Textfeld und tippte: *Tom ist ein Kind der Achtziger. Nach Jahren unter altem Scheunenstaub habe ich ihn jetzt durch ein Farbdate mit Pink vor der Schrottpresse gerettet. Was sagt ihr, sieht er nicht cool aus? #möbelretten*

Ich wollte das Handy schon wieder in die Tasche schieben, da entdeckte ich eine neue WhatsApp von Pinto.

Was bitte wollte der noch? Ich schaute nervös zur Tür raus, aber ich sah nur den grasgrünen Hof und ein paar Mückenschwärme, die in der Sonne tanzten.

Denke an dich!, hatte er gerade eben geschrieben.

Ich hob skeptisch die Augenbrauen. Das waren beinahe mehr Worte, als er auf der ganzen Fährfahrt zurück gesagt hatte.

Was willst du?, tippte ich hastig in mein Handy.

Dich!, antwortete er keine Sekunde später.

Erschrocken schloss ich WhatsApp und schob das Handy so tief wie möglich in meine Hosentasche. Mein blödes Herz pochte.

Vor Jans Tür blieb ich stehen und rückte meine Latzhose gerade. Erstaunt stellte ich fest, dass ich mir auch über mein Haar strich und noch schnell einen eingetrockneten Farbrest rausfriemelte. Aber so richtig wunderte ich mich, als mir bewusst wurde, dass ich meine Lippen aneinanderrieb, um sie zu befeuchten.

Als ich anklopfte, schlug mir das Herz bis zum Hals. Ich schnappte nach Luft und trat ein. Zu meiner Verwunderung hockte Jan nicht hinter einer Mauer aus Mappen. Stattdessen lehnte er lässig am Schreibtisch, hatte die Arme verschränkt und schaute aus dem Fenster.

»Hallo!«, sagte er lächelnd und fuhr sich durchs Haar.

»Hi!« Mein Herz machte einen überraschten Hüpfer. »Du … du hast mich gar nicht besucht«, flüsterte ich.

»Ich wusste nicht, ob du das willst«, antwortete er leise. Seine blauen Augen waren ernst und dunkel.

»Ich denke, ich hätte es gern gewollt«, sagte ich und wunderte mich im nächsten Moment selbst darüber, wie seltsam das klang. »Ich hätte mich gefreut«, stellte ich schnell klar.

Ich machte einen unsicheren Schritt auf ihn zu, wollte ihn am Arm berühren. Aber Jan wich mir aus und stellte sich mit verschränkten Armen ans Fenster.

Eine überraschende Angst nahm mir die Luft.

»Ava!« Er seufzte tief. »Ich will das hier auch nicht mehr.«

Ich fröstelte und spürte plötzlich einen dicken Kloß im Hals. »W-was meinst du mit das hier?«, fragte ich leise.

Jan drehte sich um und setzte sich zwischen seine Hände auf die Fensterbank. »Meine Arbeit bis tief in die Nacht. Den ewigen, sinnlosen Versuch, alles zu schaffen, was nicht zu schaffen ist. Die völlige Aufgabe meiner Kreativität.« Er seufzte. »Und …«

Ich schluckte. »Was und?«

»Dass wir nicht mehr miteinander reden!«

Mir schossen Tränen in die Augen.

»Warum hast du mir denn nicht eher gesagt, dass du nicht mehr glücklich bist?«, fragte er.

Ich biss mir auf die Lippe. »Weil ich es selbst gar nicht bemerkt habe. Und weil ich es mir nicht eingestehen wollte. Alles war immer so selbstverständlich. Verdammt noch mal, ich habe drei gesunde Kinder, ein tolles Haus – und dich. Ich habe alles, was ich immer wollte. Wie bitte kann ich denn nicht glücklich sein?«

Er holte tief Luft. »Ich finde es traurig, dass du es nicht bist. Aber noch trauriger finde ich es, dass du nicht mit mir darüber sprichst.« Seine Augen sahen ganz trüb aus.

»Ich dachte, dass du es doch merken musst«, schluchzte ich. Tränen kullerten meine Wangen herunter. Ich hatte das Gefühl, in meinem Gesicht fiele alles auseinander.

Mir wurde plötzlich klar, dass ich mich seit einer Ewigkeit mal wieder auf Jan gefreut hatte. Dass ich schon grinsen musste, bevor er mich mit einem seiner feixenden Sprüche über das Achtziger-TV-Teil zum Lachen brachte, weil ich mir so sicher war, dass er es tun würde. Niemand hatte mich je so herzlich zum Lachen bringen können wie Jan. Aber dieses Gespräch steuerte in eine ganz andere Richtung. Mein Magen krampfte sich zusammen. Schnell wischte ich mir über das feuchte Gesicht.

Jan atmete geräuschvoll aus. »Ich habe keine Kraft mehr,

Ava, neben all der Arbeit darauf zu hoffen, dass du mich noch willst.«

»Aber … ich …«

Er schaute mich traurig an und schnappte dann nach Luft. »Lass uns eine Pause machen und beide überlegen, was wir wollen. Okay?«

Ich sagte nichts. Ich ahnte, dass ich losheulen würde, sobald ich den Mund öffnete. *Nein*, dachte ich stattdessen, *gar nicht okay!* Und: *Verdammt, ich habe es versaut!*

»Am besten schlafe ich für eine Weile hier im Büro.«

Jetzt war ich es, die nach Luft schnappte. »Wenn du das willst«, flüsterte ich.

Seine Augen sahen dunkel und tief aus wie ein See. Dann drehte er sich um und blickte angestrengt in den Sommernachmittag da draußen. In das raschelnde Grasgrün und das blitzende Sonnengelb und den schmalen Streifen Knallblau der Elbe. Verdammter Mist.

Plötzlich kam es mir vor, als ob ich unsere Beziehung ins Wasser geworfen hätte, so wie Linus gerne Stöcke in den Fluss warf. Immer wieder hatte ich geschmissen, immer weiter raus, überzeugt davon, dass die Elbe sie mir schon wieder zurückbringen würde. Jetzt aber hatte sie eine Welle gepackt. Und ich stand am Ufer und konnte sie nicht mehr erreichen.

Ich hatte es vermasselt. Das hier war ganz allein meine Schuld. Ich hatte Jan so lange ignoriert, so lange doof behandelt, so lange überlegt, ob ich ihn noch wollte, dass er mich nicht mehr wollte. Es geschah mir recht. Ich war eine egoistische Kuh.

Ich wischte mir über das brennende Gesicht. Dann stürzte ich zur Tür. Bloß weg hier!

Ein paar stolpernde Schritte lang hoffte ich noch, dass er nach mir rufen würde. Aber ich hörte nichts als knirschenden Kies und weit entferntes Treckergebrumm.

Ich erzählte den Kindern, dass Jan lange arbeiten müsse, und weil er das so oft tat, stellten sie keine Fragen. Bloß Len schaute mich mit feinen Runzelfalten auf der Stirn einen Moment länger an als gewöhnlich.

Als die Jungs im Bett waren, saß ich im Wohnzimmer und sah dem silberblauen Sommerhimmel durchs Fenster beim Dunkelwerden zu. Irgendwann sah ich bloß noch mich selbst in der Scheibe. Als ich später nach oben schlich, machte ich auf der Treppe kein Licht. Die Stille hallte in meinem Ohr. Ich rollte mich auf meiner Seite des Bettes zusammen, schlief gefühlt gar nicht, wachte aber am nächsten Tag zerknautscht auf Jans Seite auf. Zuerst erinnerte ich mich nicht, was passiert war, aber dann brach es über mir zusammen wie eine Welle bei Sturmflut.

Jan war weg.

Als ich seinen Duft an seinem Kissen wahrnahm, kamen mir die Tränen. Auch wenn ich mich neben ihm in letzter Zeit oft allein gefühlt hatte, im Vergleich zu jetzt war das Alleinsein für Anfänger gewesen. So einsam wie in diesem Moment hatte ich mich in meinem ganzen Leben noch nicht gefühlt.

Kapitel 35

Ava

Am nächsten Nachmittag schnippelten meine Hände wie automatisiert Obst für die Jungs, und mein Mund fragte Len wie üblich: »Hast du schon Vokabeln gelernt?«

Gefühlt stand ich neben mir und sah meinen Fingern beim Schneiden zu. Mein Kopf fühlte sich schwer an wie ein Stein, mein Herz auch.

»Mache ich später«, sagte Len. »Versprochen!«

»Okay«, meinte ich leise.

Mein Mittlerer runzelte verwundert die Stirn und musterte mich misstrauisch. Ich hatte mir heute Morgen reichlich Concealer unter die Augen getupft und rang mir mit Mühe und Not ein Lächeln ab.

»Mama, alles okay?«, fragte Len leise.

Ich schluckte. »Hauptsache, du lernst sie«, sagte ich. Ich hatte keine Kraft für Kämpfe.

Er nickte. »Das mache ich auf jeden Fall, Mama!«

Mit einem Klirren stellte ich den Obstteller in die Mitte der Kücheninsel. Leo spielte auf dem Couchtisch eine Partie Schach mit Linus, und obwohl der kurz davor war zu verlieren, strahlte er übers ganze Gesicht.

»Jungs«, sagte ich leise, »hier ist was zum Knabbern.« Ich spürte, wie meine Augen feucht wurden.

Sie sahen auf, schauten sich irritiert an und lächelten. Sie waren so verdammt groß geworden. Ich konnte ihnen nichts mehr vormachen. Ich würde ihnen sagen müssen, dass ich vermutlich alles kaputtgemacht hatte, ich ganz allein. Warum war ich bloß so undankbar gewesen?

»Spielst du eine Runde Uno mit mir?«, fragte Linus, nachdem Leo »Schachmatt« gerufen hatte.

Ich seufzte leise, weil ich mich viel zu k. o. für alles fühlte. Linus aber stand auf und zog mich mit sich zum Sofa. Ich drückte ihn fest an mich und spürte, wie sein Haar mein Ohr kitzelte. Ich musste lächeln, während mir die Tränen kamen.

»Okay, eine Runde«, sagte ich.

Linus befreite sich aus meinen Armen und grinste breit. Dann flitzte er los, um die Karten zu holen.

»Aussetzen, Mama!«, rief er kurz darauf begeistert und knallte die entsprechende Karte auf den Stapel. Und noch mal, und noch mal. Er lachte zufrieden.

Während mein Jüngster seine Karten loswurde, wurde ich das lähmende Gefühl nicht los, dass ich ganz großen Mist gebaut hatte. Und obwohl ich mir vorher sicher gewesen war, dass es so nicht mehr weitergehen konnte, spürte ich, dass ich alles nur noch schlimmer gemacht hatte.

Als Leo mich bat, ihn Vokabeln abzufragen, war ich dankbar, dass ich mich nicht mehr auf das Spiel konzentrieren musste. Ich hatte sowieso keine Chance gegen Linus.

Leo war überraschend gut. Normalerweise war Englisch nicht seine Stärke, aber heute konnte er alle Vokabeln bis auf eine: *Mudlark*.

Ich musste dreimal nachlesen. »Jemand, der im Matsch nach Sachen gräbt, um sie dann zu verkaufen?«, fragte ich ungläubig.

»Das brauche ich eh nie wieder!«, meinte Leo, und ausnahmsweise konnte ich ihm nicht widersprechen.

Len kam ins Wohnzimmer, um mir einen neuen Balltrick zu zeigen, und ich bewunderte seine lässige Beweglichkeit. Als er allerdings beinahe die große Monstera vor dem Fenster umschmiss, schickte ich ihn nach draußen. Leo und Linus liefen hinterher.

Ich freute mich für sie, freute mich, dass sie ein Team waren, aber der Gedanke, ganz allein zurückzubleiben, schnürte mir die Kehle ab. Deshalb war ich fast dankbar, als mein Handy klingelte – bis ich sah, dass es mein Vater war. Nervös nahm ich ab.

»Hallo, Papa!«, rief ich und versuchte, möglichst fröhlich zu klingen.

»Hallo, Ava!«, sagte mein Vater. »Wollte nur mal hören.«

Erleichtert atmete ich aus. »Lieb von dir.«

Stille.

»Und, Papa, was macht ihr so?«

»Was sollen wir schon machen?«

Ich schluckte. »Ach, Papa!« Ich wusste nicht, was ich sagen sollte. Von meinem Streit mit Jan wollte ich auf keinen Fall erzählen.

»Jetzt sag doch endlich mal was.«

»Papa, ich weiß nicht, was ich sagen soll. Hier ist alles … alles okay.« Ich glaubte mir selbst nicht.

»Hier auch.« Er seufzte. »Na ja, dann lass uns halt auflegen.«

Schon pikste mich das schlechte Gewissen. »Erzähl du doch was!«, versuchte ich es. »Was macht Mama?«

»Was soll deine Mutter schon machen?«

Ich kniff die Augen zusammen. »Papa, pass auf, ich komme bald mal wieder vorbei. Ich bringe Kuchen mit, okay?«

»Ach, die lange Fahrt, lass mal, mein Schatz.«

»Aber wir haben uns ja schon so lange nicht mehr gesehen, und Mama …«

Aufgelegt.

Ich seufzte.

Durch das geöffnete Fenster wehten frische Luft und Kinderstimmen herein. Len lachte laut, Linus jauchzte.

Wie in Zeitlupe setzte ich mich auf die Treppe und schlüpfte in meine Sandalen. Mir war ein wenig schwindelig, ich hatte den ganzen Tag noch nichts gegessen. Die Sonne malte Lichtrechtecke auf den Boden. In den verregneten Frühlingswochen hatte ich völlig vergessen, wie viel Licht und Helligkeit es bei uns im Sommer gab.

Auf dem Kiesweg vor dem Haus stolperte ich mal wieder über Agnes. Erhobenen Kammes stolzierte sie aus meinem Staudenbeet, trat sich zwei-, dreimal die Füße ab, sodass kleine Kiesel und Erdbrocken durch die Luft flogen, und schüttelte genüsslich ihr rotbraunes Gefieder. Als sie mich entdeckte, hob sie neugierig den Kopf. Schaute rechts, links und wieder rechts an mir vorbei. Ich freute mich, dass sie da war. Wenigstens sie war da.

Nachdem ich die Tür zur Scheune geöffnet hatte, entdeckte ich auf meinem knallgelben Arbeitstisch ein Paket. Mittelgroß, eingewickelt in Blütenpapier und mit einer grünen Schleife. Ich runzelte verwundert die Stirn.

Im nächsten Moment klopfte jemand an den Holzrahmen der Tür.

»Blumen für Sie, Frau Altmann!«, rief Frau Peters, unsere Briefträgerin. Sie klang ziemlich überrascht. Ungläubig hielt sie sich ihre Lesebrille vor die Nase und schaute mit zusammengezogenen Augenbrauen auf das Adressschild, bevor sie die Brille an ihrem Band wieder nach unten purzeln ließ. »Tatsächlich für Sie. Haben Sie heute Geburtstag?«

Ich nahm die Blumen entgegen und schüttelte den Kopf. »Nein, erst im Oktober.«

»Ich dachte bloß, weil da drüben noch ein Paket steht.« Sie deutete mit dem Kopf in Richtung Tisch. Dann drehte sie sich neugierig einmal um sich selbst. »Na, Sie treiben es ja bunt hier.«

Ich presste die Lippen aufeinander, lächelte und wusste nicht, was ich sagen sollte.

Als ich ungläubig den wunderschönen, offensichtlich sehr teuren Strauß in meinem Arm betrachtete, fiel plötzlich ein Schatten auf die Margariten und Ranunkeln.

»Frau Peters?«, rief ich verwundert in Richtung Tür, »haben Sie etwa noch ein Paket für mich?«

Dann erst sah ich, dass es Jan war. Mein Herz fing nervös an zu klopfen. Warum war er hier?

In meinem Magen breitete sich ein so flaues Gefühl aus, dass mir übel wurde. Er war mir so vertraut, und trotzdem kam es mir vor, als würde ich ihn zum ersten Mal sehen.

Jan blieb im Gegenlicht stehen, die Hände lässig in den Taschen seiner Skinny Jeans vergraben, und schaute mich an. Sein dunkelblondes Haar war ein wenig zerzaust, seine Augen glänzten dunkler als sonst und ruhten unverwandt auf mir, und seine schmalen, perfekt geformten Lippen waren aufeinandergepresst. Beinahe konnte ich sie auf meinen fühlen, so viele Male hatten sie mich bereits geküsst. Ich erschauderte.

Plötzlich war alles klar. Meine zitternden Hände, meine wackeligen Knie, mein Mund, der absolut keine Ahnung hatte, was er sagen sollte. Auf jeden Fall wurde mir plötzlich bewusst, wie sehr ich mich freute, ihn zu sehen. Und dass ich noch lange nicht durch war mit ihm. Das Herz pochte mir bis zum Hals.

»Blumen?«, fragte Jan und hob überrascht die Augenbrauen.

Ich zuckte mit den Schultern. »Bestimmt von Sam«, antwortete ich heiser.

Seine meerblauen Augen ließen mich nicht los. »Gut geschlafen?«, flüsterte er.

»Überhaupt nicht«, antwortete ich leise.

Er nickte stumm und schaute auf den Boden. Dann deutete er mit dem Kopf in Richtung Tisch. »Das andere Paket ist von mir.« Seine Stimme klang rau.

»Von dir?«, fragte ich verwundert.

»Ich … ich habe es dir schon vor ein paar Tagen bestellt. Bevor …« Er brach ab. Dann seufzte er. »Dachte, du könntest es vielleicht brauchen.«

Für einen Moment betrachtete ich das Paket. Ich bemerkte, dass es ziemlich ungelenk eingepackt war. Die Kanten hatten jede Menge Luft, und an den Seiten war das Papier so dick gefaltet, dass es beinahe den Tesafilm wegdrückte.

Ich biss mir nervös auf die Lippe und sah ihn an. Als sich auf Jans Gesicht ein winziges Lächeln zeigte, machte mein Herz einen Hüpfer. Ich legte die Blumen zur Seite und riss eilig das Papier auf.

»Eine Schleifmaschine!«, rief ich überrascht.

Jans Mundwinkel zuckte, dann lächelte er scheu.

Ich fühlte, wie sich meine Augen mit Tränen füllten. Er hatte mir nicht einfach Blumen gekauft. Er hatte meinen Traum ernst genommen und etwas ausgesucht, was mich unterstützte. Meine Gedanken überschlugen sich. Warum war er gekommen, wo er uns doch gerade eine Pause verordnet hatte? Wollte er doch …? Sollte ich …? Ich traute mich nicht, ihn zu fragen, weil ich zu viel Angst vor seiner Antwort hatte.

»Was hältst du von meiner Neon-Interpretation des grausigen TV-Möbels?«, fragte ich ein paar herzklopfende Momente später, bloß um irgendwas zu sagen.

Jan hob überrascht die Augenbrauen und pfiff leise. »Nicht ganz meine Farbe – aber fancy!« Er ging um mein Werk herum, betrachtete es von allen Seiten. Dann nickte er. »Du meinst das hier echt ernst, oder, Ava?«

Ich zuckte mit den Schultern. »Ich glaube schon«, raunte ich. »Ich fühle mich dabei so frei wie schon lange nicht mehr.« Außerdem nahm der Gedanke, dass das hier echt funktionieren könnte, immer mehr Raum in meinem Kopf ein.

Das kleine Lächeln auf seinen Lippen verschwand. »Du hättest nie damit aufhören dürfen«, sagte er matt.

Ich spürte einen Kloß im Hals. »Alles hat seine Zeit …«, flüsterte ich.

»Vielleicht ist es auch drüben Zeit für mehr Farbe?«, flüsterte er zurück. »Dann sieht man auch die Flecken nicht so.«

In dem Sonnenstrahl, der durch das kleine Sprossenfenster direkt neben mir fiel, tanzten winzige Staubkörnchen.

»Möchtest du das denn?«, fragte ich leise.

Jan presste die Lippen aufeinander und schob die Hände noch tiefer in die Taschen.

Ich trat einen Schritt auf ihn zu. Mein Herz wummerte gegen meinen Brustkorb.

»Ich will dich nicht verlieren«, sagte er und sah mich ernst an. »Aber ich will auch nicht einfach so weitermachen. Stell dir vor, ich habe auch eine Idee, was ich gern machen würde.«

Ich sah überrascht zu ihm auf. »Was denn?«, fragte ich neugierig.

Jan wischte mit der Turnschuhspitze über den erdigen Boden und lachte nervös. »Verrückterweise hat mich Jochen auf die Idee gebracht.«

Ich runzelte die Stirn. »Jochen Brockenmeyer?«

»Er ist wirklich anders, als du denkst.« Jetzt trat er einen Schritt auf mich zu. »Er ist ein Macho und ein Sprücheklopfer. Aber er hat das Herz am rechten Fleck.«

Ich musste an meinen Tee mit Barbara und ihre überraschend freundlichen Worte denken. Niemals im Leben hätte ich das für möglich gehalten. Offenbar war vieles anders, als es schien.

»Die Idee ist total verrückt«, platzte Jan heraus, »aber ich hätte wirklich Lust drauf.«

»So verrückt wie meine Idee, alte Möbel zu retten?«

Er hob die Augenbrauen und grinste schelmisch. »Noch verrückter.«

»Jetzt sag schon!«, drängelte ich.

»Na ja, Jochen verkauft doch allen möglichen Partykram. Ganz oft bekommt er Nachrichten, dass die Leute super gern feiern würden, aber einfach keinen Platz haben. Oder Angst, dass die Partymeute ihr Wohnzimmer verwüsten könnte.« Mit einem Finger strich Jan sanft über meinen TV-Tisch. »In den Achtzigern war das besser. Da hatte jedes Haus einen Partykeller.«

»Und jetzt willst du einen Partykeller einrichten und ihn vermieten?«, fragte ich und grinste vorsichtig.

Wir machten beide noch einen Schritt aufeinander zu. Das flaue Gefühl in meinem Magen hatte sich beinahe aufgelöst. Langsam fühlte ich mich sicherer.

Jan lachte ungewohnt laut. Ich hätte ihm stundenlang dabei zusehen können. »Leider haben wir ja keinen Keller. Und in unserer Scheune verwirklicht schon jemand anders seinen Traum.«

Seine Augen ließen mich nicht los, und er grinste von oben auf mich herunter. Irgendwie … frech. Mein Herz hüpfte überrascht. Seit einer gefühlten Ewigkeit hatte er mich nicht mehr so angesehen.

»Jochen und ich denken darüber nach, zwei Container zu kaufen«, fuhr er fort. »Die sind nicht teuer. Ich baue sie innen richtig cool aus – und Jochen bietet sie als mobilen Partykeller über seine Seite an: *Rent a Fetenraum!* Wir machen Hälfte-Hälfte.« In seinen Augen blitzten kleine Lichtpunkte.

»Das klingt crazy!«, sagte ich.

»Crazy bescheuert oder crazy gut?«, wollte er mit hochgezogenen Augenbrauen wissen.

Ich überlegte nur kurz. »Crazy großartig!«, sagte ich dann. »Weil heute kaum noch jemand Partys schmeißt, weil alle Angst um ihr perfektes Zuhause haben.«

Jan nickte. »Wir haben das gecheckt, wir sind damit die Ersten in Deutschland.«

»Vielleicht können wir einen der Container mit meinen Möbeln ausstatten?« schlug ich vor.

Jans Mundwinkel hoben sich langsam, so als hätte ihm gerade jemand von einem Lottogewinn erzählt, und es dauere einen Moment, bis er es begriff. »Das klingt absolut großartig!«, rief er. »Ich würde am liebsten gleich anfangen.«

Er trat noch einen Schritt auf mich zu. Jetzt trennte uns bloß noch eine Ecke meines neongelben Arbeitstisches. Meine Wangen glühten.

Er berührte mich nicht, und doch berührte er mich.

Ich wollte die verbleibende Distanz zwischen uns überbrücken und meine Stirn an seine Brust lehnen, aber Jan begann, in der Scheune auf und ab zu gehen.

»Am liebsten würde ich bloß noch ganz wenige Aufträge annehmen«, sagte er und schaute mich mit blitzblauen Augen an. »Nur von meinen Stammkunden oder Aufträge, die mir Spaß machen. Dafür bräuchte ich gar kein großes Büro mehr. Ich dachte, wir könnten mein Büro als Ferienwohnung vermieten. Das könnte unser Grundrauschen werden, bevor diese Containeridee richtig Geld einbringt. Was sie danach hoffentlich tut. Und mit deinen Möbel verdienen wir ja vielleicht auch hin und wieder den einen oder anderen Euro.«

Ich fühlte, wie mir die Tränen kamen. Er hatte *wir* gesagt.

»Jan!«, schluchzte ich, presste dann meine Lippen aufeinander, um nicht loszuheulen, und nickte bloß.

»Wir müssten uns trotzdem einschränken, Ava.«

»Du hast *wir* gesagt?«, rief ich endlich und schluchzte noch lauter. »Also willst du doch keine Pause?«

Er schaute mich an, kratzte sich am Kopf und flüsterte: »*Ich* habe nie eine gewollt«.

Da rannte ich los. Ich sprang ihm in die Arme, und er fing mich mühelos auf. Er hielt mich fest. Meine Beine umklammerten ihn, und seine Arme umarmten mich. Ich roch seinen Duft, fühlte seine Bartstoppeln an meiner Wange, seine Lippen auf meinen. Plötzlich war alles so einfach.

»Willst du mich denn wirklich noch, Ava?«, flüsterte er, und ich schniefte ein schnelles Ja und nickte so entschlossen, dass ihm mein Zopf ins Gesicht peitschte. Ich strich über seinen Nacken, griff in sein volles, weiches Haar. Ich wollte nie wieder so allein sein wie letzte Nacht.

»Versprich mir, dass wir ab jetzt immer über alles sprechen, okay?«, flüsterte er. »Ab jetzt sind wir wieder ein Team und arbeiten zusammen.«

»Und die Kinder?«, wollte ich wissen. »Die Vokabeln? Die Wäsche? Der restliche Haushalt? Die Hühner?«

Er holte mit der Hüfte aus und schwang mich ein wenig hoch, sodass ich ihm noch näher kam. »Ab jetzt teilen wir uns das wirklich. Versprochen!«

Ich schluchzte vor Überraschung.

»Und wenn ihr Hilfe braucht, bin ich ja auch noch da.«

»Papa!«, rief Jan erschrocken und setzte mich ab.

»Ich … ich habe ein paar Sachen gefunden«, sagte mein Schwiegervater, offenbar leicht verlegen. »Ähm, in meinem Schuppen. Und an der Straße.« Er schaute mich an und räusperte sich. »Dachte, die könntest du vielleicht gebrauchen?«

Jan und ich grinsten uns an.

Der Puppenwagen in Klaus' Arm hatte seine besten Jahre hinter sich, genauso wie das Regal zu seinen Füßen und der Gartenzwerg.

Ich spürte, wie Jans Finger hinter meinem Rücken ganz vorsichtig meine Hand berührte. »Wenn du aus dem Schrott etwas Schönes machen kannst, dann bist du wirklich gut«, flüsterte er mir zu.

»Psst!«, zischte ich und pikste ihm sanft in die Seite. Dann wandte ich mich an meinen Schwiegervater: »Danke, Klaus! Das ist echt lieb von dir.«

Jan hustete leise.

»Macht es euch was aus, wenn ich mir die Jungs schnappe und mit ihnen zum Sportplatz fahre?«, wollte Klaus wissen. »Bisschen Extratraining. Für sie und für mich.«

Jan und ich sahen uns überrascht an. Ich zog fragend die Augenbrauen hoch, Jan nickte.

»Total gern!«, rief ich.

Vielleicht war es an der Zeit, endlich Hilfe anzunehmen.

Als Klaus weg war, zog Jan mich an einer Hand zu sich. »Mein Vater wird dein Dealer«, raunte er. »Wer hätte das jemals gedacht?«

Ich biss mir auf die Lippe. »Ich hätte ziemlich vieles nie gedacht«, flüsterte ich und fügte schnell hinzu: »Aber vielleicht ist es wirklich Zeit, dass wir ein paar Dinge verändern.«

Einen Moment lang schaute mich Jan nachdenklich an, und irgendwie wünschte ich, ich könnte ihm alles erzählen, was in mir vorging. Leider ging das nicht, ohne Pinto zu erwähnen. Und ich wollte Jan weder wehtun noch ihn verlieren, da war ich mir inzwischen ziemlich sicher. Außerdem waren da so viele Gedankenpuzzlestücke in meinem Kopf, dass ich sie selbst nicht richtig zusammensetzen konnte.

»Weißt du was?«, raunte Jan, und seine Augen glänzten wie früher, wenn beim Surfen die Wellen gut waren. »Halt mich für verrückt, aber ich gucke jetzt sofort nach Containern.«

Ich sah ihm nach, hörte, wie seine Turnschuhschritte draußen auf dem Kies immer leiser wurden. Seine Energie erinnerte mich an den Jan von damals – den, der mich täglich überrascht hatte. Dabei klang selbst das Knirschen seiner Schritte vertraut. Ich hätte schwören können, dass ich es unter Hunderten von Turnschuhknirschen heraushören könnte. Heute Abend würde ich mich nicht allein fühlen, dachte ich erleichtert. Heute zum Glück nicht.

Eine Weile hörte ich noch meinem eigenen Atem zu, dann schreckte ich aus meinen Gedanken auf und zog grinsend den Puppenwagen zu mir. Ich hatte da eine Idee. Vielleicht konnte man da doch noch was Tolles draus machen.

Erst als ich bereits Schmirgelpapier, eine neue Farbe (Glockenblumenblau!) und ein neues Glas mit Terpentinersatz geholt hatte, fielen mir die Blumen wieder ein. *Wirklich süß von Sam*, dachte ich, als ich den Strauß aus dem raschelnden Papier wickelte.

Es war ein Strauß, wie man ihn in einem üppigen Garten schneidet: Margariten, Ranunkeln, Bauernhortensien, Wiesenraute und Klee. Oder wie man ihn in einem der sehr teuren Blumenläden in der Hamburger City kaufen konnte. *Sam!*, dachte ich ein wenig vorwurfsvoll, weil sich meine Freundin eigentlich vorgenommen hatte, ein bisschen weniger Geld für Unnützes auszugeben.

Kurz schloss ich die Augen, um den Duft einzusaugen, als mir eine Karte auf die Sandalenfüße flatterte. Grinsend hob ich sie auf. Wie schön, dass Sam auch noch etwas dazugeschrieben hatte.

Ich bin ein Idiot. P. stand auf der Karte.

Kapitel 36

Er

Dämlich grinsend lehnte ich mich an die mit HSV-Aufklebern verzierte Wohnungstür, um Ava reinzulassen. Ihr Blick wanderte durch den kleinen Flur, über das Astra-Werbeplakat mit dem Frauenhintern, über dem *Super Kiste!* stand, und das schmale Sideboard, auf dem Matt in einer hässlichen Salatschale ein wildes Sammelsurium aus Schlüsseln, alten Batterien und vergessenen Haargummis von Ex-Dates aufbewahrte. Sie lächelte, als sich unsere Blicke trafen, und mein Herz klopfte noch ein bisschen schneller.

Sie warf einen Blick in die Küche, und ich sah ihre Mundwinkel zucken, als sie den Esstisch entdeckte, den wir uns aus einem Kicker und einer Holzplatte gebaut hatten.

»Willst du was trinken?«, fragte ich.

Sie nickte, folgte mir in unser winziges Wohnzimmer, setzte sich auf eins der Sofas und stützte ihr Kinn in beide Hände. Ihr schiefes Lächeln war hinreißend.

»Cola? Wasser? Bier?«, fragte ich und räusperte mich.

»Bier«, antwortete sie, und ich hatte endlich was zu tun.

Mit zitternden Fingern nahm ich zwei Astra aus dem Kühlschrank, kramte in der chaotischen Küchenschublade vergeblich nach dem Öffner, schüttelte den Kopf über mich selbst und öffnete die Flaschen schließlich mit einer anderen Flasche.

»Wir haben das Kino für uns«, sagte ich, während ich das Bier vor ihr auf den weißen Couchtisch stellte. »Mein Mitbewohner Matt ist unterwegs.«

Viel Platz war nicht in unserem WG-Wohnzimmer: zwei cognacfarbene Ledersofas über Eck unter der Schräge, ein Couchtisch, ein Fenster, ein Fernseher. Das war's.

Ich ließ mich neben ihr aufs Sofa plumpsen. Unsere Knie trennten bloß ein paar Zentimeter. Ich fühlte Schweißperlen auf der Stirn.

»Prost!«, sagte sie leise und stieß mit ihrer Flasche klirrend gegen meine.

»Prost!«, antwortete ich.

»Hast du eigentlich Geschwister?«, fragte sie. »Da haben wir beim letzten Mal gar nicht drüber geredet.«

Ich schüttelte den Kopf. »Nö, ich bin Einzelkind.«

»Ach Quatsch, wie ich.« Sie seufzte leise. »Fandest du das auch immer so blöd?«

Ich überlegte kurz und schüttelte dann entschlossen den Kopf. »Nö, kein bisschen.«

Sie boxte mich vorsichtig in die Seite. »Du alter Egoist fandest das echt gut?« Sie lachte laut. »Ich habe mir immer Geschwister gewünscht. Allein um meine« – sie malte Anführungszeichen in die Luft – »›anstrengenden Eltern‹ zu ertragen. Deshalb will ich auch unbedingt mal mehrere Kinder.«

Ich dachte kurz nach. »Meine Eltern sind echt ganz

okay. Meine Mutter redet vielleicht ein bisschen zu viel und mein Vater ein bisschen zu wenig.« Ich lachte. »Aber eigentlich bin ich zufrieden.«

»Hast du ein Glück.«

Ich beugte mich zu ihr und schaute ihr in die Augen. »Das habe ich wirklich«, flüsterte ich.

Sie grinste und rieb nervös ihre Lippen aufeinander, ließ mich dabei nicht aus den Augen.

Sie. War. So. Süß.

Eine blonde Strähne kringelte sich an ihren blauen Augen vorbei in Richtung Lippen. Ich schob sie mit dem Zeigefinger sanft zur Seite. Dann fiel mir etwas ein.

»Hier fehlt noch was«, flüsterte ich.

Ich zwinkerte ihr zu, sprang auf und hastete rüber in mein Zimmer. Was ich mitbrachte, hielt ich hinter meinem Rücken versteckt. Sie grinste, als ich meine Überraschung langsam hervorzog.

»Salzbrezelschokolade!«, rief sie begeistert.

Ich ließ mich neben sie aufs Sofa fallen, beugte mich zu ihr rüber, schaute ihr in die Augen, die fast nur noch aus Pupillen bestanden, und küsste sie. Ich spürte sie an meinen Lippen lächeln, und irgendwann machte ich einen Alibifilm an, von dem wir beide nichts mitbekamen, weil wir uns immer gieriger küssten. Ich hörte unseren Atem wie eine leise Musik, deren Rhythmus immer schneller wurde.

Einmal surrte ihr Handy, und ich war kurz davor zu fragen, wer ihr mitten in der Nacht Nachrichten schrieb. Aber weil sie überhaupt nicht auf die Nachricht reagierte, vergaß ich es schnell wieder.

Als ich sie in die Arme nahm und rüber in mein Bett trug, stöhnte sie leise. Ich saugte ihren Vanilleduft auf, und als ihre Hand von meinen leise knisternden Bartstoppeln über meine Brust nach unten wanderte, erschauderte ich und ahnte, dass wir vermutlich nicht nur kusstechnisch perfekt zusammenpassten.

Als ich ein paar Stunden später zur Toilette musste, betrachtete ich sie fassungslos fasziniert im matten Mondlicht. Ganz vorsichtig zog ich meinen Arm unter ihrem Kopf weg. Ich hörte ihr Handy auf meinem Schreibtisch leise sirren und schaute mehr zufällig drauf.

1 Kurzmitteilung empfangen stand auf dem Display. Ich presste nachdenklich die Lippen aufeinander. Dann dachte ich nichts mehr, sondern griff einfach zu und klickte auf *Zeigen*.

Hey, warum antwortest du nicht?

Noch ein Sirren. MMS.

Ein Typ. Ich schluckte.

Breites Lächeln. Scheißkerl.

Ganz kurz fühlte ich ein mulmiges Gefühl im Magen. Dann aber schaute ich zu Ava rüber, wie sie in meinem Bett schlief. In *meinem*. Ich fühlte ein Lächeln auf den Lippen, lauschte für einen Moment ihrem friedlichen Atem und schmiegte mich an sie.

Kapitel 37

Ava

Jan und ich hatten tatsächlich ein Date. Ich musste grinsen bei dem Gedanken daran, so seltsam klang es. Aber wir hatten nach unserem Gespräch in der Scheune beschlossen, sofort mit der Veränderung anzufangen. Gleich an diesem Abend.

Klaus hatte Linus für eine Übernachtung abgeholt. Ich machte den Großen ein schnelles Abendbrot, bloß ein paar Käseschnitten und Gurke, auf einem langen Holzbrett serviert. Nach dem Zähneputzen las ich Len eine Geschichte vor, während Jan die Küche aufräumte. Als ich fertig war und Lens Zimmertür schließen wollte, kam er dazu, und wir standen für einen Moment nebeneinander. Wir schauten unseren Mittleren an, und ich fühlte, wie Jans baumelnde Hand meine hauchzart berührte. Ich biss mir lächelnd auf die Lippe, weil es mir überraschenderweise einen kleinen Stromschlag versetzte.

Len guckte uns skeptisch an. »Ist alles in Ordnung mit euch?«, wollte er wissen, seine Augenbrauen wie zwei hellblonde Raupen aufeinander zugeschoben.

»Wir machen noch einen kurzen Spaziergang«, sagte ich.

Dann schlichen wir raus und schlossen so leise wie möglich die Tür.

»Sollen wir das echt machen?«, fragte ich im Flur.

Statt einer Antwort holte Jan eine Flasche Wein aus dem Kühlschrank und schnappte sich zwei Gläser. Ich suchte schnell unsere geblümte Picknickdecke, klemmte sie mir unter den Arm, und dann zogen wir los.

Ich hatte ganz vergessen, wie friedlich es an Frühsommerabenden bei uns hinterm Deich war. Die Luft strich mir sanft über die Haut, und es duftete köstlich nach sauberer Bettwäsche, frisch gemähtem Gras und Blumen.

Es fühlte sich unwirklich an, neben Jan über den Hof zu schlendern, vorbei an seinem Büro und dann in Richtung Deichstraße. Die beiden Weingläser, die er am Stiel nach unten hielt, klirrten leise.

Auf dem Deich blieben wir kurz stehen und schauten über die grasgrüne Weite. Glatt und grün lagen die Elbwiesen wie frisch gebügelt vor uns. Mittendrin stakste ein Storch durch die hohen Halme. Über der Elbe trug der Himmel rosa Sprenkel. Wir spazierten den asphaltierten Deichweg hinunter und dann die zwei schmalen, platt gefahrenen Wegstreifen entlang, die sich durch kniehohes Grün in Richtung Elbe schlängelten. Ich wich einem flirrenden Mückenschwarm aus und beobachtete lächelnd zwei Rehe, die friedlich ganz hinten auf der Wiese grasten.

Da waren wir also. Tatsächlich noch immer und immer wieder wir.

Irgendwann spürte ich Jans Blick auf mir und bemerkte seine Hand, die er mir auffordernd hinhielt.

Ob er wohl irgendwann Antworten wollen würde auf all die Fragen, die ich uns gestellt hatte? Ich war bereit, mit ihm zu reden. Nur von Pinto durfte er nie etwas erfahren. Obwohl es nur ein Kuss gewesen war, würde er mir das nie verzeihen, da war ich mir sicher. Vielleicht könnten wir tatsächlich einfach so weitermachen? Probleme gab es schließlich in jeder Beziehung mal. Und ich hatte meine Lektion gelernt.

Wie um einen Pakt mit mir selbst zu besiegeln, wickelte ich meine Finger um seine. Überrascht stellte ich fest, wie vertraut und doch neu sich das anfühlte. Nebeneinander spazierten wir weiter, öffneten vorsichtig den Stromzaun in Richtung Strand und schlossen ihn wieder. Stellten erleichtert fest, dass die Kühe, die hier ab und zu grasten, heute Abend nicht zu sehen waren. In der lauen Luft hing der süße Duft der rosa-weißen Wildrose, die direkt hinter dem Zaun wucherte.

Das letzte Stück führte durch Schilf, größer als ich, und wir gingen hintereinander her. Die langen Halme schwankten leise raschelnd im Wind. Und dann lag das Wasser vor uns. Ich liebte den ersten Blick auf den Strand, diesen Elbstrand, *unseren* Strand. Gerade war Ebbe, der feuchte Schlamm lag in feinen Falten da, wie sorgfältig gekämmt, übersät von mattgrünen Algentupfen. Vorn am Ufer wartete ein heller, warmer und trockener Sandstreifen auf uns. Es roch nach Wiese, Wasser, Erde und Fisch. Ich atmete tief ein. Wir waren viel zu lange nicht mehr hier gewesen.

Die letzten Strahlen der tief stehenden Abendsonne färbten die Luft um uns herum goldgelb. Ich drehte mich zu Jan um und lächelte ihn an. Erst schaute er weg, als hätte ich ihn bei irgendwas ertappt, dann sah er mich kurz an, bevor er wieder wegsah und den Sand zu unseren Füßen anstarrte.

Ich konnte die Fragen, die zwischen uns in der Luft flatterten, beinahe körperlich spüren, aber vermutlich wollten wir beide den Moment nicht kaputtmachen. Jan ließ die Flasche in den Sand plumpsen, stellte vorsichtig die Gläser daneben und breitete die Decke aus. Dann setzte er sich, und ich setzte mich daneben.

Die Elbe schimmerte silberblau. Friedlich floss sie vor sich hin, von ihren Strudeln und Untiefen war von hier aus nichts zu sehen.

Ich zog meine Ledersandaletten aus und grub meine nackten Fußspitzen in den Sand. Erst die eine, dann die andere. Es fühlte sich überraschend kühl an. Ich schielte rüber zu Jan, der nachdenklich aufs Wasser schaute.

Erstaunt stellte ich fest, dass seine Dreitagebartstoppeln graue Spitzen bekommen hatten. Ich hatte seinen Bart immer unglaublich sexy gefunden, genau wie seine Stupsnase. Er hatte mir streng verboten, seine Nase Stupsnase zu nennen, weil er meinte, so was hätten bloß Kleinkinder oder Osterhasen. Aber damals, als ich frisch verliebt war, hatte ich Sam ständig von seiner kleinen, hübschen Nase vorgeschwärmt. Vielleicht fand ich sie besonders schön, weil ich meine immer für ein wenig zu groß gehalten hatte.

»Wie lange waren wir nicht mehr zusammen hier?«, fragte Jan leise.

Ich dachte kurz nach. »Ich glaube, wir waren überhaupt noch nie ohne die Kinder hier.«

»Das ist unser erstes Mal? Das kann doch nicht sein!«

Als die Kinder klein waren, war ich oft mit ihnen, drei Schaufeln und einem Picknickkorb hergekommen. Ab und zu hatten wir auch zusammen mit Freunden unseren Strand besucht. Aber nur wir zwei? Ich konnte mich nicht daran erinnern.

Jan schien ähnliche Gedanken zu haben. »Wir sollten uns dringend vornehmen, ab jetzt regelmäßig Sachen zum ersten Mal zu machen.«

Ich seufzte. »Klingt das nicht anstrengend?«

Er runzelte nachdenklich die Stirn. »Das können ja erst mal ganz kleine Dinge sein. Den Küchenwasserhahn mit links aufdrehen statt mit rechts, zum Beispiel.«

Ich lachte. »So kenne ich dich gar nicht.«

»Geht es nicht darum, dass Alltägliche bewusst wahrzunehmen? Und neue Erfahrungen zu sammeln? Sonst rast das Leben doch an einem vorbei wie ein Film, den man vorspult.«

Gut klang das.

»Ich möchte so gern, dass wir das mit uns hinkriegen«, sagte Jan.

Das klang noch besser.

»Ich auch«, murmelte ich leise und rutschte ein wenig näher an ihn heran.

»Es wird nicht einfach sein, etwas zu ändern. Aber vielleicht ist es auch nicht so schwer, wie wir jetzt gerade denken.« Ich konnte ihn schlucken sehen. »Vielleicht gibt es uns ganz viel Energie, so wie die Arbeit an deinen Möbeln dir.«

Ich drehte mich zu ihm und streifte mit meinen Lippen seine, ganz sanft. Ein Schmetterlingsflügelschlagkuss. Ich erschauderte. Das fühlte sich gut an.

»Hast du schon mal Algengolf gespielt?«, fragte Jan.

Ich runzelte die Stirn. »Äh … Neiiiiin!«

Er griff grinsend nach meiner Hand und zog mich hoch. Mit den Kindern spielten wir ab und zu Minigolf, was meistens in einem treffsicheren Familienkrach endete. Ich hatte aber keine Ahnung, was er mit Algengolf meinte.

»Dann wird es Zeit.« Mit dem Fuß trat er gegen einen quietschgrünen Algenhaufen, der sich löste und ein Stück über den nassen Sand sauste.

Jan lief zum Schilf, knickte zwei Stiele ab und grub mit den Füßen ein Stück von mir entfernt ein Loch in den Sand.

»Du bist verrückt!« sagte ich lachend, als Jan mir einen der Stöcke reichte und auf eine Algenmatschkugel deutete.

Seine Augen funkelten mit der Elbe um die Wette. »Komm schon, Zeit für unser zweites erstes Mal heute. Wir haben eine Menge nachzuholen.« Seine Begeisterung war ansteckend.

Ich kreiste meine Schultern, stellte meine Füße parallel nebeneinander und bewegte den Stiel ein paarmal probeweise auf die Algenkugel zu. Dann schlug ich zu, die Alge flog – und landete kurz vor dem Sandloch.

Ich machte einen begeisterten Luftsprung. Jan pfiff anerkennend.

Jetzt war er dran. Und er sah so lustig aus, wie er da stand, lässig auf seinen Schilfstock gestützt. Er zielte, die Alge flog – und klatschte genau ins Loch.

Ich schaute ihn entgeistert an. Dann fing er an zu jubeln. Sein T-Shirt rutschte ein wenig hoch und gab den Blick auf seinen festen Bauch frei.

»Das hast du doch heimlich geübt!«, rief ich. »Na warte!« Ich kickte eine Alge auf seinen Fuß.

Er lachte erschrocken und sah mich an. Herausfordernd und ein bisschen frech.

Eine Weile kickten wir hin und her, hielten uns fest, ließen uns wieder los, bis ich plötzlich ausrutschte und hart auf dem Hintern landete.

Einen Moment fühlte ich erschrocken den Schmerz in meinem Po, dann musste ich lachen. Jan ließ sich neben mir in den nassen Sand plumpsen und lachte mit. Meine Füße waren grün, und mein Po würde es morgen ganz sicher ebenfalls sein. Ob ich die Flecken jemals wieder aus der Hose bekam? Den modrigen Geruch nach Elbe ganz sicher nicht. Egal! Alles war egal in diesem Moment. Seit einer Ewigkeit hatte ich mich nicht mehr so im Hier und Jetzt gefühlt.

Jan drehte sich zu mir und rückte näher, was mein Herz verrückterweise schneller pochen ließ. Wir waren beide gleichermaßen überrascht, mein Herz und ich. Als Jans Gesicht nur noch einen Atemhauch von meinem entfernt war, schaute er mich plötzlich ernst an. Ich schluckte schwer, spürte, wie mein Mundwinkel zuckte. Und dann küsste er mich.

Es war ein fragender, tastender und sehr zärtlicher Kuss. Seine Lippen so vertraut und doch aufregend neu, mit einem Hauch von Kaugummi. Beinahe hatte ich das Gefühl, von irgendwoher Musik zu hören. Für diesen Moment war ich mir ganz sicher, dass ich nirgendwo auf der Welt lieber sein wollte als hier und jetzt mit ihm, meine Lippen an seinen weichen Lippen, meine Füße in den Algen. Ich fühlte mich selig und satt.

Etwas später saß ich vor ihm im Sand. Ich konnte ihn nicht sehen, aber er hatte von hinten beide Arme um mich gelegt, und ich spürte seine Brust an meinem Rücken, was ein pochendes, warmes, geborgenes Gefühl in mir auslöste. *Wir sehen uns nicht an*, dachte ich, *aber wir schauen beide in dieselbe Richtung*. Und während die Elbe langsam zurückkam, kamen mir die Tränen.

Ich legte meine Nase auf seinem warmen Unterarm ab. Beinahe hätte ich all das hier aufs Spiel gesetzt. Um ein Haar hätte ich alles verloren. Wir schwiegen die ganze Zeit, und trotzdem sagte ich so viel. Er zog mich noch ein weniger enger an sich.

Irgendwann, als kaum noch Strand übrig war, schlug Jan vor zu gehen, und ich nickte.

Es war inzwischen fast dunkel, und ich fröstelte, also ging ich schneller. Jan aber hielt mich an der Hand fest.

»Aller guten Dinge sind drei«, flüsterte er. »Das gilt auch für erste Male. Wir gehen jetzt rückwärts zurück.«

»Jetzt spinnst du komplett!«

Ich war mittlerweile ziemlich müde, bekam aber das

Grinsen nicht aus dem Gesicht. Also machte ich mit. Seite an Seite gingen wir ganz langsam mit dem Rücken voran nach Hause. Erst zögerte ich bei jedem Schritt, weil ich Angst hatte zu fallen. Aber Jan drückte meine Hand, und nach und nach wurde ich mutiger. Der Gedanke, dass wir zusammen weich fallen würden, beruhigte mich.

Wir gingen rückwärts und kamen dennoch ans Ziel.

Zu Hause war die Stimmung zwischen uns seltsam aufgekratzt. Das Haus lag ungewohnt leise da, und irgendwie lag statt der gewohnten trägen Vertrautheit ein Prickeln in der Luft. Jan hatte mich heute Abend total überrascht.

Beim Zähneputzen pochte mein Herz aufgeregt. Was würde wohl gleich passieren? Schnell tupfte ich mir meine Anti-Aging-Augencreme ins Gesicht, überlegte kurz und sprühte mir ein wenig Parfum aufs Handgelenk.

»Meine Füße riechen immer noch nach Alge«, sagte ich lachend, als ich ins Schlafzimmer trat. »Ich glaube kaum, dass ich den Geruch jemals wieder loswerde.« So leise wie möglich schloss ich die Tür hinter mir, um bloß kein Kind zu wecken.

Jan saß aufrecht im Bett, sein Handy in der ausgestreckten Hand vor sich auf der Bettdecke. Er starrte in den Raum.

»Jan?«, fragte ich. »Ist was passiert?«

Ich sah ihn schlucken.

»Jan?«, wiederholte ich noch mal.

Wie in Trance schnappte er sich schweigend seine Bettdecke und verließ das Zimmer.

Ich lief ihm hinterher. »Jan?«, fragte ich hilflos. »Was ist denn los?«

Er schaute mich mit dunklen Augen verzweifelt an, schüttelte sanft den Kopf und verschwand in Lens Zimmer. Ich hörte etwas über den Boden schleifen. Len hatte eine Matratze für Übernachtungsbesuch unter dem Bett, offenbar hatte Jan die hervorgezogen.

Mit zusammengepressten Lippen schob ich so leise wie möglich die Tür auf. »Jan«, flüsterte ich, »Jan, rede doch mit mir. Was ist denn bloß los? Ich dachte ...«

Ja, was dachte ich eigentlich?

Len brummte im Schlaf und drehte sich um.

»Jan?«, flehte ich leise.

Schweigende Stille.

Was blieb mir anderes übrig? Auf keinen Fall wollte ich meinen Sohn wecken. Also schloss ich die Tür, wankte zurück in den Flur und kroch in unser leeres Bett. Wie angeschossen lag ich auf dem Rücken, die Arme weit von mir gestreckt, und fragte mich, was passiert war.

Kapitel 38

Ava

Am nächsten Morgen im Bad erschrak ich vor mir selbst. So dicke Augen hatte ich noch nie gehabt. Ich war über Nacht um Jahre gealtert. Zum Glück war Wochenende – und niemand musste raus. Als ich mit einem dicken Kloß im Hals die Tür zu Lens Zimmer aufschob, lag Jan nicht mehr auf der Matratze. Obwohl ich irgendwie erleichtert war, musste ich schlucken. Ob er in seinem Büro war? Würde er zurückkommen? Und: Was war gestern bloß passiert?

Wie hinter einer Wand aus Glas deckte ich den Frühstückstisch. Holte Teller aus der Vitrine, legte Messer daneben und stellte die Marmelade auf den Tisch. Die beiden Großen flitzten in ihren Boxershorts und weißen Shirts um mich herum, aber ihre Worte und ihr Lachen drangen kaum zu mir durch. Len musste mich dreimal etwas fragen, bis ich antwortete. Benommen knabberte ich an einem halben Käsebrötchen.

Nach dem Frühstück verschwanden Leo und Len auf den Sportplatz, und ich lief ohne Sinn und Verstand durchs Haus, wusste überhaupt nicht, wohin mit mir. Schließlich beschloss ich, mich meiner Angst und Jan zu stellen, und ging mit pochendem Herzen rüber zu seinem Büro. Ich holte tief Luft, klopfte, wartete, klopfte noch mal, dieses Mal lauter, und wollte eintreten. Überrascht stellte ich fest, dass die Tür verschlossen war.

Jan war weg. Wirklich weg.

Ich hatte augenblicklich das Gefühl, mich übergeben zu müssen. Schnell schaute ich auf mein Handy, aber er hatte sich nicht gemeldet. Ich wankte zurück, lief planlos in die Küche, goss mir ein Glas Wasser ein und trank ein paar Schlucke. Irgendwie war ich froh, dass die Jungs unterwegs waren, andererseits fehlten sie mir. Weil ich die Stille nicht ertragen konnte, beschloss ich, in meine Werkstatt zu flüchten.

Draußen traf ich die getupfte Henne Annegret. Sie stolzierte hinter mir über den Kiesweg, sah sich in der Tür zur Scheune um, links, rechts, links, und folgte mir leise gurrend hinein.

Drinnen holte ich tief Luft. Das staubige Dämmerlicht, meine Möbel und der Geruch nach Holz und Farbe beruhigten mich sofort. Es fühlte sich an, als würde ich aus einem Schwarz-Weiß-Comic in eine bunte Parallelwelt treten.

Ich bückte mich, strich Annegret über das weiche Gefieder, und sie schmiegte ihren Kopf an meine Wade. Das hatte sie noch nie gemacht. In meinem Kopf kreisten tausend Gedanken, aber keinen konnte ich so richtig fassen. Dann fiel mein Blick auf den Puppenwagen, den Klaus gestern angeschleppt hatte. Ich hatte den kaputten Stoffhimmel entfernt und die Rattanschale gründlich abgestaubt. Wenigstens hier wusste ich genau, was zu tun war. Entschlossen krempelte ich die Ärmel hoch und suchte zwischen den Lackdosen in der Vitrine nach dem richtigen Farbton. Ich hatte die verrückte Idee, den Wagen in eine Minibar zu verwandeln.

Als ein Schatten auf meinen Arbeitstisch fiel, zuckte ich zusammen, weil ich dachte, es wäre Jan. Aber stattdessen stand Barbara vor mir. Ihre mittellangen blonden Haare waren perfekt geföhnt, die langen Perlmuttohrringe klimperten, und ihren Apricotlippen entfuhr ein anerkennendes Pfeifen.

»Ava-Schatz, du bist ja eine Künstlerin! Wie toll ist das denn? Ich kaufe das alles für unser neues Haus.«

Obwohl ich so traurig war, musste ich lachen. »Veräpple mich nicht«, murmelte ich.

»Tu ich nicht. Das ist fabelhaft. Und du siehst so frisch aus hier zwischen deinen Farben. Ich sag es doch, es macht glücklich, sein eigenes Ding zu machen.«

Ich schluchzte erschrocken.

Barbara kam näher und hielt sich ihre Lesebrille, die sie an einer Goldkette auf der Brust trug, vor die Nase. »O Schätzchen, von Nahem siehst du aber gar nicht glücklich aus. Was ist los?«

Ich zögerte kurz, aber dann platzte es aus mir heraus: »Jan ist weg! Wir hatten gestern einen echt schönen Abend, so schön wie schon lange nicht mehr.« Ich legte den Pinsel ab und vergrub mein Gesicht in den Händen. »Ich meine, klar haben wir eine kleine Krise, aber gestern dachte ich, dass wir es wieder hinbekämen. Alles lief gut, bis er plötzlich nichts mehr gesagt hat und in Lens Zimmer geschlafen hat. Ich habe keine Ahnung, was eigentlich los ist …«

Barbara presste die Apricotlippen aufeinander – und schaute überraschenderweise überhaupt nicht überrascht. »Ich weiß, was los ist.«

»Wie bitte?« Ungläubig hob ich den Kopf aus meinen Händen.

»Steffi hat in einigen WhatsApp-Gruppen Fotos von dir mit einem sehr gut aussehenden Typen rumgeschickt«, raunte sie. »Arm in Arm.«

»Was?« Ich zog erschrocken die Augenbrauen hoch.

Sie nickte. »*Passt auf eure Männer auf*, hat sie dazugeschrieben.«

Ich schluchzte verzweifelt. »Nein!«

»Doch, leider!« Barbara kam näher und legte einen Arm um mich, zog meinen Kopf sanft an ihre Seidenbluse.

»Was für ein Typ?«, flüsterte ich, obwohl ich es bereits ahnte.

Barbara hielt mir ihr Handy hin. »Sag bloß, du kennst den nicht.«

Es war Pinto. Ich schloss die Augen.

»Ach, Schätzchen, ich habe diese peinliche Geschichte gar nicht so ernst genommen und gehofft, dass Jan den Typen kennt, dass es nur ein Freund ist …«

Ich öffnete meine Augen wieder und schüttelte den Kopf.

Barbara verzog den Mund, als hätte sie Schmerzen. »Ups, ist er nicht.«

»Wie kommt Steffi an dieses Foto?«, überlegte ich laut. »Ich habe überhaupt nicht mitbekommen, dass uns jemand auf dem Balkon fotografiert hat.«

»Steffis jüngerer Bruder war wohl mit seinem Kumpel auf einer Party von dessen Kumpel. Auf einem der Fotos hat Steffi dich zufällig erkannt.«

Das Herz klopfte mir bis zum Hals. »Da … da war nichts«, sagte ich schnell. Ich spürte Schweißtropfen auf meiner Oberlippe. »Also …«, flüsterte ich, »… fast nichts.«

Barbara bleckte die Lippen. Dann schnappte sie entschlossen nach Luft. »Selbst wenn da etwas gewesen wäre, ginge es Steffi nichts an!« Sie stemmte beide Hände in die Hüften. »Und dass sie so etwas wie ein trotziger Teenager in sämtliche WhatsApp-Gruppen schickt, das geht einfach gar nicht.«

Nachdem Barbara gegangen war, machte ich mich erneut auf die Suche nach Jan. Ich musste unbedingt mit ihm sprechen. Mit jedem Schritt klopfte mein Herz ein wenig schneller. Was dachte er wohl über mich? Und warum hasste Steffi mich so? Wie konnte ich ihm klarmachen, dass ich eine blöde Kuh gewesen war, aber gerade wieder angefangen hatte, an uns zu glauben?

Vor Jans Bürotür blieb ich stehen, die Klinke bereits in der Hand. Sosehr ich hoffte, dass er jetzt da wäre, so sehr hatte ich Angst davor. Ich lauschte und hörte die Dielenbretter leise knacken. Er musste da sein. Das Herz schlug mir bis zum Hals.

Ich suchte in Gedanken nach Worten, aber ich fand keine passenden. Dann drückte meine Hand einfach die Tür auf, und ich trat ein. Jan stand am Fenster, mit einem Arm an den Rahmen gelehnt. Zunächst dachte ich, er schaue einfach hinaus, aber dann hörte ich, dass er telefonierte.

»Leute, das hatte ich doch aber genau so gesagt!«, rief er gerade laut ins Telefon. »Nein … Nein!« Er schnaubte. »Dann lasst euch bitte was einfallen!« Er haute mit der flachen Hand gegen den Fensterrahmen und rieb sich über die Augen.

Dann erst entdeckte er mich. Für einen Moment ruhte sein Blick auf mir, bevor er sich abwandte und aus dem Fenster sah.

Ich blieb in der Tür stehen, aber er schaute nicht mehr zu mir. Eine Weile hörte ich noch zu, wie er am Telefon diskutierte und schimpfte, und wartete, dass er das Gespräch beendete. Als er aber nach ein paar kurzen »Neins!« fragte: »Und sagt mal, noch mal zu dieser Kältebrücke …«, gab ich auf.

Benommen ging ich über den Hof zurück zu unserem Haus – dem Haus, das wir uns bisher geteilt hatten. Als ich näher kam, konnte ich die Wärme des rotbraunen Klinkers spüren. Das weiße Fachwerk am Giebel und die getünchten Schnörkel der Verandapfeiler leuchteten in der Sonne. Der Himmel darüber war knallblau, und in den üppigen Ramblerrosen summte und brummte es. Auf der gänseblümchengesprenkelten Rasenfläche pickten Agnes und Annegret im Gras. Ich seufzte leise. Warum hatte ich nicht bemerkt, wie schön wir es hatten, als wir es noch schön hatten?

Später tauchte Len wieder auf. Laut singend knallte er die Haustür zu und feuerte seinen Rucksack in den Flur. Ich saß auf einem der Hocker an der Kücheninsel neben einem vollen Wasserglas und starrte in eine aufgeschlagene Zeitschrift.

»Hey, Mams!«, rief Len fröhlich und schlitterte auf seinen Socken über die Dielen. »Nanu, Ava Altmann sitzt traurig am Spielfeldrand. Ist sie nicht in Form, frage ich Sie, meine Damen und Herren, ist sie etwa verletzt?« Er hob fragend eine seiner hellblonden Augenbrauen. »Mama?«

Es war zu spät, um aufzuspringen und alibimäßig die Spülmaschine auszuräumen oder etwas Ähnliches.

»War Papa blöd zu dir?«

Ich sah erschrocken auf. »Wie kommst du denn darauf?«

Len sah mich ernst an. »Ich bin noch nicht richtig groß, aber blöd bin ich nicht. Papa und du, ihr habt Zoff, und das seit Wochen.« Er seufzte. »Weil euch alles zu viel wird.«

»Wie kommst du denn darauf?«, fragte ich noch einmal.

»Ich merke das doch.«

Entgeistert sah ich meinen Mittleren an. Seine schmalen, aber muskulösen Arme unter dem pinken Shirt mit dem Smiley. Die zarten Sommersprossen in seinem Gesicht. Und ich hatte gedacht, dass er bloß Sport im Kopf hatte.

»Mein Schatz!«, rief ich erschrocken und griff nach seiner Hand. »Du denkst doch nicht etwa, ihr wärt mir zu viel?« Ich legte beide Arme um seine schmalen Schultern, zog ihn an mich. Fühlte wie sich seine Stupsnase in die Lücke zwischen meinem Hals und meiner Schulter grub. Hörte ihn leise schluchzen. »Egal, was ist«, sagte ich und war mir plötzlich so sicher wie noch nie in meinem Leben, »du, Leo und Linus, ihr seid das Beste, was mir je passiert ist! Und daran habe ich kein einziges Mal gezweifelt.« Ich schob Len ein Stück von mir weg und sah ihm streng in die Augen. »Hast du das gehört? Len, niemals im Leben, darfst du so was denken.«

Er biss sich auf die Lippe. Seine Augen glänzten rosa.

»Verstanden?«, bohrte ich nach.

Da nickte er lächelnd. »Und was ist mit Papa? Warum hat er heute Nacht in meinem Zimmer geschlafen?«

Mein Herz krampfte sich zusammen. Ich überlegte kurz zu lügen. Aber ich bekam keine Lügen mehr über die Lippen. »Ich weiß es nicht«, sagte ich leise. »Es tut mir leid, aber ich weiß nicht, was aus uns wird. Aber ich gebe die Hoffnung nicht auf, dass es gut wird.«

Jetzt drückte Len mich mit beiden Armen ganz fest an sich. Er roch nach sandigem Schweiß und Sommer. »Ava Altmann hat dieses Match zum Glück noch nicht aufgegeben, meine Damen und Herren«, raunte er leise und fügte dann entschlossen hinzu: »Und wir drücken ihr alle Daumen dafür!«

Obwohl mir überhaupt nicht danach war, musste ich lächeln. Und Len grinste zurück, als hätte er das genau so geplant. Dann zog er kräftig an meiner Hand.

»Was ist?«, fragte ich träge.

»Komm schon, ich bring dich in deine Werkstatt«, sagte er leise. »Wenn dich jetzt noch irgendwas glücklich machen kann, dann ist das dein buntes altes Zeug.«

Ich wollte eigentlich nicht, aber Lens sportliche Entschlossenheit ließ mir keine Wahl. Auf dem Weg in den Garten klingelte mein Handy: Klaus fragte, ob Linus noch länger bleiben durfte. Er wolle einen Kompost anlegen, und Linus wolle ihm dabei helfen. »Kompost, Kompost!«, hörte ich ihn im Hintergrund jubeln.

»Ich bringe ihn dir heute Abend rum«, sagte Klaus.

In der Werkstatt fragte Len mich nach all den Geschichten hinter meinen geretteten Möbeln. Ich erzählte und erzählte, holte uns irgendwann eine Limo zum Teilen und einen zerkrümelten Rest Salzbrezeln, die wir naschten, während ich pinselte und Len mir von einem spektakulären Neuzugang des HSV erzählte. Dabei vergaß ich alles um mich herum und strich und schmirgelte einfach weiter, selbst als Len sich irgendwann später zu einem Schulfreund verabschiedete.

In meinem Schmirgeleifer hatte ich ihn nicht kommen hören. So stand er fast vor mir, als ich aufschaute. Ich runzelte überrascht die Stirn, und mein blödes Herz, das machte einen Hüpfer.

Mit seiner engen schwarzen Jeans, dem schwarzen

Poloshirt und den glänzenden dunklen Haaren sah er fantastisch aus. Und passte so gar nicht in die staubige Scheune.

»Was soll das?«, fragte ich. Unsicher, ob ich ihn oder mein bekloopptes Herz meinte, das noch immer aufgeregt pochte.

Pinto sah mich mit seinen Lakritzaugen ernst an.

»Was willst du hier?«, wiederholte ich ungeduldig.

Er zuckte mit den Schultern. »Ich glaube«, raunte er leise, »ich will dich.«

Für einen Moment wirkte er nicht wie der coole Herzensbrecher, sondern wie ein bockiger kleiner Junge. Beinahe hätte ich laut losgelacht, so absurd erschien mir diese Situation.

»Ich glaube das nicht, Pinto«, sagte ich leise.

»Wieso nicht?«, fragte er mit tiefen Falten auf der Stirn.

»Weil es für dich immer ein Spiel ist. Eine Partie, an der du am meisten Freude hast, wenn du hinten liegst. Dann packt es dich, dann gibst du alles. Sobald du den Gewinn sicher hast, wird dir langweilig. Dann denkst du bereits an die nächste Runde.«

»Ich glaube, ich habe dich wirklich gern.«

Ich dachte kurz nach. Für einen Moment hatte es sich so angefühlt, als ob ich wütend auf ihn wäre. Verletzt. Aber das war ich nicht. Obwohl ich ihn irre attraktiv und echt sexy fand, wie er da an meinem improvisierten Tisch lehnte, war ich plötzlich so sicher wie nie zuvor, dass ich das hier nicht wollte. Irgendwas in mir drin hatte klick gemacht.

»Ich habe keine Lust auf Spielchen, Pinto«, sagte ich. »Ich will nicht täglich neu würfeln müssen und mich fragen, wie du drauf sein wirst. Ich will mich nicht zurücknehmen müssen, damit dein Begehren größer wird.« Ich war selbst erstaunt, dass ich wirklich kein bisschen wütend war. Wenn ich genau darüber nachdachte, war ich ihm sogar dankbar. »Stell dir vor, Pinto, ich liebe meinen Mann.«

Meine Worte klangen im Raum nach. Plötzlich war alles klar. Ich wusste, wen ich wollte, auch wenn ich nicht wusste, ob Jan mich überhaupt noch wollte.

Pinto zog ungläubig die Augenbrauen hoch. »Ich dachte, du willst das alles nicht mehr, all die Verpflichtungen, Brotdosen, Diskussionen …«

Ich presste die Lippen aufeinander und dachte kurz nach. »Aber ich will meine Familie. Und damit all das andere zwangsläufig auch.«

»Aber wo bitte bleibst du selbst dabei?«

Lächelnd sah ich mich um. »Hier«, flüsterte ich. »Ich denke, genau hier, zwischen Lack, Staub und Schleifpapier bin ich gerade ganz gut dabei, mich selbst zu finden.«

»Aber es gibt doch noch so viel mehr im Leben.«

»Ich will aber nicht neu bauen. Ich will nicht mal tragende Wände einreißen. Ich will bloß ein wenig neu streichen.«

Pinto seufzte. Er fuhr sich mit der Hand durchs Haar und sah mich fassungslos an. »Also, sind wir ab jetzt Freunde, oder was?«

Ich schüttelte lachend den Kopf. »Pinto, wir wissen beide, dass wir keine *Freunde* sind. Wir haben nichts gemeinsam, außer dass wir uns zwischendurch mal ziemlich scharf fanden.«

Die Vergangenheitsform klang gut, und ich war überrascht, wie sicher ich mir damit war.

Pinto kam zu mir herüber, hob mit einem Finger mein Kinn an und schaute mir tief in die Augen. »Also dann, Ava …«, flüsterte er. Ich fühlte seinen warmen Atem an meiner Wange, nahm seinen herben Duft wahr und fühlte ein klitzekleines Kribbeln in meinem Bauch. Dieser Mistkerl und mein Körper konnten verdammt noch mal nicht anders. »… Mach's gut!«, raunte er in mein Ohr, und ich erschauderte, weil es so kitzelte.

»Pinto«, seufzte ich lachend.

Rumms machte es da. *Rumms* flogen wir auseinander. Und *rumms* knallte der alte Kinderwagen auf den Boden. Er blieb liegen, in der Mitte zerbrochen, ein Rad seltsam verdreht. Ich starrte Jan an, der erschrocken den Wagen anstarrte, dann Pinto und dann mich.

Etwas in Jans Gesicht brach auseinander. Alles, was zwischen uns war und noch kommen sollte, war vorbei. Ich konnte es sehen. *Ihn* konnte ich nicht mehr sehen. Bloß noch einen Meter neunzig große Enttäuschung, mit verzweifelten Furchen auf der Stirn, vor Schmerz verzerrten Augen und hängenden Schultern.

Es ist nicht so, wie du denkst, wollte ich sagen, aber der dämliche Satz kam nicht über meine Lippen.

Jan drehte sich um und ging.

Pinto starrte auf den kaputten Kinderwagen. »Beinahe hätte ich da gelegen.« Es klang wie die Zusammenfassung eines Sportwettkampfs.

Ich schloss die Augen. Der Druck auf meiner Brust war

so kräftig, dass ich das Gefühl hatte, keine Luft mehr zu bekommen.

Plötzlich war ich doch unglaublich wütend auf Pinto, auf seine blöden bebenden Bauchmuskeln und sein flirtiges Gehabe. Aber vor allem war ich wütend auf mich selbst. Falls ich noch eine winzige Chance gehabt hatte, meine Familie zu retten, hatte ich sie soeben kaputtgemacht. Einfach alles machte ich kaputt.

Kapitel 39

Er

»Ich habe überall Muskelkater!«, rief Ava und grinste, als sie stöhnend die Treppe zu meiner Wohnung hochgestapft kam.

»Wo überall?« Ich fing sie grinsend noch vor der Fußmatte ab und zog sie in meine Arme. Ihr Duft sorgte dafür, dass ich taumelte.

»Überall«, wiederholte sie, schob ihre Finger zwischen meine und lachte in meine Brust. »Aber vor allem hier.« Sie tauchte schief grinsend wieder auf, ein paar blonde Haarsträhnen vor ihren Augen. Sie pustete sie weg und deutete mit dem Zeigefinger auf ihre Wange. »Ich hatte keine Ahnung, dass man vom Dauergrinsen Muskelkater kriegen kann.«

Mein Herz machte einen Hüpfer. Wir standen händchenhaltend im Flur, sie auf Zehenspitzen, ich ein wenig nach vorn gebeugt, und lächelten uns an.

Dann zog sie mich noch ein Stück weiter zu sich herunter und küsste mich so sehnsüchtig, dass ich beinahe das Gleichgewicht verlor. Küssend schob ich sie zur Tür rein, und wir wankten Lippe an Lippe den Flur entlang bis in mein Zimmer, wo ich sie zärtlich aufs Bett schubste.

»Mein Kinn fühlt sich an wie frisch geschmirgelt«, flüsterte sie, und als ich fragend die Stirn runzelte, strich sie mit ihrem Zeigefinger über meinen Dreitagebart, sodass es knisterte. »Der hier ist schuld«, erklärte sie.

»Soll er ab?«, raunte ich rau und küsste mich ihren Hals hinauf.

»Auf keinen Fall!« Sie stöhnte zwischen zwei Küssen. »Ich finde den so scharf.«

»Und ich finde dich scharf«, flüsterte ich.

Kapitel 40

Ava

Jan war weg. Ich suchte ihn überall. In seinem Büro natürlich, bei Jochen und sogar bei seinen Eltern. Ich parkte ein paar Meter von der Kate entfernt und schlich mich an, um heimlich durchs Fenster zu schauen und in den Garten zu spähen. Ich fühlte mich wie eine Verbrecherin. Aber ich wollte auf keinen Fall mit meinen Schwiegereltern über unsere Beziehung sprechen. Ute zupfte hinter dem Haus Unkraut, und Klaus hob zusammen mit Linus ein großes Loch für den Komposthaufen aus. Sie machten nicht den Eindruck, als hätte sich ihr Sohn bei ihnen versteckt.

Ich fand ihn schließlich – nur durch Zufall – dort, wo ich ihn nie vermutet hätte. Nämlich ausgerechnet in unserem Schlafzimmer. Mein Magen krampfte sich zusammen, als ich ihn auf seiner Seite des Bettes auf der Kante sitzen sah.

Sobald er mich bemerkte, sprang er auf und schmiss wahllos ein paar Klamotten in den Wildleder-Weekender, der auf der weißen Bettdecke stand.

»Jan?«, flüsterte ich. Und wiederholte es, als er nicht reagierte, noch mal lauter: »Jan!«

Totenstille.

»Ich … ich will dir alles erklären«, sage ich leise. »Bitte! Ich … ich …«

Er schnaufte. Er schmiss weitere Sachen in die Tasche. Er schaute mich nicht an.

»Jan!«, rief ich verzweifelt. »Lass mich doch erklären …«

»Ich bin so ein Idiot!«, zischte er und schaute mich immer noch nicht an. »Ich habe dich überall verteidigt. Alle, die mich auf die Nummer mit Sven angesprochen haben, habe ich ausgelacht. Sogar Steffis blödes Bild habe ich nicht so richtig ernst genommen. Dachte, dass du mir das schon erklären wirst.« Er lachte bitter, während er ein sauber gefaltetes Shirt achtlos in die Tasche stopfte. »›Es läuft nicht alles ganz rund bei uns‹, habe ich allen gesagt, ›wir haben unsere Problemchen wie die meisten Langzeitpaare. Aber betrügen würde sie mich niemals!‹« Er vergrub sein Gesicht in beiden Händen.

Ich spürte, wie mir dir die Tränen kamen. »Jan, ich habe dich nicht betrogen. Ich habe …«, stammelte ich.

Sein Gesichtsausdruck wechselte von Verzweiflung zu Wut. Seine Augen funkelten dunkel. »*Was* hast du?«

»Ich hatte früher mal was mit ihm, ist ewig her. Und ja, es hat mir geschmeichelt, dass er sich plötzlich wieder gemeldet hat. Du hast mich ja überhaupt nicht mehr angesehen …«

»*Du* hast nicht mehr gesehen, wie ich dich ansehe!« Er fuhr sich entschlossen durchs Haar.

Ich presste die Lippen zusammen, dann begann ich zu schluchzen. »Nein«, sagte ich leise, »ich habe mich selbst nicht mehr gesehen.«

Jan schaute mich müde und unendlich traurig an.

Mein Hals brannte. Ich wusste nicht, was ich noch sagen sollte. Und da sagte ich es einfach: »Wir haben uns bloß einmal geküsst.« Ich verzog das Gesicht über meine eigene Ehrlichkeit.

Er jaulte auf wie ein Wolf, presste sein Gesicht in den Pullover, den er gerade in der Hand hielt, und stopfte ihn danach entschlossen in die Tasche.

»Jan, es war nur ein einziges Mal, ganz kurz. Und ich habe sofort gemerkt, dass ich das nicht will. Dass ich *ihn* nicht will.«

Er schnaubte bloß.

»Jan, wir beide gehören zusammen! Es tut mir leid, wenn ich das kurz vergessen habe, weil ich *mich* vergessen habe. Ich will dich nicht verlieren, ich hatte bloß mich selbst eine Weile verloren.«

Seine blauen Augen glänzten. Für einen Moment spürte ich kribbelige Hoffnung im Bauch. Ich sehnte mich nach seinen Armen, die mich an ihn drückten. Danach, seine Wärme und seine knisternden Bartstoppeln an meiner Haut zu spüren.

»Ava«, seufzte er, »ist dir eigentlich bewusst, wie oft du in den letzten Sätzen das Wort *Ich* verwendest hast?«

»*Ich* will dich«, flüsterte ich leise. »Aber ich will auch mich.«

Er grapschte nach seinem Kopfkissen und klemmte es sich unter den Arm.

Ich strich mir eine blonde Strähne aus dem Gesicht. »Jan …«, flehte ich.

»Ich ziehe in mein Büro«, sagte er.

Der Satz fühlte sich an wie ein Schlag in die Magengrube.

»Und die Kinder?«, flüsterte ich.

Er zuckte mit den Schultern. »Sorry, dass es hier ein einziges Mal nicht um die Kinder geht.« Mit diesen Worten nahm er die Tasche hoch und stürzte aus dem Raum. In der Tür blieb er kurz stehen. Mit der flachen Hand gab er dem Rahmen eine Ohrfeige. »Für die Kinder ändert sich nichts«, flüsterte er. »Außer, dass sie ab sofort in meinem Büro jederzeit willkommen sind.«

Einen Moment später hörte ich entschlossene Schritte auf der Treppe. Dann schlug die Haustür mit einem lauten Wumms zu.

Ich zuckte zusammen. Meine Unterlippe zitterte.

Nachdem ich eine Weile wie betäubt auf meiner Seite unseres Bettes gesessen hatte, stand ich auf und irrte ziellos durchs Haus. Ich sammelte verstreute Legosteine und ein paar dreckige Einzelsocken auf und fischte zwei Müsliriegelpapiere aus Leos Bett. Im Bad wischte ich quietschend an einem Zahnpastaspritzer auf dem Spiegel herum. Ich konnte mir dabei nicht in die Augen schauen. Warum hatte ich Pinto nicht sofort zur Scheunentür hinausgejagt? Weil ich nicht unhöflich sein wollte? Weil mein albernes, dummes Herz mir einen Streich spielte? Weil es trotz allem ein wenig schneller geklopft hatte, als er vor mir stand?

Ich fluchte in Gedanken mal wieder darüber, dass Sam so weit weg wohnte. Dann musste ich daran denken, dass ich bis vor ein paar Tagen in einer solchen Situation höchstwahrscheinlich bei Steffi vorbeigefahren wäre. Das war zwar nicht dasselbe, aber immer noch besser als gar niemand, der mir zuhörte.

Schuldbewusst fiel mir plötzlich auf, wie gemein das klang. Wie viele kleine Witze Sam und ich heimlich über sie gemacht hatten.

Gedankenversunken landete ich wieder im Schlafzimmer. Obwohl durch das geöffnete Fenster laue Luft hereinwehte, fröstelte ich. Ich setzte mich auf meine Seite des Bettes, ganz auf die Kante, nahm Linus' glatt gekuschelten Teddy Willi fest in die Arme und fing an zu weinen. All die Enttäuschung, Wut und Verzweiflung der letzten Wochen und Tage wollte jetzt raus. Ich weinte, weil sich unser Schlafzimmer plötzlich so kalt anfühlte ohne Jan, wegen meiner Mutter, wegen Steffi und weil die Kinder so groß geworden waren – und mich zwangsläufig auch bald verlassen würden. Ich wollte Jan nicht verlieren. Er war mein Halt, meine Boje. Wie sollte ich ohne ihn leben?

Die ganze Zeit hatte ich mich selbst nicht verstanden. Aber trotz tränentrüber Augen konnte ich jetzt plötzlich klarsehen. Alle Gedankenwege auf der Landkarte in meinem Kopf hatten letztlich immer zu Jan geführt. Manchmal über Umwege. Über Schotterpisten. Manchmal lagen Hindernisse im Weg. Aber ich wollte immer zu ihm, ich wollte nicht, dass er aus meinem Leben verschwand. Das hatte ich vermutlich nie gewollt. Ich hatte bloß gewollt, dass es in mir wieder prickelte. Ich wollte mich neu entdecken – und ihn auch. Ich sehnte mich nach ihm, so sehr, dass es wehtat. Ich konnte den Schmerz darüber, ihn verloren zu haben, im ganzen Körper spüren.

»Hallo!«, rief jemand unten im Flur.

Ich schloss die Augen und schluckte. Die Stimme klang wie die meiner Schwiegermutter. Verzweifelt vergrub ich mein Gesicht in beiden Händen. Auf keinen Fall wollte ich Ute Altmann gegenübertreten und ihr erklären, dass ihr Sohn mich verlassen hatte. Und warum. Ich spürte einen Schluchzer meinen Hals hinaufkriechen.

»Ava?«, rief die Stimme, jetzt viel näher. Energische Schritte auf der Treppe, leises Gemurmel, Ohrringgeklimper. Es war Barbara.

Ich rollte mich auf dem Bett zusammen wie ein verletztes Tier.

»Ava?« Barbaras Stimme klang besorgt. »Sag einmal kurz, dass du okay bist, und ich bin weg.«

Ich versuchte, etwas zu sagen, aber aus meinem Mund kam kein Pieps.

Dann öffnete sich leise knarrend die angelehnte Tür. »Ava, Schätzchen, hier bist du!«

Ich schaute auf, mein Gesicht fühlte sich tränennass und aufgedunsen an.

»Was hat der Blödmann gemacht?«, rief Barbara erschrocken. Wütend stemmte sie beide Hände in ihre pinke Tweedrockhüfte und stampfte mit ihren grasgrünen Pumps auf.

Ich schüttelte schluchzend den Kopf. »Er hat nichts falsch gemacht«, flüsterte ich, und meine Mundwinkel zitterten. »Aber ich!«

»Schätzchen!«, rief Barbara erschrocken. »Jetzt komm mal her. Erst mal holen wir dich hier raus.« Sie reichte mir eine Hand, zog mich hoch und schob mich am Arm sanft, aber bestimmt aus dem Zimmer, als lotse sie mich von einer Unfallstelle weg.

Unten in der Küche drückte sie mich auf einen der Hocker am Küchentresen. »Wo ist dein Tee?«, fragte sie, während sie bereits eine Schublade nach der anderen aufzog.

Bevor ich antworten konnte, legte sie zwei Teebeutel auf die Arbeitsplatte, stellte den Wasserkocher an und holte zwei Tassen aus der Vitrine. Ihre weißblonden, perfekt frisierten Haare bewegten sich trotz ihrer zielsicheren Bewegungen kein bisschen. Bloß die hängenden Perlen ihrer Ohrringe klackerten ab und zu leise aneinander. Sie reichte mir mit zusammengepressten Lippen ein Taschentuch. Nachdem ich geschnäuzt hatte, roch ich ihr schweres Parfum.

»So«, sagte Barbara und stellte mir eine dampfende Tasse vor die Nase. »Jetzt sag schon, wie viel Blödsinn hast du gemacht?«

Ich zog eine verzweifelte Grimasse. »Mittelgroßen Blödsinn?«

Sie schaute mich unter ihren poolblauen Lidern streng an. »Sex?«

Ich spürte, dass ich rot wurde. »Nur ein kurzer Kuss.«

Sie stieß erleichtert die Luft aus. »Gut gemacht, Mädchen!« Sie tätschelte mit ihrer faltigen, armbandklimpernden Hand meine Finger. »Ich denke, dann kriegen wir es wieder hin.«

»Ich habe eher das Gefühl«, wimmerte ich mit zitternder Stimme, »dass gerade alles um mich herum zusammenbricht.«

Barbara nickte. »Natürlich!«, sagte sie. »Das ist ganz normal und gut so. Etwa alle sieben Jahre ändert sich das Leben. Da müssen wir Mauern einreißen, um die Chance zu haben zu wachsen. Und uns neu einzurichten. Es rumpelt immer ein bisschen, wenn wir in den nächsten Gang schalten.«

»Aber das mit Jan und mir, ich fürchte, das habe ich kaputtgemacht.«

Barbara pustete in ihren Tee, dass er dampfte. Dann schüttelte sie den Kopf. »Ach was! Was zusammengehört, das kann man wieder reparieren. Selbst wenn es in viele Einzelteile zerbrochen ist.«

Verzweifelt wischte ich mir über die tränennassen Augen. »Aber ich habe ihn betrogen …«

»Kindchen, du hast vor allem dich selbst betrogen.«

Ich hob schluchzend den Kopf. »Was?«

»Wenn du in deiner Ehe nicht mehr nach deinen eigenen Bedürfnissen handelst, wenn du dich selbst aufgibst, nur noch für andere da bist, dann bist du dir nicht mehr treu.« Sie legte ihre kühle Hand auf meine warme. »Je mehr du dich aufgibst, desto weniger kannst du eine gute Beziehung führen.«

»Aber …«, stotterte ich. »Vermutlich denke ich neuerdings zu viel an mich. Und mache damit alles kaputt.«

»Schätzchen, Intimität entsteht doch nicht, wenn alles immer nur schön und kuschelig ist, sondern wenn du dich so zeigst, wie du wirklich bist. Mit deinen Träumen, Wünschen und Bedürfnissen.«

Ich schniefte. »Also hätte ich viel früher was sagen sollen.«

Barbara lächelte mit aufeinandergepressten Lippen. »Das hättest du. Wir Frauen verbringen leider schrecklich viel Zeit damit, uns verpflichtet zu fühlen. Aber es ist noch nicht zu spät, um jetzt in aller Deutlichkeit zu sagen, was du willst.«

Leider war ich mir da überhaupt nicht sicher.

Barbara blieb noch zwei Teelängen lang und erzählte mir von etlichen Krisen zwischen Jochen und ihr. Zum Schluss nahm sie mich in den Arm und drückte mich so fest, wie es meine Mutter früher getan hatte. Da musste ich gleich wieder weinen.

Obwohl mir überhaupt nicht danach war, beschloss ich, schnell einkaufen zu fahren, solange Linus noch nicht da war. Ich musste den Jungs ja wenigstens ein Abendbrot servieren.

Als ich mein aufgequollenes Spiegelbild in der Supermarktschiebetür entdeckte, erschrak ich vor mir selbst. Dann aber holte ich tief Luft und trat ein. Sollten sie doch reden im Dorf, das taten sie ja ohnehin schon.

Ich warf ein Brot in den Wagen, Fleischwurst und die Lieblingsjoghurts der Jungs. Vor dem Biomilchregal entdeckte ich Mareike. Sie zuckte zusammen, als ich sie grüßte. Ich hatte das Gefühl, sie wollte flüchten, aber ich blockierte ihr mit meinem Wagen den Weg.

»Mareike«, begann ich unsicher, »es ist nicht alles wahr, was Steffi über mich erzählt. Und was wahr ist, habe ich nie böse gemeint, das wollte ich bloß mal klarstellen.« Ich schluckte und fuhr fort: »Und ich möchte mich für alles entschuldigen, was ich jemals Doofes gesagt oder getan habe.«

Mareike sah mich unsicher an, über ihre Lippen huschte ein unsicheres Lächeln. »Mensch, Ava, mir tut es leid! Was Steffi da getan hat, das geht gar nicht, und ich schäme mich total, dass ich das nicht sofort gecheckt habe.« Sie räusperte sich. »Torsten sieht das übrigens genauso.«

»Schatz, stell dir vor, das vegane Hack sieht echt aus wie das echte«, rief Torsten und rumste mit dem Hintern gegen meinen Wagen.

Mareike grinste erst den Boden an, dann mich.

Torsten lächelte scheu. »Oh, hallo, Ava!«

Die beiden sahen aus wie zwei Kinder, die ich beim Quatschmachen ertappt hatte. Obwohl mir überhaupt nicht danach war, lächelte ich.

»Verrückt, wie sehr man sich manchmal in den Menschen täuscht, oder?« Mareike grinste Torsten an und wurde rot. »Und was für Überraschungen man ab und zu entdecken kann.«

Ich nickte.

»Kommst du morgen früh zum Elternvertretertreffen?«, wollte Mareike wissen. »Steffi ist nicht mehr dabei.«

Kurz dachte ich nach. Dann schüttelte ich entschlossen den Kopf. »Ich bin raus«, sagte ich. Als ich Mareikes enttäuschten Blick sah, fügte ich schnell hinzu: »Es ist Zeit für etwas Neues. Aber ich freue mich, dass ihr mich fragt.«

Plötzlich fiel mir Linus ein. Es dürfte bald sieben sein. Zeit für Klaus' Lieblingssendung.

»Himmel, ich muss los!«, rief ich.

»Mach's gut, Ava!«, sagte Torsten. »Und sag Bescheid, falls du Hilfe brauchst.« Er räusperte sich. »Bei was auch immer.«

Erst wollte ich den Kopf schütteln und protestieren. Versichern, dass alles gut war. Aber dann nickte ich lächelnd. »Danke!«, sagte ich.

Beim Abendbrot wünschte sich Linus, dass wir alle zusammen noch mal in die Scheune gingen.

»Warum das denn?«, fragte ich müde. »Es ist doch schon so spät.«

Len lehnte sich ein wenig zurück und sah mich aus schmalen Augen an. »Heute ist aber ein ganz besonderer Tag«, meinte er leise.

»Was denn für einer?«, fragte Linus und biss in sein Leberwurstbrot.

»Heute ist Malabend mit Mama!«, sagte Len bestimmt. »Wir helfen dir …«

»Aber«, protestierte ich, »das geht doch nicht. Ich … Ihr …«

»Warum geht das nicht?«, fragte Leo. »Es ist doch Samstag!«

Ich zuckte hilflos mit den Schultern.

Linus sprang von seinem Stuhl, stopfte sich den Rest Brot in den Mund und sagte mampfend: »Schiehschte!«

Es war ein seltsames Gefühl, meine Söhne mit in meine Werkstatt zu nehmen. So als würden zwei Welten verschmelzen. Erst hatte ich Bedenken, dass sie die Farben umstoßen oder alles durcheinanderbringen könnten. Aber sie schauten sich bloß mit großen Augen um.

»Cool, Mama!«, raunte Len und erhob dann die Stimme: »Meine Damen und Herren, hier hält Ava Altmann den Ball gekonnt hoch und – ist das zu glauben? – wechselt aus der Verteidigung in den Sturm!«

Ich stöhnte leise. »Ne, Len, der nervige Reportertyp bleibt heute Abend draußen!«

Er lachte laut und hielt mir seine Hand zum Einschlagen hin. »Okay, okay. Hier drin bleiben wir ganz privat und ohne Publikum.«

»Is will auch was streichen!«, rief Linus und deutete auf die Farbtöpfe.

Erst wollte ich protestieren, aber dann dachte ich: *Warum nicht?* »Wie wär's, wenn du diesen Tritt streichst, Linus?«

Er nickte glücklich.

»Und du, Len, vielleicht diesen Hocker?«

Lens Augen strahlten. »Yeah, cool! Darf der dann in meinem Zimmer stehen?«

Seine Begeisterung rührte mich. »Klar«, antwortete ich. »Und du, Leo?« Ich schaute meinen Ältesten fragend an.

Der grinste breit. »Ich brauche ein großes Holzbrett. Vielleicht eine alte Tür? Hast du so was?«

»Was hast du vor?«

Er zwinkerte mir zu. »Lass dich überraschen, Mams!«

Als alle beschäftigt waren, griff ich nach einem Stück Schleifpapier, um das alte Regal zu bearbeiten, das Klaus vorbeigebracht hatte, konnte mich aber kaum konzentrieren. Ich schaute meinen Söhnen beim Pinseln zu und fühlte eine bittersüße Melancholie im Magen. Linus hing vor Konzentration die kleine Zunge aus dem Mund, und Leo strich sich immer wieder lässig die blonden Haare aus der Stirn. Len lächelte. Wie unglaublich groß meine Kinder geworden waren. Und wie alt zwangsläufig ich. Seit einer Weile kam es mir vor, als drücke jemand dauerhaft auf die Vorspultaste meines Lebens. Vor lauter Schnelldurchlauf bekam ich kaum noch etwas mit. War viel zu selten im Moment. In Momenten wie diesem. Am liebsten hätte ich ihn konserviert. Ich spürte, wie mir die Tränen kamen.

Leo war aufgestanden und drehte am Radio herum, Len mampfte mit farbigen Fingern eine Waffel, die er in einer Plastikpackung im Regal gefunden hatte. Linus und sein Tritt waren beide mit quietschgrüner Farbe beschmiert, was bei mir kurzzeitig Schnappatmung hervorrief. Dann holte ich tief Luft. Egal, dachte ich, er trug ein altes T-Shirt. Ab sofort war das eben sein Malshirt. Als Len allerdings losstürmen wollte, um seinen Papa zu holen und ihm sein Werk zu zeigen, drückte es dumpf in meinem Magen. Was sollte ich bloß sagen?

»P-Papa …«, stotterte ich, »also … Papa und ich haben uns ein bisschen gestritten.«

Alle drei Kinder schauten mich mit großen ängstlichen Augen an.

»Schon wieder?«, flüsterte Leo leise.

Ich presste die Lippen aufeinander. »Ich habe einen Fehler gemacht«, gestand ich leise. »Aber ich werde alles tun, um es wiedergutzumachen. Das verspreche ich.«

Leo starrte mich an. Ich spürte einen dicken Kloß im Hals.

Linus kam rüber und umarmte mit grünen Armen meine Oberschenkel. »Mama, du musst dis bloß entsuldigen. Dann ist alles wieder gut.«

Ich zwang mich, nicht zu blinzeln, damit die dicken Tränen, die ich in beiden Augen spürte, nicht herauskullerten. »Das hoffe ich«, sagte ich und rang mir ein Lächeln ab.

Leo hob eine Augenbraue, presste die Lippen aufeinander und seufzte. »Mama!«, rief er dann, und ich erwartete eine Standpauke. Stattdessen winkte er mich zu sich und deutete mit einem Kopfnicken vor sich auf den Boden.

Mein Ältester hatte mir ein Schild gemalt. Ein Namensschild für meine Möbelwerkstatt. Ich schluckte einen lauten Schluchzer herunter. In fetten neongelben Buchstaben stand auf mattrosa angepinseltem Holztüruntergrund: *Zweite Liebe*.

»Ich werde noch eine Lichterkette drumherum festnageln«, sagte Leo. »Dann kannst du es draußen über deine Werkstatttür hängen.«

Ich presste gerührt die Lippen aufeinander. Eine dumme Träne kullerte jetzt doch.

»So heißt doch dein Laden?«, fragte Leo plötzlich erschrocken. »Oder findest du es blöd?«

Ich ging auf ihn zu und umarmte ihn. »Ich liebe es!«, rief ich. Dann sah ich mich um und fügte schluchzend hinzu: »Ich liebe euch!«

Leo schob mich mit einer Hand von sich und fuhr sich durchs Haar. »Schon gut, Mama, schon gut! Beruhige dich, es ist bloß ein Holzschild.«

Jetzt konnte ich die Tränen nicht mehr zurückhalten, und ich musste ihn noch einmal drücken. Er ließ es zu, legte einen Arm um mich und tätschelte meine Schulter, während er die andere Hand mit dem Pinsel nach oben streckte wie die Freiheitsstatue.

»Meinst du«, fragte Leo leise, »Papa und du, ihr kriegt das wieder hin?«

Ich trat einen Schritt zurück und zuckte traurig mit den Schultern. Ich hatte leider keine Ahnung.

Kapitel 41

Er

Wir waren verrückt nacheinander. Wir hatten Sex auf der Küchenplatte, auf der wir eben noch die Zucchini für eine Gemüsepfanne geschnippelt hatten. Wir hatten noch mal Sex, nachdem wir das Gemüse im Schneidersitz auf meinem Bett aus den abgeblätterten Goldrandschalen von Matts Mutter gegessen hatten.

An den Freitag- und Samstagabenden, an denen wir nicht zusammen waren, sondern jeweils mit Freunden feierten, telefonierten wir uns nachts zusammen und trafen uns bei mir oder bei ihr. An den Sonntagen blieb sie neben mir im Bett liegen, strubbelig, ungeschminkt und unglaublich sexy, und wir bestellten uns meist nachmittags eine Pizza, die wir aufaßen, bevor wir noch einmal miteinander schliefen.

Sie ging in unserer Dachgeschosswohnung ein und aus, neckte sich mit Matt und kleckerte beim Döneressen konsequent unsere Ledercouch voll. Sogar mit Knoblauchsoße im Gesicht war sie sexy. Auch ich fühlte mich in ihrer kleinen kunterbunten Wohnung im Portugiesenviertel längst zu Hause.

An diesem einen Abend, den ich nie vergessen werde, trafen wir uns nach der Arbeit bei ihr in der Wohnung. Sie hatte früher Schluss gemacht und war dabei, in ihrer knallroten Küche einen Stuhl zu streichen, als ich kam. Sie sprang mir zur Begrüßung in die Arme, zerzaust und zauberhaft, und ich hob sie hoch und setzte sie auf der Küchenarbeitsplatte ab. Auf ihrer Nase funkelten winzige Schweißperlen und ein Klecks himmelblauer Farbe. Ich konnte nicht aufhören, sie anzusehen, so heiß sah sie aus.

»Was ist?«, fragte sie und lächelte unsicher.

»Nichts!«, raunte ich grinsend. Und dann küssten wir uns.

Später schnippelte ich in Boxershorts auf einem kleinen Brett Tomaten und Gurken für einen Salat, während sie in Rolling-Stones-Shirt und Slip in einer leise blubbernden Tomatensoße rührte. Daneben kochte Nudelwasser.

»Ich habe mir was überlegt«, platzte es plötzlich aus ihr heraus.

»Was denn?«, fragte ich neugierig. In meinem Bauch kribbelte es.

»Ich bin mir nicht gaaanz sicher, was du davon hältst …«, sagte sie grinsend. Sie biss sich auf die Unterlippe. »Obwohl, doch, ich bin mir sicher, du wirst die Idee lieben.«

Sie sah so verdammt niedlich und sexy aus. Mir wurde schlagartig heiß. »Egal, was es ist«, sagte ich rau, »ich finde es ganz sicher großartig!«

Sie grinste schief. »Wie wär's«, fragte sie lächelnd, »wenn wir zusammenziehen?«

Meine Mundwinkel rutschten runter, ich schluckte. Einen Moment lang setzte mein Atem aus.

Ihr Blick spiegelte mein Entsetzen. »Du willst nicht.«

Sie lehnte sich mit dem Rücken an die Küchenzeile, hielt sich mit beiden Händen an der Platte fest. Die brodelnde Tomatensoße spritzte blutrote Flecken in die Küche. Ich hatte sie noch nie so verzweifelt gesehen. Bis auf das leise Soßengeblubber war es ganz still.

»Ava«, flüsterte ich flehend und holte tief Luft. »Ich …«

»Ist schon gut«, sagte sie und drehte sich in Richtung Herd. Schaltete die Platte mit der Soße runter. »Ich habe schon verstanden.«

»Ich bin verrückt nach dir!«

»Aber nicht so verrückt, dass du mit mir zusammenziehen willst. Schon klar.«

»Ava …«

Sie ging zum Fenster und schaute hinaus in den trüben Hinterhofabend. Auf der Fensterbank flackerten Kerzen in zwei weinroten Kristallgläsern. Bis eben war es gemütlich gewesen.

»Es ist doch so schön, wie es gerade ist«, flüsterte ich.

»Und genau deshalb möchte ich den nächsten Schritt wagen und mit dir zusammenwohnen, um irgendwann mit dir eine Familie zu gründen. Ich dachte, du willst das auch.«

»Ich hab immer gesagt, vielleicht irgendwann mal. Aber jetzt gerade macht mir der Gedanke Angst.«

»Ich mache dir Angst?« Sie starrte mich entsetzt an. »O Gott, und ich dachte, du … Ich dachte, dir geht's wie mir.«

»Ava … ich … Ich liebe dich.« Ich hatte ihr das erst ein- oder zweimal nach dem Sex gesagt.

»Aber nicht genug, um mit mir eine Familie zu gründen.«

»Können wir nicht erst mal unser Leben genießen?«

»Mit einer Familie beginnt das Leben doch erst so richtig. Darauf freue ich mich, seit ich ein Kind war.«

»Ava …« Ich stöhnte leise. »Das können wir doch irgendwann mal haben, irgendwann vielleicht … vielleicht mal später.«

»Meine ersten Freundinnen bekommen jetzt Kinder, und ich möchte das auch! Bald, nicht irgendwann vielleicht.«

»Ava …«

»Geh jetzt bitte!«

»Wie bitte?«

Sie presste die Lippen aufeinander und schaute mit verschränkten Armen zu der großen Buche vor dem Fenster.

»Du bist dir nicht sicher, ob du mit mir zusammenleben willst«, sagte sie und seufzte leise. »Und ich bin mir sicher, dass ich so nicht weiterleben will.«

»Ava!«, rief ich flehend.

»Geh!«, sagte sie entschlossen.

Und dann ging ich.

Das Nudelwasser kochte zischend über, als ich am Herd vorbeiging. Als ich den winzigen Flur durchquerte, hörte ich Ava fluchen. Ich wartete noch einen Moment in der Tür, bis ich sie so leise wie möglich hinter mir schloss. Ich war noch nicht an der Treppe, da hörte ich sie laut schluchzen.

Der Ton fuhr mir in den Bauch wie ein Messer. Ich hielt mich am Altbaugeländer fest und schloss für einen Moment die Augen. Dann öffnete ich sie wieder, schnappte nach Luft und rannte die Treppe hinunter. Als ich durch die Haustür schlüpfte und die Straße entlangeilte, legte ich eine Hand auf mein Herz und wartete, dass ich langsam wieder Luft bekam. Aber die Enge im Brustkorb blieb.

Ich sah die U-Bahn kommen, rannte schneller, ließ mich außer Atem auf die weinrote Sitzbank fallen und drückte meine Stirn gegen das graffitiverschmierte Fenster. Verzweifelt stellte ich fest, dass mir ein Gedanke plötzlich noch mehr Angst machte, als der, wieder mit einer Frau zusammenzuwohnen. Selbst wenn es in einer Katastrophe enden würde wie beim letzten Mal. Die Vorstellung, Ava verloren zu haben, war noch schlimmer.

Kapitel 42

Ava

Die Geister seiner Geräusche waren überall. Ich hörte Jans Gürtelschnalle klimpern, ihn schwungvoll die Treppe hinunterhüpfen, seinen leisen Schlafatem, obwohl er nicht mehr da war. Wie verrückt, dass man manches erst so richtig wahrnahm, wenn es vorbei war. Mir fehlte sein strubbeliger Schopf auf dem Kissen neben mir. Seine zerknüddelte Jeans über dem Stuhl neben seinem Bett. Sein Duft in der Luft. Seine erhobenen Augenbrauen, wenn die Jungs allzu albern waren. Der Kuss auf meine Stirn, den er mir trotz Trubel oft gegeben hatte. Sein müder Blick, wenn alle stritten und der Apfelsaft umkippte, dieser Blick, der uns zwei zu Komplizen im Chaos machte. Warum bitte hatte ich diese Dinge die ganze Zeit über nicht mehr bemerkt? Hatte sie als selbstverständlich hingenommen?

Wenn ich abends vor dem Spiegel stand und mir meine Anti-Aging-Creme aus der kleinen silbernen Tube unter die Augen tupfte, fühlte ich mich unglaublich alt. Ich hatte nicht nur aufgehört, meinen Mann liebevoll zu betrachten, sondern auch mich selbst.

Im Gegensatz zu mir fanden sich die Kinder überraschend schnell mit der neuen Situation ab. Viel hatte sich für sie auch nicht geändert. Sie flitzten nun regelmäßig zwischen unserem Haus und Jans Büro hin und her, denn neuerdings schickte er sie nicht mehr weg, weil er arbeiten musste. Leo lief jeden Mittag mit seinem Mathebuch rüber, um sich seine Aufgaben erklären zu lassen. Und Linus kam mir nachmittags regelmäßig freudestrahlend mit seinem Paw-Patrol-Memory entgegen.

»Hab gegen Papa gewonnen!«, verkündete er dann. »Mein Stapel war soooooo groß.« Er reckte seine Hand in Richtung Himmel. »Und seiner so.« Er hockte sich hin und hielt seine Hand flach über die Rasenspitzen.

»Dafür hatte Papa Zeit?«, fragte ich.

Linus nickte kräftig. »Ja! Er baut jetzt nämlich weniger Häuser. Er verleiht jetzt Container.«

Er meinte es also wirklich ernst. Jan war dabei, sein Leben zu ändern. Und der Gedanke, dass ich darin keine Rolle mehr spielte, nahm mir den Atem. *Selbst schuld*, dachte ich. Ich hatte unsere Beziehung weggeworfen, jetzt warf er mich aus seinem Leben.

Dass er plötzlich so mutig war, sich mit dieser verrückten Containergeschichte selbstständig zu machen, beeindruckte mich. Die war schließlich noch viel gewagter als meine Zweite-Liebe-Werkstatt. In den letzten Jahren war er so nachdenklich, so vorsichtig, so skeptisch geworden. Dabei hatte ich ihn so unglaublich lebenslässig kennengelernt.

Abends im Bett lief unsere Liebesgeschichte wie ein rasant geschnittener Kinofilm vor meinen geschlossenen

Augen ab. Lauter schöne Momente reihten sich aneinander: breites Grinsen im Gegenlicht, gierige Küsse, Babybäuche, Kinderlachen. Und dann – *rumms* – wurde die Musik düster, es war klar, dass etwas Spannendes passierte, aber der Film brach einfach ab.

Immer und immer wieder drehte ich mich auf dem kühlen Sommerlaken von einer auf die andere Seite und überlegte, was ich bloß tun könnte, um ihn zurückzugewinnen.

Ich dachte an all die Kitschfilme, die ich gesehen hatte und in denen immer alles wieder gut wurde. Aber ich ahnte, dass es Jan nicht imponieren würde, wenn ich meine Botschaft auf Karton schreiben, bei ihm klopfen und ihm zu *Silent Night* meine Liebeserklärung hochhalten würde. Allerdings würde er vermutlich wissen, woher ich die Idee hatte. Er hatte *Tatsächlich Liebe* schließlich jede Weihnachten mit mir angesehen.

Ich presste die Lippen aufeinander. All diese Filme hatte er mit mir geschaut, obwohl er sie hasste. Er hatte die Familie mit mir gegründet, die ich mir so sehr gewünscht hatte, und das, obwohl ihm der Gedanke zunächst Angst machte. Er hatte Tag für Tag für unseren Traum geschuftet. Er sorgte sich, ob ich glücklich war. Er hatte mich nicht ausgelacht wegen meiner Möbelretterei, sondern mir eine Schleifmaschine gekauft. Wie hatte ich bloß das Gefühl haben können, er würde sich nicht mehr für mich interessieren?

Drei Tage nach Jans Auszug stand ich abends in der Küche und kochte den Jungs Nudeln mit Tomatensoße. Aus der

Fertigpackung. Aber zumindest würde so niemand über das Essen meckern. Es war ungewohnt friedlich. Len machte am Küchentresen Hausaufgaben, Linus baute neben dem Couchtisch einen Legoturm, und Leo saß mit dem iPad auf dem Sofa.

»Vokabeln?«, fragte ich, als ich das leere Glas hinter ihm einsammelte, um es in die Spülmaschine zu stellen.

Leo zuckte zusammen, nickte – und wischte erschrocken über den Bildschirm. Immerhin hörte ich jetzt die vertraute Klimbim-Melodie der Vokabel-Lern-App.

»Linus, deckst du bitte den Tisch?«, rief ich dann.

Und tatsächlich, mein Jüngster verdrehte zwar die Augen, erhob sich aber und zog mit Krawumm die Besteckschublade auf.

»Isst Papa mit?«, fragte er.

»Natürlich nicht«, brummte Len neben ihm. Er schaute mich traurig an.

»Rede doch einfach mit ihm!«, rief Leo vom Sofa herüber.

Ich zog schwungvoll die Schublade unter dem Herd auf und holte eine Pfanne heraus, die klirrend gegen die Töpfe stieß. Als ob das so einfach wäre. Die blubbernde Nudelsoße spritzte heiß. Schnell drehte ich die Herdplatte runter.

»Hallo!«, wehte da eine dünne Stimme aus dem Flur zu uns herein.

In der Küchentür stand ein rothaariges Mädchen. Lila Shirt, Jeanskleid, Doc Martens. Die Nase voller Sommersprossen.

»Neee, oder?«, rief Leo, sprang auf und flüchtete in Richtung Keller.

Das Mädchen lief rot an.

»Du bist dann wohl Ruby?«, fragte ich.

Sie nickte mit zusammengepressten Lippen. Ihre Augen wirkten traurig, sie erinnerten mich an meine. Sie sah so hilflos aus, dass ich sie am liebsten in den Arm genommen hätte.

»Warte hier, ich gebe mein Bestes!«, rief ich und lächelte ihr aufmunternd zu.

Ich schob die Nudelsoße zur Seite und kletterte die paar Stufen hinunter in den Keller. Die Tür zur Vorratskammer hatte seit Jahren keine Klinke, das war eins dieser Projekte, die wir irgendwann mal in Angriff nehmen wollten. Jetzt war ich dankbar, dass sie immer einen Spalt offen stand, weil Leo mir so zwangsläufig zuhören musste.

»Liebling, eben hast du es mir gesagt, jetzt sage ich es dir«, flüsterte ich leise. »Rede doch einfach mit ihr!«

Leo lachte hinter der Tür finster.

»Leo!«, seufzte ich. »Mach nicht denselben Fehler wie ich. Hör ihr zu und sag ihr, was du fühlst.«

Er klatschte von innen gegen das lackierte Türholz. Die Männer in meiner Familie neigten offenbar zu Türohrfeigen.

»Aua!« Leos blonder Kopf tauchte im Türspalt auf, sein Mund pustete auf seine Hand.

»Geh schon!«, sagte ich leise.

Wie in Zeitlupe ging er vor mir her. Seine unsicheren Schritte nach oben, sein schmaler Rücken und seine hängenden Schultern wirkten so hilflos, dass ich ihn am liebsten in den Arm genommen und das letzte Stück getragen hätte. Er schaute scheu wie ein Reh, als er vor Ruby stand, aber als sie schüchtern lächelte, lächelte er ebenfalls.

Mein Magen krampfte sich zusammen. So viel Liebe und Stolz und Verlustangst auf einmal hatte ich noch nie gefühlt. Schnell schaute ich weg.

Leos Zimmertür fiel leise zu.

Len schloss mit einem Ratsch den Verschluss seiner Federtasche. »Ich werd mal sehen, was die beiden so machen«, murmelte er.

»Untersteh dich!«, rief ich bestimmt. »Lass sie bloß in Ruhe, sonst kriegst du die rote Karte!«

Als die Spaghetti gar waren, standen Ruby und Leo wieder in der Küche. Beide mit glasigen Augen, aber grinsend. Ich erwischte mich bei der Frage, ob ihr Dekolleté rot schimmerte und ob sein Haar noch zerzauster war als sonst. Aber dann schob ich die Gedanken beiseite und legte eine Packung Parmesan auf den Tisch. Linus saugte bereits geräuschvoll eine Nudel ein, sein kleines Gesicht war tomatensoßenrot.

»Das ist Ruby, Mama«, sagte Leo unsicher.

»Freut mich«, sagte ich. »Willst du mit uns essen?«

»Gern.«

Sie kam näher und hielt mir ihre schlaffe Hand hin, während ich beide Arme ausstreckte. Ihre Hand traf meine Brust.

»Ups!« Sie kicherte und lief rot an.

Ich drückte unsicher ihre Oberarme und dachte, dass ich dieses Freundinnen-der-Söhne-Ding echt noch üben musste. Dann seufzte ich leise. Jan hätte Ruby ganz lässig begrüßt und ihr mit seiner lockeren Art sofort ein gutes Gefühl gegeben, da war ich mir sicher. Ach, Jan! Er fehlte mir so.

Später, als die Küche wieder sauber war und alle Kinder im Bett, flüchtete ich mit einem Glas Chardonnay rüber in meine Werkstatt. Ich sah mich um, betrachtete ungläubig meine eigene kleine Welt, die ich mir erschaffen hatte.

Bei einem Blick durch das Sprossenfenster entdeckte ich Jan, der zum Haus eilte. Sicher wollte er den Kindern einen Gutenachtkuss geben. Ich hoffte, dass er nicht noch mehr Sachen holen und unsere Trennung damit noch handfester machen würde.

Als er die Haustür öffnete, fiel mir auf, was für definierte Oberarme er in seinem weißen Poloshirt hatte. Nicht aufgeblasen, sondern sportlich. Seine graue Skinny Jeans betonte seine schlanken Beine.

Ich schloss die Augen, während mein blödes Herz schneller schlug. Hastig trank ich noch einen Schluck Wein und fühlte, wie die leichte Säure meine Speiseröhre hinabbrannte.

Dann schnappte ich nach Luft, drehte die Acoustic-Covers-Playlist laut auf und begann, mich mit meinem Glas Wein in der Hand unsicher zur Musik zu bewegen. Meine Beine fühlten sich bleischwer an, aber obwohl es in der

Scheune längst dämmerte, leuchteten mein Neongelb, Knallpink und Salbeigrün mir aufmunternd zu. Erst bewegte ich mich langsam, dann immer schneller und ausgelassener. Irgendwann spürte ich, dass mein Mund lächelte. Ich stellte mein Glas ab, öffnete meinen Zopf, schüttelte meine Haare und begann, wild zur Musik auf und ab zu hüpfen. Außer Atem tanzte ich gegen all die Sorgen und Ängste an, bis ich Schweißtropfen auf der Stirn hatte und ich mich tatsächlich leichter fühlte.

Ich griff nach meinem Glas und schaute mich um. Obwohl ich mich warm getanzt hatte, kroch mir die kühle Feuchtigkeit aus dem erdigen Boden die Beine hoch. Gleich morgen würde ich Holzplatten besorgen und sie auf dem Boden auslegen, beschloss ich. Und ich würde eine Wand zum Rest der Scheune ziehen, um meine Werkstatt noch gemütlicher zu machen. Ich würde sie mit einer dieser knallbunten Tapeten bekleben, absolut großartig würde das aussehen. Dazu ein großes, wildes Plakat. Plötzlich schien alles möglich. Dieser Raum erdete mich und ließ meine Gedanken fliegen, beides auf einmal. Ich würde Jan nicht aufgeben, beschloss ich, und mein Herz hüpfte dabei. Ganz sicher nicht.

»Aber hallo!«, rief Ute Altmann, als ich mich mit meinem Weinglas kurz auf einem abgeblätterten, noch zu rettenden Holzstuhl ausruhte. Sie trug eine dunkelblaue Caprijeans und ein rotes Shirt mit Glitzersteinen. Für Flucht war es zu spät.

Mein Hals brannte. Ich wollte nicht mit meiner Schwiegermutter sprechen, bevor ich mit ihrem Sohn gesprochen hatte. Ich fürchtete mich vor ihren skeptisch hochgezogenen nachgemalten Augenbrauen, dem strengen Blick durch die Gleitsichtbrille, die auf ihrem gewaltigen Busen baumelte, und der seufzenden Erinnerung daran, wie fleißig ihr Sohn war – verbunden mit dem unausgesprochenen, aber unüberhörbaren Vorwurf, dass ich den Haushalt nicht im Griff hatte.

Bitte geh wieder, flehte ich in Gedanken, *bitte geh einfach und sag nichts!*

Ute ging nicht, sagte überraschenderweise aber tatsächlich nichts. Sie schaute sich um, strich hier über lackiertes Holz, hob dort neugierig einen Farbtopf an und hielt ihn dann ein Stück von sich weg, offenbar, um den Namen entziffern zu können.

»Geht nicht mehr ohne«, murmelte sie und tastete nach ihrer Brille. Blinzelnd las sie vor: »*Miss Pompadour – Blau mit Wolke.* Was es alles gibt!«

Sie stellte die Dose zurück in die Vitrine. Ich hielt die Luft an und wartete auf die Vorwürfe.

»Das hast du wirklich toll gemacht!«, sagte Ute. »Richtig gemütlich ist es hier.«

Ich atmete überrascht aus. »Danke! Es … es macht mir so viel Spaß. Es tut so gut, endlich mal wieder was …« – ich zögerte kurz – »was für mich zu machen.«

Ute nickte. Ihr rundes Gesicht glänzte. »Ich hatte das auch mal vor.«

»Wirklich?« Ungläubig sah ich meine Schwiegermutter an.

»Ja, ich hatte sogar einen richtigen Plan gemacht, bevor unser Jan geboren wurde. Businessplan nennt man das heute, glaube ich.«

Ich schmunzelte. Sie hatte *Busi-ness* gesagt, so als käme es von Busen. Aber ich nickte ihr zu, damit sie weitererzählte.

Ute nestelte nachdenklich an einem der Glitzersteine auf ihrem Shirt herum. »Eine kleine Boutique für schöne Dinge sollte es werden. Mit ein paar Tischen, an denen man Kuchen essen kann.« Sie zwinkerte mir zu. »Alles, was ich liebe, an einem Platz. Ich hatte sogar schon ein Ladenlokal gefunden.«

»Und dann?«, fragte ich wirklich neugierig.

»Dann wurde ich schwanger.« Ute seufzte. »Und Klaus und ich haben uns so gefreut. Vor allem, weil lange nicht klar war, ob wir überhaupt Kinder bekommen konnten. Mit Baby hatte ich dann erst mal ganz andere Dinge im Kopf als ein Geschäft. Mit Kleinkind erschien es mir erst recht unmöglich. Keine meiner Freundinnen hat viel gearbeitet.« Sie massierte mit dem Daumen der einen Hand den Handrücken der anderen. Ihre leberfleckgepunktete Haut war schon ganz weiß. »Irgendwann war es zu spät.« Sie hob den Blick und sah mich an. »Weißt du, Ava, ich habe das Mama-Sein wirklich genossen.« Jetzt lächelte Ute, als ob sie in Gedanken alte Fotos ansähe. Sie trat einen Schritt zurück, lehnte sich gegen die Farbvitrine und hielt sich hinter ihrem Rücken mit beiden Händen am eisblauen Holz fest. »Trotzdem ärgere ich mich, dass ich es nicht wenigstens probiert habe.«

Ich betrachte meine Schwiegermutter, als würde ich sie gerade zum ersten Mal sehen. Teile ihrer Wimperntusche hatten sich als graue Schatten in den vielen Fältchen um ihre Augen verteilt.

»Ich glaube, ich könnte den Gedanken, dass es nicht funktioniert hat, besser ertragen als den, es gar nicht versucht zu haben«, sagte sie leise.

Ich nickte. So offen hatte sie noch nie mit mir gesprochen. Ich wollte so gern etwas Nettes sagen, aber ich wusste nicht was.

Ute lächelte mich mit hochgezogenen Augenbrauen an, als könnte sie Gedanken lesen. »Was ich damit sagen will: Du machst das toll, was du hier machst! Und wenn du Hilfe brauchst, dann sag bitte Bescheid.«

Ich wartete darauf, dass sie etwas zu Jan und mir sagte. Irgendeinen Vorwurf oder wenigstens einen guten Ratschlag.

Stattdessen strich sie sich über das halblange Haar und sah sich suchend um. »Ava, du brauchst unbedingt einen Kühlschrank. Zu gern würde ich jetzt mit dir auf deinen Mut anstoßen.«

Ich zwang mich zu lächeln. Wenn Ute wüsste, was ich getan hatte, würde sie mich vermutlich an den Nordpol wünschen. So aber rückte ich ihr einen alten Holzstuhl neben meinen Maltisch und flitzte kurz rüber in die Küche, um die Flasche Crémant zu holen, die dort seit einer Ewigkeit in der Kühlschranktür stand. Vermutlich hatte Jan sie von einem Bauherrenpaar geschenkt bekommen.

Nachdem wir klirrend angestoßen hatten, setzte Ute erneut ihre Brille auf, schaute mich über die randlosen Gläser neugierig an und fragte: »Jetzt sag schon, Ava, welche Marge hast du für deine entzückenden Kreationen veranschlagt?«

Ich war so überrascht, dass ich mich am Crémant verschluckte.

Kapitel 43

Er. Heute

Wie damals vor sechzehn Jahren lag ich auf meinem Bett. Dieses Mal war es kein Ikea-Bett aus Kiefernholz, sondern die karamellfarbene Designercouch in meinem Büro, über die ich ein Laken geworfen hatte. Wie damals hatte ich die Hände über mein Gesicht gelegt und strich mir verzweifelt über Nasenwurzel und Augenbrauen. In meinem Kopf pochte ein dumpfer Schmerz, mein Herz fing immer wieder an zu rasen, ohne dass ich mich körperlich sonderlich angestrengt hätte, und mir war übel. Seit Tagen hatte ich nicht mehr richtig gegessen. Durch die Lücken zwischen meinen Fingern starrte ich an die uralte Stalldecke mit den dicken Holzbalken. Denkmalschutz. Die Balken waren noch viel älter als ich und hielten das Haus unerschütterlich aufrecht. Daran änderten auch einige tiefe Risse und verlassene Holzbocklöcher nichts. Ihre Geschichte würde noch Jahre weitergehen, Avas und meine Geschichte dagegen war vorbei.

Ich konnte es nicht glauben. Ich musste daran denken, wie ich damals, nach unserem ersten großen Streit, mitten in der Nacht nassgeregnet vor ihrer Tür gestanden hatte. Wie sie verschlafen blinzelnd und mit rot geweinten Augen öffnete, ich sie weinend in den Arm nahm, hochhob und ihr schluchzend versicherte, dass ich sie wollte – egal, ob mit fünf Kindern und zwei Eseln, einer Farm in Afrika oder in der Arktis. Damals hätte ich nicht gedacht, dass uns noch irgendetwas trennen könnte. Nie wieder wollte ich die Einsamkeit einer Welt ohne sie spüren.

Wir hatten uns durch den Flur und bis in ihr salbeigrünes Schlafzimmer geküsst und uns in ihrem Bett gegenseitig die Tränen getrocknet. Ava und ich, hatte ich seit dieser Nacht immer wieder denken müssen, solange wir zusammen waren, war alles andere egal.

Seitdem erinnerte ich mich bei jedem Streit, in jeder besorgten Nacht, bei jedem Ärger mit Kunden oder den Kindern an meine Erleichterung in diesem Moment. Und an das heftige Herzklopfen, das ihr schiefes Lächeln bei unserem Kennenlernen in mir ausgelöst hatte. An das Kribbeln im Bauch und das Knistern, wenn sich unsere Finger zufällig berührten. An unsere drei Milliarden geküssten Küsse. Ich musste seither bloß ihr Lächeln sehen, ihre Augen, sie, und mein Kopf gedankenspulte sich zurück zum Beginn unserer Geschichte. Musste bloß ihren Duft riechen, diesen vanillesüßen Ava-Duft, und alles war gut.

Ich presste beide Hände so fest auf mein Gesicht, dass ich kaum noch Luft bekam. Leider dachte Ava an einen anderen. Seit Jahren vermutlich. Der Typ von der MMS! Der schleimige Schönling. Ich hatte ihn sofort wiedererkannt. Er hatte ihr schon damals mitten in der Nacht Nachrichten geschickt. Und ich Blödmann hatte mir eingeredet, dass sie mich ebenso wollte wie ich sie.

Kapitel 44

Ava

Das Verrückte am Leben war, dass es weiterging. Abends wurde es dunkel und morgens hell, und ich konnte nichts dagegen tun. Die Kinder gingen zur Schule, brauchten Brotdosen, stritten sich, ließen ihre Wäsche herumliegen. Alles war wie immer, bloß fuhr nachmittags netterweise meist Klaus sie zum Fußball. Ich verbrachte viel Zeit in meiner Werkstatt, verkaufte tatsächlich die rosa Kommode und das TV-Möbel. Manchmal leisteten mir die Jungs Gesellschaft. Abends saß ich mit einem Glas Wein auf der Terrasse und fuchste mich in Instagram ein. Leo und Ruby verbrachten die meiste Zeit zusammen, hielten vorsichtig Händchen, grinsten sich ab und zu unsicher an und passten immer mal eine Stunde auf Linus auf. Manchmal durfte Linus Ruby mit ihren Schminksachen »schön« machen, und wir mussten alle herzlich lachen über ihre schief angemalten Lippen und den knallblauen Lidschatten über ihren Augenbrauen.

Die Tage vergingen, und Jans und meine Trennung bekam etwas unausgesprochen Ausgesprochenes. Ich zerbrach mir den Kopf darüber, was ich zu ihm sagen, wie ich mich entschuldigen könnte. Aber alle gedachten Worte klangen so austauschbar. Andererseits wuchs in mir die Panik, denn mit jedem Tag, den Jan in seinem Büro wohnte, schien die Wahrscheinlichkeit, dass er mir verzeihen und alles wieder gut werden würde, kleiner zu werden. Die Angst filterte die Farben aus meiner Umgebung, dämpfte alle Geräusche. Nachts lag ich stundenlang wach und grübelte. Nur in meiner Werkstatt schaffte ich es, meine Sorgen für ein paar Pinselstrichlängen zu vergessen.

Obwohl wir in einem kleinen Dorf und sogar auf demselben Hof wohnten, schafften Jan und ich es, uns beinahe komplett aus dem Weg zu gehen. Ich bewegte mich durch meinen Alltag wie ein unwillkommener Geist. Bevor ich aus der Haustür trat, schaute ich, ob die Luft Jan-rein war. Ich vermutete, dass Jan es ebenso machte. Ein paarmal sah ich ihn durch mein Werkstattfenster, wie er ins Haus lief und ein paar neue Shirts und Hosen holte. Manchmal wartete ich heimlich am Fenster. Ich hatte schreckliche Sehnsucht nach ihm. Aber ich hatte unglaubliche Angst davor, vor ihm zu stehen und nicht zu wissen, was ich sagen sollte. Oder womöglich von ihm eine endgültige Entscheidung zu hören.

Scheidung. Das Wort nahm mir die Luft.

Gelegentlich verkündeten die Jungs mir gegen Abend, dass sie heute bei Papa essen würden, weil der Döner oder Currywurst geholt hatte. Dann setzte ich mich furchtbar allein an unseren riesengroßen Terrassentisch und bekam keinen Bissen herunter. Irgendwann schnappte ich mir meist eins von Linus' Kuscheltieren und drückte es an mich.

Danach saß ich allein auf dem Sofa. Es war keine müde Einsamkeit wie zuvor, sondern eine brüllend laute. Manchmal, wenn der Wind an der Haustür rüttelte, hoffte ich, dass es Jan wäre, der stöhnend die Augenbrauen hochziehen und sich über einen dusseligen Kunden beschweren würde, während er mir einen schnellen Kuss auf die Stirn hauchte.

Warum hatte ich bloß nicht mit ihm geredet? Warum hatte ich geschwiegen und geschmollt, bis es zu spät war?

An einem Donnerstagabend kamen die Jungs besonders spät von ihrem Döneressen bei Jan zurück, feixend und lachend. Ich las Linus nur zu gern noch eine Geschichte vor, obwohl es schon längst Schlafenszeit war. Wie so oft las ich sogar weiter, als mir sein gleichmäßiger Atem verriet, dass er schon schlief. Weil ich mich nicht so einsam fühlte, wenn ich laut las.

Ich drückte meinem Jüngsten einen Kuss auf die knautschige Wange, und er brummte leise im Schlaf, kräuselte seine Stupsnase und drehte sich zur anderen Seite. Nachdem ich noch eine ganze Weile an seinem Bett gesessen und ihm beim Schlafen zugesehen hatte, beschloss ich, in meine Werkstatt zu flüchten, und schlüpfte in meine Latzhose.

Draußen war es noch immer dämmerhell. Normalerweise liebte ich diese endlos langen Sommerabende.

Die Scheunentür knarrte, als ich sie öffnete. Das gelbe Abendlicht, das durch die kleinen Scheiben fiel, legte einen goldenen Schimmer auf meine bunten Möbel. Mein Raum sah aus wie durch einen Vintagefilter gefilmt. All die alten

Schätze malten spannende Schatten an die Holzwände, und in der Luft tanzten glitzernde Staubkörnchen. Von draußen hörte ich das friedliche Abendgurren der Hühner. Zärtlich strich ich über den neongelben Lack meines Arbeitstisches. An die Holzwand gegenüber hatte ich ein paar Schnappschüsse von Sam und mir genagelt. Verschwitzte Gesichter, breites Grinsen.

Mein Handy klingelte. Sam! So ein Zufall.

»Hi«, flüsterte ich.

»Hi?«, sagte sie irritiert. »Ist was passiert?«

Ich fing sofort an zu weinen. »Jan …« Schluchzer. »Wir sind getrennt …« Schluchzer. »Glaube ich …« Seufzen. »Steffi hat …« Riesenschluchzer.

»Was? Ava? Um Himmels willen, beruhige dich bitte! Warum rufst du mich nicht an? Was ist passiert?«

Ich putzte mir die Nase mit einem meiner Pinseltücher. Vermutlich hatte ich jetzt einen babyblauen Fleck im Gesicht. Egal.

»Ich hatte Angst, dass es noch wahrer wird, wenn ich es ausspreche«, flüsterte ich.

»Was ist passiert?«, drängelte Sam noch einmal.

»Stell dir vor, Steffis Bruder war auch auf Pintos Party. Sie erzählt überall rum, dass ich was mit Pinto hätte. Es gibt sogar ein Foto. Pinto war hier. Und Jan ist ausgezogen.« Ich schluchzte. »Es ist so schrecklich, Sam! Warum hasst Steffi mich bloß so? Ich fühle mich so blöd. Da saß sie Dutzende Male in meiner Küche und hat sicher die ganze Zeit schon so schlecht über mich gedacht. Und Jan. Er will mich nicht mehr. Ich habe alles kaputtgemacht.«

»O Ava, es tut mir so leid! Ich würde mich sofort ins Auto setzen, aber morgen habe ich Frühförderung. Hermine und ich müssen so irre früh raus …«

»Alles gut, ich streiche jetzt noch ein bisschen, dann gehe ich schlafen.«

»Wo ist Jan denn jetzt?«

Ich seufzte. »Er wohnt in seinem Büro. Wir gehen uns aus dem Weg.«

Sam seufzte ebenfalls. »Aber die Werkstatt läuft, oder? Du bist ja richtig fleißig bei Instagram.«

Ich rieb mir über die feuchten Augen.

»Ja, unglaublich, oder?« Ich schniefte. »Ich habe bereits zwei Möbelstücke verkauft. Die Leute schicken mir Fotos von Möbeln, die sie gegen Honorar gern gerettet hätten. Klaus hilft mir, wo er kann. Das läuft verrückterweise echt gut.«

»Dein Schwiegerbrummvater? Das gibt's doch nicht!«

»Ist es nicht bescheuert? Das hätte ich alles schon viel eher haben können. Wenn ich bloß mal den Mund aufgemacht hätte.«

»Vielleicht ist es dann jetzt einfach so, Ava? Ich meine, du warst dir ja schon eine ganze Weile nicht mehr sicher mit Jan. Vielleicht ist es jetzt Zeit für etwas Neues?«

Ich schnappte nach Luft. »*Was?*«, fragte ich verdattert.

»Na ja, Beziehungen scheitern, das passiert immer wieder. Du schaffst das auch ohne ihn. Du hast die Jungs, mich, Klaus. Und sicher auch ein oder zwei Frauen aus dem Dorf, die dich unterstützen.«

»Sam!«, rief ich entsetzt.

»Das Ende einer Beziehung ist nicht das Ende des Lebens, Ava.«

»Sam!!!« Ich schrie jetzt. »Hör auf damit! Ich will mich nicht von Jan trennen. Ich habe vielleicht mal kurz daran gedacht, aber vermutlich nur, weil ich mich nicht von *mir* trennen konnte. Wenn ich eins begriffen habe, dann, dass ich Jan liebe. Und dass ich den Rest meines Lebens mit ihm verbringen will.«

Ich war außer Atem wie nach einer Joggingrunde. Am anderen Ende der Leitung hörte ich das Klicken eines Feuerzeugs, dann ein lautes Einatmen und Auspusten.

»Ava, wenn ein Traum platzt, kommt bald ein neuer.«

Ich hielt das Handy ein Stück von mir weg. »Hör jetzt auf, Sam!«, rief ich. »Ich will ihn nicht verlieren. Das mit Jan und mir ist nicht zu Ende. Ganz bestimmt nicht!«

»Ava, vielleicht geht es im Leben vielmehr darum, glückliche Kapitel zu schreiben, statt immerzu auf ein Happy End zu hoffen …«

Klick.

Ich hatte den roten Knopf gedrückt. Schwer atmend starrte ich mein Telefon an. Ich hatte Sam noch nie weggedrückt. Wenn ich genau drüber nachdachte, hatten wir uns sogar noch nie gestritten.

Nur dieses eine Mal, fiel mir plötzlich ein. Ich hatte seit einer Ewigkeit nicht mehr an diese Zeit gedacht. Sie kam mir endlos lange her vor. Und irgendwie plötzlich doch, als wäre es erst gestern gewesen.

Kapitel 45

Ava. Damals

Sam und ich fanden kein Ende. Es war bereits nach vier und in den stickigen Tiefen des kleinen Kiezclubs deutlich leerer geworden. An einigen Stellen konnte man sogar schon den dreckigen Boden sehen. Die anderen Mädels waren längst nach Hause gegangen. Sam und ich drückten uns Seite an Seite an der verschwitzten Wand herum und schauten uns um. Sie war unzufrieden, weil sie gern noch knutschen wollte. Und ich, weil ich Jan noch nicht getroffen hatte. Seit ich ihn kennengelernt und die erste Nacht bei ihm verbracht hatte, konnte ich an nichts anderes mehr denken.

»Ich blicke nicht mehr durch bei dir«, brüllte Sam gegen die Musik an und nippte an ihrem mexikanischen Flaschenbier. Sie roch nach Hopfen und Zitrone. »Du hast doch gerade diesen oberhotten Typen kennengelernt.«

Ich an ihrer Stelle hätte wahrscheinlich auch nicht mehr durchgeblickt. Es war noch nicht lange her, dass Pinto mir abends in der Kneipe zugelächelt und mich schließlich angesprochen hatte. Ich hatte es nicht glauben können, er war einfach der attraktivste Typ im ganzen Laden gewesen.

»Warum hast du schon wieder so viel Glück«, hatte Sam beim Lippenstiftnachziehen auf dem Klo gehickst.

Danach hatten Pinto und ich uns ein paarmal getroffen, ein paarmal Sex gehabt. Stürmisch und fordernd. Es war unglaublich aufregend mit ihm – und ich hatte mich geschmeichelt gefühlt. Allerdings war ich mir von Anfang an nicht sicher, woran ich bei ihm war. Ärgerte mich immer wieder, dass er sich nicht meldete und ständig zu spät kam. Ich spielte sein Spiel mit, schrieb ihm bewusst nicht sofort zurück, erfand Treffen mit anderen, gab mich entspannt. Seit ich vor vier Wochen Jan kennengelernt hatte, hatte ich nicht mehr auf seine Nachrichten reagiert.

Für diesen Samstagabend hatten Jan und ich uns lose auf dem Kiez verabredet. Er war mit seinen Kumpels unterwegs, was ihm wahnsinnig wichtig war, ich mit meinen Freundinnen. Ich hatte das Gefühl, dass seine letzte Beziehung nicht gut geendet hatte, traute mich aber nicht nachzufragen. Er machte jedenfalls kein Geheimnis daraus, dass er es locker angehen wollte, und ich tat so, als wäre das okay. Tatsächlich aber sah ich mich die ganze Zeit nach ihm um. Bei jedem großen Dunkelblonden schlug mein Herz schneller, bis ich enttäuscht den Blick abwandte, wenn ich feststellte, dass er es nicht war.

Als er schließlich doch hinter ein paar Kumpels in die Kneipe kam, pochte mein Herz bis zum Hals. Er hatte mich noch nicht entdeckt. In seiner schlaksigen Lässigkeit stand er da und unterhielt sich angeregt mit einem Freund. Er lachte ausgelassen, sodass sich diese zauberhaften Grübchen auf seinen Wangen bildeten, und obwohl ich mich unglaublich freute, ihn zu sehen, fühlte ich plötzlich einen dicken Angstklumpen im Bauch, dass es ihm nicht genauso gehen könnte.

Ich pikste Sam in die Seite. »Da ist er!«, flüsterte ich.

»Der lange Dünne da, der am Eingang?«

Ich nickte lächelnd.

Jan schob sich lächelnd ein paar schweißnasse Haarsträhnen aus dem Gesicht.

»Ist der nicht viel jünger als du?«, brummte Sam.

Ich runzelte irritiert die Stirn. »Weiß nicht, kann sein. Haben wir nicht drüber gesprochen.«

Jan bekam von einem seiner Freunde gerade ein Bier gereicht und stieß so schwungvoll mit ihm an, dass der Schaum spritzte. Eine Dunkelhaarige neben ihm hatte offenbar etwas abbekommen, zumindest sprach sie Jan an, und der antwortete augenzwinkernd. Für einen Moment lächelten sie sich an. Der Klumpen in meinem Bauch wurde immer schwerer.

»Der ist echt Architekt?«, lallte Sam ungläubig. »Der sieht gar nicht so aus.«

Jan sprach immer noch mit der Frau, und mir war übel. Nervös betrachtete ich seine Haare, die zerzaust nach oben standen. Eine Mischung aus Wachs, Schweiß und Bier vermutlich. Den Kragen seines karierten Hemdes hatte er ebenfalls aufgestellt. Seine Augen blitzten beim Reden, und bei jedem Grinsen bildeten sich feine Lachfältchen. Das Herz schlug mir bis zum Hals. Was hatte er bloß mit mir gemacht, dass mein Körper so heftig auf ihn reagierte? Zu gern wäre ich einfach zu ihm gegangen, aber ich traute mich nicht.

»Also, ich fand den Werbefuzzi heißer«, flüsterte Sam und hickste.

Jan lachte laut. Trotz der lauten Musik konnte ich ihn hören, kräftig, rau und herzlich. Mein Magen rumorte. Ich biss mir auf die Unterlippe. Dann begann ich, nervös an meinem Fingernagel zu knabbern.

Im nächsten Augenblick entdeckte er mich. Er hielt mitten im Lachen inne, schaute für einen Moment ganz ernst. Dann grinste er. So als hätte er die schönste Sache auf der Welt gesehen. Und das war ich. Nur ich.

Mein Herz machte einen Hüpfer. Gefühlt hopste es bis zur Clubdecke und sogar hindurch. *Rumms.* Volle Dröhnung.

Er hörte nicht auf, mich anzulächeln, als er sich durch die Menge zu mir durchdrängelte. Und ich fühlte, wie breit ich grinste. Beinahe einmal ganz herum um meinen Kopf.

Es kribbelte überall, als er sich zu mir runterbeugte und ich seinen Duft einatmete. Wir lächelten uns an, und dann gab er mir einen beinahe schüchternen, unglaublich zärtlichen Kuss. Er schmeckte gut, nach Bier und Kaugummi.

Mir war danach, laut zu lachen oder in Freudentränen auszubrechen, beides auf einmal. Aber ich verkniff es mir. Ich biss mir bloß grinsend auf die Unterlippe. Alles war plötzlich genau so, wie es sein sollte.

»Das ist Jan!«, rief ich übermütig, aber Sam nickte bloß kurz und ließ sich von irgendeinem Kerl auf die Tanzfläche ziehen.

Erst Jahre später waren Sam und Jan nach und nach miteinander warm geworden. Zumindest ein wenig. Bis heute machte Sam sich gerne über seine angeblichen Machowitze und sein Faible für teure Designermöbel lustig, die ihrer Meinung nach alle gleich aussahen. Er zog sie im Gegenzug mit ihren wechselnden Männerbekanntschaften und den unzähligen Löchern in den Wänden ihrer Altbauwohnung auf.

»Kann denn keiner von deinen Lovern anständig bohren?«, hatte er einmal gefragt und laut gelacht.

»Kann ja nicht jeder so ein Glück haben wie Ava«, hatte Sam geantwortet und schnell einen Schluck Prosecco getrunken.

Kapitel 46

Ava

Ich hatte beschlossen, endlich wieder laufen zu gehen. Vielleicht auch, weil ich hoffte, damit meinem Kummer davonlaufen zu können. An diesem Abend brachte ich die Kinder also in Joggingsachen ins Bett, damit ich es mir nicht noch mal anders überlegen konnte. Ganz hinten im Schrank, unter einem Berg von viel zu kleinen Kinderschuhen, hatte ich meine Laufschuhe entdeckt.

Linus wollte mich erst nicht gehen lassen. Aber als Len ihn einlud, zu ihm ins Bett zu kriechen, nickte er begeistert.

Als ich an Leos Zimmer vorbeikam, hörte ich leises Lachen. Am Anfang hatte ich protestiert, als Ruby unter der Woche bei uns schlafen wollte. Aber dann hatte es sich doch eingeschlichen. Ich überlegte kurz, ob ich noch Gute Nacht sagen sollte, aber das gekicherte Geflüster hörte sich überhaupt nicht danach an, als legten die beiden darauf Wert. Ich fühlte ein Ziehen im Bauch und seufzte leise.

Draußen auf dem Hof war die Luft noch lau, doch als ich den Hauptdeich entlanglief, pustete mir eine so kräftige Böe entgegen, dass ich fürchtete, ich könnte abheben.

Die frische Sommerabendluft prickelte in meiner Lunge und ließ mich kurz taumeln. Ich presste die Lippen aufeinander und rannte los. *Bloß weg – von Steffi, Jan und jetzt auch noch von Sam. Und noch weiter weg von mir selbst.*

Meine Beine brannten schon nach wenigen Metern, und ich entschied, dass mir das recht geschah. Was war bloß mit mir los, dass ich es mir mit jedem verscherzte? Wütend rannte ich weiter.

Ausgerechnet heute sahen die Elbwiesen und der Fluss aus wie ein Werbeplakat für unsere Gegend. Der Himmel babyblau mit Tupfenwolken, am Horizont ein paar zartrosa Streifen. Auf den Wiesen schimmerten große taubenblaue Pfützen, in denen sich der Himmel spiegelte. Jan hatte mir mal erklärt, dass der Nordwestwind das Wasser zu uns ins Land drückte. Am Anfang hatte ich das unheimlich gefunden, inzwischen fand ich das Pfützenschauspiel wunderschön. Neben meinen auf und ab hüpfenden Turnschuhen wiegte sich kniehoher Klee im Wind. Auf der Elbe blitzten drei weiße Segelboote.

Ich atmete tief durch. Dann entschied ich, an der großen Schafweide nach links ins Dorf abzubiegen, um eine Runde laufen zu können, statt irgendwann umkehren zu müssen.

Vierlanden döste bereits. Aus einigen Gärten wehten leises Lachen und Röstaromen zu mir herüber. Ein älterer Herr hockte mit den Knien auf einem zerknautschten Kissen in seinem Garten und pflanzte in ordentlichen Reihen bunte Petunien links und rechts neben den Plattenweg. »Moin!«, grüßte er leise, als ich ihm zunickte. Hier und da flatterten frisch gewaschene Klamotten an Wäschespinnen. Als zwei Schwäne mit quietschenden Flügelschlägen knapp über meinen Kopf hinwegflogen, zuckte ich zusammen, so sehr war ich in Gedanken gewesen. Was konnte ich bloß tun, damit Jan mir verzieh?

Als ich am Neubau der Brockenmeyers vorbeilief, schaute ich neugierig hinüber. Ich bildete mir ein, an den aufeinandergestapelten Kuben mit den großen Fenstern Jans Gespür für Formen erkennen zu können, sogar wenn ich nicht gewusst hätte, dass er der ausführende Architekt war. Ich spürte, wie sich Tränen in meinen Augen sammelten. Aber bevor ich so richtig losheulen konnte, rief jemand: »Moin, Schatzi!«

Jochen Brockenmeyer trat aus dem Gartentor in der breiten Hecke vor seinem Haus. Weiß gekleidet wie immer, stand er mit Lederslippern auf dem baustaubigen Asphalt.

»Hallo!«, grüßte ich verdattert und wollte schnell weglaufen.

Doch Jochen hielt mich mit einem »Hey, warte!« zurück.

Ich schloss kurz die Augen und schluckte, bevor ich mich umdrehte. Ich konnte jetzt keine Flachwitze ertragen. Dann dachte ich an Jan und zwang mich zu lächeln.

»Ich weiß«, rief Jochen, bevor ich etwas sagen konnte, »du findest mich scheiße.«

Ich starrte ihn mit großen Augen an und hatte keine Ahnung, was ich darauf erwidern sollte.

Zum Glück fuhr er fort: »Pass auf, Ava, ich weiß, ich bin ein komischer Typ. Mich muss nicht jeder mögen, schon lange nicht mehr. Damit komme ich gut klar. Solange ich mich mag.« Er trat einen Schritt auf mich zu. »Ich kenne dich nicht gut, aber ich mag deinen Mann. So richtig. Ich kann das nicht immer zeigen, aber ich hoffe, er spürt es. Und deshalb möchte ich dich von Herzen bitten, ehrlich mit ihm zu sein.« Er legte eine Hand auf den Streifen behaarte Brust, den sein weit aufgeknöpftes weißes Hemd offenbarte. An seinem Finger glänzte ein goldener Siegelring.

»Ich, ich …«, stammelte ich.

»Weißt du was? Meine Barbara und ich, wir haben schon einige Krisen hinter uns«, sprach er unbeirrt weiter. »Und danach war es jedes Mal noch ein bisschen schöner als vorher.«

Ich war so perplex über seine Offenheit, dass ich erst recht nicht wusste, was ich sagen sollte.

»Mädchen, ich verrate dir mal was: Die Vierziger sind hart. Da werden die Kinder größer, und du checkst, dass du nicht unsterblich bist. Dir wird klar, dass die Hälfte rum ist, und natürlich denkst du darüber nach, ob das schon alles gewesen ist.«

»Wie habt ihr die Kurve gekriegt?«, fragte ich leise.

Jochen kraulte sein Brusthaar. »Mit Reden. Mit Ehrlichkeit. Und mit neuen Plänen bloß für uns zwei.« Er räusperte sich. »Jetzt ist es Zeit, wieder an euch zu denken. Jeder für sich und ihr beide zusammen.«

Ich schluckte. »Das klingt gut. Ich fürchte nur, ich habe alles kaputtgemacht«.

Jochen schaute mich ernst, aber liebevoll an. »Ich weiß nicht, was genau los war, aber ich sehe, wie mein Kumpel leidet. Wenn du es also echt ernst meinst mit ihm, dann tu mir einen Gefallen, kneif deinen Knackpo zusammen und sag es ihm. Er liebt dich nämlich.«

»Aber er will nicht mit mir reden.«

Jochen stöhnte laut. »Herrgott, Mädchen, dann lass dir was anderes einfallen! Du bist doch kreativ begabt, habe ich von Jan und von meiner Gattin gehört. So einen guten Typen findest du so schnell nicht wieder.«

»Warum willst du mir helfen?«, fragte ich leise. »Ich hatte immer das Gefühl, du magst mich nicht besonders.«

Jochen lachte auf. »Das denken viele. Aber weißt du, bei dir konnte ja jeder Blinde sehen, dass du mit deinem Hausfrauen-Mama-Dasein längst nicht mehr glücklich bist. Dass es Zeit wird für was anderes.« Er hustete. »Jan habe ich das schon lange gesteckt. Aber er meinte bloß, das wäre genau das, was du immer wolltest.« Er strich sich durch seine wenigen Haarsträhnen und seufzte. »Ich konnte mir ein paar Spitzen dennoch nicht verkneifen. Tut mir leid.« Die hellen Augen in seinem sonnenverbrannten Gesicht blitzten freundlich.

Ich konnte nicht fassen, wie jemand so seltsam drauf sein und dennoch so vernünftige Dinge sagen konnte. Offenbar hatte ich mich schon wieder komplett in einem Menschen getäuscht.

»Komm mal mit, Schätzchen«, raunte Jochen plötzlich und winkte mich zu sich, als wollte er mir verbotene Substanzen verkaufen. »Ich zeige dir was.«

»Was denn?«, fragte ich matt.

Jochen grinste breit, wobei sich Hunderte tiefe Falten in

seinem gebräunten Gesicht bildeten. »Mein Geheimnis«, flüsterte er. »Es hat noch niemand vor dir gesehen.« Er klimperte mit einem Schlüsselbund und nickte in Richtung Haustür.

Ich fand ihn irgendwie rührend. Auf wackeligen Holzbrettern folgte ich ihm durch die Erdwüste im zukünftigen Garten.

»Ich kann aber nicht lange«, fiel mir ein. »Die Jungs sind allein …«

»Es dauert nicht lange«, sagte Jochen.

Er hielt mir die metallene Baustellentür auf, und ich trat ein. Es roch nach nassem Beton, obwohl bereits Parkett verlegt und die Wände gestrichen waren. Auch wenn ich normalerweise Team Altbau war, gefiel mir die schlichte Form.

»Euer Haus ist toll!«, rief ich, als ich hinter Jochen durch die großzügigen Räume lief.

»Dein Mann ist toll!«, sagte er.

Ich seufzte. *Das weiß ich*, flüsterte ich stumm.

Jochen führte mich durch den offenen Küchen- und Wohnbereich, zeigte mir Barbaras Arbeitszimmer und die zukünftige Bibliothek. Immer wieder blieb er stehen und sah sich kopfnickend um. Dann stiegen wir schlichtweiße Betonstufen hinauf. Oben gab es ein großes Schlafzimmer, ein Bad und drei Kinderzimmer. Und noch eine weitere Tür, vor der Jochen grinsend stehen blieb.

»Hier ist mein Raum!«, verkündete er. »Wie gesagt, du bist die Erste, die ich in dieses bekloppte Geheimnis einweihe.«

Ich zog neugierig die Stirn in Falten.

Als ich eintrat, traute ich meinen Augen nicht. Und erst recht nicht meinen Ohren. Ich hatte alles erwartet, aber das nicht. Ich konnte nicht anders, als laut loszulachen.

»Wie findest du es?«

»Schräg!«, rief ich. »Komplett schräg!«

Jochen nickte zufrieden.

Ich musste brüllen, sonst hätte er mich nicht gehört. In dem kleinen Raum tickte es nämlich beinahe ohrenbetäubend. Dicht an dicht hingen an allen Wänden Kuckucksuhren. Kleine und große, braune und bunte, schlichte und verschnörkelte. Ich drehte mich ungläubig im Kreis.

»Alles hat mit einem Erbstück meines Vaters angefangen«, erzählte Jochen. »Dann habe ich eine zweite Uhr gekauft und dann immer weitergemacht. Lange habe ich es Barbara nicht erzählt, weil ich Angst hatte, dass sie mich für verrückt hält. Bin ich ja auch …«

»Und heute?«

»Hasst sie sie!« Jochen lachte laut. »Aber besser, sie hasst meine Uhren als mich.«

»Weiß sie denn von diesem Raum?«

»Noch nicht. Sie denkt, das wird meine Muckibude. Man muss nicht alles wissen und alles gut finden in einer Beziehung.«

In einer der Uhren fing es an zu surren.

»Achtung«, rief Jochen und grinste, »jetzt geht's los!«

Und schon kuckuckte der erste Vogel. Die anderen setzten mit ein, und gleich darauf war das Rufen und Rattern so laut, dass ich mir die Ohren zuhielt.

»Siehst du, das hier wird Barbara nämlich doch freuen!«, rief Jochen über das Getöse hinweg.

»Dieser Krach?«, fragte ich stirnrunzelnd.

»Nein«, sagte Jochen lachend, zog mich aus dem Raum und schloss behutsam die Tür. »Das.«

Stille. Ich hörte nichts mehr.

»Schallschutz«, flüsterte Jochen. »Eine brillante Idee von mir.« Er grinste. »Und von meinem Architekten.«

Ach, Jan.

»So«, sagte Jochen, »jetzt aber schnell nach Hause, du Rabenmutter! Deine Kinder sind ganz allein.«

Ich sah ihn erschrocken an.

»War bloß ein Wi-hitz!«, meinte er. »Du bist eine tolle Mama! Alle Mamas sind das. Egal, ob ihr viel arbeitet oder wenig, Bio kocht oder nicht. Für eure Kinder seid ihr immer die beste Mama, einfach weil ihr die Mama seid.«

Plötzlich wollte ich nur noch nach Hause. Mich unter der Bettdecke verkriechen. Ich folgte Jochen ins Erdgeschoss und trat vor die Tür. Ich war überrascht, wie dunkel es bereits war. Und wie kalt.

Jochen schien meine Gedanken lesen zu können. »Komm, Mädel, ich fahr dich heim«, sagte er leise und drückte bereits auf seinen Autoschlüssel, was die Lichter seines Porsches aufblitzen ließ.

Ohne zu protestieren, stieg ich ein. Der champagnerfarbene Sitz fühlte sich kühl an.

»Ordentlich Nordwestwind heute Nacht«, brummte Jochen, als wir den Deich entlangsausten.

Und tatsächlich: Das Wasser schwappte bis an die Deichkante. Im silbernen Mondlicht waren im glitzernden Fluss ein paar dunkelgrüne Grasinseln zu sehen. Unseren Weg zum Elbstrand hätte man an diesem Abend entlangschwimmen müssen.

Als der Porsche auf unseren Hof brauste und seine Scheinwerfer unser Haus streiften, dachte ich erst, ich hätte mich verguckt. Ich kniff die Augen zusammen, nur um sie gleich wieder aufzureißen.

»Len!«, rief ich dann. »Um Himmels willen!«

Jochen bremste scharf, und ich stürzte hinaus.

Len stand im Schlafanzug vor dem Haus, die Tür hinter ihm war weit geöffnet, überall brannte Licht.

»Len?«, schrie ich. »Len, was ist los?«

»Leo und Ruby sind weg!«, schluchzte er.

Im nächsten Moment trat Jan aus der Haustür. Er hatte tiefe Runzeln auf der Stirn und eine Taschenlampe in der Hand. »Len sagt, sie haben was von einem Mitternachtspicknick am Elbstrand erzählt.« Er seufzte laut.

Mein Herzschlag setzte für einen Moment aus.

Kapitel 47

Ava

Jan und Jochen waren in Regenjacken und Badehosen mit Taschenlampen in Richtung Elbe aufgebrochen. Ich sollte zu Hause die Stellung halten, lief aber unruhig auf und ab, schüttelte immerzu den Kopf und war mir sicher, dass das hier die Strafe war.

Ich hatte Len auf dem Sofa getröstet, bis er eingeschlafen war. Dann hatte ich mich gefragt, ob ich Rubys Eltern informieren müsste, aber ich hatte ihre Telefonnummer nicht. Ich wusste nicht mal, wie sie mit Nachnamen hieß. Ich hatte ganz fieses Rabenmutterrumoren im Bauch. Das alles war nur passiert, weil ich ständig mit mir selbst beschäftigt war.

Kurz dachte ich darüber nach, Ute und Klaus anzurufen. Aber vermutlich würden sie vor Sorge umkommen. Ich starrte mein Handy an, drückte beide Daumen und presste meine Fäuste an meinen Mund. Hoffentlich, hoffentlich rief Jan gleich an, um zu sagen, dass sie sie gefunden hatten.

Ich lehnte mich ans Wintergartenfenster und schaute durch die Geranien hindurch in die dunkle Nacht. Wieso bitte hatte ich den Alltag bloß so anstrengend gefunden, fragte ich mich plötzlich. In diesem Moment sehnte ich mich nach nichts mehr als danach, dass alles gemächlich dahinplätscherte. Dass es bloß kleine Katastrophen gab, statt lebensgefährlich große.

Mein Handy klingelte, und das Herz schlug mir bis zum Hals, als ich abhob.

»Ja?«, fragte ich atemlos.

»Nichts!«, stöhnte Jan. »Wir finden sie nicht. Um weiterzusuchen, bräuchten wir ein Boot.«

Ich drückte das Handy an meine Brust und schluchzte. Mir fielen die Horrorgeschichten meiner Schwiegermutter wieder ein. Kurz nachdem Leo geboren wurde, hatte sie damit angefangen. »Alle paar Jahre verliert in Vierlanden eine Familie ein Kind an die Elbe«, hatte sie mitten in meine simmernden Stillhormone philosophiert. »Die Elbe ist wie eine hungrige Schlange, die holt sich ab und zu Futter.«

Ich schnappte verzweifelt nach Luft.

»Ava?«, fragte Jan. Seine Stimme klang kein bisschen wütend. Eher besorgt. »Ava, beruhige dich! Sie können überall sein. Ich sehe hier zum Glück auch keine Sachen von ihnen. Wir suchen weiter.«

»Soll ich kommen?«, fragte ich. Ich hatte das Bedürfnis, etwas zu tun, weil ich sonst vermutlich vor Angst durchdrehte.

»Nein, bleib da, falls sie zu Hause auftauchen.«

Nachdem ich aufgelegt hatte, brüllte mir die Stille laute Vorwürfe ins Ohr. Dann fiel mir etwas ein. Hastig griff ich wieder mein Handy und suchte nach einer Nummer.

»Jo?«, meldete sich Torsten verschlafen.

»Torsten, hör zu, Leo und seine Freundin sind weg, vermutlich an der Elbe …«

»Oh, Shit!«

Ich hörte eine leise Stimme im Hintergrund. Mir liefen heiße Tränen über die Wangen.

»Ava, ich löse einen Einsatz aus, und dann suchen wir mit dem Boot der Freiwilligen Feuerwehr. Mareike ist bei mir, die macht sich jetzt auf den Weg zu dir.«

Erst wollte ich protestieren. Ich kannte Mareike doch kaum. Aber der Gedanke, hier nicht allein zu sitzen, fühlte sich überraschend gut an.

»Torsten«, protestierte ich dennoch, »kannst du bitte nicht den großen Alarm auslösen? Ich will nicht, dass hier das halbe Dorf in Feuerwehrklamotten einmarschiert.«

Torsten seufzte.

»Bitte, Torsten, das ertrage ich nicht.«

»Okay, Ava, dann rufe ich bloß zwei Kumpels an. Einer hat den Schlüssel fürs Feuerwehrhaus, der andere ein Boot, und beide halten dicht. Ich beeile mich.«

»Danke!«, sagte ich, und dann fing ich heftig an zu weinen.

Als Mareike kam, drückte sie mich kurz. Dann half sie mir, den schlafenden Len ins Bett zu tragen, bettete mich aufs Sofa, deckte mich mit einer Decke zu und setzte Teewasser auf. Mit einer dampfenden Tasse kam sie zu mir, setzte sich neben mich auf die Sofakante und streichelte sanft meine Schulter, so wie ich vorhin bei Len.

Ich musste eingedämmert sein, zumindest schreckte ich auf, weil ich Stimmen hörte.

Jan und Jochen kamen herein. Und mit ihnen wehte jede Menge kalte Nachtluft in den Raum.

»Wir haben alle Stellen abgesucht, die fußläufig erreichbar sind«, erzählte Jan und seufzte. »Nichts! Jetzt suchen Torsten und seine Kollegen weiter.«

Ich schluchzte.

Jan kam zu mir, kniete sich vor mich hin und nahm meine Hand in seine. Ich roch seinen vertrauten Jan-Duft. Seine tiefblauen Augen sahen mich ernst, aber liebevoll an.

»Bloß nicht die Hoffnung verlieren, hörst du!«, flüsterte er. »Vielleicht sind sie gar nicht runter zur Elbe. Vielleicht schlafen sie auf irgendeiner Wiese und kommen einfach nach Hause, wenn es hell wird.«

Ich schloss die Augen. Ließ meinen Kopf sinken und drückte meine Stirn gegen Jans warme Hände, die noch immer meine umklammert hielten.

Kapitel 48

Ava

Ich erwachte neben Jan auf dem Sofa, sein Haar an meiner Nase und mein Arm auf seiner Hüfte. Ich hörte Stimmen und Lachen, noch bevor mir die ganze gruselige Geschichte wieder einfiel. Ich schaute auf. Die Sonne malte helle Rechtecke auf den Dielenboden, von draußen wehte Vogelgezwitscher herein.

Im nächsten Moment spazierten Leo und Ruby in die Küche. Sie sahen müde aus und nach schlechten Gewissen, aber zum Glück sehr lebendig.

Ich schluchzte und rüttelte an Jans Schulter. »Jan, Jan, es geht ihnen gut!«

Ich hätte es am liebsten in die Welt hinausgeschrien.

Torsten trat mit schweren Sicherheitsschuhschritten in die Küche. »Diese beiden sind die cleversten Picknicker überhaupt. Sie haben sich dafür nämlich einfach auf einen Baum gesetzt«, erzählte er. »Wind-, wellen- und kuhsicher.«

Jan setzte sich auf, raufte sich das Haar und grinste mit tiefen Grübchen. »Boah, habt ihr uns einen Schreck eingejagt!«

Ruby errötete, und Leo zog eine Grimasse.

»Sorry, Mama, Papa! So war das nicht geplant.«

Nachdem wir uns bei Torsten und seinen Kollegen bedankt und ich Mareike fest gedrückt hatte, schickte ich Ruby und Leo ins Bett.

»Wie, wir dürfen heute schwänzen?«, fragte Leo begeistert.

»Ne!«, sagte ich. »Aber es ist gerade mal fünf. Eine Stunde könnt ihr also noch schlafen.«

Als alle weg waren, drehte ich mich zu Jan um. Er lehnte an der Theke und trank ein Glas Cola. Die frühe Morgensonne funkelte durch das Ostfenster. Alles sah so anders aus als sonst.

Lächelnd ging ich auf ihn zu und legte ihm vorsichtig beide Hände um die Taille. »Jan«, flüsterte ich. »Jan, ich …«

Er schaute mit zusammengepressten Lippen zu mir runter. »Ava«, flüsterte er. Dann schob er sanft, aber bestimmt meine Hände weg.

»Jan, ich … wir …«

»Ich lege mich drüben hin.«

»Aber ich dachte …«

Er schüttelte traurig den Kopf und ging in den Flur.

»Jan!«, rief ich und eilte ihm hinterher. »Jan, ich vermisse dich!«

Er schaute mich verzweifelt an, die Klinke der Haustür bereits in der Hand. »Ava, ich Idiot habe jedes Mal unseren Anfang gesehen, wenn ich dich gesehen habe. Habe mich an das Gefühl in meinem Bauch erinnert. An das Knistern in der Luft. Habe das Kribbeln wieder gespürt, das deine

Hände in mir ausgelöst haben, als du sie noch nicht von mir lassen konntest. Egal, was war, egal, wie anstrengend und doof, der Gedanke an dich hat mich immer getröstet.« Er schlug sich eine Hand vors Gesicht und seufzte laut. Dann begann er zu summen, und nach und nach erkannte ich das Lied. *Hamburg, meine Perle.*

Ich schaute ihn überrascht an. »Daran denkst du noch?«

»Ständig«, sagte er und lächelte kurz. »Unser erster Tanz, Gott, war ich nervös. Unser Gespräch in dieser Ecke in der Kiezkneipe, als wir uns eingeredet haben, dass wir nicht zueinanderpassen, obwohl wir am liebsten übereinander hergefallen wären. Unser erster Kuss …« Er schnappte nach Luft und schloss kurz die Augen. »Dein erster Besuch bei mir. Der bescheuerte Film, den wir zusammen geguckt haben, der mir aber völlig egal war. Unsere erste Nacht …« Er presste die Lippen aufeinander und schaute zu Boden. Dann verzog er das Gesicht, als hätte er Schmerzen. »Und dann der Streit, nach dem ich dachte, dass ich dich für immer verloren hätte.« Er rieb sich mit den Händen über das Gesicht. »Seit ich dich zum ersten Mal gesehen habe, warst da immer nur du, Ava. Du hast mich völlig überrumpelt, in einer Phase, in der eine andere mir das Herz gebrochen hatte und ich eigentlich bloß mit meinen Kumpels eine gute Zeit haben wollte. Auf gar keinen Fall wollte ich eine Beziehung. Aber dann standest du da plötzlich. Und nichts war mehr wie vorher. Und ich konnte nicht anders, als mich voll auf dich einzulassen, obwohl ich mir kein bisschen sicher war, ob ich dieses Familiending wollte. Ich wollte dich – alles andere war mir vollkommen egal.«

Mir kullerte eine Träne über die Wange.

»In letzter Zeit habe ich gemerkt, dass du immer unzufriedener geworden bist, und es war schrecklich, nichts dagegen tun zu können. Ich habe gehofft, dass auch du dich an früher erinnerst. Daran, wie verrückt wir nacheinander waren.« Tiefe Traurigkeit zog über sein Gesicht. »So nervig mein Leben auch war, immer wenn ich dich gesehen habe, habe ich dich wieder am Eingang dieser Kiezkneipe stehen sehen …« Er seufzte. »Dein Lächeln und deine Augen haben mich umgehauen.«

Ich ging auf ihn zu, ohne ihn aus den Augen zu lassen. Es war so still, dass ich den Stoff meiner Laufhose rascheln hörte.

»Ich musste immer wieder daran denken, was für ein unglaublicher Zufall es war, dass wir uns getroffen haben.« Jans Stimme klang rau. »Und was für ein Glück.«

Ich drückte meine Stirn an seine Brust. Sein Duft in Verbindung mit unserem Waschpulver beruhigte mich sofort und ließ mein Herz gleichzeitig schneller schlagen.

Er flüsterte leise protestierend meinen Namen, aber ich schlang beide Arme um seinen Hals, bohrte mein Gesicht noch tiefer in sein Shirt. Er fühlte sich so verdammt vertraut an und doch so aufregend neu, als würde ich ihn zum ersten Mal berühren.

»Ava?«, sagte Jan leise. »Es tut mir leid, dass ich eine Weile bloß noch an meine Arbeit gedacht habe. Dass ich dachte, dass Geld hier alles zusammenhält. Das war blöd von mir.«

»Ich war blöd«, flüsterte ich. »Es tut mir so leid.«

Mir tat alles weh, der Bauch, der Hals, das Herz. Zeitlupenlangsam sah ich zu ihm auf.

»Ava!«, flehte er verzweifelt, und ich konnte an seinen Armbewegungen spüren, dass er mich gleichzeitig von sich stieß und an sich zog.

Ich stellte mich auf die Zehenspitzen, nahm sein Gesicht in beide Hände und zog ihn zu mir herunter. Unsere Münder trafen sich. Ich schluchzte leise, als sich unsere Zungen berührten. Unter meiner Haut kribbelte es, als wäre Brause in meinem Blut. Gänsehaut lügt nie.

Im nächsten Moment schob Jan mich entschlossen von sich weg. »Ich gehe jetzt, Ava.«

Ich starrte ihn verzweifelt an. »Aber ich dachte …«, flüsterte ich.

»… dass zwischen uns alles wieder gut ist, weil unser Kind gerettet ist? Wie im Film?« Jan seufzte. »Ava, das hier ist keine deiner Schmonzetten.«

»Aber der Kuss eben, das war …«

»… ein Ausrutscher in eine romantische Vergangenheit.«

»Aber …«

»Während ich an uns gedacht habe, an unsere gemeinsame Geschichte, hast du all die Jahre an einen anderen gedacht.« Er klang verzweifelt. »Er ist es, oder nicht? Ich habe seine Nachricht an dich gelesen, damals, in unserer ersten gemeinsamen Nacht. Und sein Bild gesehen. Das war einer der Gründe, dass ich Angst bekommen habe, mit dir das volle Programm zu wagen. Weil meine letzte Freundin mich von einem auf den anderen Tag für einen anderen

Kerl verlassen hat. Damals war ich mir sicher, dass ich diesen Kummer kein zweites Mal überleben würde.«

»Jan, ich hatte keine Ahnung!«

»Ich habe da mit niemandem drüber geredet. Vielleicht hoffte ich, dass es nicht ganz so wehtun würde, wenn es keiner weiß. Und dann kamst du. Und obwohl ich Angst hatte, habe ich mich auf dich eingelassen. Weil ich das Gefühl hatte, das zwischen uns, das wäre etwas ganz Großes.«

»Jan«, flüsterte ich heiser, »das war es auch, und das ist es immer noch.«

»Lass gut sein, Ava. Du hast ihn die ganze Zeit nicht aus dem Kopf gekriegt.« Er schnappte nach Luft und schlug mit der Faust gegen die Tür. »Das tut weh, aber dieses Mal weiß ich, ich werde es vermutlich überleben.«

Ich fühlte, wie in mir drin etwas kaputtging. Ich schluchzte laut.

»Es ist zu spät, Ava. Leb dein Leben. Lass uns sehen, wie wir das alles hier sauber getrennt kriegen.« Er drehte sich von mir weg, seine Stimme brach. »Okay?«

Dann verließ er das Haus.

Ich stand eine ganze Weile im Türrahmen und sah ihm nach, wie er im funkelnden Sommermorgen verschwand. Jetzt war ich es, die mit der flachen Hand gegen die Tür schlug.

Plötzlich war alles wieder da.

Der Moment, als ich ihn zum ersten Mal gesehen hatte. Unser erster Kuss. Wie er nach unserem großen Streit mitten in der Nacht weinend vor meiner Tür stand und sagte:

»Dann machen wir das eben mit dem Zusammenziehen und den Kindern und allem.«

»Willst du das denn?«, hatte ich gefragt.

»Ich will dich!«, hatte er gesagt.

Ich war so blöd gewesen. Natürlich liebte ich ihn! So, so sehr. Unsere Geschichte war die schönste Romanze, die ich je gesehen hatte. Und das Beste: Sie war nach dem Happy End noch lange nicht vorbei. Wie hatte ich bloß daran zweifeln können? Und wie hatte ich erwarten können, dass Jan mich einfach so dauerhaft glücklich machte? Selbst die größte Liebe schmonzettet nicht einfach vor sich hin. Man muss etwas dafür tun.

Entschlossen lehnte ich mich an die Tür und schnappte nach Luft. Dieses Mal würde ich Jan daran erinnern, wie sehr wir uns liebten. Wie wusste ich gerade noch nicht. Aber mir würde schon etwas einfallen.

Kapitel 49

Ava

Wir waren eine bunte Truppe an diesem Samstagmorgen in unserer Küche: Leo, Ute, Mareike, Barbara, Jochen und ich. Ich schaute lächelnd zu Ute, die ihren Sohn mit keiner Silbe erwähnte, geschickt den dritten Schokoboden auf eine Torte stapelte und ihn mit Sahne bestrich. Sie hatte sich Jans blaue Schürze umgebunden, ihre Wangen glänzten, und sie hatte vor Aufregung rosa Flecken im Gesicht. Mareikes helle Haut schimmerte knallrot, vermutlich hatte sie sich einen kleinen Sonnenbrand geholt, als sie im Garten mit meiner hübschen Eisenschere Blumen geschnitten hatte. Jetzt war sie dabei, duftende Rosen, Margariten und Katzenminze in Marmeladengläsern zu arrangieren. Barbara schmierte ein belegtes Brötchen nach dem anderen und stapelte sie auf einer der großen Silberplatten, die Ute mitgebracht hatte. Leo sortierte Geldstücke in eine alte Metallkassette, die Klaus uns überlassen hatte. Und Jochen saß breitbeinig auf einem Metallhocker und fing mit einer gelben Plastikklatsche Fliegen. *Klatsch, Klatsch.* Eine nach der anderen. Im Hochsommer war Fliegenfestival in unserer Küche.

Ich kochte mit unserer alten French Press eine Kanne Kaffee nach der anderen, um ihn in die Thermoskannen zu füllen, die Mareike in der Schule ausgeliehen hatte. Aber nicht alles landete in den Kannen: Weil ich mal wieder die halbe Nacht an meiner Verzeih-mir-Idee für Jan gearbeitet hatte, trank ich bereits die dritte Tasse.

Ruhig schlafen konnte ich schon lange nicht mehr. Jeden einzelnen Tag fürchtete ich mich davor, dass Jan rüberkommen würde, um konkret über Trennung zu sprechen. Aber bislang hatte er es nicht getan.

Unser Haus sah chaotischer aus als je zuvor, in den Körben stapelte sich die Wäsche, und abends gab es meist Pfannkuchen, aber sonst kam ich überraschend gut klar. Was auch an Mareike, Ute, Barbara und Jochen lag, die beinahe täglich vorbeischauten. Gemeinsam hatten wir auch die Idee für das Werkstattkaffeetrinken gehabt. Niemals im Leben hätte ich gedacht, dass ich mich mal so wohlfühlen würde mit diesem Haufen Menschen, die alle so unterschiedlich und so ganz anders waren als ich. Allerdings gab es in meinem Leben inzwischen so einiges, was ich nie gedacht hätte.

Ich hatte auf Instagram zu meinem *Tag der offenen Werkstatt* eingeladen, und die Jungs hatten ein Schild für die Straße gebaut, um die vielen Tagestouristen anzulocken, die im Sommer bei uns in Vierlanden über die Deiche radelten. Wir hofften, mein kleines Geschäft so in der Gegend noch ein bisschen bekannter zu machen.

Wenn ich nicht an meinem Überzeugungsgeschenk für Jan arbeitete, pimpte ich fleißig Möbel. Ich wollte eine ordentliche Auswahl zeigen können. Klaus schleppte immer wieder Kuriositäten an, aber auch echte Schmuckstücke. Inzwischen suchte er nicht mehr bloß in der Nachbarschaft, sondern fuhr auch die Scheunen von Freunden und sogar Haushaltsauflösungen ab, um die schönsten Stücke für mich zu retten.

Als Mareike und ich die Silberplatten mit den belegten Brötchen rüber in die Werkstatt trugen, rumpelte Sams kleiner Fiat auf den Hof. In meinem Bauch breitete sich ein mulmiges Gefühl aus, weil Sam und ich seit unserem blöden Streit am Telefon nicht mehr miteinander gesprochen hatten. Allerdings hatte ich ihr die Einladung zum Werkstattfest auch noch mal persönlich geschickt.

In rosa Tüllrock und Turnschuhen kam sie mir auf dem Kiesweg entgegen und lächelte unsicher. An ihrer Hand hüpfte Hermine, die ebenfalls einen Tüllrock trug. Mein Herz machte einen erleichterten Satz. Ich lächelte ebenfalls.

»Hi!«, rief Sam und zog fragend die Augenbrauen hoch.

Hermine riss sich von ihrer Hand los und rannte zu Linus, den sie im Garten entdeckt hatte.

»Hallo!«, rief ich Sam zu.

»Es tut mir leid!«, sagte sie.

»Nein, mir tut es leid!«, entgegnete ich schnell. Dann lief ich auf sie zu und drückte sie ganz fest an mich.

»Ava«, flüsterte Sam so nah an meinem Ohr, dass es kitzelte. »Ich mag doch Jan. Und ich hoffe für dich, dass ihr das wieder hinkriegt.«

Ich schluckte und spürte, wie mir die Tränen kamen.

»Weißt du …« Sie schob mich ein Stück von sich weg, um mich anzusehen. Auch ihre Augen schimmerten feucht. »Ich fand es bloß so schön, dass in deinem Leben wieder mehr Raum für mich war, als du gezweifelt und Pinto gedatet hast. Es war ein bisschen wie früher.« Jetzt kullerte ihr eine Träne über die Wange. »O Gott, Ava, das tut mir leid.«

»Hatte ich echt so wenig Zeit für dich?«, fragte ich seufzend. »Das tut *mir* leid.«

Sie zuckte mit den Schultern. »Ist eben so. Ich bin ja Kummer gewohnt. Daher war ich wohl kurzzeitig auch Team Pinto. Beziehungsunfähig und unzuverlässig ist doch eher mein Männerkaliber.« Sie schnaubte und drückte mich noch einmal fest an sich.

»Ich hoffe bloß, dass Jan mich noch will«, sagte ich leise. Ich spürte einen dicken Kloß im Hals, wenn ich an ihn dachte.

Sam lächelte. »Ganz bestimmt. Der guckt dich doch immer noch so an wie damals, frisch verknallt auf dem Kiez.«

Ich starrte sie überrascht an. »Findest du?«

Sam nickte. »Na klar, das sieht doch jeder.«

»Bloß ich war zu blöd, es zu sehen.« Ich seufzte. »Weil ich nur mich selbst gesehen habe.«

»Nein, weil du eine ganze Weile nicht einmal mehr dich gesehen hast.«

»Uns fehlt eine Kiste Limo!«, rief Leo aus der Tür.

»Soll ich die schnell holen?«, fragte Sam und kramte bereits nach ihrem Autoschlüssel.

Ich schüttelte den Kopf. »Lass mal, komm du erst mal an. Ich mach das.«

Als Sam protestieren wollte, meinte ich: »Ich bin so nervös, da tut es mir gut, noch einmal kurz zum Supermarkt zu verschwinden.«

Ich drehte die Musik laut, als ich den Deich entlangfuhr. Die Welt da draußen war so schön: blühende Obstbäume, rosa Pfingstrosenfelder und duftende Heckenrosen vor altem Fachwerk. Die Reetdächer leuchteten strohfarben in der Sonne, statt feucht vor sich hin zu moosen wie im Winter.

Für einen Moment dachte ich an meine Überraschung, die in der Scheune auf ihren großen Auftritt wartete. Ich wünschte mir so sehr, dass Jan mir verzeihen konnte.

Im nächsten Augenblick musste ich bremsen, weil vor mir eine Zwerghühnerschar über die Straße stolzierte, angeführt von einem bunten Miniaturhahn.

Ich hatte keine Ahnung gehabt, dass Jan vor mir von einer anderen Frau sitzen gelassen worden war. Er hatte nie darüber gesprochen. Und trotzdem hatte er sich mit mir auf das Abenteuer Familie eingelassen. Wie musste ihm der Gedanke wehtun, dass ihm das jetzt wieder passiert war. Dass ich womöglich die ganze Zeit an Pinto gedacht hatte. Ich wollte ihm so gern erzählen, wie es wirklich war. Dass Pinto mich nur einmal kurz geküsst und ich es ganz schnell abgebrochen hatte. Dass ich die ganzen Jahre nicht an ihn gedacht hatte bis zu dem Moment, in der seine Nachricht mich mitten in meiner Midlife-Crisis erwischte und offenbar meine Hormone mit mir durchgingen. Und manchmal auch mein Herzklopfen.

»Bitte verzeih mir, Jan«, flüsterte ich, drückte meine Stirn verzweifelt gegen das Lenkrad und erwischte dabei die Hupe. Das letzte Huhn flatterte erschrocken von der Straße.

Als ich wenig später im Eiltempo mit einer Kiste Limo auf die Supermarktkassen zusteuerte, blieb ich ganz plötzlich stehen. In der Schlange vor mir wartete Steffi mit einem übervollen Wagen. Zuerst war ich drauf und dran umzudrehen und zwischen den Saftregalen darauf zu warten, dass sie verschwand. Dann aber holte ich tief Luft und versuchte, gegen mein schnell klopfendes Herz anzuatmen. Sie hatte den fetteren Fehler gemacht. Wieso sollte ich ihr aus dem Weg gehen?

Ich zog meinen Zopf straff, zwang mich zu lächeln und reihte mich in der Schlange neben ihr ein.

Steffi lehnte sich über den Griff ihres Wagens und räumte die Waren aufs Kassenband. Ihre Schultern hingen schlapp herunter, genau wie ihre Mundwinkel. Ihr rotes Haar hatte einen dunklen Ansatz, und statt Knallfarben trug sie heute ein dunkelgrünes Kleid.

Als ein Freund von Leo mich mit »Hallo, Ava« begrüßte, sah Steffi sich um. Ihr Gesicht verriet nicht, was sie dachte. Aber sie wirkte nicht böse. Eher unsicher.

»Ist das noch Ihrs?«, fragte in dem Moment die Kassiererin und deutete auf eine Paket Küchenpapier, das vom Kassenband gerutscht war.

Steffi schreckte auf, schaute nach vorn und nickte. »Ja, ist es. Entschuldigung«, murmelte sie so leise, dass ich sie kaum verstand.

Während ich in meiner Schlange langsam nach vorn rückte, musste ich daran denken, wie sehr sich nicht nur Beziehungen, sondern auch Freundschaften über die Jahre veränderten. Einige wenige, wie Sam, begleiteten mich bereits ein halbes Leben. Mit anderen hatte ich mich auseinandergelebt. Mit einigen Frauen aus dem Dorf hatte ich mich angefreundet, als die Kinder klein waren. Jetzt, wo wir uns nicht mehr beim Kinderturnen begegneten, trafen wir uns gar nicht mehr. Manche Menschen hatte ich vollkommen falsch eingeschätzt. Und andere entpuppten sich überraschend als echte Freunde. Mitte vierzig schien auch das Alter für Mädels-Crisis zu sein, weil man noch mal darüber nachdachte, wer einem wirklich guttat.

Ich zahlte die Limo, holte noch schnell zwei Baguettes beim Bäcker und hatte Steffi fast vergessen, als sie mir draußen vor der Tür ihren Wagen in den Weg schob.

»Ava?«

Mir wurde übel. Ich wollte nicht mit ihr reden. Schnell versuchte ich, meinen Wagen an ihr vorbei in Richtung Auto zu schieben, aber sie stellte sich davor.

»Es tut mir leid!«, sagte sie, mehr zu dem asphaltierten Parkplatz als zu mir.

Ich presste die Lippen aufeinander. »Hmmm«, brummte mein Mund.

»Bei uns läuft alles schief, Ava. So viel ich auch arbeite, das Geld ist immer knapp. Die Jungs haben Probleme in der Schule, Sven verbringt seine Zeit lieber mit seinen Feuerwehrkumpels als mit mir. Verdammt, ich war so neidisch auf dich und dein Haus und deine wohlgeratenen Söhne und deinen Architektenmann, der dich vergöttert.«

Ich starrte sie fassungslos an. Wo war die toughe Deichsheriffin, die immer alles im Griff hatte?

»Warum hast du nie was gesagt?«, fragte ich.

Sie zuckte verzweifelt mit den Schultern. »Ich hatte mich so in meiner Wut und meinem Neid eingerichtet. Ich fand da nicht raus. Es tut mir echt leid! Und dieser Hausbau nimmt mir die allerletzte Kraft.«

Wir schwiegen, während neben uns Autos ein- und ausparkten, Einkaufswagen geschoben und kleine Kinder getröstet wurden.

»Danke für deine Entschuldigung, Steffi«, sagte ich nach einer Weile. »Die nehme ich an.«

In ihren Augen glänzten dicke Tränen. »Magst du nicht mal wieder vorbeikommen? Auf einen Kaffee? Ich habe das Gefühl, wie beide haben uns noch viel zu erzählen.« Sie biss sich auf die Lippe. »Ab sofort bleibt das auch alles unter uns. Ich habe dazugelernt.«

Sofort spürte ich einen Druck auf der Brust. »Mal sehen«, sagte ich leise. »Ich glaube, ich brauche noch eine Weile.« Dann presste ich die Lippen zusammen und umkurvte mit meinem Wagen geschickt ihren.

Kurz bevor ich mein Auto erreichte, drehte ich mich noch mal zu ihr um. Sie hatte sich nicht von der Stelle bewegt.

»Steffi«, begann ich und konnte kaum glauben, was ich da tat.

»Ja?«, rief sie.

»Ich feiere heute einen kleinen Tag der offenen Tür in meiner Werkstatt. Wenn du magst, schau doch mal vorbei.«

Vielleicht war ich bereit, ihr zu verzeihen, weil ich so sehr darauf hoffte, dass Jan mir verzieh.

Ich gab mir alle Mühe zu lächeln. Dann ging ich zum Auto und lud die Limo ein. Die gesamte Deichstraße entlang nach Hause klopfte mein Herz aufgeregt.

Plötzlich musste ich an etwas denken, das ich vor einer Weile gehört hatte. Wenn ich genau drüber nachdachte, hatte es vermutlich Barbara gesagt: »Wenn ein Mensch etwas falsch gemacht hat, vergiss nicht all die Dinge, die er vorher richtig gemacht hat.«

Wie sehr ich mir wünschte, dass Jan das auch tun würde.

Zweite Liebe! stand in gepinselten Buchstaben auf dem Schild neben unserer Einfahrt. Und darunter: *Alte Möbel und mehr.*

Als ich in die Scheune kam, befestigte Barbara gerade eine Girlande über der Tür. Jochen hielt mit beiden Händen die Leiter fest. Sam verteilte die Marmeladengläser mit den Blumen auf dem Büfett.

»Jetzt fehlt bloß noch Musik«, rief sie, und gleich darauf plätscherten leise Gitarrenklänge durch den Raum. Acoustic Covers, was sonst.

Mareike und Jochen verabschiedeten sich für den Rest des Vormittags, versprachen aber, nachher noch mal vorbeizuschauen.

Ute trat neben mich, drückte mit ihrer kalten Hand meine und flüsterte: »Mensch, Mädchen, jetzt bin ich mit dir zusammen ganz schön aufgeregt, ob das hier funktioniert.«

Draußen radelten die ersten Besucher auf unseren Hof.

Gegen Abend war ich todmüde, bekam aber mein seliges Grinsen nicht aus dem Gesicht.

Ich hatte sechs Möbelstücke zu »echt krassen Preisen« verkauft, wie Leo immer wieder betonte. Meine Idee schien tatsächlich zu funktionieren. Mein Großer und seine Freundin wollten nun auch ein paar Sachen streichen, um sich Geld für ein Zeltwochenende an der Ostsee zu verdienen.

Ute hatte gemeinsam mit Len die Kunden mit Kuchen, Kaffee und Brötchen versorgt. Beide hatten rosige Wangen und Schweißtröpfchen auf der Stirn und grinsten vor Aufregung. Und Sam hatte sich verdächtig lange mit dem attraktiven, gerade volljährigen Sohn unseres Nachbarn unterhalten.

Sogar vom *Abendblatt* war jemand vorbeigekommen, um ein Foto von mir und meinen Möbeln zu machen. *Die Möbelretterin vom Deich!*, wollte er seine Geschichte nennen, die gleich in der nächsten Woche erscheinen sollte.

Mein Gesicht glühte, weil das alles so neu und aufregend war. Ich schaute mich um und stellte verwundert fest, dass ich nirgends lieber sein wollte als exakt hier, mit diesen total unterschiedlichen und wunderbaren Menschen in dieser staubigen alten Scheune zwischen meinen bunten Möbeln. Gleich darauf fühlte ich einen Stich in der Brust. Denn einer fehlte. Ohne Jan würde mein Leben vielleicht auch bunt, aber niemals so schön sein wie mit ihm.

Als könnte er Gedanken lesen, stand er plötzlich in der Tür. Jan, in seiner lässigen Schlaksigkeit, aber mit unsicherem Blick.

Ich sehnte mich so sehr nach ihm, dass ich ihm am liebsten in den Arm gesprungen wäre. Ihn geküsst und ihm versichert hätte, dass ich nur ihn wollte. Ganz, ganz sicher.

Aber so leicht würde es nicht werden.

Ich warf Leo wie verabredet einen Blick zu. Ich hatte ihn eingeweiht, als er eines Abends mit zwei Limos zu mir in die Werkstatt gekommen war und gesehen hatte, woran ich arbeitete. Er zwinkerte mir aufmunternd zu.

Ich ignorierte mein heftiges Herzklopfen, griff nach dem Mikro, das Leo mir extra für diesen Moment angeschlossen hatte, und kletterte auf einen gepunkteten Hocker. Meine Beine zitterten so sehr, dass ich beinahe umgekippt wäre. Kurz befürchtete ich, dass ich keinen Ton herausbekommen würde, aber dann räusperte ich mich und redete einfach gegen das Herzklopfen und den Kloß in meinem Hals an.

»Jan!«, rief ich, und es schallte lauter als erwartet durch den Raum. Mikroquietschen.

Viele zuckten vor Schreck zusammen, Jan auch.

»Jan, es tut mir leid, dass ich an uns, an dir, an unserem Leben gezweifelt habe«, sagte ich. »Ich habe verzweifelt nach etwas gesucht und gar nicht gemerkt, dass ich mich selbst verloren hatte. Du hast mich immer gesehen, aber ich habe unsere gemeinsame Geschichte aus den Augen verloren. Einen Moment lang dachte ich, ich müsste mir woanders etwas holen, was ich längst habe.« Ich spürte, wie mir die Tränen in die Augen stiegen, und schnappte nach Luft.

Es war ganz still in der Scheune. Sogar Linus und Hermine waren nicht mehr zu hören.

»Ich liebe dich, Jan«, schluchzte ich. »Und ich möchte mit dir unseren Liebesfilm weiterdrehen. Und noch mindestens fünfzig bis achtzig Fortsetzungen. Ich wünsche mir nichts mehr, als dass du mir meinen blöden Fehler verzeihst und mir und uns noch eine Chance gibst.«

Ich nickte Leo zu, und gemeinsam mit Ruby trug er etwas aus dem Scheunendunkel nach vorn ins Licht. Es war mit einer alten Decke verhüllt.

»Damit du mir glaubst, dass auch ich all das Schöne zwischen uns nie vergessen habe, möchte ich dir das hier schenken.« Ich holte tief Luft. »Ich habe es extra für dich ...« Das letzte Wort ging in meinem Schluchzer unter.

Ich kletterte vom Hocker, ging auf meine Überraschung zu und zog an dem Tuch.

Ein Raunen ging durch die Reihen.

Erst jetzt wagte ich es, Jan richtig anzusehen, nachdem ich bisher vor lauter Nervosität eher durch ihn hindurchgeschaut hatte. Wie würde er reagieren? Würde er mir verzeihen? Würde die trübe Dunkelheit endlich aus seinen Augen verschwinden? Würden sie wieder meerblau leuchten?

Vielleicht bildete ich es mir ein, aber es konnte sein, dass seine Gesichtszüge weicher wurden.

»Du hast mir eine Kommode gemacht?«, fragte er mit heiserer Stimme. »Eine Liebeskommode?«

Ich nickte schnell, während ich die Luft anhielt.

Nächtelang hatte ich alte Fotos herausgesucht, unscharfe Schnappschüsse von unserem Anfang, unseren Reisen, den Kindern und diversen Familienfesten. Dann hatte ich sie dicht an dicht auf die Kommode geleimt und diese anschließend lackiert. Ein Schrank voller schöner Erinnerungen.

»Ich liebe dich, Jan!«, flüsterte ich, dieses Mal ohne Mikro und nur für ihn. »Es tut mir leid, wenn ich das für einen ganz kurzen Moment beinahe vergessen hätte.«

Eine dicke Träne kullerte ihm über die dreitagebärtige Wange.

Wir standen voreinander, ich schluckte. Wir schauten uns unsicher an, ich war bloß noch Herzschlag. Ich traute mich nicht, auf ihn zuzugehen, hatte Angst vor jedem weiteren Schritt, jedem Wort, jeder Geste. Ich schnappte verzweifelt nach Luft, als ich, ganz vielleicht, einen seiner Mundwinkel zucken sah, so als ob da ein Lächeln begann.

»Na, mach schon, Schätzchen! Schnapp ihn dir endlich!«, rief Jochen. »Das ist ja nicht mitanzusehen.«

Und das tat ich. Wir schnappten uns beide, und dann küssten wir uns.

»Verdammte Scheiße, ich liebe dich so, Ava!«, raunte Jan in unseren Kuss hinein. »Vergiss das bitte nie wieder.«

Epilog

Ava

Ich war noch mal schnell nach oben geflitzt, bevor die Gäste kamen. Hatte Len das Schnippeln der Petersilie für den Kartoffelsalat überlassen: Gepimpter Fertigsalat hatte bei uns seit einer Weile Tradition. Jan und ich hatten beschlossen, ab sofort öfter zu feiern – das Leben, unsere Freunde und unsere Liebe. Wenn jeder etwas mitbrachte, war das gar nicht so viel Arbeit.

Ich tauschte noch schnell mein staubiges Blumenkleid gegen das weiße mit der Lochstickerei. Überrascht lachte ich mein Spiegelbild an. Meine Haut hatte sich trotz der vielen Arbeitsstunden in der Scheune karamellfarben gefärbt, was mich erholter aussehen ließ, als ich es war. Vermutlich lag es an den Mittagspausen, die ich häufig mit einem Sandwich am kleinen Tisch unter dem Apfelbaum neben dem Hühnerstall verbrachte. Ausgerechnet dort. Wenn ich nämlich nicht gerade ihren Stall sauber machen musste, hatte ich unsere zwei Hennen wirklich gern. Manchmal kam Jan dazu und leistete mir Gesellschaft, manchmal schauten Leo und Ruby vorbei und spielten mir auf ihren Handys die neusten Songs vor. Und manchmal schmökerte ich zwei bis drei

Kapitel in einem Buch. Danach war ich fit für eine wilde Stunde mit den Jungs, fürs Erinnern an die Hausaufgaben, Obsttellerschnippeln und Streitschlichten.

Mit einem dicken Pinsel stäubte ich ein wenig Puder auf Nase, Stirn und Wangen und trug noch etwas Rouge und Wimperntusche auf. Ich war ganz sicher nicht mehr Mitte zwanzig, aber heute war so ein Tag, an dem ich mich mochte. Verrückterweise hatte ich mich vermutlich mit Mitte zwanzig weniger häufig gemocht als heute.

Zum Glück hatte ich mir die Zeit genommen, noch mal zum Frisör zu gehen. Mein Ansatz war frisch gefärbt, das Kleid machte ein hübsches Dekolleté, und die Wimperntusche ließ meine Augen leuchten.

Oder sorgte dafür doch jemand anders?

Von unten drangen die Stimmen der ersten Gäste zu mir rauf. Ich trat ans Fenster und entdeckte Barbara und Jochen. Jochens zuckerweißes Outfit funkelte in der Sonne wie einer der Lampions, die wir überall in die Bäume gehängt hatten. Ich musste meine Augen mit der Hand schützen, so sehr blendete er mich. Bis hier oben hörte ich sein herzliches, kehliges Lachen. Leo und Ruby hielten ihm Tabletts mit Sektgläsern und Schnittchen hin und kicherten dabei so sehr, dass die Gläser gefährlich zitterten. Ich mochte mir gar nicht vorstellen, was für einen Flachwitz Jochen ihnen gerade wieder erzählt hatte.

Aus Jans Baustellenlautsprecher ertönte Musik, Acoustic Covers natürlich. Sams Playlist.

Unser Rasen sah mit den Maulwurfshügeln aus wie eine Scheibe löchriger Wasabikäse, aber das passte zu den blau getupften Stoffdecken, die Len und ich über die Bierzelttische geworfen hatten.

Mit Herzklopfen blickte ich rüber zur Scheune und zu Leos Schild, auf dem *Zweite Liebe* stand. Inzwischen war es mit einer Lichterkette umrandet. Ich konnte es kaum erwarten, dort am Montag wieder loszulegen. Gleich am Vormittag würde ein Fotograf kommen und mit mir und meinen Möbeln professionelle Fotos für den *Zweite Liebe*-Account machen. Es kribbelte in meinem Bauch, wenn ich daran dachte.

Ute kam neuerdings öfter vorbei, um mir im Haushalt zu helfen, damit ich mehr Zeit für meine Werkstatt hatte. »Ich liiiiiebe bügeln!«, flötete sie jedes Mal, während sie mit unserem Bügeleisen so viel Dampf erzeugte, dass ich fürchtete, sie könnte damit abheben. Sie legte auch Wäsche zusammen und kochte meist zweimal in der Woche für uns. Ich war ihr unendlich dankbar. Außerdem konnte sie inzwischen immer öfter über sich selbst lachen, was es mir viel einfacher machte. Und mit meinem Geschäft hatten wir immer ein Thema. Ute wollte einfach alles darüber wissen.

Ansonsten packten die Jungs mit an, was viel besser klappte, als ich vorher gedacht hatte. Man musste tatsächlich einfach damit loslegen.

Als ich meine zartgoldenen Creolen in die Ohrlöcher schob, tauchte Jan in der Badtür auf. Auch er war beim Frisör gewesen. Die Seiten waren raspelkurz geschnitten, das Deckhaar ein wenig länger, wie früher mit Wachs hochgestellt. Die grauen Strähnen sahen unglaublich sexy aus. Er trug eine enge Jeans, ein schlichtes weißes Hemd und dazu einen ausgewachsenen Dreitagebart. Er hat ein paar Kilos zugenommen, was ihn nicht ganz so schlaksig wirken ließ und ihm wirklich gut stand.

Er zwinkerte mir zu und streckte mir seine Hand hin. »Kommst du?«, fragte er, und ich griff danach.

Für einen Moment zog er mich an sich, und ich roch seinen ganz eigenen Geruch aus Zitroneningwerduschzeug, Haarwachs, Haut und Kaugummi. Mir wurde ganz warm.

»Unbedingt!«, sagte ich, und dann hüpften wir hintereinander die Treppe hinunter, ohne unsere Hände loszulassen. Einmal stolperte ich, aber Jans Körper fing mich auf.

»Hoppla!«, rief er, nahm für einen zärtlichen Moment mein Gesicht in seine Hände und küsste mich auf den Mund. Ich war überrascht, dass sofort mein ganzer Körper kribbelte.

»Knutschalarm!«, brüllte Len mit aufgedrehter Sportreporterstimme und schwang sein Shirt im Kreis. »Meine Damen und Herren, Stürmerin Ava Altmann knutscht mit dem Torwart. Ich würde mal sagen, die Zunge hat sie eins a eingelocht. Wer hätte das gedacht?« Dann hielt er inne. »Bäh, Mama, Papa, jetzt müsst ihr aber echt mal aufhören!«

Len zog das Shirt über seinen muskulösen Oberkörper, der in den vergangenen Sommerwochen so braun geworden war, dass er beinahe aussah, als wäre er staubig. Ich legte meinen Arm um seine Schultern, zog ihn zu mir und drückte ihm einen Kuss auf die Wange. Er ließ es geschehen, verzog dann aber das Gesicht und wischte sich über die Knutschstelle.

»Wer hätte das gedacht, werte Zuschauerinnen und Zuschauer!«, rief ich laut. »Superstar Len Altmann verliert im Zweikampf die Kontrolle über sein Spiel. Unglaublicherweise ist es ein Kuss, der ihn komplett aus dem Konzept bringt.«

»Mann, Mama!«, raunte Len, knuffte mich in die Seite, grinste aber.

Jan nahm lachend meine Hand, und gemeinsam traten wir nach draußen. Hermine sauste mir jubelnd in die Arme und hüpfte dann mit Linus weiter in den Garten. Sam küsste mich links, rechts und wieder links, hatte zwei Flaschen Prosecco dabei und schwärmte schon bei der Begrüßung von den Massen an neuen Instagram-Followern für die *Zweite Liebe*.

Mareike überreichte mir schüchtern lächelnd einen Korb mit selbst gebackenen Dinkelstangen, und Torsten schob mir ohne viele Worte ein Alutablett mit Zwiebelmettstullen entgegen.

Ich bedankte mich mit einer Umarmung, die er schüchtern erwiderte, als ich Ute und Klaus auf den Hof kommen sah – zusammen mit meinen Eltern, die sie heute Vormittag vom Bahnhof abgeholt hatten. Mein Vater unterhielt sich mit Klaus, während Ute den Rollstuhl mit meiner Mutter schob.

Wie immer, wenn ich Mama sah, wie sie erschreckend dünn und teilnahmslos dasaß, krampfte sich mein Herz zusammen. Ich lief auf meine Eltern zu, umarmte erst meinen Vater und beugte mich dann runter zu meiner Mutter. Sie fühlte sich an wie ein aus dem Nest gefallenes Küken, als ich ihre Schultern berührte.

»Schön, dass ihr da seid!«, sagte ich leise, und Mamas Mund hob sich auf der Seite, die nach dem Schlaganfall nicht gelähmt war, zu einem klitzekleinen Lächeln.

»Freu. Mich. Auch«, nuschelte sie leise.

Ich konnte sie kaum verstehen und spürte, wie schwer ihr jedes Wort fiel. Dann aber griff sie mit ihrer dünnen Hand, die nur noch aus Haut und Knochen bestand, nach meiner und drückte sie. Ganz sanft, aber sie drückte.

Während sich meine Augen mit Tränen füllten, kippte Ute den Rollstuhl in Startposition und sagte: »Jetzt besorgen wir uns beiden mal ein ordentliches Stück Kuchen. Was meinst du, Sigrid? Niemand hier kann meinen Kuchen so gut gebrauchen wie du.«

Ute kicherte verschwörerisch, und der eine Mundwinkel meiner Mutter grinste tatsächlich mit.

Gleich nächste Woche würde ich noch einmal mit meinem Vater sprechen, ob sie nicht doch in ein betreutes Wohnen hier in der Nähe ziehen wollten. Es würde auch danach schwer bleiben, sich zusammen aber vielleicht ein wenig leichter anfühlen.

Steffi hatte sich noch nicht getraut vorbeizukommen, hatte aber eine liebe Nachricht geschrieben. Wir hatten uns bereits zweimal auf einen Kaffee getroffen und uns ausgesprochen. Auch ich hatte mich bei ihr entschuldigt, was sie zum Weinen gebracht hatte. Es war noch längst nicht alles gut zwischen uns, und es fiel mir immer noch schwer, ihr wieder zu vertrauen. Dennoch hatte ich so eine Ahnung, dass wir uns durch die ganze Sache irgendwann näherkommen könnten als vorher.

Später saßen wir alle an langen Tischen, aßen und erzählten und hielten zwischendurch genüsslich das Gesicht in Richtung Sonne. Immer wieder hörte ich Barbara am Nachbartisch laut lachen – und ich musste jedes Mal ein kleines bisschen mitlachen.

Irgendwann kam Sam mit einer halben Flasche Prosecco und zog mich mit sich in den Garten, an den wildwuchernden Staudenbeeten vorbei, über denen die Bienen eine Flugshow feierten, bis zu der abgeblätterten weißen Bank unter dem Apfelbaum.

Wir gossen uns kichernd ein, stießen klirrend an und beobachteten für eine Weile das bunte Durcheinander. Eine Serviette flog gerade über den überlangen Rasen davon, aber Jochen trat mit seinem Cowboystiefel darauf und hob sie auf. Mareike und Torsten schienen eifrig miteinander zu diskutieren.

Jan, der sich mit Jochen unterhalten hatte, schaute sich genau in diesem Moment im Garten um, entdeckte mich und lächelte mir zu. Es war ein Lächeln, als hätte er mitten in der Wüste eine Oase entdeckt.

»Zum Glück haben wir uns gegenseitig daran erinnert, wie sehr wir uns lieben«, sagte ich seufzend zu Sam. »Das kann man in diesem wilden Trip namens Leben schon mal vergessen.«

Sam nickte. »Stell dir vor, es gibt Studien, die besagen, dass die Chancen, dass eine Beziehung lange hält, umso größer sind, je glücklicher sie am Anfang war.«

»Wirklich?«, fragte ich.

»Ja, man zahlt quasi auf ein Romantikkonto ein und kann sich davon später was auszahlen lassen. Wer allerdings bloß mit Blassrosa loslegt, bei dem bleibt nicht viel übrig.«

»Unser Anfang war knallpink«, überlegte ich laut. »Und zum Glück hat Jan mein Kopfkino wieder angeknipst. Der hat echt jedes Mal, wenn er mich gesehen hat, an unser Kennenlernen gedacht. Ist das nicht wunderschön?«

Sam seufzte. »Ich wusste von Anfang an, dass Jan für dich der Richtige ist.«

»Warum?«, fragte ich neugierig.

»Ich habe es dir angesehen. Dein Gesicht hat dich verraten. Wenn du von Pinto erzählt hast, dann haben deine Augen gefunkelt. Stolz, ungefähr so, wie die Augen meines Vaters, wenn er einen besonders fetten Hirsch geschossen hat.«

Ich prustete los. Sams Vater zog seine grüne Jagdkluft höchstwahrscheinlich nicht mal nachts aus.

»Und bei Jan nicht?«, fragte ich dann erstaunt.

Sam lehnte sich zurück, nahm noch einen Schluck Prosecco und schloss die Augen. »Nein«, sagte sie und seufzte leise. »Wenn du von ihm erzählt hast, dann hat alles an dir geleuchtet. Deine Haut, dein Haar, dein ganzes Du. Es war, als hätte er eine hellere Version von dir angeknipst. Außerdem hast du gar nicht so viel erzählt, sondern oft bloß geheimnisvoll gelächelt. Verdammt noch mal, ich habe noch nie jemanden auf diese Weise lächeln sehen, außer vielleicht die Mona Lisa. Es war so ein zufriedenes, angekommenes Lächeln. Und irgendwie doch nicht von dieser Welt. Ehrlich gesagt war ich ziemlich neidisch damals.«

»O nein, das tut mir leid.«

»Es fühlte sich an, als hättet ihr zwei das große Los gezogen und ich dauerhaft die Niete, das war manchmal echt hart.« Sam seufzte. »Später war ich dann so oft außen vor. Da waren nur Jan und du und die Jungs, quadratisch, glücklich, gut. Für mich hattest du plötzlich kaum noch Zeit.«

»Das tut mir erst recht leid«, sagte ich. »Ich kriege das jetzt öfter hin, dass wir uns sehen. Ich verspreche es. Ich vergesse nie mehr, wie gut mir das tut.«

»Sag mal ehrlich«, fragte Sam, »hast du jemals ernsthaft drüber nachgedacht, Jan für Pinto zu verlassen?«

Ich atmete tief ein. »Ich weiß es nicht«, gab ich zu. »Aber es gab da diesen einen kurzen Moment, da fühlte es sich ganz klar leichter an, mich für Pinto zu entscheiden, als mit Jan weiterzumachen. Die Vorstellung war irgendwie verführerisch.« Ich atmete wieder aus. »Zum Glück habe ich dann ziemlich schnell gecheckt, dass ich für ihn ewig die geheimnisvoll grinsende Ava sein müsste, spritzig, gut gelaunt und bloß nicht zu interessiert. Puh, wie anstrengend!« Ich biss mir auf die Lippe. »Eigentlich wusste ich das auch schon früher, da konnte ich es bloß nicht so klar formulieren. Hat eine Weile gedauert. Definitiv ein Vorteil des Alters, so was zu kapieren. Trotzdem bin ich Pinto irgendwie dankbar.«

Sam schaute mich neugierig an.

»Er hat dafür gesorgt, dass ich mich wieder als Frau fühle, nicht bloß als Mutter. Er hat mich angestupst, damit ich mich wieder um mich selbst kümmere. Das hat er tatsächlich gut gemacht.«

»Also sollte Jan ihm sogar dankbar sein?«, meinte Sam lachend. »Weiß nicht, ob er das auch so sehen würde.«

Ich zuckte mit den Schultern. »Zum Glück haben Jan und ich niemals gleichzeitig den Glauben an unsere Liebe verloren. So konnte immer einer den anderen daran erinnern.«

Sam lächelte. »Ich freue mich für euch. Wirklich.«

Ich grinste sie dankbar an.

»Habt ihr denn Pläne, wie ihr es zukünftig besser machen wollt?«

Ich nickte lächelnd. »Wir entrümpeln unser Leben, das haben wir uns beide vorgenommen«, erklärte ich. »Wir machen Platz für die Dinge, die uns glücklich machen. Zum Glück sind die Kinder schon etwas größer, allein dadurch werden ja Kapazitäten frei. Die werden wir mit lauter aufregenden Dingen füllen, beide gemeinsam und jeder für sich. Ich will zum Beispiel dich öfter treffen und ganz viel für die *Zweite Liebe* arbeiten. Jan vermietet zusammen mit Jochen seine *Rent a Fetenraum*-Container und nimmt nur noch ein paar ausgesuchte Aufträge an. Und vor allem haben wir uns geschworen, nie wieder aufzuhören, miteinander zu reden.«

Sam holte zischend Luft. »Klingt gut, aber auch ziemlich anstrengend.«

Ich nickte. »Leben ist nun mal anstrengend«, sagte ich grinsend, »und Beziehung erst recht.«

»Wem sagst du das …« Sam seufzte.

»Wir kennen ja jetzt einen Trick für die Tage, an denen es mal nicht so läuft.«

Sam zog skeptisch die Augenbrauen hoch. »Und der wäre?«

»Wir erinnern uns gegenseitig an früher«, erklärte ich lächelnd. »An unseren ersten Kuss, unser erstes Date. Die ersten Male. Wir drücken den Nostalgieknopf. Danach geht es wieder besser.« Ich merkte selbst, dass ich albern kicherte.

Sam schaute auf den Boden. »Ich wünsche mir, dass ich all das auch irgendwann mal erleben darf.«

Ich griff ihre Hand und drückte sie. »Das wünsche ich mir auch für dich!«

Im nächsten Moment kamen Linus und Hermine angeflitzt, durchtrennten unsere Hände und zogen uns an den Zeigefingern mit sich, um uns ihre Höhle zu zeigen, die sie mit Bettdecken und Sofakissen unter dem Büfetttisch gebaut hatten.

Sam und ich bewunderten ihr Haus, legten zwei Muffins auf einen Teller, hoben die Tischdecke an und wünschten den beiden Höhlenbewohnern guten Appetit. Wir grinsten uns an, als wir es unter der Tischdecke schmatzen und kichern hörten.

Später, als es bereits dunkel war und die Lichterketten Teile des Gartens in ein milchiges Licht tauchten, saß ich erneut auf der weißen Bank unter dem Apfelbaum. Diesmal mit Jan. Laute Musik trudelte aus der Box, kreiste über einem kleinen Pulk von tanzenden Freunden und verlor sich dann im Dunkeln.

Eben hatte irgendjemand *Hamburg meine Perle gespielt*, und erst hatten alle gestöhnt, Jan auch, aber dann war er doch mit mir herumgehüpft. Jetzt glänzte seine Haut schweißnass, und er fuhr sich kratzend über die Stoppeln seines Dreitagebarts. Seine funkelnden Augen sahen mich gleichzeitig so fröhlich und so sehnsüchtig an, dass mir schwindelig wurde.

Er legte seine große Hand auf meine kleine. »Vielleicht ist es mit der Liebe wie mit der Musik«, raunte er in mein Ohr, und sein kitzelnder Atem knipste meine Gänsehaut an. »Man kann es nicht erklären, aber manchmal trifft sie dich mitten ins Herz.«

»Ich hatte keine Ahnung, dass du so romantisch bist, Herr Altmann«, scherzte ich und lehnte meine Nase an seinen Hals.

Da war er wieder, sein Duft. Holzig und frisch, der Duft von zu Hause.

»Du weißt noch ganz vieles nicht über mich«, raunte er, drehte sanft mein Gesicht zu sich und küsste mich so zärtlich, dass es überall in mir kribbelte.

»Ich freue mich darauf, alles herauszufinden«, flüsterte ich in seinen Kuss hinein.

Danke!

Im Frühjahr 2020, als die Welt im ersten Lockdown steckte, flüchteten meine Freundinnen und ich uns via Zoom in die Vergangenheit. Wir erinnerten uns an wilde Partys, erste Küsse, erste Dates – das war schließlich so viel bunter als die Gegenwart und die ungewisse Zukunft. Außerdem fragten wir uns plötzlich alle, vielleicht auch aufgrund des Alters, ob wir eigentlich glücklich waren, mit dem, was wir hatten. Die eine oder andere träumte sogar plötzlich von lange vergessenen Ex-Freunden. Ups …

Mit dieser Inspiration im Kopf hatte ich in unserem Garten in Vierlanden plötzlich die Idee für Avas und Jans Geschichte. Ich fand es spannend, eine Geschichte zu schreiben, die nicht mit dem Happy End endet, sondern erst danach so richtig beginnt. Ich wusste damals noch nicht, wie sehr mich dieses Projekt herausfordern würde, aber auch nicht, wie sehr ich es lieben würde. Ava und Jan haben mich wunderbar abgelenkt im Lockdown. Und zumindest bei ihnen war ich mir absolut sicher, dass ihre Geschichte gut enden würde.

Mein Roman spielt bei uns in Vierlanden, in einem Haus, das dem ähnlich ist, in dem ich lebe. Vor allem, weil das so schön einfach war. Und weil ich mich vor Jahren auf den ersten Blick in diese Ecke Hamburgs verknallt habe.

Ich wollte in meinem Buch funkelnde Elbschlängel, weite Wiesen und Zuckerwattewolken, aber auch das Gefühl von endloser Freiheit an Sommerabenden in der Hamburger City und schummrigen Kiezclubs nachts um halb drei. Ich wollte, dass es kribbelt.

Mein Buchbaby hat in mir ähnlich intensive Gefühle ausgelöst wie meine vier echten Kinder. Oft trat ich aus meinem Arbeitszimmer in unseren Flur und wunderte mich, dass mir weder Ava noch Jan oder ihre drei Jungs entgegenkamen. Ich brauchte immer ein paar Minuten, um aus ihrer Welt in meine zurückzukehren, so nah waren sie mir.

Dieses Buch ist ein absolutes Herzensprojekt, und ich hoffe, ich kann damit allen Leser*innen ein gutes Gefühl schenken und sie ermutigen, auch in der wildesten Lebensphase an sich zu denken und etwas zu finden, das sie glücklich macht.

Das verrückte Ding namens Leben ist viel leichter zu ertragen, wenn man ein Team um sich hat – und auch ein Buch kann nur im Team entstehen. Daher möchte ich mich bei einigen Menschen bedanken, die für diesen Roman ganz wichtig waren.

Erst mal danke ich meiner Agentin Eva Semitzidou, die nach ein paar Manuskriptseiten per Mail verrückterweise sofort angeboten hat, mich zu vertreten, nachdem ich jahrelang vergeblich versucht hatte, mit einem Buchprojekt bei einem Verlag zu landen. Eva, danke für deine Begeisterungsfähigkeit und deine absolute Ehrlichkeit, wenn du etwas noch nicht gut genug findest, und für all deine Tipps, die meine Texte immer noch so viel besser machen. Ich werde nie vergessen, wie du mich angerufen hast, um mir zu sagen, dass du meinen Traumverlag für mein Manuskript begeistern konntest. (Vor lauter Freude habe ich meinen Kindern glatt vier quietschgrüne, völlig überteuerte Schildkröten in einem Tourishop gekauft, die sie unbedingt haben wollten, bevor du anriefst.)

Danke auch an Bettina Wissmann, dass sie mir immer alles Juristische so geduldig erklärt, sowie der gesamten Agentur Gaeb für ihr Vertrauen und ihre Feierfreude.

Ich danke von Herzen meiner Lektorin Lena Schäfer für die liebevolle und entspannte Zusammenarbeit. Danke dafür, dass du den Coverkrimi mit mir so geduldig durchgestanden hast, und dafür, dass du immer die Logik im Blick behältst, wenn ich beim wilden Drauflosschreiben mal wieder jemanden Schuhe ausziehen lasse, die er bereits vor drei Seiten abgestreift hat. Ganz herzlichen Dank auch für das Vertrauen des gesamten Goldmann Verlags in diese Geschichte.

Ein ganz dickes Danke an meine wunderbaren Autorenkolleginnen Meike Werkmeister und Lucy Astner für all ihre Tipps und die herzliche Unterstützung.

Danke an Karla Paul und Alexa von Heyden, dass sie als Allererste nach dem Verlag mein Manuskript gelesen und mir spontan ein Blurb geschrieben haben. Eure Begeisterung und lieben Worte haben so gut getan in einer Phase, in der ich nicht sicher war, ob ich den Roman lieber noch mal ganz von vorn anfangen sollte. Haha.

Ich danke meinen Freundinnen für die vielen nächtelangen Gespräche, Feiern und gemeinsamen Verrücktheiten, ohne die ich ganz sicher keine Romane schreiben könnte.

Ganz unbedingt danke ich außerdem meinen fünf Männern dafür, dass ich dank ihnen weiß, wie sich Liebe anfühlt. Ohne unser wunderbar wildes Leben und euer Verständnis für unendlich viele Stunden am Schreibtisch würde es dieses Buch nicht geben. Ich liebe euch wie verrückt!

Außerdem danke ich all den Leser*innen meines Blogmagazins WAS FÜR MICH, die oft bereits seit Jahren meine Texte lesen und mich die ganze Zeit mindestens genauso inspirieren wie ich hoffentlich sie. Ihr Lieben, dieses Buch habe ich auch euch zu verdanken. Das werde ich euch nie vergessen.

Und schließlich danke ich dir, dass du dich im bunten Bücherregal zwischen all den tollen Romanen ausgerechnet für meinen entschieden hast. Von Herzen Danke dafür!

Avas und Jans Playlist

Here Comes the Sun – Christina Perri
Days Like This – Dermot Kennedy
Hamburg meine Perle – Lotto King Karl
Free Fallin' – John Mayer
Dein ist mein ganzes Herz – Lina Maly
I Still Haven't Found What I'm Looking For – Sarah Jarosz
Can't Take My Eyes Off You – Frankie Valli
Can't Help Falling in Love – Haley Reinhart
Forever Young – Alphaville
Better Together – Us The Duo